# 民國文化與文學研究文叢

十二編

李 怡 主編

第 **2** 冊

言志文學思潮論稿

黃 開 發 著

國家圖書館出版品預行編目資料

言志文學思潮論稿／黃開發 著 -- 初版 -- 新北市：花木蘭文
化事業有限公司，2020〔民 109〕
目 2+272 面；19×26 公分
（民國文化與文學研究文叢 十二編；第 2 冊）
ISBN 978-986-518-237-3（精裝）
1. 中國文學 2. 文學評論
820.9                                               109010983

**特邀編委**（以姓氏筆畫為序）：

ISBN-978-986-518-237-3
9 789865 182373

| | | |
|---|---|---|
| 丁 帆 | 王德威 | 宋如珊 |
| 岩佐昌暲 | 奚 密 | 張中良 |
| 張堂錡 | 張福貴 | 須文蔚 |
| 馮 鐵 | 劉秀美 | |

民國文化與文學研究文叢
十二編 第 二 冊
ISBN：978-986-518-237-3

言志文學思潮論稿

作　　者　黃開發
主　　編　李 怡
企　　劃　四川大學中國詩歌研究院
總 編 輯　杜潔祥
副總編輯　楊嘉樂
編　　輯　許郁翎、張雅淋 美術編輯 陳逸婷
出　　版　花木蘭文化事業有限公司
發 行 人　高小娟
聯絡地址　235 新北市中和區中安街七二號十三樓
　　　　　電話：02-2923-1455／傳真：02-2923-1452
網　　址　http://www.huamulan.tw 信箱 hml810518@gmail.com
印　　刷　普羅文化出版廣告事業
初　　版　2020 年 9 月
全書字數　248240 字
定　　價　十二編 14 冊（精裝）台幣 36,000 元

# 言志文學思潮論稿

黃開發 著

## 作者簡介

黃開發，1963 年生。安徽六安人。文學博士。北京師範大學文學院教授，博士生導師。主要研究現代漢語散文、現代文學思潮和周作人等，並從事散文創作。著有：《人在旅途——周作人的思想和文體》（1999），《文學之用——從啟蒙到革命》（2004，2006 臺灣版），《周作人精神肖像》（2015，2013 臺灣版），《周作人研究歷史與現狀》（2015，同年臺灣版），《中國現代文學初版本圖鑒》（2018，與另一作者合著），《邊走邊看》（散文集，2015），《走出習慣的空間》（旅行記，2016），《從消逝的村莊走來》（散文集，2016），主編有《中國散文通史·現代卷》（上）等。

## 提　要

　　本書稿率先提出，20 世紀 30 年代前半期，中國文壇興起了一個與左翼、京派等文學思潮並立的言志文學思潮。以周作人與林語堂為代表的言志派作家藉重評晚明小品倡導言志文學，引發了一場聲勢浩大的言志文學思潮。言志派與左翼的對立凸顯了新文學「載道」與「言志」兩種新文學傳統的對峙，具有深刻的文學史意義。書稿從文學思想、文學論爭和散文創作等方面進行勘察和論證，搭建了一個初步的整體闡釋框架。具體地說，包括以下幾個主要方面：在自五四文學革命到 1930 年代初期的歷史語境中，探尋言志論的核心概念「言志」產生的源頭，並考察言志文學理論形成的過程；繼而從晚明小品熱的角度，評述言志派的理論主張及其與左翼作家的論爭，勾勒出 1930 年代言志文學思潮的基本面貌；通過話語分析，論述作為言志派一翼的論語派作家的政治身份及其小品文話語的文化政治傾向；論述言志派代表作家的散文創作。在研究方法上，借鑑馬克思主義意識形態批評的方法，考察和分析包含在言志派理論和創作中的文化政治意蘊，闡明該派與左翼、右翼、京派的複雜關係，還原「言志」、「載道」、「小品文」等關鍵詞的概念史和問題史，把理論探討與作家作品研究結合起來。本書稿第一次從文學思想和創作兩個方面對言志文學思潮進行系統論證，彌補了中國現代文學研究的一個不足。

# 民國時期新文學史料的保存與整理
## ——《民國文化與文學》第十二編引言

李　怡

　　與過去的中國現代文學研究相比，作為新框架的民國文學研究尤其強調豐富的文獻史料。因此，如何延續中國文學在民國時期的文獻工作就顯得十分必要了。

　　中國現代文學自民國時期一路走來，浩浩蕩蕩，波瀾壯闊，這百年歷程中的一切文學現象——作家作品、文學運動、思潮、論爭之種種信息，乃至影響文學發展的各種社會法規、制度、文化流俗等等都可以被稱作是不可或缺的「史料」，對百年中國文學發展歷程的所有總結回顧，首先就得立足於對「史料」的勘定和梳理。史料與闡釋，可以說是文學研究的兩翼，前者是基礎，後者則是我們的目標；而文學研究的興起則大體上經歷了這樣的過程：先是對文學新作於文學現象的急切的解讀闡釋，然後轉入對史料文獻的仔細梳理和考辨，再後可能是又一輪的再闡釋與再解讀。

　　民國創立，這是中國現代文學發生發展的最重要的時代，伴隨著現代文學影響的逐步擴大，除了宣示性推介或者批評性的闡釋之外，作品的結集、特定文獻的輯錄也日顯重要，這其實就是史料工作的開始。

　　史料意識的興起，反映著一個時代的知識分子對其所遭遇歷史的重視程度和估價敏感度。在這個意義上看，中國現代文學的史料意識大約是在它出現之後的數年就已經顯露，在十多年之後逐漸強化起來，反映速度也還是頗為可觀的。

　　如果暫不考慮個人文集的出版，那麼對特定主題或特定年代的文學作品

的彙編則肯定已經體現了一種保存文獻、收藏歷史的「史料意識」。

1920 年，在現代文學創立的第四個年頭，中國出版界就出現了對不同文學文體的總結性結集。

《新詩集》（第一編），由新詩社編輯部編輯，新詩社出版部 1920 年 1 月出版，收入胡適、劉半農、沈玄廬、康白情、周作人、俞平伯等人的初期白話新詩 103 首，分「寫實」、「寫景」、「寫意」、「寫情」四類編排。在序文《吾們為什麼要印新詩集》中，編者闡述了編輯工作的四大目的：一、彙集幾年試驗的成績，打消懷疑派的懷疑；二、提供一個寫新詩的範本；三、編輯起來便於閱讀新詩；四、便於對新詩進行批評。〔註 1〕這樣的目的已經體現出了清晰的史料意識。正如劉福春所指出的那樣：「這是我國出版的第一部新詩集。如果將發表在 1918 年 1 月 15 日《新青年》上胡適、沈尹默、劉半農的 9 首白話詩看作是第一次發表的新詩的話，至此詩集出版才兩年的時間，不能不說編者確是很有眼光。」「從詩集所注明的作品出處看，103 首詩共錄自 20 餘種報刊，這些報刊除《新青年》、《新潮》等影響較大的之外，有不少現今已很難見到，像《新空氣》、《黑潮》、《女界鐘》等。很多詩作因這本詩集不是『選』而得到了保存，使得我們今天重新回顧這段歷史的時候，可以較真實、完整地看到新詩最初的足跡。」〔註 2〕也在這一年，許德鄰編《分類白話詩選》由上海崇文書局於 1920 年 8 月出版，收入初期白話新詩 230 餘首，同樣按「寫景」、「寫實」、「寫情」與「寫意」四類編排。

在散文方面則有《白話文苑》（第一冊）與《白話文苑》（第二冊），洪北平編，上海商務印書館 1920 年 5 月出版，分別收入胡適、錢玄同、梁啟超、蔡元培等人白話散文作品 33 篇和 16 篇；同年，《白話文趣》由苕溪孤雛編，群英 1921 年出版，收入蔡元培、陳獨秀、錢玄同、梁啟超、魯迅等人白話的雜文、記敘文共 17 篇。

小說方面，止水編《小說》第一集由北京晨報社出版部 1920 年 11 月出版，編入止水、冰心、大悲、魯迅、晨曦等人的白話短篇小說共 25 篇，1922 年 5 月，「文學研究會叢書」推出《小說彙刊》，由上海商務印書館出版。匯輯葉紹鈞、朱自清、盧隱、許地山等人的短篇小說共 16 篇。

---

〔註 1〕 《吾們為什麼要印新詩集？》，《新詩集》第 1 頁，上海新詩社出版部 1920 年
　　　　1 月初版。

〔註 2〕 劉福春《尋詩散錄》第 5 頁，廣西師範大學出版社 2008 年。

　　戲劇方面，1924 年 2 月，淩夢痕編《綠湖第一集》由民智書局出版，收入淩夢痕、侯曜、尤福謂等人的獨幕劇本 6 部；1925 年 3 月，上海戲劇協社編《劇本彙刊第一集》在上海商務印書館出版，收入歐陽予倩、汪仲賢、洪深等人的獨幕劇共 3 部。

　　由以上的簡述我們大體可以知道，隨著現代文學的傳播，史料保存意識也迅速發展起來，無論是為了自我的宣傳、討論還是提供新文體的寫作範本，各種文學樣式的匯輯整理工作都很快展開了，從現代文學誕生直到新中國的建立，這種依循時代發展而出現的各種文學年選、文體彙編持續不斷，成為民國時期中國現代文學史料保存的主要方式。與新中國建立以後日益發展起來的強烈的「著史」追求不同，民國時期的文學史料的保存常常在以鑒賞、批評為主要功能的文學選本之中：

　　以文體和時間歸集的選本，例如 1923 年《中國創作小說選》（第一集），1924 年《中國創作小說選》（第二集），1925 年《彌灑社創作集》，1926 年《戀歌（中國近代戀歌集）》，1928 年《中國近代短篇小說傑作集》，1929 年《中國近十年散文集》，1930 年《現代中國散文選》，1931 年《當代文粹》、《新劇本》，1932 年《當代小說讀本》、《現代中國小說選》，1933 年《現代中國詩歌選》、《初期白話詩稿》、《現代小品文選》、、《現代散文選》、《模範散文選注》，1935 年《中華現代文學選》、《現代青年傑作文庫》、《注釋現代詩歌選》、《注釋現代戲劇選》，1936 年《現代新詩選》、《現代創作新詩選》、《幽默小品文選》，1938 年《時代劇選》，1939 年《現代最佳劇選》，1944 年《戰前中國新詩選》，1947 年《歷史短劇》、1949 年《獨幕劇選》等等。

　　以作家性別結集的選本，例如 1932 年《現代中國女作家創作選》，1933 年《女作家小品選》、《女作家隨筆選》，1934 年《女作家詩歌選》、《女作家戲劇選》，1935 年《當代女作家小說》，1936 年《現代女作家詩歌選》、《現代女作家戲劇選》等。

　　抗戰是民國時期最為重大的國家民族事件，我們也可以見到大量關於這一主題的文學選集，例如 1932 年《上海事變與報告文學》，1933 年《抗日救國詩歌》、《滬戰文藝評選》、1937 年《抗戰頌》、《戰時詩歌選》、1938 年《抗戰詩選》、《抗戰詩歌集》、《抗戰獨幕劇集》、《抗戰劇本選集》、《國防話劇初選》、《戰時兒童獨幕劇選》、《街頭劇創作集》、1939 年《抗戰文藝選》、、1941 年《抗戰劇選》等等。從中透露出了文學界與出版界強烈的時代意識和民族

意識，或者也可以說，是特殊時代的民族情感強化人們對現代文學的文獻價值的認定。

就作家個人史料的整理出版方面，最值得一提的是魯迅逝世引發的悼念潮與全集出版。早在魯迅生前，就有回憶文字見諸報端（如 1924 年曾秋士《關於魯迅先生》，〔註 3〕1934 年王森然撰寫第一個魯迅評傳〔註 4〕），魯迅逝後，報刊雜誌上發表了大量歷史回憶，親朋舊友開始撰寫出版紀念著作（如許廣平、許壽裳、蔡元培、周作人、許欽文、孫伏園、郁達夫等），包括魯迅先生紀念委員會編《魯迅先生紀念集》等著述〔註 5〕匯成了現代文學有史以來最大規模的個人史料，《魯迅全集》在 1938 年的編輯出版（上海復社版），是魯迅先生逝世之後，中國文學界一次前所未有的對當代作家文獻的搜集彙編工程，編輯委員會由蔡元培、馬裕藻、許壽裳、沈兼士、茅盾、周作人、許廣平等組成，參與編輯的有近百人。胡愈之、張宗麟總攬全域並籌措經費，許廣平與王任叔（巴人）為編校，參與校對的還包括金性堯、唐弢、柯靈、王任叔等一大批人，黃幼雄、胡仲持負責出版，徐鶴、吳阿盛、陳熬生分別聯繫排版、印刷與裝訂事宜，陳明負責發行。搜集、整理、編輯、出版乃至序跋、題簽等由一代文化界精英承擔，盡顯現代文學作為時代文化主流的強大力量。

到作家選集的編輯出版已經成為「常態」的今天，人們格外注意搜集選編的「史料」又包括了那些影響文學史整體發展的思潮、流派、論爭的文字，其實，這方面的整理、呈現工作也始於民國時期，那些文學運動、文學論爭的當事人和富有歷史眼光的學人都十分在意這方面材料的保存。據我掌握的材料看，早在 1921 年 1 月，新文學運動的開展、白話新詩的倡導才剛剛 3、4 年，胡懷琛就編輯出版了《嘗試集的批評與討論》，〔註 6〕到 1920 年代後期的「革命文學」論爭之時，又有錢杏邨編輯的《現代中國文學作家》（上海泰東圖書局，1928 年），霽樓編輯的《革命文學論爭集》（生路社，1928），它們都收錄多位論爭參與人的言論。之後，我們還可以讀到各種的文學論爭資料，包括李何麟編的《中國文藝論戰》（中國書店 1929 年）、蘇汶編《文藝自由論

---

〔註 3〕 曾秋士《關於魯迅先生》，《晨報副刊》1924 年 1 月 12 日，曾秋士即孫伏園。
〔註 4〕 王森然：《周樹人先生評傳》，收入《近代二十家評傳》，北平杏岩書屋 1934 年 6 月版。
〔註 5〕 北新書局 1936 年 12 月初版。
〔註 6〕 胡懷琛：《嘗試集的批評與討論》，上海泰東書局 1921 年 3 月。

辨集》（現代書局 1933 年）、吳原編《民族文藝論文集》（正中書局 1934 年）、胡懷琛編《詩學討論集》、胡風編《民族形式討論集》（華中圖書公司 1941）等。

1930 年代，在現代文學發展進入第二個十年之後，文學的歷史意識也有所加強，「新文壇」、「新文學史」這樣的歷史概括也出現在學者的筆下，值得注意的是，這些對「新文壇」、「新文學」的記錄都努力保存各種文獻史料。1933 年，王哲甫編撰出版了《中國新文學運動史》（北平傑成印書局），除了對現代文學運動的描述、評論外，著作還列有「新文學作家傳略」、「作家圖片」、「著作目錄」等，皆有史論與史料彙編的雙重功能。同年阮無名《中國新文壇秘錄》（上海南強書局）出版，雖然「秘錄」一語帶有明顯的商業意味，但全書卻體現了頗為嚴謹的文獻意識，正如今人所評，該書「一方面為了保存歷史的真實和完整，對資料不輕易摘引、節錄；一方面更注意搜集容易被人忽略的零碎資料，前後加以串聯，詳加說明，使之條理分明，獨成系統。雖然，他聲明在組織這些材料時，盡量不加評論，當然在編輯過程中也無法掩飾自己的觀點，只要暗示幾筆也就夠了。」〔註 7〕阮無名即阿英（錢杏邨），他是中國現代文學史上最早具有自覺的史料文獻意識的學人。1934 年，阿英再編輯出版了《中國新文學運動史資料》（上海光明書局，署名張若英），這部著作雖然以新文學運動的發展為線索安排專題性的章節，但卻不是編者的評論，而是在每一專題下收羅了相關的歷史文獻，可謂是現代文學發展演變的史料大彙編。對讀今日出版的現代文學著作，我們不難見出，阿英這些最早的文獻工作足以構建起了歷史景觀的主要骨架。

在民國時期，現代文學史料整理工作最具規模也最具有影響力的成果是《中國新文學大系》的出版。

1935 年，良友圖書公司隆重推出趙家璧主編《中國新文學大系》10 大卷，其中「創作」的 7 卷，共收小說 81 家的 153 篇作品，散文 33 家的 202 篇作品，新詩 59 家的 441 首詩作，話劇 18 家的 18 個劇本，「理論」與「論爭」兩卷，「史料·索引」一卷，加以「創作」各卷的「導言」，收錄的理論文章也有近 200 篇，可以說是全方位彙集、展示了現代文學創立以來的全貌。從文學發展的角度來說，這是推動新文學作品「經典化」的重要努力，從現代文學歷史的梳理來說，則可以說是第一次文學文獻的大匯輯。《史料·索引》

---

〔註 7〕 姜德明：《書邊草山》第 176 頁，杭州：浙江人民出版社，1982 年。

由阿英主持，在編輯中，他注意到了現代文學的版本流變問題，又將「史料」分作作家作品史料、理論論爭史料、文學會社史料、官方關於文藝的公文、翻譯作品史料、雜誌目錄等十一類，我們可以認為，這是中國現代文學史料學的第一次自覺的建構。

不過，即便良友圖書公司和史家阿英有著這樣自覺的史料學的追求與建構，在當時歸根結底也屬於民間的和學者個人的愛好與選擇，而不是國家事業的組成部分，甚至也沒有成為學科發展、學科建設的工作願景。由此觀之，我們可以發現，民國時期中國現代文學史料的保存、整理與出版工作的顯著特點。

就如同中國現代文學本身在整體上屬於作家個人、同人群體的創造活動一樣，在整個民國時期，這些文獻史料的搜集、保存和整理出版工作的主要動力還在民間的趣味和熱情，在國家政府一方面，幾乎就沒有獲得過太多的直接支持，當然，也就因為尚未被納入國家大計而最終淪為國家政府意志的附庸。這樣的現實有兩個值得注意的結果：

其一，由於缺乏來自國家層面的頂層學科規劃，現代文學的文獻史料工作的民間發展受到了種種物質和制度上的限制，長遠的學科發展方略遲遲未能成型，文學史料工作在學術規範、學理探究、思想交流等方面建樹不多。

其二，同樣道理，由於國家政府放棄了對文史工作的強力介入，更由於現代文學陣營本身對民國專制政府的從未停止的抵抗和鬥爭，各種類型的文學著作不斷撕開書報檢查的縫隙，持續為我們揭示歷史的真相，因而，在總體上我們又可以認為，民國時期的文獻史料是豐富和多樣的，如果我們將所有的文學出版物都視作必不可少的「史料」，那麼，這些風格各異、思想多元的民國文學——包括作家個人的文集、選集、全集以及各種思潮、流派、運動、論爭的文字留存，共同構築了現代文學文獻史料的巍峨大廈，足以為後世的研究提供源源不絕的資源和靈感。

2020 年 2 月改於成都

目

次

# 引 言

　　1930 年代前半期，中國文壇興起了一場與左翼、右翼、京派等文學思潮並立的言志文學思潮。言志派作家藉重評晚明小品倡導言志文學，標舉小品文，與左翼文學對壘，引發了聲勢浩大的言志文學思潮。然而，翻閱眾多的中國現代文學史或文學思潮史，都找不到對這個文學思潮的明確論述。長期以來，言志文學思潮由於與左翼對立而受到主流文學觀念的屏蔽，文學史包括文學思潮史在內的著作往往又陳陳相因，言志文學思潮的面目始終籠罩在歷史的煙塵中。

　　這個文學思潮的存在是顯明的。蘇聯文學理論家波斯彼洛夫有一個對「文學思潮」的定義：「文學思潮是在某一個國家和時代的作家集團在某種創作綱領的基礎上聯合起來，並以它的原則為創作自己作品的指導方針時產生的。這促進了創作的巨大組織性和他們作品的完整性。但是，並不是某一作家團體所宣布的綱領原則決定了他們創作的特點，正相反，是創作的藝術和思想的共性把作家聯合在一起，並促使他們意識到和宣告了相應的綱領原則。」〔註1〕古今中外的文學思潮多種多樣，人們對文學思潮的理解多元化，提出一個可以被普遍認可的定義十分困難；不過，此定義對於言志文學思潮來說是適用的。這個文學思潮共享綱領性的文學觀念，言志派作家在政治傾向、審美趣味、題材主題、文學風格諸方面都表現出了明顯的共性。言志派有《論語》《人間世》《宇宙風》《駱駝草》《世界日報・明珠》等主要的發表陣地。代表作家周作人、林語堂有共同的言志文學理論，青睞閒話式的小品文，有著共

─────────────────

〔註 1〕〔蘇〕波斯彼洛夫：《文學原理》，王忠琪、徐京安、張秉真譯，生活・讀書・
　　　　新知三聯書店 1985 年 8 月，173 頁。

同的對手，在他們的麾下還各自集合了一個小品文流派：以周作人為代表的苦雨齋派和以林語堂為代表的論語派。

1932 年 9 月，北平的人文書店同時推出周作人的文學理論小冊子《中國新文學的源流》與沈啟無編選的《近代散文抄》上冊（下冊 12 月出版）。《中國新文學的源流》是言志派文論重鎮，周氏用「言志」與「載道」重新架構中國文學史，《近代散文抄》為晚明小品選本，二書一理論一作品選，互相配合，引發了一次晚明小品熱。受其影響，林語堂認識並推崇袁中郎等晚明作家，並用傳統言志派的話語形式，重述了他受克羅齊、斯賓崗（J. E. Spingarn）等影響的表現派文論。1934 年 4 月，林語堂主編的半月刊《人間世》創刊，大力提倡「以自我為中心，以閒適為格調」的小品文。周作人與他的幾個弟子俞平伯、廢名、沈啟無、江紹原等苦雨齋派成員悉數列入特約撰稿人名單。創刊號登載了周作人五十自壽詩的手跡，並配以大幅照片。同時，還發表了沈尹默、劉半農、林語堂、蔡元培、沈兼士、胡適等人的和詩，眾所矚目。《人間世》的問世，特別是南北言志派──苦雨齋派和論語派──的聯手，引起了勢頭正盛的左翼作家的高度警惕和討伐，於是，代表兩種截然不同文學傾向的派別針鋒相對，發生了大規模的文學論爭，凸顯了新文學「言志」與「載道」兩大傳統，具有廣泛而深刻的文學史影響。

「言志」和「言志派」的概念在 1930 年代前期文壇廣泛使用，「言志派」的派別特徵受到了一定的關注。金克木於 1935 年發表幾篇文章，分析和評價言志派的特點和得失。《言志派文章之四名家》舉出林語堂、俞平伯、周作人、廢名為言志派具有獨創性的代表作家。作者又在《論周作人文章的難懂》中，把《莫須有先生傳》選為「有辭章而無義理」的「言志派的極峰」。他對「言志派」是持批評態度的，在《言志派的弱點》中說：「言志風氣是自發的、自然的、事實上的結局，是不能提倡、不能有意去製造的。《中國新文學的源流》出來以後，接著出來《近代散文鈔》。有了理論，有了模範，言志文學的大旗堂堂出來，但旗下掩護著的已不是言志文學了。」金氏的三篇短評預設了一個嚴格的「言志」標準，然後進行評判。儘管是反面文章，也說明「言志派」已成為受到時人注意的現象。〔註 2〕

有人發表文壇八卦式的文章，把《論語》中常發表文章的八個臺柱式人

---

〔註 2〕金克木：《文化卮言》，周錫山編，中國人民大學出版社 2006 年 12 月，213、211、212 頁。

物擬為「八仙」：呂洞賓——林語堂，張果老——周作人，藍采和——俞平伯，
鐵拐李——老舍，曹國舅——大華烈士，漢鍾離——豐子愷，韓湘子——郁
達夫，何仙姑——姚穎。〔註3〕《宇宙風》創刊號發表女作家姚穎的《改變作
風》，文末附有「語堂跋」，其中說：「本日發稿，如眾仙齊集，將渡海，獨何
仙姑未到，不禁悵然。適郵來，稿翩然至……大喜，寫此數行於此。」〔註4〕
這說明林語堂本人也是很認可「八仙」之稱的。

　　言志文學思潮中存在了兩個文學流派——苦雨齋派和論語派。波斯彼洛
夫說：「司空見慣的是，建立並宣布了統一創作綱領的某個國家和時代的某個
作家團體的創作，卻只有相對的和偏向一方面的創作共性。這些作家事實上
屬於不是一個而是兩個（有時甚至更多的）文學流派。因此，他們雖然承認
一個創作綱領，可是對它的一些原則有各自不同的理解，並且在自己作品中
對它們的運用更是五花八門。換言之，把不同流派作家的創作聯合在自己周
圍的文學思潮是常有的。有時，流派不同而思想上彼此有某些接近的作家，
在從思想上截然對立的其他流派作家進行共同的思想藝術的論證過程中，在
綱領上聯合起來了。」〔註5〕苦雨齋派和論語派是在言志的創作綱領原則下聯
合起來的，有人把苦雨齋派成員歸入論語派中，其實兩派有著明顯不同的審
美理想、審美趣味和文學風格。

　　由於《論語》半月刊對閒適筆調小品文的首倡和影響，人們把以林語堂
為中心的小品文流派稱為「論語派」，成員主要有林語堂、老向、姚穎、簡又
文（大華烈士）、何容、老舍、陶亢德、邵洵美、李青崖、章克標、徐訏、郁
達夫、豐子愷等。他們堅持自由主義的政治立場，追求個體的自由，作文時
力圖把閒適和正經結合起來，以幽默閒適的筆調，表現日常生活趣味，揭露
現實政治，針砭社會世相。論語派的傾向在 1930 年代引起了各方的關注，在
新時期撥亂反正之初，就被作為流派正式命名。四十年來，論語派的流派特
徵得到了較為深入、全面的研究，出現了呂若涵《「論語派」論》（2002）、楊
劍龍《論語派的文化情致與小品文創作》（2008）等流派研究專著。如今，論
語派得到了學界的承認，已成為文學常識。

　　與論語派相比，以周作人為中心的創作流派很早就被指認，而一直沒有

---

〔註3〕五知：《瑤齋漫筆·新舊八仙考》，1937 年 4 月 20 日《逸經》28 期。
〔註4〕姚穎：《改變作風》，1935 年 9 月 16 日《宇宙風》1 期。
〔註5〕波斯彼洛夫：《文學原理》，175 頁。

被正式命名，遑論系統的論證。我在幾篇文章中把它叫作苦雨齋派。〔註6〕1928年11月，周作人在《燕知草跋》中說：「我平常稱平伯為近來的一派新散文的代表，是最有文學意味的一種，這類文章在《燕知草》中特別地多。」又云：「平伯這部小集是現今散文一派的代表，可以與張宗子的《文秕》（刻本改名「琅嬛文集」）相比，各占一個時代的地位，所不同者只是平伯年紀尚青，《燕知草》的分量也較少耳。」〔註7〕他肯定俞平伯是現代散文一派的代表，而這個散文流派的代表正是他本人，只是不好標榜自己罷了。沈從文在論廢名時寫道：「馮文炳君作品，所顯現的趣味，是周先生的趣味。」作者批評廢名《莫須有先生傳》的文體趣味云：「在現時，從北平所謂『北方文壇盟主』的周作人、俞平伯等等散文糅雜文言文在文章中，努力使之在此等作品中趣味化，且從而非意識的或意識的感到寫作的喜悅，這『趣味的相同』，使馮文炳君以廢名筆名發表了他的新作，我覺得是可惜的。這趣味將使中國散文發展到較新情形中，卻離了『樸素的美』越遠，而同時作品的地方性，因此以來亦已完全失去。代替這作者過去優美文體顯示一新型的只是畸形的姿態一事了。」周作人與俞平伯、廢名等是試圖引進文言因素豐富和發展新文學的表現力，成敗得失可能見仁見智，然而沈從文顯然是把他們幾個人看作一派的。〔註8〕阿英認為，周作人的小品文形成了「一個很有權威的流派」，俞平伯是除周作人而外的最重要的成員。〔註9〕這一派的陣容不如論語派那麼強大，主要是周氏和他的幾個弟子俞平伯、廢名、沈啟無、江紹原等。他們的散文寫作文體不一，甚至還存在文類之別，風格亦各有自家面目。周作人寫作多種體式的知性隨筆，沈啟無、江紹原主要寫學術隨筆，俞平伯多寫記敘抒情散文；廢名則以寫作散文化小說著名，散文則少有人知。周作人在編選《中國新文學大系‧散文一集》時，從他的長篇小說《橋》中選取六則。其長篇小說《莫須有先生傳》《莫須有先生坐飛機以後》更是不拘一格，自由地穿梭於小說與散文之間。如果不過多地受文類、文體成規的束縛，可以看到這個作家群的

〔註6〕關於苦雨齋文人群體研究的著作有孫郁《周作人和他的苦雨齋》（人民文學出版社2003年7月）、高恒文《周作人與周門弟子》（大象出版社2014年7月）。

〔註7〕周作人：《燕知草跋》，《永日集》，北京十月文藝出版社2011年3月，84、86頁。

〔註8〕沈從文：《論馮文炳》，《沈從文全集》16卷，北嶽文藝出版社2002年12月，146、148頁。

〔註9〕阿英：《俞平伯小品序》，《現代十六家小品》，光明書局1935年3月，37頁的

文學觀念高度一致，審美趣味近似，風格異中有同，——不似論語派作家公安派式的流利，而近於竟陵派式的澀味。

1954 年，香港新文化出版社印行曹聚仁回憶性的文學史專著《文壇五十年》。曹聚仁是 1930 年代文學親歷者，曾編輯《濤聲》《芒種》雜誌，並與陳望道等合辦與《人間世》對立的《太白》半月刊。在《言志派的興起》一節中，他以史家的視野，稱周作人、林語堂等為「言志派」，肯定「言志派」的重要影響。他雖然和金克木一樣並沒有加以明確的界說，也沒有使用思潮的概念，但實際上速寫式地勾勒出了言志文學思潮的面目。

我在《文學評論》2006 年第 2 期上發表論文《一個晚明小品選本與一次文學思潮》〔註 10〕，首先對 1930 年代的言志文學思潮進行了論證。文章受到雜誌編輯部的重視，在《編後記》中把它作為該期現當代文學方面的重要文章予以介紹，評價說：「現代片黃開發的文章敏銳而大膽地論述了『一個晚明小品選本』如何引發了一個現代『言志派』的文學思潮。史料撐起結論，有文有質，不尚空言。」這篇文章引起了一些的迴響。有人從文學思潮的角度提出：「『五四』至 30 年代的散文思潮主要有兩種：一是以魯迅領銜的『載道』散文思潮；二是以周作人、林語堂為代表的『言志性靈』散文思潮。」作者歸納了「『言志性靈』散文思潮」的特徵：一、推崇「個人的發現」；二、強調表達的「真」；三、倡揚幽默，以閒適為格調；四、重視「筆調」與「文調」的美。最後指出，「言志性靈」散文思潮是散文的正宗，它標誌著現代散文文體的自覺，是一個既傳統古典又具有開放性和現代性的散文思潮，應引起足夠重視並成為現代散文的發展方向。〔註 11〕此文把這個思潮限制在了散文領域，其實雖以散文為主角，但其影響遠遠超出了散文自身。「言志性靈」這個名稱似可斟酌，「志」雖在傳統文論中具有多種涵義，而在言志派作家周作人、林語堂那裡，指的是「個性」，而「性靈」同樣指「個性」。還有研究者提出，在中國現代散文發展的歷史進程中，林語堂等以言志為中心的「新的審美思潮」的崛起具有歷史的合理性，並高度評價「幽默」「性靈」「閒適」的價值。〔註 12〕另外，儘管缺少明確從言志文學思潮的角度來研究的成果，但相關論

〔註 10〕參閱本書第二章。

〔註 11〕陳劍暉：《中國現代散文與「言志性靈」文學思潮》，《福建論壇》2013 年 9期。

〔註 12〕吳周文、張王飛、林道立：《關於林語堂及「論語派」審美思潮的價值思辨》，《中國現代文學研究叢刊》2012 年 4 期。

著的數量仍然可觀。

1930 年代中期，言志文學思潮達到了高潮。本書重點考察了它的來源和高潮，這以後還有它的去路。由於個人力量所限，未能更多地沿波追迹。隨著抗戰的全面爆發，言志文學思潮開始沈寂下去，然而並沒有斷流。《論語》《宇宙風》《西風》等言志派雜誌繼續存活。淪陷區的創作以小品文和小說的成就為最大。集中發表小品文的雜誌，北平地區有《朔風》《中國文藝》，上海、南京地區有《雜誌》《萬象》《古今》《風雨談》《苦竹》等，大致繼承了戰前《論語》《人間世》《宇宙風》的路子。小品文寫家們置身於動亂的時代，為了避免惹來麻煩，採取與現實政治較遠的態度，多敘寫往事回憶、飲食男女、風土人情、文獻掌故等，寄託現實的苦悶，表現出一種憂患的閒適。主要作家有文載道、紀果庵、周黎庵、柳雨生等等，大都受周作人的影響。在上海「孤島」和國統區，有「魯迅風」的雜文，而在淪陷區則有「知堂風」的言志小品。還出現了張愛玲、蘇青的女性散文，她們的寫作與戰前的論語派有著或多或少的關係。在國統區，梁實秋、錢鍾書、王了一（力）等人的學者散文出手不凡。餘波所至，一直到 1990 年代汪曾祺、張中行等人的散文創作。其影響並不限於散文，對小說也有一定的滲透作用。曹聚仁高度肯定周氏兄弟代表了新文學的兩種傳統：「我們回看新文學的進程，用周氏兄弟魯迅和周作人兩人的道路來代表 1927 年以後的文藝動向，那是不錯的。」〔註13〕舒蕪也提出，在周作人的身上，「有中國新文學史和新文化史的一半」〔註14〕，這「一半」亦當為一種傳統之意。言志派文學代表了一個在新文學史上與「載道」並立的文學傳統，兩派可以視為中國源遠流長的言志與載道傳統的現代延續。在 1930 年代國事蜩螗之際，言志派主張自己表現，倡導與社會現實保持距離的小品文，是有道義上的欠缺的，左翼等方面對其進行批評自有歷史的合理性；然而，言志派在一定的程度上平衡了言志與載道（功利主義）的影響，二者之間的對立、競爭和互補，促進了中國文學生態的平衡。功利主義關係著二十世紀中國文學主要的得失，言志文學包含了反思主流文學的寶貴的思想和創作資源。當主流文學發展到一定高度時，是可以從對手那裡汲取有利於自己發展壯大的因素的。

本書共分九章。第一章追溯言志文學理論核心概念「言志」的由來，這

---

〔註13〕曹聚仁：《文壇五十年》，263 頁。

〔註14〕舒蕪：《周作人概觀》，《中國社會科學》1986 年 4、5 期。

也是言志文學思潮的緣起；第二章從晚明小品熱的角度，評述言志派的理論主張及其與左翼作家的論爭，勾勒 1930 年代言志文學思潮的基本面貌；第三、四章論述作為言志派一翼的論語派作家的政治身份及其小品文話語的文化政治傾向；第五章評述言志派另一翼苦雨齋派作家沈啟無的文學活動；第六、七、八、九章是言志派作家的散文創作論，其中，梁遇春可謂言志派的外圍作家，梁實秋、張愛玲、蘇青是 1940 年代的言志派作家。書後附錄兩篇近期完成的關於周作人的文章。書稿是在一系列論文基礎上整合而成的，並非精心結撰、體系謹嚴的著作。言志文學思潮研究是一項大課題，需要更多的研究者的加入。本書與拙作《人在旅途——周作人的思想和文體》（199）《周作人精神肖像》（2015）等一起，從一些主要方面初步勘察和論證了言志文學思潮的存在和地位。

# 一、言志派文論的核心概念溯源

　　1930 年代初期，周作人構製出一套較為系統的言志文學理論，核心概念就是與載道對立的言志。言志本是中國古老的文學概念，然而，周氏使其融入了現代性的意蘊，與其在中國古代文論中的涵義迥然有別。這一概念的起源可以追溯到五四新文化運動中的文學革命，又從文學革命主流的功利主義文學觀念中脫離而出。它的藍本是 1920 年代前期建立在個人主義思想基礎上的自己表現，以後隨著革命文學和左翼文學勃興，對文學的功利主義要求被進一步強化，周作人借用傳統文論的「言志」概念重述其自己表現的文學觀，以言志與載道二元對立的理論框架重構中國文學史，指對手為載道，回擊左翼作家的討伐，推動形成了言志文學思潮。

## 1、人生的藝術派

　　新文化運動是一場空前的思想啟蒙運動。新文化的倡導者們看到晚清以降一系列救亡圖存運動並沒有帶來一個現代意義上的民族國家，甚至出現了袁世凱稱帝、張勳復辟等逆流，意識到更有必要通過思想啟蒙來改造社會意識和民族心性，建設全新的意識形態，從而完成建立獨立、統一、富強、民主的現代民族國家的歷史使命。五四新文化運動的內驅力仍然是民族主義。「五四」知識分子對西方文化的接受是全方位的，認為西方啟蒙主義所追求的個性解放、自由意志、理性和進步具有普適性，與建立真正現代意義上民族國家的目標高度一致，因而突破了民族主義的思想框架。我曾經提出，留日時期的周氏兄弟提出「立人──立國」的社會革新思路，在其民族主義思想中，建立現代民族國家的目標與進步、個性解放、自由意志等西方啟蒙主

義的基本價值觀是高度一致的，可以把他們的民族主義稱為「啟蒙主義的民族主義」。〔註1〕而五四新文化運動則是這種思路的發揚光大，因此可以把五四新文化的思想性質概括為「啟蒙主義的民族主義」。這個概念的優點是指出民族主義是中國啟蒙主義的題中應有之義，由此可以加深對五四思想意識的認識，從而避免啟蒙與救亡的糾結。文學又被廣泛地認為是進行思想啟蒙的最好的工具，蔡元培在《中國新文學大系》的《總序》中說，初期新文化運動的路徑是由思想革命而進於文學革命的，「為怎麼改革思想，一定要牽涉到文學上？這因為文學是傳導思想的工具。」〔註2〕

1919年，文學革命已初見成傚之時，作為文學革命幹將之一的傅斯年說：「我現在有一種怪感想：我以為未來的真正的中華民國，還須借着文學革命的力量造成。現在所謂中華民國者，真是滑稽的組織；到了今日，政治上已成『水窮山盡』的地步了。其所以『水窮山盡』的緣故，全由於思想不變，政體變了，以舊思想運用新政體，自然弄得不成一件事。回想當年鼓吹革命的人，對於民主政體的真象，實在很少真知灼見，所以能把滿洲推倒，一半由於種族上的惡感，一半由於野心家的投機。」「到了現在，大家應該有一種根本的覺悟了：形式的革新──就是政治的革新──是不中用的了，須得有精神上的革新──就是運用政治的思想的革新──去支配一切。物質的革命失敗了，政治的革命的失敗了，現在有思想革命的萌芽了。現在的時代恰和光緒末年的時代有幾分近似；彼時是政治革命的萌芽期，現在是思想革命的萌芽期。想把這思想革命運用成功，必須以新思想夾在新文學裏，刺激大家，感動大家」。於是他得出結論：「真正的中華民國必須建築在新思想的上面。新思想必須放在新文學的裏面；若是彼此離開，思想不免丟掉他的靈驗，麻木起來了。所以未來的中華民國的長成，很靠著文學革命的培養。」〔註3〕

胡適就是從思想啟蒙的立場來倡導文學的，這從他作於1922年5、6月的《我的歧路》中可以得到更充分的證明。他敘述了他在文學革命最初兩三年時間裏集中精力提倡思想、文藝的原因：「一九一七年七月我回國時，船到

〔註1〕參閱拙作：《文學之用──從啟蒙到革命》第三章「精神立國」，北京十月文藝出版社2004年11月。

〔註2〕蔡元培：《中國新文學大系·總序》，《中國新文學大系建設理論集》，上海良友圖書印刷公司1935年10月。

〔註3〕傅斯年：《白話文學與心理的改革》，《中國新文學大系·建設理論集》，207～208頁。

橫濱，便聽見張勳復辟的消息；到了上海，看了出版界的孤陋，教育界的沈寂，我才知道張勳的復辟乃是極自然的現象，我方才打定二十年不談政治的決心，要想在思想文藝上替中國政治建築一個革新的基礎。」〔註4〕1919 年 7 月，他有感於國內一些新潮的知識分子高談無政府主義與馬克思主義，而不談面臨的具體的政治問題，便忍不住開始發表談政治的論文《多研究些問題，少談些「主義」》，參與政治思想鬥爭。

1918 年、1919 年，周作人發表《人的文學》《思想革命》等文章，對五四文學革命提出思想革命的要求，不可避免地帶有功利主義的傾向。然而，在五四諸子中，他又率先發現功利主義觀念存在的問題，於是開始對「人的文學」思想進行不斷的修訂。此時，功利主義已經對新文學創作造成了消極影響，「問題小說」等出現觀念化的傾向。

1920 年 1 月，周作人在北平少年學會發表題為《新文學的要求》的講演，說道：

> 從來對於藝術的主張，大概可以分作兩派：一是藝術派，一是人生派。藝術派的主張，是說藝術有獨立的價值，不必與實用有關，可以超越一切功利而存在。藝術家的全心只在製作純粹的藝術品上，不必顧及人世的種種問題……這「為什麼而什麼」的態度，固然是許多學問進步的大原因；但在文藝上，重技工而輕情思，妨礙自己表現的目的，甚至於以人生為藝術而存在，所以覺得不甚妥當。人生派說藝術要與人生相關，不承認有與人生脫離關係的藝術。這派的流弊，是容易講到功利裏邊去，以文藝為倫理的工具，變成一種壇上的說教。正當的解說，是仍以文藝為究極的目的；但這文藝應當通過了著者的情思，與人生有接觸。換一句話說，便是著者應當用藝術的方法，表現他對於人生的情思，使讀者能得藝術的享樂與人生的解釋。這樣說來，我們所要求的當然是人生的藝術派的文學。〔註5〕

五四時期，新文學倡導者的文學觀念特別受到兩方面的外來影響：一是以王爾德唯美主義為代表的「世紀末」思潮的影響，一是以托爾斯泰為代表

---

〔註4〕胡適：《我的歧路》，《胡適全集》2 卷，安徽教育出版社 2003 年 9 月，467 頁。
〔註5〕周作人：《新文學的要求》，《藝術與生活》，北京十月文藝出版社 2011 年 1 月，21 頁。

的俄國 19 世紀寫實主義的影響，二者分別代表著文藝主張的「藝術派」與「人生派」。周氏相信提倡人生的文學在中國自有其現實的合理性：「我們稱述人生的文學，自己也以為是從學理上立論，但事實也許還有下意識的作用；背著過去的歷史，生在現今的境地，自然與唯美及快樂主義不能多有同情。這感情上的原因，能使理性的批判更為堅實，所以我相信人生的文學實在是現今中國唯一的需要。」〔註6〕可見，他的內心深處仍然糾結著文學獨立觀念與功利主義的矛盾。以《新文學的要求》為標誌，周作人開始與五四新文學主流的功利主義分道揚鑣。他的糾結是告別之際對文學社會使命的難以割捨。

後面我們將會看到，「人生派」與「藝術派」的二元對立，是周作人 1923 年所提「頹廢派」與「革命文學」、1930 年代所提「言志」與「載道」的藍本。

## 2、自己表現

「五四」退潮後，經歷了新村和工讀互助團等空想社會主義實踐的失敗，曾使周作人激情澎湃的人道主義社會理想在動盪、頹廢的現實中碰壁，他內心充滿了矛盾，不知如何選擇自己的人生道路。他消退了對社會理想的熱情，而心中的文人氣質抬了頭。他開始經營「自己的園地」，試圖改造「人的文學」觀念，尋求一種更加貼近自我、對人生有無形的功利而又非功利主義的文學觀。

周作人對「人生派的藝術」之說一直心存芥蒂，因為通常所言人生派包含有「為人生」的意思，撇不開工具論的嫌疑。他說：「泛稱人生派的藝術，我當然是沒有什麼反對，但是普通所謂人生派是主張『為人生的藝術』的」。他批評藝術派、人生派各有偏至：「『為藝術』派以個人為藝術的工匠，『為人生』派以藝術為人生的僕役；現在卻以個人為主人，表現情思而成藝術，即為其生活之一部，初不為福利他人而作，而他人接觸這藝術，得到一種共鳴與感興，使其精神生活充實而豐富，又即以為實生活的基本；這是人生的藝術的要點，有獨立的藝術美與無形的功利。」〔註7〕他又在《文藝的討論》中，強調文藝的個人主義性質：「我想現在講文藝，第一重要的是『個人的解放』，其餘的主義可以隨便；人家分類的說來，可以說這是個人主義的文藝，然而我相信文藝的本質是如此的，而且這個人的文藝也即真正的人類的——所謂

---

〔註 6〕《新文學的要求》，《藝術與生活》，21 頁。
〔註 7〕仲密（周作人）：《自己的園地》，1922 年 1 月 22 日《晨報副鐫》。

的人道主義的文藝。」〔註8〕換一句話說，文藝以個人主義為體，以人道主義為用。周作人在《人的文學》中就把新文學的思想性質錨定在個人主義的基礎上，即「以個人主義為基礎的人間本位主義」〔註9〕。20年代初，他進一步明確這一立場，闡明個人主義文學的合理性。

接著，他便在《文藝上的寬容》一文里正式提出自己表現的文藝主張：

> 文藝以自己表現為主體，以感染他人為作用，是個人的而亦為人類的，所以文藝的條件是自己表現，其餘思想與技術上的派別都在其次，——是研究的人便宜的分類，不是文藝本質上判分優劣的標準。〔註10〕

1930年代，周作人、林語堂倡導與「載道」對立的「言志」文學。「詩言志」是中國傳統文論的母體，據朱自清在《詩言志辨》一書中考辨，從《尚書·堯典》到周作人《中國新文學的源流》，「言志」涵義繁多，在「情」和「道」兩極之間。周、林二人則在「言志」中融入了現代性的觀念，在他們那裡，「志」就是個性、自我，而「自己表現」即是「言志」。他們根據文化政治鬥爭的需要，用言志論重述自己表現的文學主張。

自己表現容易受到功利主義的干涉，所以周作人主張「文藝上的寬容」，反對「文藝的統一」。針對當時出現的極端論調，表示不應「以社會的意義的標準來統一文學」，「建立社會文學的正宗，無形中屬行一種統一」。他說：「文藝是人生的，不是為人生的，是個人的，因此也即是人類的；文藝的生命是自由而非平等，是分離而非合併。一切主張倘若與這相背，無論憑了什麼神聖的名字，其結果便是破壞文藝的生命，造成呆板虛假的作品，即為本主張頹廢的始基。」〔註11〕總的來說，1920年代初期，由於政治動亂，北洋政府還沒有能夠實行有效的意識形態管控，新文學內部還未形成支配性的力量，「為人生」與「為藝術」尚可各行其是。周作人表達了對文藝自由的擔憂，試圖制訂新文學的規則。與周作人等人同時，早期創造社也是主張自我表現論的，被時人目為「藝術派」。同樣主張「為藝術」的還有淺草社、沉鍾社以及彌灑社等新文學社團。這些所謂的「藝術派」與「人生派」二水分流，一

---

〔註8〕仲密（周作人）：《文藝的討論》，1922年1月20日《晨報副鎸》。

〔註9〕周作人：《人的文學》，1918年12月《新青年》5卷6號。

〔註10〕仲密（周作人）：《文藝上的寬容》，1922年2月5日《晨報副鎸》。

〔註11〕周作人：《文藝的統一》，《自己的園地》，北京十月文藝出版社2011年1月，31頁。

時難分伯仲，代表著五四新文學現代性的兩個面相。

關於文學功用觀的問題，周作人與他的學生俞平伯之間有過一次討論，表現了他對自己文學主張的堅持。俞平伯說：「詩是人生底表現，並且還是人生的向善的表現」，「好的詩底效用是能深刻地感多數人向善的」〔註12〕。周作人發表《詩的效用》，對俞平伯的觀點提出質疑：第一，關於詩的效用，他說：「我始終承認文學是個人的，但因『他能叫出人人所要說而苦於說不出的話』，所以我又說即是人類的。然而，在他說的時候，只是主觀的叫出他自己所要說的話，並不是客觀的去體察了大眾的心情，意識的替他們做通事，這也是真確的事實。」第二，關於「感人向善是詩底第二條件」，他指出：「善字的意義不定，容易誤會，以為文學必須勸人為善」。《詩的效用》是在作者1922年3月27日致俞平伯的書信的基礎上改做的，他在原信中表示過他的擔心：「我近來不滿意於托爾斯泰之說，因為容易入於『勸善書』的一路」。〔註13〕第三，托爾斯泰認為藝術的價值是以能懂的人的多少為標準，周作人提出民眾對文藝作品的判斷往往不可靠，即便多數人真能瞭解其意義，也不能以此來判決文藝。他還說：「君師的統一思想，定於一尊，固然應該反對；民眾的統一思想，定於一尊，也是應該反對的。」他強調：「文藝本是著者感情生活的表現，感人乃其自然的效用。」〔註14〕

俞平伯在公開發表的回信中回應：「我在《詩底進化的還原論》所說的話底真意，似與先生所言無甚大出入。」「我論詩雖側重在效用一方面，但這效用，正是先生所謂自然的效用。我所主張的文學，是人生底（of life）不是為人生的（for life），這正和先生底態度相彷彿了。」他強調：「我抗爭用『定一尊』的主張，去壓迫個性，我抗爭『遷就什麼』、『為著什麼』的文學，正和先生一樣的迫切。」〔註15〕俞平伯在北大文科國學門讀書時是周作人的學生，聽過老師講授「歐洲文學史」。以後在與周氏交往時，一直尊他為師。儘管兩人的文學本體論和功用觀並無大異，然而周作人對功利主義高度敏感，要求自然、完全地保持作家個性的完整，這可以看作是他對啟蒙主義個性原則的守衛。不久，俞平伯修正了自己的觀點，他說：「我信文藝是『無鵠的』的，

〔註12〕俞平伯：《詩底進化的還原論》，1921年1月《詩》1卷1號。
〔註13〕周作人1922年3月27日致俞平伯，周作人、俞平伯：《周作人俞平伯往來通信集》，上海譯文出版社2014年5月，孫玉蓉編注，2～3頁。
〔註14〕仲密（周作人）：《詩的效用》1922年2月26日《晨報副鐫》。
〔註15〕周作人、俞平伯：《通信》，1922年4月15日《詩》1卷4號。

『為什麼』在這裡只算個愚問。」文學批評是沒有客觀的標準的，否定「向善」是文藝功用觀。〔註16〕同時也可以看到，通過討論，師徒二人進一步擴大了共識，這為他們以後在文藝上的緊密合作打下了堅實的思想基礎。

周作人自己表現論的形成受到幾個外國文藝批評家和作家的影響，他們是廚川白村、托爾斯泰和靄理斯。

曹聚仁把魯迅譯廚川白村（1890～1923）的學術隨筆集《出了象牙之塔》（1920）視為言志派興起的思想資源，他指出：「從這散文集的題名說，顯然是走著和魯迅相同的路，捨棄了象牙之塔，走向十字街頭，為社會、人生的藝術。但翻開第一頁，《出了象牙之塔》的第一個小題，便是『自我表現』，卻是周作人所走的路。」曹氏引用《出了象牙之塔》中關於「自己表現」和幽默的幾段話，並得出這樣的重要結論：「一個從象牙之塔走出來的為人生的藝術家，他用這樣的意義來啟示我們，這便是林語堂、周作人在《語絲》《論語》《人間世》提倡『幽默』與『言志』文學的由來了。」〔註17〕他的判斷是符合實際的。其實，不僅《出了象牙之塔》，廚川氏的著作《近代文學十講》（1912）、《文藝思潮論》（1914）、《苦悶的象徵》（1924）〔註18〕等同樣對五四時期的周作人產生了重要影響。周作人在自己表現論、印象主義批評觀、文學起源說、隨筆論、社會批評與文明批評傾向等重要方面，都與廚川白村的觀點一致或相通。

廚川白村關於文藝本體的基本觀點是自己表現的。他主張純然的「自己表現」，在書中頻繁地使用這個詞，第一輯「出了象牙之塔」第一篇標題就是「自己表現」。他說：「我們每看作家的全集，比之小說，卻在尺牘或詩歌上面更能看見其『人』」〔註19〕。周作人、魯迅對尺牘的意見與廚川氏相同。〔註20〕後

〔註16〕俞平伯：《文藝雜論》，1923 年 4 月《小說月報》14 卷 4 期。

〔註17〕曹聚仁：《文壇五十年》，東方出版中心 2006 年 1 月第 2 版，263～264 頁。

〔註18〕這四種書在五四時期都有中譯本：《近代文學十講》（上下），羅迪先譯，上海學術研究會叢書部 1921 年 8 月、1922 年 10 月；《文藝思潮論》，樊從予譯，上海商務印書館 1924 年 12 月；《苦悶的象徵》，魯迅譯北京未名社 1924 年 12 月，另有上海商務印書館 1925 年 3 月豐子愷譯本；《出了象牙之塔》，北京未名社 1925 年 12 月。

〔註19〕〔日〕廚川白村：《出了象牙之塔》，魯迅譯，未名社 1925 年 12 月，4 頁。

〔註20〕參閱周作人：《日記與尺牘》，《雨天的書》，北京十月文藝出版社 2011 年 1 月，12 頁；魯迅：《孔另境遍〈當代文人尺牘鈔〉序》，《魯迅全集》6 卷，人民文學出版社 2005 年，429 頁。

者還強調：「在 essay，比什麼都緊要的要件，就是作者將自己的個人底人格的色采，濃厚地表現出來。」〔註 21〕這是二三十年代周作人、林語堂等新文學作家關於小品文的基本觀點。廚川氏在《苦悶的象徵》中也有言：「文藝……到底是個性的表現」〔註 22〕。

廚川白村借鑒弗洛伊德的精神分析學說，提出了他的創作論：「生命力受了壓抑而生的苦悶懊惱乃是文藝的根柢，而其表現法乃是廣義的象徵主義」。〔註 23〕周作人在評論《沉淪》中說：「這集內所描寫是青年的現代的苦悶……生的意志與現實之衝突，是這一切苦悶的基本」〔註 24〕。這裡提到的「青年的現代苦悶」根據的是廚川白村《近代文學十講》裏的《近代的悲哀》一章。據《周作人日記》所記，周作人早在 1913 年 9 月 6 日、10 日就閱讀了此書。1921 年年 1 月，廚川氏《苦悶的象徵》部分書稿發表在日本《改造》雜誌上，周作人完全有可能閱讀這本雜誌。本期《改造》還有有島武郎、武者小路實篤、志賀直哉等人的文章，這幾個作者都是周作人很感興趣的。〔註 25〕

廚川白村在《苦悶的象徵》中表明印象主義的批評觀：「從同一的作品得來的銘感和印象，又因個人而不同。……將批評當作一種創作，當作創造底解釋（creative interpretation）的印象批評，就站在這見地上。」〔註 26〕周作人的批評觀同樣是印象主義的，他說：「各人的個性既然是各各不同……那麼表現出來的文藝，當然是不相同。現在倘若拿了批評上的大道理要去強迫統一，即使這不可能的事情居然實現了，這樣文藝作品已經失了他唯一的條件，其實不能成為文藝了。」所以，對於一個高明的批評家來說，「他的批評是印象的鑒賞，不是法理的判決，是詩人的而非學者的批評。」〔註 27〕

廚川氏否定文學創作的功利動機：「這『非實際底』的事，能使我們脫離利己底情慾及其他各樣雜念之煩，因而營那絕對自由不被拘囚的創造生活。即凡有一切除去壓抑而受了淨化的藝術生活、批評生活、思想生活等，必以

〔註 21〕《出了象牙之塔》，7 頁。
〔註 22〕〔日〕廚川白村：《苦悶的象徵》，魯迅譯，新潮社 1924 年 12 月代印，84 頁。
〔註 23〕《苦悶的象徵》，20 頁。
〔註 24〕周作人：《沉淪》，《自己的園地》，北京十月文藝出版社 2011 年 1 月，74 頁。
〔註 25〕參閱〔日〕小川利康：《周氏兄弟的「時差」——白樺派與廚川白村的影響》，《文學評論叢刊》2012 年 2 期。
〔註 26〕《苦悶的象徵》，60～61 頁。
〔註 27〕周作人：《文藝上的寬容》，《自己的園地》，北京十月文藝出版社 2011 年 1 月，9 頁。

『非實際底』『非實利底』為最大條件之一而成立。」「假如要使藝術隸屬於人生的別的什麼目的，則這一剎那間，即使不過一部分，而藝術的絕對自由的創造性也已經被否定，被毀損。那麼，即不是『為藝術的藝術』，同時也就不成其為『為人生的藝術』了。」〔註28〕雖然如此，文藝又是能夠感染讀者，發生社會作用的。他說：「生命者，是遍在於宇宙人生的大生命。因為這是經由個人，成為藝術的個性而被表現的，所以那個性的別半面，也總得有大的普遍性。」〔註29〕這裡顯示出托爾斯泰「情緒感染說」的影響。托爾斯泰在《藝術論》中排斥古往今來那些僅以美和快感之類來說明藝術本質的學說，強調讀者通過鑒賞產生共鳴，受到情緒的感染。《苦悶的象徵》引用了托爾斯泰關於情緒感染的著名論斷：

> 一個人先在他自身裏，喚起曾經經驗過的感情來。在他自身裏既經喚起，便用諸動作，諸線，諸色，諸聲音，或諸以言語表出的形象，這樣的來傳這感情，使別人可以經驗這同一的感情——這是藝術的活動。

> 藝術是人類的活動，其中所包括的是一個人用了或一種外底記號，將他曾經體驗過的種種感情，意識底地傳給別人，而且別人被這些感情所動，也來經驗他們。〔註30〕

有人說，文藝的社會使命有兩方面。一是時代和社會的誠實的反映，一是對未來的預言，二者分別是對現實主義作品和浪漫主義作品的要求。廚川氏認為從他的創作論的角度來看，這也是沒有問題的。他說：「文藝只要能夠對於那時代那社會儘量地極深地穿掘進去，描寫出來，連潛伏在時代意識社會意識的底的底裏的無意識心理都把握住，則這裡自然會暗示著對於未來的要求和欲望。」〔註31〕他的話與托爾斯泰的情緒感染說一致。

周作人對文學的本體、功用和批評的認識與廚川白村高度一致，儘管前者沒有後者那樣的使命感和對文藝功用的積極肯定。那麼，周作人關於情緒感染的觀點受廚川白村與托爾斯泰的影響那個更大一些？這恐怕是一個難以

---

〔註28〕《苦悶的象徵》，60～61頁。

〔註29〕《苦悶的象徵》，50頁。

〔註30〕《苦悶的象徵》83～84頁。譯文可參閱〔俄〕托爾斯泰：《藝術論》，耿濟之譯，商務印書館1921年3月，67～68頁；《藝術論》，豐陳寶譯，人民文學出版社1958年5月，47～48頁。

〔註31〕《苦悶的象徵》，97頁。

分辨的問題。在五四時期，托爾斯泰是影響最大的外國作家，他的著作被廣泛介紹到中國。其《藝術論》1921 年由耿濟之翻譯介紹到中國來。從總體上來說，周作人更多地接受廚川氏文藝理論的影響，後者的闡釋可能更令他信服情緒感染說。

周作人所受到影響是多方面的。他的表現論又受到英國性心理學家、文藝批評家藹理斯（Havelock Ellis，1859～1939）的自我表現說的強化，尤其表現出對藝術客觀效用的否定。〔註 32〕他淡化了托爾斯泰式的社會使命意識，——這在其留日時期和文學革命前期的文藝思想中都是顯著存在的。不過，他並非要否定文藝的社會功用，而是強調一切本諸作家的主體性。他確實明說過文藝無用，但是在論爭的語境發言。

1923 年 10 月，周作人基於自己表現的理論，對新文學的前途作為預言：「中國新文學的趨勢，將來當分為二大潮流，用現在的熟語來說，便是革命文學與頹廢派。這兩者的發達都是當然的，而且據我看來，後者或要占更大的勢力。」現實社會是非人的，而文學不管是什麼派別，但根本上都是反抗的。「我在這裡要重複的聲明，這樣新文學必須是非傳統的，決不是向來文人的牢騷與風流的變相。換一句話說，便是真正個人主義的文學才行。」在他看來，「革命文學在根本上與頹廢派原是一致，只是他更是樂觀，更是感情的；因為這一點異同，所以我說他雖當興起而未必很盛。」「總之現代的新文學第一重要的是反抗精神，與總體分離的個人主義的色彩」。〔註 33〕周作人沒有闡明所用「革命文學」「頹廢派」的確切涵義。「頹廢派」在當時是流行的文學術語，顯然與作為「世紀末」思潮的西方頹廢主義或頹廢派有關。「頹廢派」具有多重涵義，周作人不是在其原有的意義上使用它。頹廢派宣揚高度的個人主義，在文藝觀念上主張「為藝術」，反對生活目的和道德的束縛。其個人主義、非功利與周作人所言的「頹廢派」是相通的，只是周氏淡化了西方「頹廢派」高蹈的姿態，在一定的意義上承認文藝的社會功用。「頹廢派」是頹廢、墮落的「非人的社會」在文藝上的表現，反映出作家對社會現實的應對策略。它與「革命文學」都是對現實的反抗，但二者對現實的態度和對藝術的觀念迥乎有別，可謂同源而異流。「革命文學」「頹廢派」大致可視為「為人生」

---

〔註32〕 參閱羅鋼：《周作人的文藝觀與西方人道主義思想》，《中國現代文學研究叢刊》1987 年 4 期。

〔註33〕 周作人：《新文學的二大潮流》，1923 年 10 月 28 日《燕大週刊》20 期。

與「為藝術」的修正性表達，是周氏 1930 年代所言「載道」「言志」的雛形。

周作人於 1925 年 2 月寫過一篇名為《十字街頭的塔》的隨筆，開篇解題云：「廚川白村有兩本書集，一本名『出了象牙之塔』，又一本名為『往十字街頭』」〔註 34〕。《十字街頭的塔》的題目即來自兩書的題名。「十字街頭的塔」的意象是周氏現實政治態度的生動寫照，意思近於他 1928 年在《澤瀉集·序》中所言「叛徒」與「隱士」的相結合，也體現出他的個人主義的文學傾向。周作人在他所起草的《語絲·發刊辭》中說：「我們所想做的只是想衝破一點中國的生活和思想界的昏濁停滯的空氣，我們個人的思想盡自不同，但對於一切專制與卑劣之反抗則沒有差異。我們這個週刊的主張是提倡自由思想，獨立判斷，和美的生活。」〔註 35〕他在《答伏園論「語絲」的文體》中說：「除了政黨的政論以外，大家要說什麼都是隨意，惟一的條件是大膽與誠意，或如洋紳士所高唱的所謂『費厄潑賴』（fair play）……我們有這樣的精神，便有自由言論之資格；辦了一個小小週刊，不用別人的錢，不說別人的話」〔註 36〕。後來，《論語社同人戒條》第四條云：「不拿別人的錢，不說別人的話」〔註 37〕，其自由主義的傾向一脈相承。魯迅也說《語絲》在不經意中顯示了一種特色：「任意而談，無所顧忌，要催促新的產生，對於有害於新的舊物，則竭力加以排擊」〔註 38〕《語絲》發刊詞、周作人和魯迅都強調了《語絲》的個人主義和自由主義傾向。他們在繼承《新青年》隨感的基礎上，借鑒外國的隨筆，創造了一種個人筆調的、表現力豐富的散文，積極實踐廚川白村所積極倡導的社會批評和文明批評。周作人一方面與魯迅等人一樣，運用雜文參加三一八慘案、女師大風潮的現實鬥爭，並抨擊國民黨「清黨」事件；另一方面又寫作大量閒話式的小品文，表現出低徊的趣味。

廚川白村說：「在近代英國的文藝史上，看見最超拔的兩個思想家，都在四十歲之際，向著相同的方面，施行了生活的轉換：乃是很有興味的事實。這就是以社會改造論者與世間戰鬥的洛思庚（John Ruskin，今譯約翰·羅斯

〔註 34〕周作人：《十字街頭的塔》，《雨天的書》，北京十月文藝出版社 2011 年 1 月，76 頁。
〔註 35〕《發刊辭》，1924 年 11 月 17 日《語絲》1 期。
〔註 36〕豈明（周作人）：《答伏園論「語絲」的文體》，1925 年 11 月 23 日《語絲》54 期。
〔註 37〕《論語社同人戒條》，1932 年 10 月 16 日《論語》3 期。
〔註 38〕魯迅：《我和〈語絲〉的始終》，《魯迅全集》4 卷，人民文學出版社 2005 年，171 頁。

金，1819～1900——引者）和摩理思（William Morris，今譯威廉‧莫里斯，1834～1896——引者）。」他們都走出了象牙之塔。廚川氏聯繫日本作家說，夏目漱石遁入「低徊趣味」，所取的態度是向著超越逃避了俗眾的超然的高蹈的生活走去，而島村抱月則和女伶同入劇壇，反抗因襲道德，斷然採取積極的戰鬥者的態度。〔註39〕周氏兄弟正值四十歲之際人生道路轉向的關鍵期。1927年國民黨「清黨」事件發生後，導致他們對社會現實的極度失望。周作人更多地偏向於夏目漱石一邊，「向著超越逃避了俗眾的超然的高蹈的生活走去」；而魯迅則選擇與共產黨領導下的革命作家聯合，投身於左翼文學運動，積極參加現實政治鬥爭，走上羅斯金、莫里斯、島村抱月式的反抗之路。周氏兄弟走向不同的文學和政治道路，在文學觀念上截然對立，在1930年代分別成為「言志派」和「載道派」的代表。

### 3、言志、載道與晚明小品

周作人的文學觀在1927年後經歷了重大的變化。他在五四退潮之後選擇自己表現的個性文學，是出於對新文化陣營普遍的功利主義文學觀的擔憂和不滿；而1928年初，革命文學初興，功利主義文學觀與特定的政治力量聯繫起來使周作人擔憂個人自由受到壓制，於是把這種新的功利主義文學觀視為個性文學的對立面，並名之為「載道」。

1927年以後，革命文學思潮湧起，此派的作家對五四文學進行了大規模的批判。周作人和魯迅作為五四個人主義文學的代表人物受到討伐。反資產階級和小資產階級的趣味文學是革命文學的提倡者們批判五四文學的一個重要方面，成仿吾為急先鋒，發表了多篇文章。他極力諷刺「北京的周作人先生及他的 Cycle」所代表的「以趣味主義為中心的文藝」〔註40〕。接著，成仿吾在著名論文《從文學革命到革命文學》中，把周作人當作脫離時代的有閒的資產階級的代表進行批判：「關於文學革命的現階段的考察還有北京一部分的特殊現象必須一說。以《語絲》為中心的周作人一派的玩意。他們的標語是『趣味』；我從前說過他們所矜持的是『閑暇，閑暇，第三個閑暇』；他們是代表著有閒的資產階級，或者睡在鼓裏面的小資產階級。他們超越在時代之上；他們已經這樣過活了多年，如果北京的烏煙瘴氣不用十萬兩無煙火藥

---

〔註39〕《出了象牙之塔》，203～204頁。
〔註40〕成仿吾：《完成我們的文學革命》，1927年7月16日《洪水》3卷25期。

炸開的時候，他們也許永遠這樣過活的罷。」〔註41〕李初梨同樣批判周作人所代表的趣味主義文學。〔註42〕馮乃超說魯迅「無聊賴地跟他弟弟說幾句人道主義的美麗的說話」，指自我表現論為「觀念論的幽靈，個人主義者的囈語」，「現在成為一般反動作家的旗幟」。〔註43〕魯迅的還擊道：「我的主張如何且不論，即使相同，何以說話相同便是『無聊賴地』？莫非一有『弟弟』，就必須反對，一個講革命，一個即該講保皇，一個學地理，一個就得學天文麼？」〔註44〕

周作人一直擔心主流的文學對個人主義文學的壓迫，所以對革命文學的興起高度敏感。其對革命文學作家的進攻不是正面回擊，而是旁敲側擊。他從文學的思想意識的角度，認為無產階級革命文學不成立。因為文學是思想和情感的表現，而在中國儘管經濟地位有不同，但都抱有資產階級的陞官發財思想。在這樣的情況下，如果硬要提倡革命文學，那就只能成為一種「應制」的文學。他說：「在中國有產與無產這兩階級儼然存在，但是，說也奇怪，這只是經濟狀況之不同，其思想卻是統一的，即都是懷抱著同一的資產階級思想。……現在如以階級本位來談文學，那麼無產階級文學實在與有產不會有什麼不同，只是語句口氣略有差異，大約如白話的一篇《書經》，仍舊是鬼話連篇。」〔註45〕魯迅在 1927 年 10 月發表的《革命文學》，把這個問題的重要性講得十分清楚：「我以為根本問題是在作者可是一個『革命人』，倘是的，則無論寫的是什麼事件，用的是什麼材料，即都是『革命文學』。從噴泉裏出來的都是水，從血管裏出來的都是血。」〔註46〕這確實關乎革命文學能否成立的大問題，所以革命文學的提倡者們也十分重視革命作家的世界觀改造。周作人又說：「故中國民族實是統一的，生活不平等而思想則平等，即統一於『第三階級』之陞官發財的渾賬思想。不打破這個障害，只生吞活剝地號叫『第四階級』，即使是真心地運動，結果民眾政治還就是資產階級專政，革命文學亦無異於無聊文士的應制，更不必說投機家的運動了。」〔註47〕有研究

〔註41〕成仿吾：《從文學革命到革命文學》，1928 年 2 月《創造月刊》1 卷 9 期。
〔註42〕李初梨：《怎樣地建設革命文學》，1928 年 2 月《文化批判》2 期。
〔註43〕馮乃超：《藝術與社會生活》，1928 年 1 月《文化批判》創刊號。
〔註44〕魯迅：《我的態度氣量和年紀》，《魯迅全集》4 卷，人民文學出版社 2005 年，111 頁。
〔註45〕豈明（周作人）：《文學談》，1927 年 7 月 2 日《語絲》138 期。
〔註46〕魯迅：《革命文學》，《魯迅全集》3 卷，人民文學出版社 2005 年，568 頁。
〔註47〕豈明（周作人）：《爆竹》，1928 年 2 月 9 日《語絲》4 卷 9 期。

者說:「這段引文裏使用的『應制』一詞十分重要,值得充分注意,因為這與他即將提出『載道』和『言志』一對概念中的『載道』一詞是呼應的,甚至可以說前者就是後者的本義或語源、來歷。」〔註48〕說「應制」一詞是「載道」的本義或語源、來歷可能不甚恰當,然而它確實在一定意義上預示了「載道」一詞即將出場。

1928 年 1 月,周作人在中法大學發表演講,「對準倡說革命文學的人」而發表對於時下各派文學的看法。他說,在革命文學倡導者看來,「應當根據這一個時代的精神來做心軸,在思想上要先進的,在政治上要能夠來幫助活動與改革的成功。」「就我個人的意見,文學是表現思想與情感的,或者說是一種『苦悶的象徵』」。「文學既然僅僅是單純的表現,描寫出來就算完事兒了。那麼現在講革命文學的,是拿了文學來達到他政治活動的一種工具,手段在宣傳,目的在成功。」「先前人說道:『文以載道』。夫文而欲其載道,那麼便迹近乎宗教上的宣傳。桐城派的文,就是根據『文以載道』的話,而成其為道。」〔註49〕他首次明確用「文以載道」責難革命文學,把它與其主張「自己表現」的文學對立起來。

周作人諷刺革命文學作家空談理想,沒有直面現實的勇氣,說道:「中國近來講主義與問題的人都不免太浪漫一點,他們做著粉紅色的夢,硬不肯承認說帳子外有黑暗。譬如談革命文學的朋友便最怕的是人生的黑暗,有還是讓它有著,只是沒有勇氣去看,並且沒有勇氣去說,他們盡嚷著光明到來了,農民都覺醒了,明天便是世界大革命!至於農民實際生活是怎樣的蒙昧,卑劣,自私,那是決不准說,說了即是有產階級的詛咒。」〔註50〕由此可見他與革命文學作家的思想隔膜,對革命文學運動缺乏同情和理解。

1926 年前後,周作人開始系統地閱讀明人小品,並從中找到新文學的源流,為其反擊革命文學提供了新的資源。新文學到 1920 年代中期取得了文壇上的支配地位,面臨著如何進一步發展的問題,周作人等一部分作家開始擺脫五四文學革命新舊二元對立的思維方式,從傳統中尋求資源,發掘中國文

〔註48〕高恒文:《周作人與周門弟子》,大象出版社 2014 年 7 月,101 頁。

〔註49〕周作人:《文學的貴族性》,原載 1928 年 1 月 5、6 日《晨報副刊》,昭圍記錄,收入《周作人集外集》(下集),海南國際新聞出版中心 1995 年 9 月,296、299 頁。

〔註50〕周作人:《婦女問題與東方文明等》,《永日集》,北京十月文藝出版社 2011 年 3 月,106 頁。

學埋在土裏的根，從而使新文學落地化。這無論是對周作人自己還是對新文學，都標誌著一次重大的思想方式的轉折。以後周作人越走越遠，披沙揀金地去尋找、重釋和組合符合現代思想觀念的另類傳統，並參與現實的文化政治鬥爭。

1926 年 5 月，他在致俞平伯信中談讀明人小品的感想：「我常常說現今的散文小品並非五四以後的新出產品，實在是『古已有之』，不過現今重新發達起來罷了。由板橋冬心溯而上之這班明朝文人再上蘇東坡山谷等，似可編出一本文選，也即為散文小品的源流材料，此件事似大可以做，於教課者亦有便利。現在的小文與宋明諸人在文字上固然有點不同，但風致實是一致，或者又加上了一點西洋影響，使他有一種新氣息而已。」〔註51〕周作人發現了晚明小品與現代散文之間的高度相近，第一次把新文學散文的源頭追溯到明清名士派的文章——晚明小品。1926 年 11 月，周氏在為俞平伯重刊《陶庵夢憶》所寫的序中說：「現代的散文在新文學中受外國的影響最少，這與其說是文學革命的還不如說是文藝復興的產物，雖然在文學發達的程途上復興與革命是同一樣的進展：我們讀明清有些名士派的文章，覺得與現代文的情趣幾乎一致，思想上固然難免有若干距離，但如明人所表示的對於禮法的反動則又很有現代的氣息了。」〔註52〕

周作人對晚明小品的重新發現，得益於他在燕京大學中國文學系擔任新文學組的課。他後來於 1944 年 7 月所作《關於近代散文抄》中有過較為詳細的回顧。據周氏自己說，1922 年夏，他由胡適介紹到燕京大學，擔任中國文學系的新文學組的課。教師只有他一人，許地山擔任助教，第二年俞平伯來做講師。他最初的教案是從現代起手，先講胡適、俞平伯等的文章，再上溯到明清之際的諸多小品文家，並編過作為教學資料的作品選。〔註53〕

1928 年，他為俞平伯的兩個散文集作跋二篇，進一步明確晚明小品與現代散文之間的承繼關係，並且有了批判性的指向。他在《雜拌兒跋》中寫道：

在這個年頭兒大家都在檢舉反革命之際，說起風致以及趣味之類恐怕很有點違礙，因為這都與『有閒』相近。可是，這也沒有什

〔註51〕《周作人書信》，北京十月文藝出版社 2011 年 3 月，94～95 頁。

〔註52〕周作人：《陶庵夢憶序》，《澤瀉集》，北京十月文藝出版社 2011 年 3 月，15 頁。

〔註53〕參閱本書第二章第一節。此章原載《文學評論》2006 年 2 期，題為「一個晚明小品選本與一次文學思潮」。

麼法兒，我要說誠實話，便不得不這麼說……唐宋文人也作過些性
靈流露的散文，只是大都自認為文章遊戲，到了要做『正經』文章
時便又照著規矩去做古文；明清時代也是如此，但是明代的文藝美
術比較地稍有活氣，文學上頗有革新的氣象，公安派的人能夠無視
古文的正統，以抒情的態度作一切的文章，雖然後代批評家貶斥它
為淺率空疏，實際卻是真實的個性的表現，其價值在竟陵派之上……
現代的散文好像是一條湮沒在沙土下的河水，多少年後又在下流被
掘了出來；這是一條古河，卻又是新的。〔註 54〕

他又在《燕知草跋》中說：

中國新散文的源流我看是公安派與英國的小品文兩者所合
成，而現在中國情形又似乎正是明季的樣子，手拿不動竹竿的文人
只好避難到藝術世界裏去，這原是無足怪的。我常想，文學即是不
革命，能革命就不必需要文學及其他種種藝術或宗教，因為他已有
了他的世界了；接著吻的嘴不再要唱歌，這理由正是一致……文學
是不革命，然而原來是反抗的：這在明朝小品文是如此，在現代的
新散文亦是如此。〔註 55〕

他從公安派的文論中拈出「性靈」，凸顯其代表的張揚個性的精神價值，矛頭
指向「性靈」的對立面——革命文學的主張。

周作人沒有把上文所談《新文學的二大潮流》收入自編文集，很可能並
不看重它。然而，1929 年他在中國大學綺虹社主編的《綺虹》重刊此作〔註 56〕，
時值無產階級革命文學興起之時，大概意在藉此暗示其由於是「樂觀」「感情
的」，成不了大氣候；同時也表露出他試圖對當下新文學潮流進行理論化。

當革命文學的力量日益壯大，左翼文學風生水起的時候，周作人便尋出
「言志」一詞，與「載道」二元對立。「文以載道」與個性解放、文學獨立的
現代性觀念截然對立，在文學革命中受到了廣泛、尖銳的批判。而周作人的
文化政治鬥爭策略是利用文學革命以來「文以載道」的負面聲譽，責難和抵
制左翼文學。

1930 年 3 月 2 日，中國左翼作家聯盟在上海成立。這給周作人帶來了強

---

〔註 54〕周作人：《雜拌兒跋》，《永日集》，80～82 頁。
〔註 55〕周作人：《燕知草跋》，《永日集》，85～86 頁。
〔註 56〕周作人：《新文學的二大潮流》，1929 年 4 月《綺虹》1 卷 1 期。

烈的刺激。他於 3 月 11 日作《金魚》一文，寫道：「幾月沒有寫文章，天下的形勢似乎已經大變了，有志要做新文學的人，非多講某一套話不容易出色。……文學上永遠有兩種潮流，言志與載道。二者之中，則載道易而言志難。我寫這篇賦得金魚，原是有題目的文章，與帖括有點相近，蓋已少言志而多載道歟。」〔註 57〕這段話諷刺意味顯然。他雖然先有題目再寫文章，與帖括有點相像，但並非是言他人之道。作者沒有說出「大變了」的「形勢」有何所指，但緊接著的一句話表明是文學上的大事。這很容易使人想到「左聯」的成立，魯迅轉變為「左聯」的盟主。曾幾何時，兩人一起作為革命文學對立面的五四新文學的代表人物受到批判。他曾擔心的文壇政治力量進一步組織化，成為一種壓制異己的群眾運動。正是在這樣的歷史語境中，周作人言志文學理論最重要的二元對立的範疇「言志」與「載道」正式同時登場。

1930 年，周作人遭到了一次來自左翼青年的討伐。這次討伐發生在北平的《新晨報》副刊上，肇端於黎錦明發表於 3 月 24 日的《致周作人先生函》。黎文對革命文學的勢力迅速擴大表示不滿，並就這一問題向周作人請教。周作人在 4 月 7 日《新晨報》上發表《半封回信·致錦明》，諷刺了革命文學，表明了自己對於文學的幾點意見。他針對「革命文學」發言：「文學有言志與載道兩派，互相反動，永遠沒有正統」〔註 58〕周作人的態度和觀點遭到了幾個革命青年的攻擊。〔註 59〕1930 年 6 月 12 日《新晨報副刊》上有文章宣告周作人是「命定地趨於死亡的沒落」，批評《駱駝草》的作者，俞平伯著文反擊。〔註 60〕

1930 年 5 月 12 日，周作人主持的散文週刊《駱駝草》正式成立，聚集了俞平伯、廢名、徐祖正、梁遇春、徐玉諾等一群言志派作家。廢名撰寫的《發刊詞》說：「我們開張這個刊物，倒也沒有什麼新的旗鼓可以整得起來，反正一晌都是於有閒之暇，多少做點事兒」，聲稱「不談國事」，「不為無益之事」，「文藝方面，思想方面，或而至於講閒話，玩古董，都是料不到的，笑罵由你笑罵，好文章我自為之，不好亦知其醜，如斯而已，如斯而已」。字裏行間，

〔註 57〕周作人：《金魚》，《看雲集》，北京十月文藝出版社 2011 年 3 月，22 頁。

〔註 58〕周作人：《半封回信》，（《周作人散文全集》（5），廣西師範大學出版社 2009 年 4 月，628 頁。

〔註 59〕參閱拙作：《周作人研究的歷史與現狀》，遼寧人民出版社 2015 年 4 月，19～20 頁。

〔註 60〕平伯：《又是沒落》，1930 年 6 月 13 日《駱駝草》7 期。

不難看出針對左翼方面的諷刺來。創刊號首頁上，登載周作人後來收入「草木蟲魚」一輯散文中的《水裏的東西》。1931 年 3 月《青年界》創刊號發表《草木蟲魚》，包括《小引》《金魚》《莧子》《兩株樹》四篇，收入散文集《風雨談》中「草木蟲魚」一輯時，又加入《莧菜梗》《水裏的東西》《案山子》《關於蝙蝠》，總共八篇。周作人突出這一組閒適題材的小品文，並以「草木蟲魚」名之，與廢名所作《發刊詞》表達的閒適一樣，有意與左翼文學對壘。

周作人對文藝自由的思考，從來都沒有侷限於純文藝的範圍，而把它看作社會自由的表徵。他在《草木蟲魚小引》中表露出對左翼方面的抱怨和憂思：「不必說到政治大事上去，即使偶然談談兒童和婦女身上的事情，也難保不被看出反動的痕跡，其次是落伍的證據來，得到古人所謂筆禍。」他對此高度敏感，甚至說：「即如古今來多少殺人如麻的欽案，問其罪名，只是大不敬或大逆不道等幾個字兒，全是空空洞洞的，當年卻有許多活人死人因此處了各種極刑，想起來很是冤枉，不過在當時，大約除本人外沒有不以為都是應該的罷。名號──文字的威力大到如此。實在是可敬而且可畏了。」他諷刺道：「我個人卻的確是相信文學無用論的。我覺得文學好像是一個香爐，他的兩旁邊還有一對蠟燭臺，左派和右派。無論那一邊是左是右都沒有什麼關係……文學無用，而這左右兩位是有用有能力的。」〔註 61〕統治者為了自己的利益以名號殺人，而普通群眾又麻木不仁，這樣就構成了對少數人的壓迫。周作人從五四以來始終有著對個人自由遭致壓迫的憂慮。自 1927 年以降，他的憂慮來自左、右兩個方面，一是國民黨政府實行的專制，一是左翼革命運動的威脅。他由西方的宗教迫害談到中國的專制和思想壓制：「中國向來喜歡以思想殺人，定其罪曰離經叛道，或同類的籠統的名號」。他認為文明世界應該盡可能地減少「人生不必要的犧牲與衝突」，「我這意見或者是已經過了時的所謂自由主義，因為現在的趨勢似乎是不歸墨（Mussolini）則歸列（Lenin），無論誰是革命誰是不革命，總之是正宗與專制姘合的辦法，與神聖裁判官一鼻孔出氣的。」〔註 62〕作為一個自由主義知識分子，他倍感來自左、右兩方面的壓力。

1932 年 9 月，北平的人文書店同時推出周作人的文論小冊子《中國新文

---

〔註61〕豈明（周作人）：《草木蟲魚小引》，1930 年 10 月 30 日《駱駝草》23 期。
〔註62〕周作人：《關於妖術》，《永日集》，北京十月文藝出版社 2011 年 3 月，119～120 頁。

學的源流》與沈啟無編晚明小品選集《近代散文抄》上冊（12 月推出下冊），
直接推動了言志文學思潮形成。沈編原名「冰雪小品選」，因故未能及時梓行，
後來才易名「近代散文抄」出版。《近代散文抄》卷首的《周作人新序》《周
作人序》分別作於 1932 年 9 月 6 日和 1930 年 9 月 21 日，二文收入《苦雨齋
序跋文》分別改題為「近代散文抄新序」和「近代散文抄序」。其中原序載於
9 月 29 日《駱駝草》第 21 期，名為「冰雪小品選序」。《俞平伯跋》作於 1930
年 9 月 13 日，發表於本年 9 月 22 日《駱駝草》第 20 期。

在作於 1930 年 9 月的《近代散文抄序》裏，周作人明確開始用「文以載
道」與「詩言志」的二元對立來重新構架中國文學史。他提出，古今文藝的
變遷有兩個大的時期——集團的與個人的。當個人的文藝之時期到來時，先
前的集團的文藝並未退場，這樣二者並存或者對峙。他寫道：

> 文學則更為不幸，授業的師傅讓位於護法的君師，於是集團的
> 「文以載道」與個人的「詩言志」兩種口號成了敵對，在文學進了
> 後期以後，這新舊勢力還永遠相搏，釀成了過去的許多五花八門的
> 文學運動。在朝廷強盛，政教統一的時代，載道主義一定占勢力，
> 文學大盛，統是平伯所謂「大的高的正的」，可是又就「差不多總是
> 一堆垃圾，讀之昏昏欲睡」的東西，一到了頹廢時代，皇帝祖師等
> 等要人沒有多大力量了，處士橫議，百家爭鳴，正統家大歎其人心
> 不古，可是我們覺得有許多新思想好文章都在這個時代發生，這自
> 然因為我們是詩言志派的。小品文則在個人的文學之尖端，是言志
> 的散文，它集合敘事說理抒情的分子，都浸在自己的性情裏，用了
> 適宜的手法調理起來，所以是近代文學的一個潮頭，它站在前頭，
> 假如碰了壁時自然也首先碰壁。〔註63〕

周作人自稱言志派，並把小品文視為言志派的代表性文類。

周作人用來闡明「載道」與「言志」起伏的主要文類是散文，因為散文
或稱文章貫穿中國文學史的始終，儒家的載道要求主要是通過散文尤其是其
中的古文來承擔的；相反，言志的傾向主要表現在小品文——一種「不專說
理敘事而以抒情分子為主的，有人稱他為『絮語』過的那種散文上」〔註64〕。
這一散文的文體出現得較晚，「因為小品文是文藝的少子，年紀頂幼小的老頭

---

〔註63〕豈明（周作人）：《冰雪小品選序》，1930 年 9 月 29 日《駱駝草》21 期。
〔註64〕周作人：《燕知草跋》，《永日集》，84 頁。

兒子。文藝的發生次序大抵是先韻文，次散文，韻文之中又是先敘事抒情，次說理，散文則是先敘事，次說理，最後才是抒情。」在西方，小品文直到基督紀元後希羅文學時代才可以說真正開始，而中國要到晉文裏才能看出小品文的色彩來，而之前的諸子只能勉強地說是淵源。他說：「小品文〔是文〕學發達的極致，它的興盛必須在王綱解紐的時代。」〔註66〕

## 4、言志文論的重鎮

有了載道與言志交替起伏的劇情主線，有了小品文、古文、八股文等重要角色，周作人後來得到機會演義出了一場大戲。1932 年春夏間，受輔仁大學國文系主任沈兼士之邀，周作人發表了八次講演，以「載道」與「言志」的對立展開系統的中國文學史敘述。在講演記錄稿的基礎上整理而成一冊《中國新文學的源流》，新文學言志派的文學理論至此確立。

周作人是言志派作家的精神導師，《中國新文學的源流》為言志文學思潮的理論重鎮。正如前面談到的周氏許多文章一樣，此書有著強烈當下的問題意識，但它不是直截了當地談論現實問題，而是借對中國文學史的論述，寄寓自己的思想觀點，劍有所指，表現出高度的文化政治鬥爭策略。

周作人從文學的起源講起。他認為文學起源於宗教，比如古希臘的悲劇就是從宗教儀式裏脫化出來的。他的觀點與廚川白村一樣，後者說過：「在原始時代的宗教的祭儀和文藝的關係，誠然是姊妹，是兄弟。所謂『一切藝術生於宗教的祭壇』這句話的意思，也就可以明白了。」〔註67〕文學從宗教分化出來以後，文學領域很快就有了兩種不同的潮流：一是「詩言志——言志派」，二是「文以載道——載道派」。「言志之外所以又生出載道派的原因，是因為文學剛從宗教脫出之後，原來的勢力尚有一部分保存在文學之內，有些人以為單是言志未免太無聊，於是便主張以文學為工具，再藉這工具將另外的更重要的東西——『道』，表現出來。」這兩種潮流的起伏，便造成了中國文學。如同一條彎曲的河流沒有固定的方向，只要遇到阻力，就會改變流向。載道與言志循環交替。晚周、魏晉六朝、五代、元、明末、民國，社會紛亂，王綱解紐，文學不受大一統的意識形態的統制，造成了言志的潮流；

---

〔註65〕據天馬書店 1934 年 3 月初版本《苦雨齋序跋文》補足。
〔註66〕豈明（周作人）：《冰雪小品選序》。
〔註67〕《苦悶的象徵》，121 頁。

而兩漢、唐、兩宋、明、清政治穩定，思想定於一尊，又使得文學步入載道一途。「自從韓愈好在文章裏面講道統而後，講道統的風氣遂成為載道派永遠去不掉的老毛病。」離民國最近的一次言志派的勃興是晚明，公安派主張「獨抒性靈，不拘格套」、「信腕信口，皆成律度」，反對前後七子的復古運動，極力反對模仿，肯定文學的變遷。對此，周作人給予高度評價：「假如從現代胡適之先生的主張裏面減去他所受到的西洋的影響，科學，哲學，文學以及思想各方面的，那便是公安派的思想和主張了。」他進而提出，民國以來的文學運動，是清代文學所激起的反動，而明末的文學則是這次文學運動的來源。〔註68〕

《中國新文學的源流》不是對中國文學史的客觀研究，而是一個論爭性的文本。周作人在第二講「中國文學的變遷」中，畫了一張類似數學三角函數中的正弦曲線一樣的波浪線，在載道與言志之間循環往復，沿著中間的一條時間軸線表示中國文學的一直的流向。〔註69〕末端標到了「民國」，這又是一個王綱解紐的言志時代，此下的波浪線只畫了一邊，且無標識，然而無疑提示著一個新的載道時代的來臨。隱含著的鋒芒直指當時的左翼文學，書中沒有直接提及無產階級革命文學和左翼文學，但它們呼之欲出。這是《中國新文學的源流》中國文學史敘述的玄機所在。他通過對中國文學史的重構，高度肯定以小品文為代表的新文學言志派，並對與之相對立的載道派——左翼文學——進行還擊。

雖然沒有點出對手的名字，暗示是有的：「現在雖是白話，雖是走著言志的路子，以後也仍然要有變化，雖則未必再變得如唐宋八家或桐城派相同，卻許是必得於人生和社會有好處的才行，而這樣則又是『載道』的了。」又云：「在《北斗》雜誌上載有魯迅的一句話：『由革命文學到遵命文學』，意思是：以前是談革命文學，以後怕要成為遵命文學了。這句話說得頗對，我認為凡是載道的文學，都得算作遵命文學，無論其為清代的八股，或桐城派的文章，通是。對這種遵命文學所起的反動，當然是不遵命的革命文學。於是產生了胡適之的所謂『八不主義』，也即是公安派的所謂『獨抒性靈，不拘格套』和『信腕信口，皆成律度』的主張的復活。所以，今次的文學運動，和明末一次，其根本方向是相同的。」他在第三講中云：「言志派的文學，可以

---

〔註68〕周作人：《中國新文學的源流》，人文書店 1932 年 9 月，34、39、43、32 頁。
〔註69〕《中國新文學的源流》，35 頁。

換一名稱.叫做『即興的文學』。載道派的文學，也可以換一名稱叫做『賦得的文學』，古今來有名的文學作品，通是即興文學。」〔註70〕

左翼張揚文藝的政治作用，他偏偏要說：「文學是無用的東西。因為我們所說的文學，只是以達出作者的思想感情為滿足的，此外再無目的之可言。裏面，沒有多大鼓動的力量，也沒有教訓，只能令人聊以快意。」〔註71〕這不代表周氏的本意，而是論爭中的意氣之語。周作人後來說過：「《清議報》與《新民叢報》的確都讀過也很受影響，但是《新小說》的影響總是只有更大不會更小。梁任公的《論小說與群治之關係》當初讀了的確很有影響，雖然對於小說的性質與種類後來意思稍稍改變，大抵由科學或政治的小說漸轉到更純粹的文藝作品上去了。不過這只是不看重文學之直接的教訓作用，本意還沒有什麼變更，即仍主張以文學來感化社會，振興民族精神，用後來的熟語來說，可以說是屬於為人生的藝術這一派的。」〔註72〕也許這樣不經意的話更能表示他的真實意見。留日時期，他和魯迅都相信文學的「不用之用」，從留日時期、五四時期到 1930 年代，他的「不用之用」的文學功用觀可謂一以貫之，儘管也存在著諸多不同。

在清華讀書時的錢鍾書曾提出，「詩以言志」「文以載道」在傳統的文學批評上似乎不是兩個格格不入的命題，這裡的「文」通常只是指「古文」或散文，並非用來涵蓋一切近世所謂的「文學」，與詩有不同的分工，故以此來分派的做法可以商榷。〔註73〕不過，「言志」與「載道」雖有所針對文類之別，但周作人把它們改造成了自己的概念，並非在傳統意義上使用。朱自清說：「……到了現在，更有人以『言志』和『載道』兩派論中國文學史的發展，說這兩種潮流是互為起伏的。所謂『言志』是『人人都得自由講自己願意講的話』；所謂『載道』是『以文學為工具，再借這工具將另外的更重要的東西——道——表現出來』。這又將『言志』的意義擴展了一步，不限於詩而包羅了整個兒中國文學。這種局面不能不說是袁枚的影響，加上外來的『抒情』意念——『抒情』這詞組是我們固有的，但現在的涵義卻是外來的——而造

---

〔註70〕（《中國新文學的源流》，70 頁。

〔註71〕《中國新文學的源流》，103、29 頁。

〔註72〕周作人：《關於魯迅之二》，《瓜豆集》，北京十月文藝出版社 2012 年 2 月，181 頁。

〔註73〕中書君（錢鍾書）：《評周作人的新文學的源流》，1932 年 11 月《新月》4 卷 4 期。

成。現時『言志』的這個新義似乎已到了約定俗成的地位。」〔註74〕畢竟，志與道的界限有欠分明，故周氏又補充說：「言他人之志即是載道，載自己的道亦是言志」〔註75〕。周作人後來說：「從前我偶講中國文學的變遷，說這裡有言志載道兩派，互為消長，後來覺得志與道的區分不易明顯劃定，遂加以說明云，載自己的道亦是言志，言他人之志即是載道，現在想起來，還不如直截了當的以誠與不誠為別，更為明瞭。」〔註76〕這也與他 1925 年在《答伏園論「語絲」的文體》中所說的「誠意」如出一轍。

明眼人不難看出，周作人對中國新文學之源的認定是其理論的預設和推演，而缺少實證。1934 年，陳子展就提出質疑：周氏在五四時期並沒有搬出他的「新發明」，後來卻「杜撰一個什麼『明末的新文學運動』」〔註77〕。清朝大一統的意識形態建立以後，晚明性靈派文人的著作大多被禁燬，受到貶損，一般學子的閱讀書目中是沒有晚明文人著作的。胡適在回顧他在五四文學革命初期所提出的「歷史進化的文學觀」時說：「我當時不曾讀袁中郎弟兄的集子」。〔註78〕周作人早年讀過張岱《陶庵夢憶》、王思任《文飯小品》等越中鄉賢的著作，以及金冬心、鄭板橋的書畫題記〔註79〕，這與他個人的散文創作、1920 年代以後的新文學敘述有關，但難以找見與新文學發生的聯繫。這樣，晚明的言志派文學就不會是新文學的真正源頭。在我看來，新文學的源頭反而更有可能是儒家的載道文學。林毓生在《中國意識的危機》中指出，晚清和「五四」知識分子選擇「借思想文化以解決社會問題的途徑」，反映了儒家的思想模式。〔註80〕晚清之時，梁啟超的改良主義思想和文學主張就體現了儒家這一思想傳統，他本身就是儒家今文經學中人。聯繫梁啟超和五四

〔註74〕朱自清：《詩言志辨》，《朱自清全集》6 卷，江蘇教育出版社 1996 年 8 月 2 版，172 頁。
〔註75〕周作人：《〈中國新文學大系·散文一集〉導言》，《中國新文學大系·散文一集》（周作人編），上海良友圖書印刷公司 1935 年 8 月。
〔註76〕周作人：《漢文學的前途》，《藥堂雜文》，北京十月文藝出版社 2010 年 8 月，11 頁。
〔註77〕陳子展：《不要再上知堂老人的當》，1934 年 7 月 20 日《新語林》2 期。
〔註78〕胡適：《〈中國新文學大系·建設理論集〉導言》，《中國新文學大系·建設理論集》，上海良友圖書印刷公司 1935 年 10 月。
〔註79〕參閱陳文輝：《傳統文化的影響與周作人的文學道路》，中國社會科學出版社 2015 年 2 月，112～122，203～212 頁。
〔註80〕〔美〕林毓生：《中國意識的危機——中國意識的危機》，穆善培譯，貴州人民出版社 1988 年 1 月增訂再版，45～51 頁。

諸子，可以看到借思想文化解決社會問題的經世觀念正是中國文學轉型的原動力，這種觀念與西方現代性思想和文學的知識結合，成為了新文學的源頭。職是之故，可以說五四新文學的功利主義從一開始就承續著儒家「文以載道」觀念的基因。這又與強調文學獨立性的現代性觀念和個人主義的思想原則衝突，構成了周作人所說的新一輪「言志」與「載道」的起伏。

《中國新文學的源流》《近代散文抄》出版，掀起了一次大規模的晚明小品熱，引發了一場聲勢浩大的小品文論爭。林語堂從《近代散文抄》所選公安三袁的文章裏，發現了與他所服膺克羅齊、斯賓崗（J. E. Spingarn）等的表現主義一致的精彩文學理論，於是像周作人一樣，用言志論重述自己的文藝思想，其話語系統在 1930 年代前半期經歷了一次本土化的轉換。他接受周作人的觀點，把晚明性靈派文學看作近代散文的淵源。正是在言志論文學綱領的感召下，南北言志派——論語派與苦雨齋派聯合了起來，以林語堂主編的《人間世》等雜誌為陣地，提倡閒適筆調的小品文，引起了與左翼作家之間激烈的小品文論爭。這是 1930 年代最重要的文學論爭，具有深刻的文學史意義。論爭雙方分別以周作人與魯迅為代表，一是言志的，一是載道的，或者說是功利主義的，雙峰並峙，二水分流，集中代表了新文學的兩大傳統。〔註81〕

新文學的這兩大傳統承續了源遠流長的古代文學精神，又啟示著中國文學的未來。

〔註81〕詳細論述參閱本書第二、四章。

# 二、晚明小品熱與言志文學思潮

　　1930 年代的前半期，中國文壇盛行過一個與左翼、京派等文學思潮並立的言志派文學思潮。其代表人物是周作人和林語堂，他們一北一南，桴鼓相應，攪動了整個文壇。曹聚仁在其學術隨筆《言志派的興起》中，曾把他們稱為「言志派」，不過並沒有加以明確的界說。迄今為止，這個名稱在學術界還沒有得到廣泛的接受，也自然缺乏深入細緻的研究與進一步的整合。然而，這個文學思潮的存在是顯而易見的。周、林二氏有完整的言志文學理論，發表陣地北有《駱駝草》《世界日報·明珠》（副刊），南有《論語》《人間世》《宇宙風》等，在他們的麾下還各自集合了一個散文流派：以林語堂為代表的論語派，以周作人為代表的苦雨齋派——主要人物除了周氏本人外，還有廢名、沈啟無、江紹原等。言志派與左翼相對立，與京派也存在著互動關係。言志派藉重評晚明小品來倡導言志文學，引發了一個聲勢浩大的晚明小品熱，對現代文學、現代文學學術特別是現代散文有著重要而深刻的影響。在這場熱潮中，有一個晚明小品選集不能不提，這就是沈啟無（1902～1969）編選的《近代散文抄》。《近代散文抄》與周作人的《中國新文學的源流》，一理論一作品，相互配合，直接推動了熱潮的形成。本章即由考察這個選本的產生、特點、所體現的觀念、影響出發，剖析這次文學思潮，並試圖對晚明小品熱作出歷史的評價。

## 1、一個晚明小品選本

　　1932 年，北平人文書店出版沈啟無當時在大學講課用的晚明小品選本《近代散文抄》。選本共分上、下兩冊，分別出版於該年的 9 月和 12 月。此書大

致以公安、竟陵兩派為中心，收錄十七個人的一百七十二篇作品，其中上冊一百一十五篇，下冊五十七篇。所收作家上起公安三袁，編選者把他們看作晚明小品的發端者；下迄張岱、金聖歎、李漁，在沈啟無看來，張岱是能夠兼公安、竟陵二派之長的集大成者，金聖歎、李漁是晚明小品的「末流」。選文最多的是袁宏道和張岱，分別有二十三篇和二十八篇。這後幾個人的下半世雖在清初，而實際上是明季的遺民，文章所表現出的還是明朝人的氣味。書後附有各家的傳記材料和採輯的書目。據編選者在《後記》中介紹，書名原叫《冰雪小品》，曾交給一個書店，結果被退回。後得到周作人的鼓勵，沈氏於是重理舊編，交北平人文書店出版。書前有兩篇周作人的序言，是為兩個不同階段的《冰雪小品》和《近代散文抄》寫的。俞平伯題簽，書後還有他作的跋。

　　《近代散文抄》所收作品的內容主要有以下幾個方面：其一是表明言志的文學觀。晚明作家強調時代的變化，反對空洞的模擬。袁宗道在《論文上》《論文下》〔註 1〕中說：「有一派學問，則醞出一種意見，有一種意見，則創出一般言語，無意見則虛浮，虛浮則雷同矣。」又說：「時有古今，今人所詫謂奇字奧句，安知非古之街談巷語耶。」袁宏道云：「夫代有升降，而法不相沿，各極其變，各窮其趣」。〔註2〕袁中道也明確指出：「天下無百年不變之文章。有作始，自有末流；有末流，還有作始。」〔註3〕他們極力主張言志的性靈文學。人們通常把分別出自於袁宏道《小修詩敘》《雪濤閣集序》中的「獨抒性靈，不拘格套」和「信腕信口，皆成律度」作為公安派的口號。一直到金聖歎，他仍然聲稱：「詩非異物，只是一句真話」。其二，《近代散文抄》所收文章最多的是遊記，共六十四篇，占全書篇幅四分之一強。這一派作家努力擺脫世網，走向自然，怡情丘壑，在山水中覓知音。筆下是一種有我之境，山水性情渾然相融，偶而借議論隨意地傳達出自我對社會、人生的觀感和慨歎，而不是刻意地寄寓大道理。其三，表現對世俗生活的關注，喜談生活的藝術。品茶飲酒，聽雨賞花，是他們樂此不疲的題材。張岱《閔老子茶》記與人鬥茶的樂趣。李漁的文章談睡、坐、行、立、飲、說話、沐浴，談聽琴觀棋、看花聽鳥、畜養禽魚、澆灌竹木，反映出精緻的生活藝術，充滿了閒

---

〔註 1〕收入《近代散文抄》，以下所引明清之際小品文未注明出處的均見該書。
〔註 2〕袁宏道：《小修詩敘》。
〔註 3〕袁中道：《花雪賦引》。

適的精神。而這些閒適的題材向來是被正統派視為玩物喪志，甚至是亡國之音的。另外，張岱的筆下還有幾篇記敘「畸人」的文章。他記家族中的「異人」，畫畫的姚簡叔，說書的柳敬亭，唱戲的彭天錫，酒徒張東谷，家優阮圓海等。這些人都不涉世務，各有疵癖，然而有真性情，並身懷絕技，不同凡響。《五異人傳》開篇即說：「人無癖不可與交，以其無深情也；人無疵不可與交，以其無真氣也。」作者通過上述人物，張揚了一種不同流俗的人生理想。晚明小品的作者們恃才傲物，表現出六朝人的名士風流。風流是名士的主要表現，哲學家馮友蘭有過簡要的解釋：一是玄心，即玄遠之心，心放得開，想得遠，免去了那些世俗的苦惱，獲得一種超越感；二是洞見，所謂洞見，是指不借推理，專憑直覺，而得來的真知灼見。只需幾句話或幾個字，即成名言雋語；三是妙賞，指對美的深切感覺；四是深情，對於世間萬物都有一種深厚的同情，有情而無我。〔註4〕晚明文人與六朝人一樣，身處王綱解紐的時代，思想解放，故能擺脫綱常名教的束縛，盡顯名士風流。《近代散文抄》大抵能選出晚明小品家最有特色的文體的文章，同一文體中，又能選出其代表作。所以，能夠反映長期為人所詬病的晚明小品的主要特色與在文學史上的貢獻。

　　《近代散文抄》的出版為沈啟無贏得了文名。林語堂重刊《袁中郎全集》時曾經請他作過序，只是他答應了並沒有交卷。〔註5〕在《駱駝草》《人間世》《文飯小品》《水星》和《世界日報‧明珠》等報刊上，開始頻繁地出現他的讀書小品和詩歌。他的散文，1930 年代中期有《閒步庵隨筆‧媚幽閣文娛》《閒步庵隨筆》《帝京景物略》《刻印小記》《閒步偶記》《珂雪齋外集遊居柿錄》《記王謔庵》《談古文》《再談古文》《三談古文》，30 年代末、40 年代初發表《無意庵談文‧山水小記》《〈大學國文〉序》《閒步庵書簡》《六朝文章》《南來隨筆》等文章。大部分屬於周作人路子的讀書小品，追求古樸自然，抄書的成分重。少數幾篇抒情言志，也簡勁可觀。施蟄存稱讚其《記王謔庵》一文「大是精妙」〔註6〕。

　　這些文章和《近代散文抄》的後記一樣，中心思想是標舉自六朝文到明

〔註4〕馮友蘭：《論風流》，收入《三松堂學術文集》，北京大學出版社 1984 年 3 月，
　　　　610～615 頁。
〔註5〕沈啟無：《珂雪齋外集遊居柿錄》，1935 年 7 月 5 日《人間世》31 期。
〔註6〕施蟄存：《無相庵斷殘錄》，1935 年 4 月《文飯小品》3 期。

清小品這一條非正統的言志派文脈。在後記中，他與周作人、俞平伯的序跋相呼應，稱集子中文章的總體特色在於，「這是一種言志的散文」，「換言之，明朝人明白一個道理，這就是說，他們明白他們自己。」正因為如此，「明朝人雖沒有六朝的那樣情致風韻，卻自有一種活氣，即是所謂狂，亦復有趣，譬如一切詩文集子公然以小品題名者，似乎也是從明朝人才開頭的。」〔註7〕他特別推崇晚明小品中的遊記，「他們率性任真的態度，頗有點近於六朝」，「對於文章的寫法乃是自由不拘格套，於是方言土語通俗故事都能夠利用到文章裏面來，因此在他們筆下的遊記乃有各式各樣的姿態。」〔註8〕由此可知他把《近代散文抄》中最多的篇幅讓給遊記的原因。與標舉文學史上言志派文脈同時，他總不忘對正統的載道派進行批判。他說：「大抵正宗派的毛病，止在食古不化，死守家法」〔註9〕。與周作人一樣，他菲薄韓愈的古文，說韓愈文章的特點只是在於「載道」，拿他的文章和上下一比，「不但他不及六朝人的華贍，甚而也不及明朝人的澀麗。」〔註10〕他還通過親身經歷，談自己學習古文的體會：「古文不過是一種形式，一種腔調，要學他，只能隨他這種腔調形式寫下去，不能任意自己的筆性寫文章，我恍然古文之汩沒性靈與八股文是一鼻孔裏出氣」〔註11〕。正是上述觀念，支撐了沈啟無在《近代散文抄》中的選擇。

　　要真正理解沈啟無的文藝觀與其《近代散文抄》的編選標準，還需要把他的文學活動放在與周作人的關係及周氏文藝思想的系統中去理解。讀者可以從《近代散文抄》文本的自身輕而易舉地建立起這種聯繫。因為書前有言志派最大的權威和精神導師周作人的兩篇序言，書後有周門大弟子俞平伯的跋。幾篇序跋系統闡述了他們的文藝主張，相比之下，沈啟無的後記倒顯得稀鬆平常，他只是依傍周作人的門戶。值得注意的是，同在 1932 年 9 月，同一家書店又出版了周作人的講演錄《中國新文學的源流》，《近代散文抄》上、下兩冊的書後都印有一頁《源流》的廣告。周著後面附有《沈啟無選輯近代散文鈔目錄》。目錄後有署名「平白」（尤炳圻）一則簡短的附記，講明了這樣的用意：「周先生講演集，提示吾人以精澈之理論，而沈先生《散文抄》，

〔註 7〕沈啟無：《閑步庵隨筆·媚幽閣文娛》，1934 年 4 月 20 日《人間世》2 期。
〔註 8〕沈啟無：《無意庵談文·山水小記》，1939 年 3 月《朔風》5 期。
〔註 9〕沈啟無：《閑步偶記》，1934 年 10 月 5 日《人間世》13 期。
〔註10〕啟無：《談古文》，1936 年 10 月 9 日《世界日報·明珠》。
〔註11〕啟無：《我與古文》，1936 年 12 月 8 日《世界日報·明珠》。

則供給吾人可貴之材料，不可不兼讀也。因附錄沈書篇目於此。」平白明確
地把《近代散文抄》看作支持周作人文藝理論的作品選，顯然一般讀者也是
這樣看的。

那麼，沈啟無與周作人的關係究竟是怎樣的呢？沈啟無，生於江蘇淮陰。
原名沈鍚，字伯龍。上大學時改名沈揚，字啟無。1925 年，沈啟無從南京的
金陵大學轉學到北京的燕京大學，讀中國文學系。也就是在這一年，他上了
周作人主講的新文學課程，於是認識了這個他非常崇拜的老師。1928 年燕大
畢業後，沈啟無到天津南開中學教國文。一年後又調回燕大中國文學系，在
這個系的專修科教書，並在北京女師大國文系兼任講師。1930 年至 1932 年，
任天津河北省立女子師範學院國文系教授、系主任。30 年代，沈啟無與周作
人過從甚密。在 1933 年 7 月出版的《周作人書信》中，收入周氏致他的書信
二十五封，數量之多僅次於致俞平伯的三十五封。他與俞平伯、廢名和民俗
學家江紹原並稱為周作人的四大弟子。1944 年 3 月，因認定沈啟無向日本方
面檢舉他的所謂思想反動，周作人公開發表《破門聲明》，斷絕與這個追隨他
多年的弟子的一切關係。

《近代散文抄》是以周作人的手眼來編選明清之際小品的。其編選過程
肯定也有周作人或多或少的參與。周在其 1932 年 3 月 24 日致沈氏的信〔註12〕
中，曾提到借給他祁彪佳的《寓山注》〔註13〕。沈啟無在文章中每每提及自
己在讀書作文方面所受周作人的影響，也經常引用他的話。

《周序》高度肯定小品文的文學史意義：「小品文則在個人的文學之尖
端，是言志的散文，它集合敘事說理抒情的分子，都浸在自己的性情裏，用
了適宜的手法調理起來。所以是近代文學的一個潮頭，它站在前頭，假如碰
了壁時自然也首先碰壁。」這篇序言已經顯示了他在《中國新文學的源流》
的基本理論框架：「載道」與「言志」的對立。《周新序》又說：「正宗派論
文高則秦漢，低則唐宋，滔滔者天下皆是，以我旁門外道的目光來看，倒還
是上有六朝下有明朝吧。我很奇怪學校裏為什麼有唐宋文而沒有明清文——
或稱近代文，因為公安竟陵一路的文是新文學的文章，現今的新散文實在還
沿著這個統系，一方面又是韓退之以來的唐宋文中所不易找出的好文章。」

〔註12〕收入《周作人書信》。
〔註13〕周作人：《與沈啟無君書二十五通》，《周作人書信》，北京十月文藝出版社 2011
　　　　年 3 月，132 頁。

這裡，他強調了公安、竟陵是當時的「一種新文學運動」，他們的文章是「近代文」。他這兩段話所表明的觀點不斷地在俞平伯、廢名特別是沈啟無的文章中得到迴響。

周作人的文藝思想有一個形成的過程。早在 1926 年 11 月所作的《陶庵夢憶序》中，他就點出了晚明小品的現代意義：「現代的散文在新文學中受外國的影響最少，這與其說是文學革命的還不如說是文藝復興的產物……我們讀明清有些名士派的文章，覺得與現代文的情趣幾乎一致」〔註14〕。1928 年 5 月，他又在《雜拌兒跋》中這樣稱讚公安派：「明代的文藝美術比較地稍有活氣，文學上頗有革新的氣象，公安派的人能夠無視古文的正統，以抒情的態度作一切的文章，雖然後代批評家貶斥它為淺率空疏，實際上卻是真實的個性的表現」。他進一步提出：「現代的散文好像是一條湮沒在沙土下的河水，多少年後又在下流被掘了出來；這是一條古河，卻又是新的。」〔註15〕以後，他的《燕知草跋》《棗和橋的序》等序跋繼續申明其新文學源流觀，到了《近代散文抄》的序言，便出現了「文以載道」與「詩言志」二元對立的理論構架。其理論一開始就帶有反對主流的功利主義文學的意思，隨著革命文學的興起，他在「言志」與「載道」的歷史敘述中也漸漸增添了新的含義。到了 1932 年春夏間在輔仁大學所作題為《中國新文學的源流》的講演，他便把一系列序跋中的觀點連貫起來，成立了系統的言志文學理論和文學史觀。在《〈中國新文學大系·散文一集〉導言》（1935）一文中他又自報家門，抄錄序跋中的內容，展示了其思想產生和形成的過程。

1945 年 7 月，周氏寫了《關於近代散文》，對自己的新文學源流觀形成的背景和過程作了更為清楚的回顧：

> 我最初的教案便是如此，從現代起手。先講胡適之的《建設的文學革命論》，其次是俞平伯的《西湖六月十八夜》，底下就沒有什麼了。這之後不過加進一點話譯的《舊約》聖書，是《傳道書》與《路得記》吧，接著便是《儒林外史》的楔子，講王冕的那一回，別的白話小說就此略過，接下去是金冬心的《畫竹題記》等，鄭板橋的題記和家書數通，李笠翁的《閒情偶寄》抄，金聖歎的《水滸

---

〔註14〕周作人：《陶庵夢憶序》，《澤瀉集》，北京十月文藝出版社 2011 年 3 月，15 頁。

〔註15〕周作人：《雜拌兒跋》，《永日集》，北京十月文藝出版社 2001 年 3 月，81～82 頁。

傳序》。明朝的有張宗子，王季重，劉同人，以致李卓吾。不久隨即加入了三袁，及倪元璐，譚友夏，李開先，屠隆，沈承，祁彪佳，陳繼儒諸人，這些改變的前後年月也不大記得清楚了。大概在這三數年內，資料逐漸收集，意見亦由假定而漸確實，後來因沈兼士先生招赴輔仁大學講演，便約略說一過，也別無什麼新鮮意思，只是看出所謂新文學在中國的土裏原有他的根，只要著力培養，自然會長出新芽來，大家的努力絕不白費，這是民國二十一年的事。〔註16〕

晚明小品集《近代散文抄》1932 年由北平人文書店出版。編者沈啟無正是聽過周作人這門課程的學生，以後又交往頻繁，他應該是熟悉老師的思路和手眼的。其基本觀點與周作人出於一轍，後者所列明末清初小品文家的作品構成了《近代散文抄》的主體內容。此文發表於周作人、沈啟無「破門」之後，從作者的角度來看，此文帶有揭老底的意思，暗示沈氏《近代散文抄》的編選思路和手眼並非自出機杼，而是依傍老師的門戶。很難具體指明周作人前後變化的時間，周作人自己也說，他記不清其間改變的前後時間了。甚至有不確之處。如他提到了李贄，然而有研究者提出，周氏 1932 年在《中國新文學的源流》中，並沒有提及李贄，原因是當時的學術界對李贄與晚明文學思潮的關係認識不足。周作人對李贄著作的閱讀和瞭解主要集中在 1930 年代的中後期。〔註17〕又如他說俞平伯 1923 年去做教師，而俞氏是 1925 年秋開始到燕京大學任教的。〔註18〕

顯然，《近代散文抄》編選意圖並不僅僅是提供一個晚明小品的普通讀本，而是要來張揚一種文學觀念，並且具有強烈的論戰性。周作人的序和俞平伯的跋、沈啟無的後記一樣，儘管沒有指名道姓，但都是有針對的論敵的。俞平伯自稱「新近被宣告『沒落』的」〔註19〕，「被宣告」的主語不言而喻。這樣，有理論，有材料（作品選），師徒幾個披掛整齊，回擊左翼文學，又有林語堂等人的理論和作品以為策應，於是形成了一個聲勢浩大的言志派思潮。

〔註16〕周作人：《關於近代散文》，《知堂乙酉文編》，北京十月 2013 年 1 月，63～64頁。

〔註17〕參閱陳文輝：《傳統文化的影響與周作人的文學道路》，中國社會科學出版社 2015 年 2 月，254～264 頁。

〔註18〕參閱高恒文：《周作人與周門弟子》，大象出版社 2014 年 7 月，86 頁。

〔註19〕俞平伯：《俞跋》，《近代散文抄》下卷，北平人文書店 1932 年 12 月。

## 2、晚明小品熱與言志派

　　1930 年代上海出版界的跟風似乎一點也不比當下的出版界遜色。由於《近代散文抄》大受歡迎，人們好像突然找到了一個叫「晚明小品」的富礦，一時洛陽紙貴。出版明清之際小品集和小品作家詩文集最多的是上海雜誌公司和中央書店，這兩家書店分別推出了施蟄存主編的「中國文學珍本叢書」和襟霞閣主人（中央書店老闆平襟亞）主編的「國學珍本文庫」。前者出版的品種有（按版權頁標明的次序）：《袁小修日記》（袁中道），《尺牘新抄》（周亮工纂），《譚友夏合集》（譚元春），《琅嬛文集》（張岱），《白石樵真稿》（陳繼儒），《白蘇齋類集》（袁宗道），《梅花草堂筆談》（張大復），《閒情偶記》（李漁），《西湖夢尋》（張岱），《陶庵夢憶》（張岱），《媚幽閣文娛》（鄭元勳選），《晚香堂小品》（陳繼儒），《王季重十種》（王思任），《鍾伯敬合集》（鍾惺），《藏棄集（尺牘新抄二集）》（周亮工纂），《珂雪齋集》（袁中道），《結鄰集（尺牘新抄三集）》（周亮工），《徐文長逸稿》（徐渭），《古文品外錄》（陳繼儒輯），《明三百家尺牘》（周亮工纂）等。其中《白蘇齋類集》《陶庵夢憶》是由沈啟無題簽的。後者印有（按版權頁標明的次序）：《小窗幽記》（陳繼儒），《寫心集》（晚明百家尺牘，陳枚編），《冰雪攜（晚明百家小品）》（衛泳），《雪濤小書》（江進之），《珂雪齋近集》（袁中道），《紫桃軒雜綴》（李日華），《寫心二集》（晚明百家尺牘，陳枚編），《竹懶畫媵》（李日華），《天下名山遊記》（吳秋士選編）等。此外，還有上海國學研究社版的「國學珍本叢書」等，其中包括《白石樵真稿》《閒情偶記》《袁小修日記》《梅花草堂筆談》等。〔註20〕時代圖書公司出版林語堂主編「有不為齋叢書」，推出鉛印線裝的《袁中郎全集》，由劉大杰校編，林語堂審閱（共四卷，其中第一卷由林語堂與阿英共同審閱），卷首有林語堂作《有不為齋叢書序》，另有周作人、郁達夫、阿英、劉大杰作的序言。此外，大道書局、中國圖書館出版部、國學整理社、廣益書局、商務印書館、仿古書店、中國文化服務社等多家出版社加盟其中。有的書一再重複出版，像《袁中郎全集》至少有六個不同的版本。中央書店出版的顧紅梵校、注明「襟霞閣精校本」的《袁中郎全集》1935 年 1 月出版，到 1936 年 4 月竟出了五版。連林語堂也不無自嘲地說：「中郎先生骨已朽矣，

---

〔註20〕參閱上海圖書館編：《中國近代現代叢書目錄》，1980 年 9 月 2 次印刷，223～224，676～677 頁。

偷他版稅，養我妻孥，有何不可。」〔註21〕還有人提醒偷古人版稅者：當心別人再偷你辛苦而來的標點，再養他們的妻孥！〔註22〕有人把 1935 年稱為「古書翻印年」〔註23〕，可見一時之盛。在這個出版晚明小品的熱潮中，處處可見現代作家的身影，他們或編或校，或著文介紹。

除了重刊舊版本外，《近代散文抄》以外幾本新編的選集因為適合了普通讀者的需求，也風行一時。其中有劉大杰編《明人小品集》（北新書局 1934年 9 月），施蟄存編《晚明二十家小品》（光明書局 1935 年 4 月），阿英編《晚明小品文總集選》（署名「王英」，南強書局 1935 年 1 月）、《明人日記隨筆選》（署名「王英」，南強書局 1935 年 3 月）、《晚明小品文庫》（4 冊，大江書店1936 年 7 月），薛時進選注《三袁文精選》（「青年國學叢書」，中國文化服務社 1936 年 6 月），朱劍心選注《晚明小品選注》（「學生國學叢書」，商務印書館 1936 年 9 月），笑我編《晚明小品》（仿古書店 1936 年 10 月）等。下面，我把其中影響較大的《明人小品集》《晚明二十家小品》《晚明小品文庫》與《近代散文抄》進行一番對比，來看看它們各自的特色。這幾個選本的編者都是現代作家，劉大杰和施蟄存的選本均由周作人題簽。

從所收作品的題材內容上看，如果以《近代散文抄》為基準，更偏於閒適一邊的是《明人小品集》，《晚明二十家小品》與《近代散文抄》相近，而《晚明小品文庫》更強調了晚明小品正經的一面。

《明人小品集》的內容不過品茗清賞、遊山玩水之類，不涉世道，可謂風流閒適。開篇即是衛泳編輯《枕中秘》中的香豔小品十二則。所選序跋中也不見主張自己的文學見解者。與《近代散文抄》不同的是，此書選自前人《冰雪攜》（衛泳輯）、《枕中秘》（衛泳輯）、《鍾伯敬秘籍十五種》（鍾惺輯）等選集的多，選自專集的少，屬於名家的作品和名篇也少。從中難以見出明人小品的風采。誠如是，明人小品也不過是天地間的閒花野草，就無足稱道了。此書不同於《近代散文抄》的體例，按文體分為四卷。

施蟄存在《晚明二十家小品》的序中說明，本書是應書坊之請，「為稻粱謀」而編的。「除了儘量以風趣為標準，把雋永有味的各家的小品文選錄外，

〔註21〕林語堂：《答周劭論語錄體寫法》，《我的話·下冊——披荊集》，河北教育出版社 1994 年 5 月，68 頁。
〔註22〕周劭：《談翻印古書》，1935 年 11 月 7 日《世界日報·明珠》。
〔註23〕周劭：《談翻印古書》，1935 年 11 月 7 日《世界日報·明珠》。

同時還注意到各家對於文學的意見，以及一些足以表見各家的人格的文字。這最後一點，雖有點『載道』氣味，但我以為在目下卻是重要的。因為近來有人提倡了明人小品，自然而然也有人來反對明人小品，提倡明人小品的說這些『明人』的文章好，反對的便說這些『明人』的人格要不得。提倡者原未必要天下人皆來讀明人小品，而反對者也不免厚誣了古人。因此我在編選此集的時候，隨時也把一些足以看到這些明人的風骨的文字收綴進去。」〔註24〕他舉了湯顯祖的例子。我們看書中湯顯祖的《答王宇泰》《答岳石帆》，作者表示不願屈己逢迎、隨波逐流，這種傲骨和自信在晚明不少文人的作品中都容易見到，在湯氏那裡也無特別之處。本書的體例與沈啟無的書相同，書後也附有諸家小傳和採輯的書目。

　　左翼作家阿英的選本則大大強化了晚明小品作家反抗性的一面。所選作者徐渭、李贄、屠隆都不見於《近代散文抄》，他們都是晚明文學的先行者，對晚明作家的思想、人格和文章產生過直接的影響，從他們身上可以清楚地看到那個時代文學風氣的形成。施蟄存已選了徐渭和屠隆的作品，而阿英進一步凸顯了他們的存在。除了徐、屠二人外，又醒目地加入了李贄文三十三篇。這些作家都極其張揚個性，狂放不羈，是綱常名教的叛徒。阿英的本子還選入了與三袁志同道合的人物，同是公安派文學運動幹將的陶望齡和江進之的作品。在我們討論的這幾個選本中，《晚明二十家小品》是收入江氏文章唯一的一本。江進之的雜論，借古諷今，昌興禮樂，政論性強，表現出較強的社會批判意識。錢鍾書曾為《近代散文抄》和《中國新文學的源流》沒有張大復的位置鳴不平，阿英的選本也彌補了錢氏的遺憾。〔註25〕阿英的選本在內容和作家的選擇上，顯然是經過慎重考慮的，這個選本有利於在更長的時間範圍內，從更多的方面全面把握晚明小品的風貌，其意義要大於劉大杰和施蟄存的本子。《晚明小品文庫》也是按照作家來編排的。錢鍾書曾批評《近代散文抄》所選書信這一類文字還嫌太少，其實書信是最能符合「小品」條件的東西。〔註26〕這個本子與《明人小品集》《晚明二十家小品》都選了很多尺牘，大大彌補了《近代散文抄》這方面的不足。

---

〔註24〕施蟄存：《序》，《晚明二十家小品》，光明書局 1935 年 4 月。

〔註25〕對此，周作人在《梅花草堂筆談等》中有過回應（文見周氏散文集《風雨談》），並堅持自己的觀點。

〔註26〕中書君（錢鍾書）：《近代散文抄》，1933 年 6 月《新月》4 卷 7 期。

　　《近代散文抄》的出版收到熱烈的反響，態度最積極的要數林語堂。在 1930 年代的晚明小品熱中，林氏是個重要人物，可以說是晚明小品最有力的宣傳家。他當時的文論和小品文創作都深深地打上了公安派和晚明小品的烙印。他是由《近代散文抄》結識袁中郎和晚明小品的。他自己介紹：「近日買到沈啟無編近代散文抄下卷（北平人文書店出版），連同數月前購得的上卷，一氣讀完，對於公安竟陵派的文，稍微知其涯略了。」「這派成就雖有限，卻已抓住近代文的命脈，足以啟近代文的源流，而稱為近代散文的正宗，沈君以是書名為近代散文抄，確係高見。因為我們在這集中，於清新可喜的遊記外，發現了最豐富、最精彩的文學理論、最能見到文學創作的中心問題。又證之以西方表現派文評，真如異曲同工，不覺驚喜。大凡此派主性靈，就是西方歌德以下近代文學普通立場，性靈派之排斥學古，正也如西方浪漫文學之反對新古典主義，性靈派以個人性靈為立場，也如一切近代文學之個人主義。其中如三袁弟兄之排斥仿古文辭，與胡適之文學革命所言，正如出一轍。」〔註 27〕《近代散文抄》首兩篇是袁宗道的《論文下》《論文下》，林語堂作《論文》《論文下》〔註 28〕，後收入《我的話·下冊——披荊集》時改名《論文（上篇）》《論文（下篇）》。這兩篇文章從《近代散文抄》中摭取大量材料，借袁宗道、袁中道、譚元春、金聖歎等的話，與西方表現派文論相參證，重新表述自己的文論。在主編《論語》《人間世》的同時，林語堂撰寫的談及三袁的文章頗多，除兩篇《論文》外，還有《說浪漫》《狂論》《說瀟灑》《言志文學》《答周劭論語錄體寫法》等。他從這些古代作家那裡找到一個性情與自己相近，文學觀念相通，話語方式可供學習的人。林氏由《近代散文抄》進一步登堂入室，校閱和出版《袁中郎全集》。《袁中郎全集》成了他 1934 年最愛讀的書之一。〔註 29〕在《四十自敘》一詩中，他表達自己接觸袁中郎後情不自禁的喜悅心情：「近來識得袁宏道，喜從中來亂狂呼，宛似山中遇高士，把其袂兮攬其裾，又似吉茨讀荷馬，五老峰上見鄱湖。從此境界又一新，行文把筆更自如。」〔註 30〕他在談到自己生活理想時說：「我要一套好藏書，幾本明人小品，壁上

〔註 27〕林語堂：《論文》（上篇），《我的話·下冊——披荊集》。
〔註 28〕分別載 1933 年 4 月 16 日《論語》15 期，1933 年 11 月 1 日《論語》28 期。
〔註 29〕各家：《一九三四年我所愛讀的書籍》，1935 年 1 月 5 日《人間世》19 期。
〔註 30〕林語堂：《四十自敘》，1934 年 9 月 16 日《論語》49 期。

一幀李香君像讓我供奉，案頭一盒雪茄，家中一位瞭解我的個性的夫人，能讓我自由做我的工作。」〔註31〕

胡適在回顧他在五四文學革命初期所提出的「歷史進化的文學觀」時說，「中國文人也曾有很明白的主張文學隨時代變遷的。最早倡此說的是明朝晚期公安袁氏三兄弟。（看袁宗道的《論文上下》；袁宏道的《雪濤閣集序》，《小修詩序》；袁中道的《花雪賦引》，《宋元詩序》。諸篇均見沈啟無編的《近代散文抄》，北平人文書店出版。）」他說：「我當時不曾讀袁中郎弟兄的集子」。〔註32〕

時為清華外文系學生的錢鍾書評論道：「對於沈先生搜輯的工夫，讓我們讀到許多不易見的文章，有良心的人都得感謝」。他對書名所含「近代」一詞提出質疑，認為這是「招惹是非的名詞」，因為它含有時代的意思（Chronologically Modern）。〔註33〕不過，儘管漢語裏的「近代」和「現代」在英文裏對應的詞都是 Modern，其實在漢語裏他們的意思是有區別的。「近代」含有從古代到現代過渡的意思。一個證據是在周作人的《關於近代散文》中，「近代散文」之「近代」一詞與「現代新文學」之「現代」一詞是並用的，既寓示了二者之間緊密、直接的承繼關係，又顯示了區別。

晚明小品對中國現代小品文產生了重大的影響，直接推動形成了席捲整個文壇的小品熱。從晚明開始，「小品」正式成為文類的概念，文人們以此來顯示與正統古文的分道揚鑣。晚明出現了一大批以「小品」命名的文集，如朱國禎的《湧幢小品》、陳繼儒的《晚香堂小品》、王思任的《文飯小品》，選本如陸雲龍的《皇明十六家小品》等。30 年代如同晚明一樣，「小品」一詞頗為流行，此時出現了大量以「小品」命名的散文集、選本、理論批評著作，由康嗣群任編輯、施蟄存任發行人的雜誌《文飯小品》乾脆就襲用了王思任同名文集的名字。其他帶有顯示「小品」文體特點的「閒話」「隨筆」「雜記」「散記」等，更是不勝枚舉。

晚明小品為論語派小品提供了豐富的藝術借鑒。當晚明小品熱蔚然成風時，周作人和他的弟子們不滿晚明文章過於清新流麗，轉而推崇六朝文章。

〔註31〕林語堂：《言志篇》，《我的話·上冊——行素集》，河北教育出版社 1994 年 5 月，95～96 頁。

〔註32〕胡適：《〈中國新文學大系·建設理論集〉導言》，《中國新文學大系·建設理論集》，上海良友圖書印刷公司 1935 年 10 月。

〔註33〕中書君（錢鍾書）：《近代散文抄》。

他在《中國新文學的源流》和《〈近代散文抄〉新序》中已經肯定六朝文章的價值，追慕顏推之、陶淵明等六朝文人的通達、閒適和文采風流。沈啟無、廢名、俞平伯等與他彼此唱和。正如陳平原所言：「真正談得上承繼三袁衣缽的，不是周作人，而是林語堂。」〔註34〕林語堂主編的《人間世》等刊物上也多發表介紹明人小品的文章，還選登了一些明清小品。

林語堂在《人間世》發刊詞中聲稱要「以自我為中心，以閒適為格調」〔註35〕，他所說的「閒適」主要是指文章的語體，並非題材內容；然而閒適的題材當然更適合用這種語體說話。明清之際的名士派文章多閒適的題材，尤其是像袁中郎的《瓶史》與《觴政》、李笠翁的《閒情偶記》，直接談論飲食起居、清賞等生活的藝術。論語派作家也更多地將關注的目光從社會現實移向自身，以審美的態度諦視日常生活，追求生活的藝術化。論語派作家也喜談花談鳥談睡眠，《論語》半月刊還分別推出「中國幽默專號」「鬼故事專號」「癖好專號」「吃的專號」「睡的專號」等。周作人、林語堂的本意並不是不關心自身以外的世道人心，而是堅持從個性出發，既可寫蒼蠅之微，又可見宇宙之大，追求「言志」與「載道」相統一的一元的態度。〔註36〕不過，這一派的末流是有只見蒼蠅、不見宇宙之弊的。

明人文章對以林語堂為代表論語派的影響並不僅僅限於觀念、題材，林氏還試圖用晚明小品來改造現代散文和他自己文章的文體。他曾提倡「簡練可如文言，質樸可如白話」的「語錄體」，並舉出袁中郎的尺牘作為「語錄體」的範文。〔註37〕他提倡並身體力行地實踐，只是沒有成功，阿英曾批評林氏的「語錄體」云：古今語言不同，沒有必要刻意去模仿那種說話的腔調，這也違背了「信腕信口」的原則〔註38〕；然而，林語堂意識到了白話小品文在文體上過於平滑和浮泛之病，力圖矯正此弊。他文章的境界因此有了新的變化，更為凝練、切實，多了一種古色古香的韻味。

新的文學觀念導致了一些邊緣性的散文文體向中心位移，如遊記、日記與書信。阿英曾說：「伴著小品文的產生，一九三四年，遊記文學也是很發展，

〔註34〕陳平原：《中國現代學術之建立》，北京大學出版社 1998 年 2 月，345 頁。
〔註35〕《〈人間世〉發刊詞》，1934 年 4 月 5 日《人間世》1 期。
〔註36〕參閱周作人：《雜拌兒跋》。
〔註37〕林語堂：《論語錄體之用》，《我的話·下冊——披荊集》，55～61 頁。
〔註38〕阿英：《明末的反山人文學》，《阿英全集》4 卷，安徽教育出版社 2003 年 7 月，121 頁。

幾乎每一種雜誌上，報紙上，都時時刊載著這一種的文字。」1〔註39〕這一時期，遊記文學走向繁榮，湧現出大批山水遊記和海外遊記。關於晚明小品與現代遊記的深層聯繫，可以從現代遊記大家郁達夫的作品中見出一斑。郁達夫的遊記多寫名山古剎，多寫空明澄寂的境界，與晚明遊記小品是一致的。他們在心態上相通：充分領略了世味荼苦，在自然山水中尋求解脫和自由。他的長處是在風景描寫中滲入熱情，善於捕捉自然的神韻，並用多種筆墨加以烘托。這些也是晚明作家的拿手好戲。他在談到自然美的欣賞時，強調要做一個有準備的欣賞者，〔註40〕換一句話說，要有一幅能夠欣賞自然美的眼光。無疑，他的眼光是受過晚明遊記薰陶的。郁達夫筆下的山水遊記清新灑脫，除去由於時代不同產生的一些變化，其情調與明清易代之際文人的作品是那麼的相似。他熟悉並喜好明清名士派文章，並表示過對周作人新文學源流觀的贊同。〔註41〕施蟄存告訴我們：「在一九三〇年代中期，由於時行小品文的影響，日記、書信文學成為出版商樂於接受的文稿。」〔註42〕書信直抒胸臆，自然隨意，顯然比別的文體更利於表現作者的性靈，所以在晚明頗為興盛。很多小品名家也是寫尺牘的高手，如李贄、徐渭、湯顯祖、袁宏道、張岱等，大大提高了這一實用文體的藝術品位。這一文體得到過周作人、魯迅等人的肯定，頗受現代作家的青睞，他們紛紛推出自己的書信集。

　　施蟄存後來指出：「林語堂的提倡『閒適筆調』，也有他自己的針對性。他的『閒適』文筆裏，常常出現『左派、左派』，反映出他的提倡明人小品，矛頭是對準魯迅式的雜文的。」〔註43〕林語堂在《有不為齋叢書序》中開頭就以大段文字對「東家是個普羅，西家是個法西」不滿，在作者看來，這兩派最大的毛病是不近人情，不真誠。這樣以來，救治之藥只有一味晚明小品式的「性靈」了。〔註44〕從周作人到林語堂，他們提倡晚明小品，心目中都

〔註39〕阿英：《小記二章》，《阿英書話》，北京出版社 1996 年 10 月，288 頁。施蟄存：《〈現代作家書簡〉二集序》，《施蟄存七十年文選》，上海文藝出版社 1996 年 4 月，851 頁。

〔註40〕郁達夫：《山水及自然景物的欣賞》，《郁達夫全集》第 6 卷，浙江文藝出版社 1992 年 12 月，248～253 頁。

〔註41〕參閱郁達夫《重印〈袁中郎全集〉序》等文章。

〔註42〕施蟄存：《〈現代作家書簡〉二集序》，《施蟄存七十年文選》。

〔註43〕施蟄存：《說散文》，《施蟄存七十年文選》，502 頁。

〔註44〕林語堂：《有不為齋叢書序》，《袁中郎全集》卷一，時代圖書公司 1934 年 9 月。

有左翼文學這個論敵，視之為與「言志派」對立「載道派」。左翼作家則對他們自然興起攻擊之師。爭論的核心問題是，如何對待個人與現實的關係，用周作人、林語堂等人的話就是「言志」與「載道」的關係問題。

以魯迅、阿英等為代表的左翼作家採取的策略是，把晚明小品作家和他們的現代追隨者區別開來，凸現前者身上的反抗成分，從而爭奪對晚明小品的闡釋權。同樣在《袁中郎全集》的序言中，阿英與劉大杰的觀點就迥乎不同。在劉大杰的眼裏，「中郎對於現實社會的態度，是逃避的，是消極的。」「因為中郎逃避了政治的路，所以他在文學上，得到了大大的成功。」〔註45〕阿英則針鋒相對，他的《〈袁中郎全集〉序》通過袁中郎自己的詩文，說明他從不問時事，到關切時事，和不滿當時的政治，到親身與惡劣的政治環境作戰的發展變化。並指出正是他作戰的勇敢精神，才是「袁中郎一切事業的成功之源」。他的結論是：「中郎是可學的，在政治上，應該學他大無畏的反抗黑暗，反抗暴力，反對官僚主義的精神。在文學上，應該學他反對因襲，反對模擬，主張創造的力量，以及基於這力量而產生的新的文體。」〔註46〕他明確地宣稱：「我歡喜李卓吾，是遠超過袁宏道。」〔註47〕魯迅在《罵殺與捧殺》《「招貼即扯」》等文中，指責袁中郎被他的自以為的「徒子徒孫們」畫歪了臉孔，「中郎正是一個關心世道，佩服『方巾氣』人物的人，贊《金瓶梅》，作小品文，並不是他的全部。」〔註48〕他在《小品文的危機》中指出：「明末的小品雖然比較的頹放，卻並非全是吟風弄月，其中有不平，有諷刺，有攻擊，有破壞。」他提出警告：「對於文學上的『小擺設』——『小品文』的要求，卻正在越加旺盛起來，要求者以為可以靠著低訴或微吟，將粗獷的人心，磨得漸漸的平滑。」他要求：「生存的小品文，必須是匕首，是投槍，能和讀者一同殺出一條生存的血路的東西；但自然，它也能給人愉快和休息，然而這並不是『小擺設』，更不是撫慰和麻痹，它給人的愉快和休息是修養，是勞作和戰鬥之前的準備。」〔註49〕這篇雜文可以說是一篇宣

---

〔註45〕劉大杰：《袁中郎的詩文觀》，《袁中郎全集》卷二，時代圖書公司 1934 年 10 月。

〔註46〕阿英：《〈袁中郎全集〉序》，《袁中郎全集》卷四，時代圖書公司 1934 年 12 月。

〔註47〕阿英：《李龍湖尺牘小引》，《阿英全集》4 卷，132 頁。

〔註48〕魯迅：《「招貼即扯」》，《魯迅全集》6 卷，人民文學出版社 2005 年，236 頁。

〔註49〕魯迅《小品文的危機》，《魯迅全集》4 卷，人民文學出版社 2005 年，591～593 頁。

言，集中地代表了左翼作家對散文的態度和意見。周作人是熟悉乃兄的槍法的，他在《關於寫文章》〔註 50〕一文中反唇相譏：「那一種不積極而無益於社會者都是『小擺設』，其有用的呢，沒有名字不好叫，我想或者稱作『祭器』罷。祭器放在祭壇上，在與祭者看去實在是頗莊嚴的，不過其祝或詛的功效是別一問題外，祭器這東西到底還是一種擺設，只是大一點罷了。」又說：「我不想寫祭器的文學，因為不相信文章是有用的，但是總有憤慨，做文章說話知道不是畫符念咒，會有一個霹靂打死妖怪的結果，不過說說也好，聊以出口悶氣。」〔註 51〕雙方形成了鮮明的對壘之勢，在他們的身後是兩個傾向截然不同的文學陣營。

林語堂、周作人指責左翼文人不真誠，左翼作家也同樣批評對方裝腔作勢以回敬，還有人指公安派、竟陵派矯揉造作。魯迅在致鄭振鐸的信中表明了自己的態度：「小品文本身本無功過，今被人詬病，實因過事張揚，本不能詩者爭作打油詩；凡袁宏道李日華文，則譽為字字佳妙，於是而反感隨起。總之，裝腔作勢，是這回的大病根。」〔註 52〕因為周作人說五四新文學運動是繼承公安、竟陵的文學運動而來的，陳子展就說他，「好像是有『方巾氣』的『傖夫俗子』出來爭道統，想在現代文壇上建立一個什麼言志派的文統。」他列舉並承認公安派文論的革新意義，但又說「他們的作品並不能和他們自己的理論相適合。」於是對這兩派和張岱的小品作了簡單的否定性評價。「公安竟陵兩派都主張一個『真』字，這是他們的共通之點。又因為想要擺出真面目，不免故意矯揉造作，自附風雅，結果傖俗，這也是他們的一個共通之點。」〔註 53〕他另在《申報‧自由談》《新語林》《人間世》等報刊上發表十來篇論及明代文學的短文。

儘管論爭的言辭鋒利，其實雙方的陣營並不涇渭分明。阿英是晚明小品熱的重要參加者，除了編晚明小品選集外，還校點《白蘇齋類集》《遊居柿錄》（改名《袁小修日記》）、《白石樵真稿》《王季重十種》《鍾伯敬合集》等，與

---

〔註 50〕收入《苦茶隨筆》。
〔註 51〕周作人：《關於寫文章》，《苦茶隨筆》，北京十月文藝出版社 2011 年 5 月，190～191 頁。
〔註 52〕魯迅：《340602　致鄭振鐸》，《魯迅全集》13 卷，人民文學出版社 2005 年，134 頁。
〔註 53〕陳子展：《公安竟陵與小品文》，《晚明文學思潮研究》，吳承學、李光摩編，湖北教育出版社 2002 年 10 月，129 頁。

林語堂共同校閱《袁中郎全集》第一卷，發表相關學術小品二十餘篇，用功甚勤，也難免有編書也為稻粱謀之嫌。他自己提出的理由是：「在一部分借明文為『擋箭牌』，以自掩其避開現實的傾向，並號召青年以與之同化的時候，是應該有一些人『深入腹地』，從明文的本身，給予他們以一個答覆，來拆穿他們『掛羊頭賣狗肉』的西洋鏡。」〔註 54〕他是晚明小品熱的重要助推者，不少文章寫得中正平實，也不乏創見，使人難以竟信他僅是一個「深入腹地」的攻擊者。

雙方的意見也有很多相同之處。周作人是晚明小品熱的作始者，但當這股熱潮興起之後，他並沒有十分熱心參與，而是保持了一定的距離。他肯定翻印晚明小品的意義，但也不客氣地批評了其流弊：讀者對晚明小品缺乏鑒別，「出板者又或誇多爭勝，不加別擇」，這樣勢必會「出現一新鴛鴦蝴蝶派的局面，雖然固無關於世道人心，但總之也是很無聊的事吧。」〔註 55〕在《雜拌兒跋》《燕知草跋》等文章中，他即明確指出，明朝的名士派文學誠然是多有隱遁色彩，但根本卻是反抗的；稱讚他們消遣與「載道」相統一的一元的著作態度。他和魯迅都各自從自己的現實態度和文學觀出發，各取所需，強調了不同的方面。

## 3、言志派的得失

在因心學而起的文學解放思潮中，晚明作家反對以前、後「七子」為代表的古文運動的思想僵化、形式因襲，近承宋人小品，遠接六朝文章，又融合了眾多的藝術成分，別立新宗，大大煥發出了中國散文的活力。然而，這一派作品在中國文學史上卻命運多舛。清朝的統治穩定以後，由王綱解紐時代而帶來的思想和創作的自由空間已經不復存在，於是名士派散文小品受到了毫不留情的否定和扼制。《四庫書目提要》罵人常說「明朝小品惡習」「山人習氣」。這些作家的著作大多被禁燬，流傳下來的可謂秦火之餘。這種命運一直到 1930 年代前半期尚未得到根本的改觀。正是在這樣的歷史語境下，周作人在《〈近代散文抄〉新序》中表揚了這本散文選的兩點貢獻：其一，中國人論文向來輕視或者簡直抹殺明季公安、竟陵兩派的文章，而沈的選本

---

〔註 54〕阿英：《論明文的可談與不可談》，《阿英全集》4 卷，120 頁。

〔註 55〕周作人：《梅花草堂筆談等》，《風雨談》，北京十月文藝出版社 2012 年 2 月，150 頁。

昭示了那時的「一種新文學運動」；其二，明人文章在當時極不易得，而此書薈萃了各家的菁華。這話從阿英 1935 年的文章中可以得到進一步的印證。據他介紹，當時新近出版的錢基博《明代文學》和宋佩韋《明文學史》存在著兩個突出的問題：一是對對象陌生。公安、竟陵兩派的作品，他們大都沒有讀過，沿誤失當處甚多。在宋著中，李贄、王思任、張岱、陳繼儒等名家歷根兒未提，錢著論明曲而居然不談湯顯祖的「四夢」。其二，沿襲《四庫書目提要》的罵評。「自謝（謝无量——引者）著大文學史而下，無論是中文學史，小文學史，抑是斷代文學史，除周作人《中國新文學的源流》而外，幾乎沒有一本不在《提要》的領導下，來痛罵作為晚明文學的主流的『公安』『竟陵』兩派。周作人敘劉本《袁中郎全集》云：『公安派在明季是一種新文學運動，反抗當時復古贗古的文學潮流，這是確實無疑的事實，我們只須看後來古文家對於這派如何的深惡痛絕，歷明清兩朝至於民國現在，還是咒罵不止，可以知道他們對於正統派文學的打擊，是如何的深而且大了』，於最後出版的這兩部明文學史中，是更可以得到證明。」〔註56〕在晚明小品熱的論爭雙方中，儘管觀點和價值取向不一，但基本上都是肯定晚明小品在文學史上的地位的。

　　1930 年代的前半期，是中國小品文（或稱隨筆，familiar essay）發展過程中關鍵的民族化時期。在晚明小品熱的鼓蕩下，小品文作家有意識地進行了民族化的嘗試。明清之際的作者們在擺脫「文以載道」束縛以後，開始自信地以自己的眼睛來看社會和人生，大膽地表現性靈。他們筆下的序跋、題記、評點、尺牘等形式，文體特色頗似西方的家常體隨筆，說明這一文體在中國傳統中是有的，只是被正統觀念和古文遮蔽了光芒。周作人指出明清名士派的文章與現代文在思想、情趣上的一致，說明「新文學在中國的土裏原有他的根」，明末的文學是新文學運動和新散文的來源。在文學革命初期，傳統與現代處於一種尖銳的二元對立之中，而今通過找出傳統中的異質因素，拆除了這種對立，正為現代散文汲取傳統的營養創造了心理條件。這種被錢鍾書稱之為「野孩子認父母，暴發戶造家譜，或封建皇朝的大官僚誥贈三代祖宗」〔註57〕的情況，有效地幫助中國現代小品文作家克服了外來影響的焦慮。從

---

〔註56〕阿英：《評明文學史兩種》，1935 年 11 月《書報展望》創刊號。
〔註57〕錢鍾書：《中國詩與中國畫》，《七綴集》，上海古籍出版社 1994 年 8 月 2 版，3 頁。

這時開始，傳統小品文的質素開始更多地融入現代散文，受英、法隨筆影響、注重說理的現代小品文更多地融入了晚明小品和六朝文章等的抒情等成分。這帶來了小品文的繁榮，出現了周作人、林語堂這樣的大家，為新文學下一個十年小品文在梁實秋、錢鍾書、張愛玲、王了一（力）等人手中走向成熟打下了基礎，也遙啟了 1990 年代的隨筆熱的產生。這些小品文作者均可視為廣義的言志派。並且，晚明小品的影響並不僅僅侷限在某幾人身上，或一些個別的方面，而是具有遠為普遍的意義。

自然，小品文熱存在不少問題。最為人詬病的是在那個國事阽危的情況下提倡閒適的小品文，脫離現實。魯迅曾在《小品文的危機》一文中指出「在風沙撲面，狼虎成群的時候」提倡「小品文」的危害性。只是有的論者往往誇大了文學對世道人心的消極影響，道義上的正當性並不等於批評上的正確性。再者，任何文學一經模仿，不免成為一種濫調。晚明小品熱也不例外。作為京派批評家的朱光潛針對晚明小品熱的泛濫，批評道：「我並不敢菲薄晚明小品文，但是平心而論，我實在不覺得它有什麼特別勝過別朝的小品文的地方……我並不反對少數人特別嗜好晚明小品文，這是他們的自由，但是我反對這少數人把個人的特殊趣味加以鼓吹宣傳，使它成為彌漫一世的風氣。無論是個人的性格或是全民族的文化，最健全的理想是多方面的自由的發展。晚明式的小品聊備一格未嘗不可，但是如果以為『文章正軌』在此，恐怕要誤盡天下蒼生。」雖然言志派作家未必有心讓天下人同習晚明小品，但過分張揚是容易造成弊端的。朱氏還擔心濫調的小品文和低級的幽默合在一起，「缺乏偉大藝術所應有的『堅持的努力』」。〔註58〕另外，沈啟無、林語堂、劉大杰等對晚明小品與其代表的文學傾向的敘述都整齊劃一，忽視了這一文學思潮內部的矛盾性和複雜性。

不過，如果我們不是以一方的是非為絕對的是非，不把文學的發展看作是一方絕對地壓倒另一方的過程，那麼就可以看到，1930 年代的言志派和左派、京派等的主張和創作對立、競爭、互補，既回應了時代的要求，又在一定的程度上糾正了功利主義文學的偏失，保證了文學的多樣性，共同促進了中國文學的健康自由的發展。

---

〔註58〕朱光潛：《論小品文（一封公開信）——給〈天地人〉編輯徐先生》，《朱光潛全集》3 卷，安徽教育出版社 1987 年 8 月，428 頁。

# 三、論語派作家的政治身份

　　1930 年代，作為言志派一翼的論語派因其強烈的政治性而受到左翼作家嚴屬的批評。在 1949 年後的文學史敘述中，論語派被貼上了「幫閒文學」的政治標籤。到了 1980 年代，研究者在思想解放運動中有保留地對林語堂與論語派進行了重新評價，論語派政治和文學傾向的複雜性更多地被認識，然而狹隘的社會學批評的階級論仍根深蒂固。1990 年代以降，特別是進入 21 世紀以後，論語派研究引進了新理論、新方法，流派的面目逐漸清晰，論語派諸多方面的現代文化特性得到呈現。然而，對狹隘的政治批評矯枉過正，很少見到對該派的政治性進行新的考察和分析，出現了重文化而輕政治的傾向。疏離了政治批評的維度，很容易忽視論語派關鍵性的特徵，難以理清其在 1930 年代高度政治化的歷史語境中與左派、右派、京派之間複雜而又深刻的歷史聯繫。

　　本章借鑒西方馬克思主義批評家伊格爾頓、詹姆遜等政治批評的理論和方法，試圖更深入、全面地建立起論語派作家的政治身份、文學理論和小品文話語三者之間的關係，呈現其在 1930 年代的歷史語境中與左翼等派別的權力鬥爭，從而煥發論語派研究的活力。

　　伊格爾頓在《二十世紀西方文學理論》一書中談到政治批評：「我用政治的（the political）這個詞所指的僅僅是我們把自己的社會生活組織在一起的方式，及其所涉及到的種種權力關係（power relation）；在本書中，我從頭到尾都在試圖表明的就是，現代文學理論的歷史乃是我們時代的政治和意識形態的歷史的一部分。」﹝註1﹞伊格爾頓所言的「政治」顯然沒有侷限於我們早已

---

﹝註1﹞﹝英﹞伊格爾頓：《二十世紀文學理論》，伍曉明譯，北京大學出版社 2015 年
　　　　12 月，170 頁。

熟悉的社會政治或者說階級政治，而是強調作為一種文學批評方法的文化政治。文化政治的核心問題是社會文化領域裏到處存在的權力關係，這種權力關係也不可避免地滲透到了文學作品的形式中。

社會文化領域的權力鬥爭通常是在群體與群體之間進行的。不同文化群體之間有著不同的政治和文化身份，身份是社會成員在社會關係中的位置，強調社會歸屬，不同身份之間存在著支配與反支配、霸權與反霸權的鬥爭。一種政治身份的人在遭遇壓力和危機時，勢必要為自己的存在和訴求進行辯護，以認同為核心進行身份塑造和身份確認，從而肯定自我，爭取更大的權力。而這是要通過身份敘述來完成的，同時又會被敘述，被敘述或來自同一陣線，或來自對手，或是別的身份的成員。同一陣線的敘述旨在提供支持，而對手的敘述是為了質疑、顛覆和再塑造。

因為面臨合法性、合理性的危機和文學場域的權力鬥爭，1920 年代末、1930 年代初作家的身份問題尖銳地凸顯出來。通過對論語派作家政治身份的敘述和被敘述——或者說確認與質疑——的考察和剖析，可以看出論語派作家的政治身份及其與左翼作家之間的深刻歧異。一種政治身份的作家的權力主張要通過其文學理論來詮釋和證明，並且得到文學創作的支撐。論語派提出了性靈（個性）、閒適、幽默等一整套言志理論，看似消極無為，是否定性的，然而通過文化政治的視角，很容易發現其針對功利主義文學觀念的鬥爭鋒芒。在人們的印象中，論語派的文學似乎疏離政治。小品文所關聯的通常被認為是遠離政治的日常生活的微觀場域，而微觀場域依然體現出微觀政治的意味。小品文寫作嘗試運用新的語調、結構、修辭以及文字遊戲，改變文章的功利主義成規，強調個人化的感覺、經驗，解脫被壓制的個體性。這樣，小品文的文體隱現意識形態，形式反映思想內容。文化政治研究的一個重要任務就是要細察和指認文化形式中的社會政治內涵和價值取向，並力圖揭示特定文學場中複雜的權力關係。

此章對論語派的文化政治研究儘量避免大而化之的簡單概括，從作家政治身份、文學理論和小品文話語進行多層面的綜合考察，努力深入到文本的細節中去。我要完成的論語派政治性研究包括兩個問題：論語派作家的政治身份與論語派小品文話語的政治意味。本章關注的是前一個問題，後一個問題留待下一章去探討。

## 1、政治身份敘述

就像傳統戲劇的主要角色出場要自報家門一樣，一個雜誌創刊常有一個發刊詞或者類似的東西，以申明自家立場和宗旨。創刊以後，會根據需要在各種形式的編者的話裏，進一步闡明、強化或修正刊物的方向，讓刊物在特定的場域中處於有利的位置。主要成員也會利用種種機會，在自己的刊物或其他報刊上著文，不斷地為自己的刊物說話。就是在刊物停刊以後，主要成員仍會出於不同的目的，繼續發言，按照自己的意願塑造刊物的形象。

一般情況下如此，在1930年代這個政治鬥爭和文壇派別鬥爭空前激烈的時期，一種很容易招惹是非的刊物出現，更需要編者不斷的發言。國民黨政府自1928年6月佔領北平後，推行訓政黨治，實行獨裁專制。在政治上，異己者或被逮捕或暗殺。在思想文化方面，通過高壓政策來進行文化維穩，頒布「出版法」「圖書雜誌審查辦法」等，報刊和圖書受到查禁。與蘇區紅色政權對國民黨政府的武裝鬥爭和國際共產主義運動相呼應，左翼文學運動應運而生。「左聯」明確把文學看作無產階級鬥爭的一翼，對文學的主題和題材等都提出了嚴格、高標準的限定，並開展與「新月派」「自由人」「第三種人」、民族主義作家和言志派等的論爭，爭奪文壇上的領導權和支配權。除了民族主義文學運動中人屬於偏向國民黨政府的右翼，其他各派都是夾在左右之間自由主義作家。在這樣的形勢下，林語堂主編的小品文刊物《論語》《人間世》《宇宙風》引起了多方關注，成為政治性的問題。伊格爾頓說：「實際上，不必把政治拉進文學理論：就像在南非的體育運動中一樣，政治從一開始就在那裡。」〔註2〕如果在英、法、美等發達的有自由主義傳統的國家，一個小品文刊物不會引起什麼政治性的關注，然而在1930年代處於政治鬥爭和文壇鬥爭漩渦中心的上海，「小品文」成了左派、右派、言志派和京派等作家群體為爭奪文化權力而進行角逐的場域，就像體育運動在南非一樣具有高度的政治性。因此，作為這幾本雜誌主要成員的林語堂等人利用各種形式，不斷地進行政治性表態，其中一個重要的內容就是對論語派作家政治身份進行自我敘述。

《論語》創刊伊始，論語派成員就反覆聲明自己獨立的中間性的政治立場，以求得自身的生存和發展的空間。《論語》創刊號登載《論語社同人戒條》，其中有：一，「不反革命」；三、「不破口罵人」，「要謔而不虐」；四，「不拿別

---

〔註2〕〔英〕伊格爾頓：《二十世紀文學理論》，170頁。

人的錢，不說他人的話」；八，「不主張公道；只談老實的私見」；十，「不說自己的文章不好」。〔註3〕第一條「不反革命」指的是不反政府，這是在專制高壓下明哲保身的政治表態；第四、第八強調是個人的獨立立場；第三、四條表明不偏激的溫和的態度。創刊號《緣起》一文以詼諧幽默的小品文的形式，演繹了《論語社同人戒條》中的態度和原則：不拿被人的錢，不說別人的話，沒有主義和宗旨。〔註4〕這本身就是一篇不錯的小品文。特別是虛擬了一些情景和對話，生動有趣表明了自家的追求和話語風格。其實，這種態度本身就顯示了一種主義——閒適主義。以後編者繼續強化這一立場，並不斷告示作者遵守戒條。林語堂在《編輯滋味》中說：「《論語》既未左傾，又未腐化，言論介乎革命與反革命之間，收稿亦如之。」〔註5〕《人間世》辦刊仍然堅持這一原則立場，其《投稿約法》第三章聲稱：「涉及黨派政治者不登。」〔註6〕該派成員時常在文章中呼應刊物的立場和態度。大華烈士在《東南風·也有「凡例」》中仿照《論語社同人戒條》，其中第八條為「牽涉政潮搗亂大局者不錄」。〔註7〕

林語堂的辦刊方針與《語絲》有承繼關係，然而立場和態度又明顯有變。林語堂曾贊同周作人《答伏園論「語絲的文體」》所說的「不用別人的錢，不說別人的話」「大膽與誠意」，並進一步地生發。他說：「我主張《語絲》絕對不要來做『主持公論』這種無聊的事體，《語絲》的朋友只好用此做充分表示其『私論』『私見』的機關。這是第一點。第二，我們絕對要打破『學者尊嚴』的臉孔，因為我們相信真理是第一，學者尊嚴不尊嚴是不相干的事。」「凡是誠意的思想，只要是自己的，都是偏論，『偏見』。」〔註8〕林語堂在文章裏頻繁引用周作人的言論，並表示讚賞，這表明其思想態度更與周作人同道。《論語》又與《語絲》有著明顯的區別。《語絲》發刊詞云：「我們個人的思想盡自不同，但對於一切專斷與卑劣之反抗則沒有差異。我們這個週刊的主張是提倡自由思想，獨立判斷，和美的生活。」〔註9〕林語堂在 1930 年代依舊倡

〔註3〕《論語社同人戒條》，1932 年 9 月 16 日《論語》1 期。

〔註4〕《緣起》，1932 年 9 月 16 日《論語》1 期。

〔註5〕林語堂：《編輯滋味》，《林語堂名著全集》14 卷，東北師範大學出版社 1994 年 11 月，165 頁。

〔註6〕林語堂：《投稿約法》，1934 年 4 月 5 日《人間世》創刊號。

〔註7〕大華烈士：《東南風》，1933 年 10 月 16 日《論語》27 期。

〔註8〕林語堂：《剪拂集》，北新書局 1928 年 12 月，76～77 頁。

〔註9〕《發刊詞》，1924 年 11 月 17 日《語絲》1 期。

導獨立自主的個性精神，但是明顯消退了當年的反抗性和鬥爭意氣。

林語堂的變化緣於他參加大革命後的失敗感和現實考量。他曾親身參加過大革命，帶著對革命的厭倦到上海參加文學活動，從事「著作生活」。他說過：「自茲以後，我便託身於著作事業。人世間再沒有比這事業更為乏味的了。在著作生活中，我不致被學校革除，不與警察發生糾紛」〔註 10〕一般來說，著作生活並不比學校生活更安全，有時反而更危險，這要看以何種立場和態度從事著作。林語堂這樣說，其實表明了他對於自己政治態度的預設，那就是在安全的閾值內寫作和參加活動。林語堂在《編者後記・論語的格調》中寫道：「對於思想文化的荒謬，我們是毫不寬貸的；對於政治，我們可以少談一點，因為我們不想殺身成仁。而對於個人，即絕對以論事不論人的原則為繩墨；同一個人，我們也許這期褒譽，下期也許譏貶，如果個人之行徑前後矛盾，難怪我們的批評也要前後反覆。」〔註 11〕他在《我的話・序》中云：「風頭越來越緊，於是學乖，任雞來也好，犬來也好，總以一阿姑阿翁處世法應之，乃成編輯不看日報之怪現象。」〔註 12〕《論語》創刊號的《編輯後記》說：「在目下這一種時代，似乎《春秋》比《論語》更需要，它或許可以匡正世道人心，挽既倒於狂瀾，躋國家於太平。不過我們這班人自知沒有這一種的大力量，其實只好出出《論語》。」〔註 13〕他還說：「我們相約不談主義，退而談談《論語》。」〔註 14〕林語堂所說不談主義，看似尋常的話語，其實有著強烈的政治指涉性，流露出強烈的意識形態症狀，因為暗示了與左右陣營的不同，並與現政府可以相安無事。林語堂一開始並沒有想到公開與左翼陣營對立，而是要維持表面上的和諧關係。當論語派的閒適主義傾向引起了左翼人士的不滿和批評時，林語堂才明確地把自己與左翼作家區別開來。他的《有不為齋叢書序》說：「東家是個普羅，西家是個法西，洒家則看不上這些玩意兒，一定要說什麼主義，咱只會說是想做人罷。」〔註 15〕這種態度與周作人申明的自由主義高度一致：「我這意見或者是已經過了時的所謂自由主義，因為現在的趨勢似乎是不歸墨（Mussolini）則歸列（Lenin），無論誰是革

---

〔註 10〕 《林語堂自傳》，《林語堂名著全集》7 卷，4 頁。

〔註 11〕 《編輯後記——論語的格調》，1932 年 12 月 1 日《論語》6 期。

〔註 12〕 林語堂：《《我的話・行素集》序》，《林語堂名著全集》14 卷，3 頁。

〔註 13〕 《編輯後記》，《論語》創刊號。

〔註 14〕 林語堂：《蔣介石亦論語派中人》，1932 年 10 月 1 日《論語》2 期。

〔註 15〕 語堂：《有不為齋叢書序》，1934 年 9 月 1 日《論語》48 期。

命誰是不革命，總之是正宗與專制姘合的辦法，與神聖裁判官一鼻孔出氣的。」〔註 16〕林語堂在《我不敢遊杭》中尖銳諷刺左翼作家，說他不敢去遊杭州，是因為怕共產黨，「所謂共產黨，不是穿草鞋帶破笠拿槍桿殺人的共產黨，乃是文縐縐吃西洋點心而一樣雄起起拿筆桿殺人的革命文人。雖然明知這班人牛扒吃的比我還起勁，拿起鋤頭，彼不如我，那裡共什麼黨，革什麼命，其口誅筆伐，喊喊大眾，拿拿稿費，不足介意。但是其書生罵書生英勇之氣，倒常把我嚇住。」他舉出一兩年來被罵的五條「大罪」，前三條都是與左翼作家有關的。第一條是《論語》提倡幽默。第二條是「由《人間世》提倡小品文，不合登了人家兩首打油詩，又不合誤用『閒適』二字翻譯 familiar style（娓語筆調）。」第三條為「翻印古書，提倡性靈」。〔註 17〕幾乎要破口罵人，有違《論語》的「戒條」。

　　1934 年 9 月，林語堂發表《四十自敘》明志：「生來原喜老百姓，偏憎人家說普羅。人亦要做錢亦愛，躑躅街頭說隱居。立志出身揚耶道，誤得中奧廢半途。尼谿尚難樊籠我，何況西洋馬克斯。出入耶孔道緣淺，惟學孟丹我先師。」〔註 18〕後來《無所不談合集》重刊此詩，作者新加了序言，其中有云：「『孟丹』即法國 Montaigne，以小品論文勝。此人似王仲任。《論衡》一書亦非儒亦非老，所言皆個人見地，與孟丹相同。孟丹所以可傳不朽者以此。大概文主性靈之作家皆係如此，即『制（掣）條齧籠』還我自由之意。故樂於提倡袁中郎，《論語》半月刊所作文章，提倡袁中郎的很多。『會心的微笑』亦語出袁中郎。」〔註 19〕林語堂在《吾國與吾民》中說得更清楚：「今日，文學受著政治陰影的籠罩，而作家分成兩大營壘，一方面捧出法西斯主義，一方面捧出共產主義，兩方面都想把自家的信仰當作醫治一切社會的病態的萬應藥膏，而其思想之缺乏真實性獨立性，大致無異於古老的中國。雖有明顯的思想解放之呼聲，可是那排斥異端的舊的心理作用仍然存在，不過穿了一件現代名辭的外褂。」〔註 20〕《論語》「群言堂」一欄曾以「論語何不停刊？」為題刊登讀者來信，陶亢德在回覆中說：「左派說論語以笑麻醉大眾的覺醒意識，右派說論語以笑消沉民族意識。」「打倒帝國主義，三民主義吾黨所宗那

〔註 16〕周作人：《關於妖術》，《永日集》，北京十月文藝出版社 2011 年 3 月，120 頁。
〔註 17〕語堂：《我不敢遊杭》，1935 年 5 月 1 日《論語》64 期。
〔註 18〕林語堂：《四十自敘》，1934 年 9 月 16 日《論語》49 期。
〔註 19〕林語堂：《〈四十自壽詩〉序》，《林語堂名著全集》16 卷，269 頁。
〔註 20〕林語堂著、黃嘉德譯：《吾國與吾民》，《林語堂名著全集》20 卷，269 頁。

樣的黨歌，論語是不唱的——這當然不是論語反革命看不起黨，乃是唱打倒帝國主義的另有專使，不必我們越俎代庖。我們仍只要聚好友幾人，作密室閒談，全無道學氣味，而所談未嘗不嬉笑怒罵。使天下竊聞吾輩縱談者，能於微笑中有所悟有所覺，雖負亡國之罪，也尚對得起凡我同胞。」〔註21〕不論是林語堂，還是陶亢德，他們都給自己塑造了疏遠現實政治鬥爭、走中間道路的自由主義身份。

林語堂說：「我們無心隱居，而迫成隱士」。〔註22〕郁達夫說過：「周作人常喜引外國人所說的隱士和叛逆者混處在一道的話，來作解嘲；這話在周作人身上原用得著，在林語堂身上，尤其是用得著。」〔註23〕「隱士」只是一種消極的現實態度的隱喻，並非不涉及政治。在一定的意義上林語堂與周作人同是「隱士」，但二者之間的表現還是有較大的不同的。周作人由於對社會現實的深度失望，像住在圓塔裏關心人類命運的蒙田一樣，與現實保持距離，在很大程度上放棄了對現實問題直接發言，轉而從思想文化的角度來觀察和關聯；林語堂則積極地在安全的範圍內抨擊現實，在一系列文章裏仍然保持對現實政治的高度關注，並且積極、勇敢地參加了一些影響較大的政治活動。

## 2、言論自由

林語堂是關心政治的，也常發表政治性的言論，甚至有時還表現得十分尖銳。1930 年代的林語堂發表了為數不少的雜文。他的散文集《我的話》按內容，大致可分為文論、小品文和時政性雜文三類，後者有十來篇，涉及民主法治、愛國救亡、官場腐敗、民生疾苦、民眾教育、文化批評等方面，通常由種種社會現象順便挖掘文化根源。可能是為他幽默、閒適的小品文的名聲所掩，這些雜文較少為人關注，然而卻鮮明地表現出其政治立場和態度。他批評的鋒芒既指向南京政府，又指向左派。

林語堂是愛國的。他積極支持學生愛國運動。其《關於北平學生「一·二九」運動》《告學生書》等文章對「一·二九」運動表示聲援。日本駐南京總領事訪問國民政府外交次長唐有壬，對北平學生「一二九」運動提出抗議。林語堂於「一二九」運動發生後三日寫作《關於北平學生「一二九」運動》，

〔註21〕徐敬斈：《論語何不停刊？》，1934 年 9 月 16 日《論語》49 期。
〔註22〕林語堂：《創刊緣起》，1932 年 9 月 16 日《論語》1 期。
〔註23〕郁達夫：《〈中國新文學大系·散文二集〉導言》，上海良友圖書印刷公司 1935 年 8 月。

聯繫五四運動評論道：「民眾力量如火燎原，比中國軍界尤足畏也。」「吾看北平教育領袖及學生脈息不錯，中國其尚有望乎？」〔註24〕陶亢德聲援「高呼反對自治偽組織，要求團結救亡口號的愛國學生」。〔註25〕《宇宙風》第八期雜誌封面題詞抄錄《詩經‧黍離》，題為「賦天津學生赴京請願不得乘車武漢學生不得乘渡船及北平杭州各處學生忍寒露宿」。有東北捐款下落不明，林語堂表示出對國民素質的懷疑：「染指，中飽，分羹，私肥，這是中國民族亙古以來上自王公大臣下至販夫走卒文武老幼男女賢愚共同擅長的技術。」「福爾摩斯載，《東北捐款七百萬查無著落》一文，令人想到『若不染指，非中國人』八個大字。」〔註26〕

儘管林語堂對政治問題有著廣泛的關心，然而最關注的還是民權的保障，特別是言論自由的問題。他在《又來憲法》一文中強調：「須知憲法的第一要義，在於保障民權。民權自何而來，非如黃河之水天上來。凡談民治之人，需認清民權有二種。一種是積極的，如選舉、復決、罷免等。一種是消極的，即人民生命，財產、言論結社出版自由之保障。中國今日所需要的，非積極的而係消極的民權。」〔註27〕他所說的「消極的民權」近於以賽亞‧伯林所說的「消極自由」，是在現代民主社會裏公民最低限度的自由，是一種不經過殊死搏鬥而不會放棄的自由。他指斥道：「中國有憲法保障人權，卻無人來保障憲法。因此，在中國人權保障之最有效方法為『各人自掃門前雪』一句格言，載在黃帝憲法第十三條。只要謹守此條憲法，可保年高德劭，子孫盈門。」〔註28〕國難方殷，作者表現出少見的憤激，強烈抨擊言禁，反對暴政：「今動輒禁止言論，是驅全國國民使之自居於非國民地位，以莫談國事相戒，母戒子者以此，兄戒弟者以此，契友相戒者以此，而謂以此舉國相戒莫談國事之國民可以『共赴』什麼『國難』，其誰信之？故曰禁止言論自由之政策，是政府自殺之政策也。嗚呼痛哉！」〔註29〕林語堂始終不渝地批判專制統治，呼籲民主自由。1936 年去國赴美之前，他對當局提出警告：「在國家最危急之際，不許人講政治，使人民與政府共同自由討論國事，自然益增加

〔註24〕語堂：《關於北平學生「一二九」運動》，1936 年 1 月 1 日《宇宙風》8 期。
〔註25〕亢德：《請視學生如亂民》，1936 年 1 月 1 日《宇宙風》8 期。
〔註26〕林語堂：《黏指民族》，《林語堂名著全集》14 卷，284 頁。
〔註27〕林語堂：《又來憲法》，1933 年 1 月 1 日《論語》8 期。
〔註28〕語（林語堂）：《不要見怪李笠翁》，1933 年 7 月 1 日《論語》20 期。
〔註29〕語堂：《國事亟矣！》，1935 年 12 月 16 日《論語》78 期。

吾心中之害怕，認為這是取亡之兆。因為一個國決不是政府所單獨救得起來的。」並呼籲：「除去直接叛變政府推翻政府之論調外，言論應該開放些，自由些，民權應當尊重些。這也是我不談政治而終於談政治之一句贈言。」〔註30〕即便身在大洋彼岸，林氏也念念不忘國內的民主自由問題。他在《自由並沒死》一文中說，「所謂『自由沒有死也』一語，蓋吾國青年，眼光太狹且好趨新逐奇，右有法西，左有普羅，震於其名，遂謂德謨克拉西已成過去贅瘤，自由已化僵屍，再無一談之價值。」〔註31〕抗戰爆發後，他仍密切關心國內局勢。

上述批評時政的文章表現出了林語堂作為一個自由主義知識分子的良知和勇氣；不僅如此，他還參加了一些重要的政治活動。如 1932 年 12 月底，林語堂參與發起中國民權保障同盟，並擔任宣傳主任。翌年 1 月，「同盟」上海分會成立，林語堂與魯迅等人一起擔任執行委員。1935 年 6 月，以林語堂為首的論語社與左翼方面的文學社、太白社、芒種社等團體和個人一起，共同簽署了《我們對於文化運動的意見》，反對國民黨當局提倡的讀經救國的復古運動。次年 9 月，林語堂與魯迅、郭沫若、茅盾等人一起聯名發表了《文藝界同人為團結禦侮與言論自由宣言》，號召全國文藝界同人不分新舊左右，為抗日救國而聯合，要求政府當局積極抗日，並開放人民的言論自由。

林氏也時時感到現實的威脅，這使得處世精明的他不會去冒險地在抗爭的道路上走得更遠。論語派成員周劭回憶道：「其時國民黨政府於簽訂《淞滬停戰協定》之後，對言路較為寬鬆，但不久逆施白色恐怖。楊杏佛、史量才等民主人士相繼被暗殺，林語堂也害怕受禍，乃退居第二線，由鄒韜奮薦舉在《生活》週刊任過編輯的陶亢德任《論語》編輯。」〔註32〕1933 年 5 月，林語堂的堂侄林惠元在福建龍溪嚴懲採購日貨的商人，被駐軍方面以通共嫌疑，在未經審訊的情況下槍決。6 月，中國民權保障同盟領導成員之一楊杏佛被暗殺身亡。這些無疑給林語堂心理留下了陰影。林氏之女林太乙回憶道：「我記得楊杏佛被殺之後，父親有兩個星期沒有出門，而在我們的門口總有兩三個人站著」。〔註33〕

其實，不管怎麼反抗，林語堂等論語派作家對現政權是基本認可的。據

---

〔註30〕林語堂：《臨別贈言》，1936 年 9 月 16 日《宇宙風》25 期。
〔註31〕語堂：《自由並沒死》，1937 年 6 月 16 日《宇宙風》43 期。
〔註32〕周劭：《午夜高樓——〈宇宙風〉革編‧前言》，上海古籍出版社 1999 年 9 月。
〔註33〕林太乙：《林語堂傳》，《林語堂名著全家》29 卷，81 頁。

周劭說，林語堂1936年夏舉家赴美，一個重要原因是，他沒有如願以償地當上南京政府的立法委員，於是憤而出國。他曾參與過蔡元培、宋慶齡等發起的民權保障大同盟，編輯過《論語》，給國民黨政府增添過不少麻煩，所以坐失了這個「無所事事而坐領高俸的高官」。〔註34〕想當立法委員雖然出於個人利益考量，但表明他對南京政府抱有希望；結果沒有成功，也說明他的現實表現不能使國民黨當局滿意。

《劍橋中華民國史》在談到南京政府的意識形態控制時說：「這個國民黨政權在本質上是矛盾的：它時而專橫暴虐，時而又虛弱妥協。在獨裁的外觀之下，其權力很大程度上來自對一支佔優勢的軍事力量的控制。結果，只要在國軍或警察影響所及範圍之內，任何威脅到其權力或批評其政策的個人或團體，便都遭到了暴力鎮壓。」〔註35〕政權的矛盾給了林語堂這樣中間派的自由主義知識分子提供了一定的言論空間，林語堂的言論有時很尖銳，有可能讓統治者很討厭，但對統治者基本上是不構成威脅的，所以他始終在安全的閾值之內。

當年追隨魯迅的左翼作家唐弢晚年作《林語堂論》，以學術的眼光重新打量林語堂，得出了新的結論：「我覺得從林語堂身上找不出一點中庸主義的東西。他有正義感，比一切文人更強烈的正義感：他敢於公開稱頌孫夫人宋慶齡，敢於加入民權保障同盟，敢於到法西斯德國駐滬領事館提抗議書、敢於讓《論語》出『蕭伯納專號』，敢於寫《中國沒有民治》、《等因抵抗歌》……等文章，難道這是中庸主義嗎？當然不是。」〔註36〕遠離了當年文場鬥爭的語境，唐弢的話是可信的。

在論語派主要成員中，林語堂、姚穎和老向的散文與社會現實的關係密切，寫作態度嚴肅。林語堂在為姚穎小品文集《京話》所作的序中，對姚文稱讚有加。姚穎小品集《京話》大都是諷刺性的時政評論，婉而多諷，也不乏尖銳辛辣之處，偶而露出酸刻之筆。林語堂贊其「謔而不虐」，所以「當時南京要人也欣賞她談言微中的風格」〔註37〕。「京話」這個欄目名稱就顯示了對國民黨政府合法性的承認，文章儘管時時流露出諷刺的鋒芒，作者顯然是

---

〔註34〕周劭：《午夜高樓——〈宇宙風〉萃編·前言》，上海古籍出版社1999年9月。
〔註35〕〔美〕費正清主編：《劍橋中華民國史》2部，章建剛等譯，上海人民出版社1992年9月，152頁。
〔註36〕唐弢：《林語堂論》，《魯迅研究動態》1988年7期。
〔註37〕林語堂：《姚穎女士說大暑養生》，《林語堂名著全集》16卷，293頁。

從國家體制的內部來批評的。這一點與左翼作家截然不同。然而，她又有意強調與右翼文人的不同：「責備我最厲害的，是一般以革命自負的朋友，他們怪我不去談民族復興二次世界大戰莫索里尼希特勒，而談煙的作用主席購物夏日的南京，他們說我清談誤國，並引晉朝的先例作證，義正辭嚴，令我不能置答。」〔註38〕這裡「以革命自負的朋友」自然不是指左翼方面。姚穎《京話·自序》云：「我寫時雖然未經再三考慮，但大體有個範圍，即是以政治社會為背景，以幽默語氣為筆調，以『皆大歡喜』為原則，即不得已而諷刺，亦以『傷皮不傷肉』為最大限度，雖有若干絕妙材料，以環境及種種關係，不得已而至割愛，但投稿兩三年，除數次厄於檢查先生外，尚覺功德圓滿！」〔註39〕《宇宙風》第二十三期卷首刊登《京話》和《黃土泥》廣告，其中說《京話》是：「中國第一本以政治社會為背景以幽默語氣為筆調的小品文集。」這也點出了姚穎《京話》的政治態度。

老向的鄉村小品裏是看不出多少幽默的。作者服務於河北定縣的「平教會」，其小品集《黃土泥》大體上以一個「平教」工作者的眼光，大量敘寫農村，反映農村現實中的「愚、窮、弱、私」問題。作者走的是一種「教育救國」的改良主義道路，是啟蒙主義走向民間的社會實踐。所以，頂多也只是借農民之口發出「換一換年頭兒吧」的呼聲。此外，便是記敘民俗風光，表現鄉土趣味。他反映民生疾苦，可以說是怨而不怒式的。

唐弢在《林語堂論》中，一方面肯定林氏強烈的正義感和勇氣，另一方面又指出他十分頑固，攻擊左翼文學和馬克思主義。林語堂在《煙屑》中說：「吾喜袁中郎，左派不許我喜袁中郎，雖然未讀袁中郎。因此下誓，左派好盧拿卡斯基，吾亦不許左派喜盧拿卡斯基，雖然吾亦未讀盧拿卡斯基。以後凡是盧作，皆是屁話。何以故？好盧之人如此，盧未必是好東西，如果兩者氣味相投的話。若好盧者只順口接屁，那麼盧氏本與此輩人無涉，當另眼看待。」〔註40〕話中顯露出一股蠻勁，表現出對左派的憤激情緒。他發表有多篇文章，攻擊左翼文學。關於林氏對左派的攻擊，將在下文中論及。

# 3、期刊政治

論語派作家的身份政治主要通過《論語》《人間世》《宇宙風》《西風》《逸

〔註38〕姚穎：《我與論語》，《京話》，人間書屋1936年9月，101～102頁。
〔註39〕姚穎：《自序》，《京話》。
〔註40〕1935年9月16日《宇宙風》1期。

經》等熱銷的小品文期刊承載並體現出來，並集聚為集體的文化政治勢力，從而彰顯出一種期刊政治。這種期刊政治見諸編輯方針和策略、作品傾向、作者群和讀者群等方面。林語堂發表大量文章，又與陶亢德、邵洵美等編輯一起通過編後記等闡發自家的立場和主張，刊登撰稿人名單，發表同人照片和手跡，這些都強化了論語派作家的文化政治認同，凸顯了期刊的文化政治面目。可以說，幾大雜誌集中體現了論語派作家的政治身份，在很大程度上代表了該派的文化政治面目。

林語堂創辦小品文雜誌，倡導閒適語調的小品文，重評晚明小品，翻印明人作品集，在文壇上掀起陣陣熱潮，以至於時人把 1933 年稱為「小品文年」，把 1934 年稱為「雜誌年」（指小品文雜誌），把 1935 年稱為「古書翻印年」。這些潮流彰顯了論語派的政治傾向，並產生廣泛的社會效應。以林語堂為首的論語派又與北方以周作人為首的苦雨齋派互相配合，形成聲勢浩大的言志文學思潮，受到不同政治立場的文壇派別的強烈關注。

《論語》半月刊在編輯策略上走的是雅俗共賞的路子，出版後銷量大好，引起出版界和讀書界重視。林語堂介紹說：「聽說論語銷路很好，已達二萬（不折不扣），而且二萬本之論語，大約有六萬讀者。」〔註41〕該刊成為當時最受歡迎的幾種雜誌之一。而且從《論語》到《人間世》，再到《宇宙風》，出一本火一本，辦刊質量也穩步提升。

林語堂主編《論語》時，利用各種關係，引來許多著名的作者，並且積極發現和培養新秀。章克標說：「林語堂邀請魯迅寫稿，魯迅也寄來幾次。林又向北京的舊友如周作人、劉半農等人約稿。邵洵美則因同徐志摩《新月》雜誌方面的人接近，而得到潘光旦等人的支持。也還有熱心的人主動來稿的，如老向、何容等及『大華烈士』簡又文，還有姚穎女士……等等，因此，的確是逐漸興旺的樣子。」另外，徐訏也是因為投稿《論語》而與林氏結識的。〔註42〕林語堂不斷總結辦刊經驗，調整方向，到了《人間世》《宇宙風》，更是名家雲集，佳作連篇。《宇宙風》第十三期（春季特大號）發表《宇宙風讀者公鑒》，其中有云：「今後本刊，一本初衷，對內容力求精彩，雖不敢說雄視文壇，總做到視同類雜誌能無遜色。長篇約定有老舍趙少侯二先生合作之牛天賜續傳《無書代存》；主要的短篇方面，周作人先生的風雨談，豐子愷先

〔註41〕林語堂：《二十二年之幽默》，《林語堂名著全集》14 卷，175 頁。

〔註42〕章克標：《文壇草木》，上海書店出版社 1996 年 12 月，74 頁。

生的緣緣堂隨筆，都蒙續予撰惠，按期刊登。語堂的小大由之更不必說。又本刊絕無門戶之見，對於海內外著名作家，無不竭誠敦請撰述……過去十二期中，有再版到六七次者。」海內名家聚集，言語間充滿了自豪。

特別值得注意的是，論語派三大主力雜誌團結了一大批思想觀念相近的自由主義作家。在《論語》刊行之前的 1930 年 5 月，馮至、林庚、馮文炳等編輯出版帶有沉潛傾向的《駱駝草》，僅出二十六期，並未引起多少關注。1932年，周作人向《現代》編者施蟄存推薦李廣田的散文，曾感歎「北平近來無處可賣（指文章發表——引者）」。〔註43〕到了林語堂主編的《論語》，情形大變。1930 年代，自由主義作家受到進一步打壓，被邊緣化，運交華蓋，《論語》等雜誌創刊，給他們提供了陣地。《論語》等予以培植，發表關於他們的人物志和照片，大力推介，因此他們對林氏是懷著知遇之情的。老舍在為《論語》創刊兩週年而寫的賀詩中云：「共誰揮淚傾甘苦？慘笑惟君堪語愁！」〔註44〕

前文所提的讀者來信《論語何不停刊？》說：「我國文壇，自林公創刊論語之後，一紙（其實每期都夠二十多頁）風行，四方響應，凡有屁股（報屁股），莫不效顰。幽默二字，從老教授都聽不慣的地位，一躍而成為小學生耳熟能詳的嶄新名詞，尤為投稿者晨昏顛倒，寤寐思求的對象。於是笑林廣記，一見哈哈笑之類的書籍，被人捧為高頭講章，竹枝詞，打油詩，風頭尤其十足。而刊物的命名法，也起了『奧伏赫變』，仿古贗本，最為摩登，什麼『中庸』、『孟子』、『聊齋』、『天下篇』等半月刊，書攤上觸目皆是」。可見《論語》等雜誌的廣泛影響。

據茅盾介紹，自 1934 年 1 月起，定期刊物越出越多。專售定期刊物的書店——中國雜誌公司也應運而生。「有人估計，目前全中國約有各種性質的定期刊物三百餘種，內中倒有百分之八十出版在上海，而且是所謂『軟性讀物』，——即純文藝或半文藝的雜誌；最近兩個月內創刊的那些『軟性讀物』則又幾乎全是『幽默』與『小品』的『合股公司』。」〔註45〕還有人指出，繼 1927年以後書業的大發展，1932 年以後則進入蕭條時期。雖然一般書業不景氣，而雜誌業則逆勢成長，出現了「雜誌年」，幽默小品流行起來。

論語派的三大主力雜誌取得巨大的成功，引起了跟風，小品文雜誌紛紛

---

〔註43〕周作人：《致施蟄存》，《周作人集外文》（下），海南國際新聞出版中心 1995年 9 月，429 頁。

〔註44〕老舍：《論語兩歲》，1934 年 9 月 16 日《論語》49 期（「兩週年紀念特大號」）。

〔註45〕茅盾：《所謂雜誌年》，《茅盾全集》20 卷，人民文學出版社 1990 年，132 頁。

出版。如論語派的《文飯小品》《逸經》《西風》，左派的《新語林》《太白》《芒種》等。論語派雜誌佔據了顯著的文化空間，政治影響擴大，左翼有針對性地創辦《太白》和《新語林》等來爭地盤。陳望道回憶道：「《太白》雜誌是在魯迅先生的直接關懷和支持下創辦的。一九三四年創辦這個雜誌，是想用戰鬥的小品文去揭露、諷刺和批判當時黑暗的現實，並反對林語堂之流配合國民黨反動派『圍剿』而主辦的《論語》和《人間世》鼓吹所謂『幽默』的小品文的。」〔註46〕「配合」之言受時見所縛，名實不副，而「反對」之語則道出了實情。

《芒種》與《太白》雜誌編輯出版專集《小品文和漫畫》，以強大的作者陣容，否定論語派倡導的「自我」「閒適」的小品文傾向。曹聚仁說：「『太白社』曾以『小品文與漫畫』為題，徵求當代文家的意見，那五十多家的意見，都是否定那自我的中心，閒適的筆調的。」〔註47〕左派所辦小品文刊物《新語林》《太白》《芒種》均與論語派對壘。徐懋庸、曹聚仁編輯出版了《芒種》半月刊，茅盾在對前三期進行了一番考察後說：「這一個半月刊，現在（四月中旬）已經出到第三期了。這也是『小品文』的刊物，是反對個人筆調、閒適、性靈的小品文刊物。」從前三期看，「《芒種》還嫌太深，與創刊號上《編者的話》預期的讀者對象──『拖泥草鞋』的朋友們──不符。」〔註48〕《太白》也銷路不佳，只辦了一年半就停刊，結果反而擴大了《人間世》和論語派的影響。

左翼人士著重從社會學的角度來看待論語派與小品文現象，忽視了由商品經濟的發展和中產階級的興起帶來的市民階層文化消費需要的增強而為論語派提供了社會基礎。作家作為中產階級的特殊群體是精英文化的創造者和消費者，而精英文化與城市市民的大眾文化之間有著交叉性，共享著現代都市許多文化資源和價值趣味。在價值觀上，後者更重視庸常的日常生活，因而疏遠精英文化高蹈的政治性理想。市民階層憑藉其佔有的經濟資本和文化資本，分享了部分為我所需的精英文化資源。論語派作家為了吸引更多的市民讀者，擴大自身的市場份額，就會遷就他們的要求和趣味。大眾文化從功

---

〔註46〕陳望道：《關於魯迅先生的片段回憶》，《文藝論叢》第 1 輯，上海人民出版社 1977 年 9 月，223～224 頁。

〔註47〕曹聚仁：《文壇五十年》，東方出版中心 2006 年 1 月第 2 版，273 頁。

〔註48〕茅盾：《雜誌「潮」裏的浪花》，《茅盾全集》20 卷，人民文學出版社 1990 年，441 頁。

能上來說是娛樂性的，保守的，與左翼作家的宏大敘事背道而馳的。宏大敘事對日常生活進行排他性的選擇和改造，使之成為映照在意識形態中的理想化鏡象，同時對與文化理想不合拍的日常生活進行揭露和批判，從而引起日常生活主體對日常生活消極性、不合理性的反省和批判。論語派作品與這種五四以降主流的啟蒙主義的精英意識迥乎不同，肯定世俗價值，表現出更突出的平民意識。不過，論語派與市民文化的關係，並不是一味地迎合，而是曖昧的，半推半就的。顯然，與市民讀者沉浸其中的大眾文化的親和，走雅俗共賞的路子，為論語派提供了獨立的話語空間，無論是左翼文學、京派文學還是右翼文學的場域中，都沒有大眾文化的棲身之所。

除了編輯雜誌，林語堂還編著出版英語讀本，並因此成為「版稅大王」。1928 年，他所編三冊《開明英文讀本》由上海開明書店出版，面向初中生。出版不久即風行全國，並且取代周越然編輯、商務印書館出版的《英語模範讀本》，成為全國最暢銷的中學英文教科書。〔註49〕1933、1934 年，林語堂收入頗豐，有人替他算過一筆賬：開明書店英文教科書的版稅每月大約七百元銀洋，再加上中央研究院的薪金、幾本刊物的編輯費，每月收入在一千四百元左右，而當時銀行普通職員月薪不過六七十元。〔註 50〕唐弢後來在《林語堂論》一文裏在談到胡風《林語堂論》發表的歷史語境時說得明白：「在號稱『雜誌年』的一九三四年，林語堂先生繼提倡幽默的《論語》之後，又創辦了『以自我為中心，以閒適為格調』的小品文刊物《人間世》，同時還讚揚語錄體，大捧袁中郎，所編《開明英語讀本》又成為暢銷書。從林先生那邊說，可謂聲勢烜赫，名重一時，達到了光輝燦爛的人生的頂點。」〔註 51〕林語堂變為一個成功人士，這增加了其人生道路和政治傾向的吸引力，擴大了他的政治影響，也很容易加重左翼方面的憂慮。

在《大荒集·序》中，林語堂自稱「大荒旅行者」，「在大荒中孤遊的人，也有特種意味，似乎是近於孤傲，但也不一定。我想只是性喜孤遊樂此不疲罷了。其佳趣在於我走我的路，一日二三里或百里，無人干涉，不用計較，莫須商量。或是觀草蟲，察秋毫，或是看鳥跡，觀天象，都聽我自由。我行我素，其中自有樂趣。而且在這種寂寞的孤遊中，是容易認識自己及認識宇

---

〔註49〕參閱林太乙：《林語堂傳》，《林語堂名著全集》29 卷，62 頁。
〔註50〕徐訏：《追思林語堂先生》，《林語堂評說七十年》，子通主編，中國華僑出版社 2003 年 1 月，146 頁。
〔註51〕唐弢：《林語堂論》，《魯迅研究動態》1988 年 7 期。

宙與人生的。有時一人的轉變，就是在寂寞中思索出來，或患大病，或中途中暑，三日不省人事，或赴荒野，耶穌，保羅，盧梭⋯⋯前例俱在。」〔註52〕這樣的一個「大荒旅行者」走進十里洋場，沒有投靠任何政治勢力，雖有一些對市場和市民讀者的迎合，但大體上可以說是依然故我，結果贏來擁蠆無數，成為文壇上的大明星。這構成了其他政治身份作家所代表的價值觀的挑戰。

「雜誌年」現象引起了左翼人士的廣泛關注，他們進行社會剖析式的闡釋，力圖把握和引導期刊出版的輿論導向。茅盾發表《雜誌年與文化動向》一文，其中重點介紹了傅逸生在《現代》上發表的論文《中國出版界到何處去》。傅文說，繼1927年以後書業的大發展，1932年以後則進入蕭條時期。一般的書業不景氣，而雜誌業逆勢成長，出現了「雜誌年」。他引用《人文》月刊的統計：一九三二年收到全國雜誌八七七冊。一九三三年為一二七四冊，一九三四為二〇八六冊。據個人在各雜誌公司調查之結果，除政府公報外，共為二百八十到三百種的數目。誠為名副其實的「雜誌年」。其中，逆勢而起的就有「幽默小品的流行」。他評論道：「時代在一個陰沉沉的時候，只有用反語，諷刺，和短小精幹的小品文來發洩。《論語》，《人間世》，《華安》，《華美》及各報紙副刊之能為人注意，當然是有他底時代意義的。不過，這許多東西，因為他僅是一種幽默諷刺，所以，終究不能解決讀者的許多問題，現在，幽默小品的時代，顯然的已在向下了。」作者預言，隨著時代的進展，「迎合個人牢騷及悲觀思想的幽默品，將愈趨於頹廢墮落，富於前進性而有社會意義的諷刺品與寫實小說，將有更進步的成績供給讀者。」〔註53〕他指「幽默小品」迎合個人牢騷，思想悲觀，不能滿足讀者認識時代及其方向的要求，並預斷其「頹廢墮落」的前途；相反，前途光明的則是左翼文學，「富於前進性而有社會意義的諷刺品與寫實小說」是左翼作家的勝場。茅盾對「雜誌年」的估量與傅逸生不同，強調「雜誌年」是「文化動向之忠實的記錄」，是多種「思潮」交流決蕩而產生的結果。其中，「好的傾向」也在針鋒相對地發展著。〔註54〕這「好的傾向」無疑是以左翼《芒種》與《太白》等雜誌為代表的。

〔註52〕林語堂：《大荒集·序》，《大荒集》，上海生活書店1934年6月。
〔註53〕傅逸生：《中國出版界往何處去？》，1935年3月《現代》6卷2期。
〔註54〕明（茅盾）：《雜誌年與文化動向》，1935年5月《文學》4卷5號，收入《茅盾全集》20卷，人民文學出版社1990年。

在他的論述裏，「左翼」與包括論語派在內的「言志派」的對立呼之欲出。

《論語》《人間世》《宇宙風》等雜誌的崛起，張揚了包括論語派在內的言志派的文學觀念、政治身份和影響力，打破了文場主要文化政治力量的平衡，影響了各派別所提出文學主張的合理性與合法性，因而成為高度政治化的問題，引發一系列激烈、持久的文學論爭。

## 4、文場之爭

《論語》創刊之初，並非以與左派對立或挑戰的姿態出現的，它為自己確立的是「左」「右」都不得罪的中間路線。《論語》第八期刊出的《我們的態度》寫道：「《論語》半月刊以提倡幽默文字為主要目標。……我們不是攻擊任何對象，只希望大家頭腦清醒一點罷了。」《論語》既刊發大量沒有多少意義的幽默之作，又在「半月要聞」「雨花」「群言堂」「補白」和地方通訊等欄目中發表尖銳的諷刺文字。然而，這種立場仍然問題很大。一方面，從 1931 年「九一八」事變開始，日本逐步加快侵華步伐，佔領東北，覬覦華北，而國民黨政府採取「攘外必先安內」的政策，妥協退讓；另一方面，國民黨政府面對國內亂局，推行專制主義政策，加強對政治異己力量的打壓。在這樣的歷史語境中，論語派提倡幽默、閒適的小品文顯得大不合時宜，實質性地構成了與左派、右派的衝突，因而具有了高度的政治傾向性，招來多方詬病。

論語派雜誌的編者利用自身的平臺發言為自己辯護，並進行回擊。其他論語派成員也積極配合，以自己的發言表示支持。國難當頭，卻提倡幽默、閒適的小品文，難免予人以誤國的口實。簡又文在《我的朋友林語堂》中說：「語堂是一個真正的，忠實的，和熱烈的愛國者。不過他不是一個政客，不是一個黨員，也沒有擔任過政治工作……所以他愛國的立場並非某某黨的，其愛國的方式也不是××黨的……語堂之愛國，是站在一介平民的立場，而施用一介書生，或一個學者的方式。」〔註 55〕這裡是強調林語堂中間派獨立的愛國立場。針對人們常常指責林語堂政治態度消極，同樣可以歸入論語派的郁達夫為他進行了辯解：「林語堂生性憨直，渾樸天真，假令在美國，不但在文學上可以成功，就是從事事業，也可以睥睨一世，氣吞小羅斯福之流。《翦拂集》時代的真誠勇猛，的是書生本色，至於近來的耽溺風雅，提倡性靈，

---

〔註55〕大華烈士（簡又文）：《我的朋友林語堂》，1936 年 8 月 5 日《逸經》11 期。

亦是時事使然，或可視為消極的反抗，有意的孤行。」〔註56〕魯迅指斥過林語堂「幫閒」，郁達夫則肯定林氏的個人品質和才能，強調林語堂的現實態度是「消極的反抗」。

曹聚仁說：「林語堂提倡幽默，《論語》中的文字，還是諷刺性質為多。即林氏的半月《論語》，也是批評時事，詞句非常尖刻，大不為官僚紳士所容，因此，各地禁止《論語》銷售，也和禁售《語絲》相同。」〔註57〕《論語》的傾向不得國民黨右派方面的喜歡，甚至還可以說討厭，但並沒有觸碰當局的底線。右派方面批評論語派的文章則很少見，不過還是可以找出幾篇的。漠野《論小品文雜誌》從民族主義文學立場，攻擊《論語》《千秋》《人間世》《太白》等小品文雜誌，說幽默文章「侵蝕民族性的烈性毒品」。「在這個危急存亡，千鈞一髮的惡劣環境裏，中國急切需要的，不是民族團結的力量麼？！」〔註58〕《新中國》雜誌刊發魯等《反幽默齋隨筆》發表五則短篇雜文，前四篇為署名「魯」的作者所作攻擊幽默文學的文字。其中，《（二）幽默誤國論》說無論左翼作家，還是幽默作家，「均影響青年，使之墜落，令其消沉」，還說什麼「國家將亡，必有妖孽，妖氛不清，國難不已」。《（四）竹林諸君子與論語》對論語派的幽默悻悻然：「幽默成風，民氣消沉，人皆忘國，國乃滅亡。／幽默成風，清談廢務，不能自存，人乃絕種。」〔註59〕這些右派分子肆口謾罵的拙劣文字只是表明了極端的態度，不具有很大程度上的代表性，也難構成對論語派的直接威脅。

批評論語派的不僅有「左」「右」兩派，主張嚴肅、高雅文學的京派作家也表現出了嚴厲的態度。沈從文批評《論語》和《人間世》的「遊戲」色彩：「編者的努力，似乎只在給讀者以幽默，作者存心扮小丑，隨事打趣，讀者卻用遊戲心情去看它。它目的在給人幽默，相去一間就是惡趣。」《人間世》尊小品文，迷信「性靈」，尊袁中郎，「編者的興味『窄』，因此所登載的文章，慢慢的便會轉入『遊戲』方面去。」〔註60〕京派批評家朱光潛針對晚明小品

〔註56〕郁達夫：《〈中國新文學大系·散文二集〉導言》，上海良友圖書印刷公司 1935 年 8 月。

〔註57〕曹聚仁：《文壇五十年》，271 頁。

〔註58〕漠野：《論小品文雜誌》，1934 年 10 月《華北月刊》2 卷 3 期。

〔註59〕魯等：《反幽默齋隨筆》，1934 年 4 月《新中國》1 卷 5 期。

〔註60〕沈從文：《談談上海的刊物》，《沈從文全集》（17），北嶽文藝出版社 2002 年 12 月，90、93 頁。

熱的泛濫，批評道：「我並不反對少數人特別嗜好晚明小品文，這是他們的自由，但是我反對這少數人把個人的特殊趣味加以鼓吹宣傳，使它成為彌漫一世的風氣。無論是個人的性格或是全民族的文化，最健全的理想是多方面的自由的發展。」他還擔心濫調的小品文和低級的幽默合在一起，「缺乏偉大藝術所應有的『堅持的努力』」。〔註61〕沈、朱二人主要反對論語派的文學觀念，擔心論語派所代表的文學傾向進一步蔓延。

在對論語派的批評和攻擊中，陣容最大、火力最強、持續時間最長的來自以魯迅為代表的左派作家。林語堂一開始並沒有想要與左翼作家對立，《論語》上發表他們不少的文章。1933年2月至7月，《論語》發表了魯迅六篇雜文，一篇講詞。此外，《論語》還轉載了一批魯迅的作品，如《航空救國三願》《從諷刺到幽默》《從幽默到正經》《現代史》《王化》等雜文。與此同時，魯迅等左派作家對林語堂和他的雜誌也抱著團結、爭取的態度，所以他們願意把文章交給《論語》社。然而，論語派的文學傾向從根本上是與左翼作家對立的，否定文學作為批判武器的藝術的合理性，不免遭到批評。林語堂卻不是輕易讓人的，他進行了防守反擊。於是雙方積怨越來越多，矛盾也隨之加深。儘管如此，《人間世》的撰稿人名單裏仍有一些左翼作家的名字，並刊登了徐懋庸、陳子展、唐弢等人的文章。《宇宙風》連載了郭沫若的傳記。左翼作家在論語派雜誌上發表文章，說明兩者之間並非水火不容。

魯迅等左翼作家進行社會學的政治批評，考察和分析論語派理論和作品中所體現出來的身份政治。魯迅在發表於1933年3月的《從諷刺到幽默》中，指出幽默出現的社會心理：「人們誰高興做『文字獄』中的主角呢，但倘不死絕，肚子裏總還有半口悶氣，要借著笑的幌子，哈哈的吐他出來。」又提醒道：「中國人也不是長於『幽默』的人民，而現在又實在是難以幽默的時候。於是雖幽默也就免不了改變樣子了，非傾向於對社會的諷刺，即墮入傳統的『說笑話』和『討便宜』。」〔註62〕既提出幽默水土不服，不合時宜，又告誡幽默沒有前途。魯迅在1933年6月20日覆林語堂的信中，又重述了上述意思。他又指幽默發生蛻變：「幽默和小品的開初，人們何嘗有貳話。然而轟的

---

〔註61〕朱光潛：《論小品文（一封公開信）——給〈天地人〉編輯徐先生》，《朱光潛全集》3卷，安徽教育出版社1987年8月，428頁。

〔註62〕魯迅：《從諷刺到幽默》，《魯迅全集》5卷，人民文學出版社2005年，46～47頁。

一聲，天下無不幽默和小品，幽默那有這許多，於是幽默就是滑稽，滑稽就是說笑話，說笑話就是諷刺，諷刺就是謾罵。油腔滑調，幽默也；『天朗氣清』，小品也」。〔註63〕1933 年 9 月，魯迅發表《「論語一年」》，公開表明自己不喜歡《論語》，明確反對《論語》所提倡的「幽默」，斷言「幽默」在中國是不會有的。〔註64〕

　　阿英在《林語堂小品序》中提出，在一個社會變革時期裏，由於黑暗現實的壓迫，文學家大致有三種道路可走：「一種是『打硬仗主義』，對著黑暗的現實迎頭痛擊，不把任何危險放在心頭。」魯迅為這一派的代表；第二種是在現實面前沉默的「逃避主義」，周作人是此派的典型；「第三種，就是『幽默主義』了。這些作家，打硬仗既沒有這樣的勇敢，實行逃避又心所不甘，諷刺未免露骨，說無意思的笑話會感到無聊，其結果，就走向了『幽默』一途。此種文學的流行，可說是『不得已而為之』。」〔註65〕這第三種自然是說以林語堂為代表的論語派了。阿英與魯迅、胡風等左翼作家一樣，採取的策略是強調提倡幽默的作家在現實面前表現出的迫不得已和軟弱，而不明說他們自己所需要的是對立面的諷刺。魯迅和阿英的闡釋體現出一種話語支配權。他們通過闡釋，指出論語派在政治上所表現出的消極性，置之於不利的地位，預斷其黯淡的前途。

　　左翼作家進一步對論語派的政治身份進行定性，指其為統治者「幫閒」或當「清客」，判定他們固守的「個性」，是脫離現實、落後消極、缺乏道義感的。魯迅在《二丑藝術》中把林語堂等論語派作家視為「二丑」式的幫閒文人，說道：「我們只要取一種刊物，看他一個星期，就會發現他忽而怨恨春天，忽而頌揚戰爭，忽而譯蕭伯納演說，忽而講婚姻問題；但其間一定有時要慷慨激昂的表示對於國事的不滿：這就是用出末一手來了。」這「末一手」指的就是幫閒文人為給自己留後路的遮掩自己的伎倆。〔註66〕魯迅《幫閒法發微》進一步說：「幫閒，在忙的時候就是幫忙，倘若主子忙於行兇作惡，那自然就是幫兇。但他的幫法，是在血案中而沒有血跡，也沒有血腥氣的。」譬如一件要緊的事，由於幫閒者們的插科打諢，人們就一笑了之。另外，報

---

〔註63〕魯迅：《一思而行》，《魯迅全集》5 卷，499 頁。
〔註64〕魯迅：《「論語一年」——借此又談蕭伯納》，《魯迅全集》4 卷，585 頁。
〔註65〕阿英編校：《現代十六家小品》，光明書局 1935 年 3 月，465～466 頁。
〔註66〕魯迅：《二丑藝術》，《魯迅全集》5 卷，208 頁。

刊登載一些無聊的文章，讀者常讀不免麻痺，不再關心嚴肅的世事了。〔註67〕
如果用《「論語一年」》中的話來說就是：「將屠戶的兇殘，使大家化為一笑，
收場大吉。」他在《從幫忙到扯淡》中又說，必須有「幫閒之志」，又有「幫
閒之才」，才是真正的幫閒；否則只能算是「扯淡」。〔註68〕如果按照他的嚴
格標準來看，很少非左派的文學能夠置身「幫忙幫閒」之外，所以連魯迅自
己也在一次演講中說：「不幫忙也不幫閒的文學真也太不多。現在做文章的人
們幾乎都是幫閒幫忙的人物。……有人說文學家是很高尚的，我卻不相信與
吃飯問題無關，不過我又以為文學與吃飯問題有關也不打緊，只要能比較的
不幫忙不幫閒就好。」〔註69〕茅盾運用唯物史觀說分析道：「一個時代的『小
品文』也有以自我為中心，個人筆調，性靈，閒適為主的，但這只說明了『小
品文』有時被弄成了畸形」。「把『小品文』的這種畸形認為天經地義的人……
總自信他之所以如此這般主張者，因為他尊重自己的性靈，──換句話說，
就是他的純粹的『自由意志』。後來，『自由意志』的肥皂泡一經戳破，原來
倒是幾根無形的環境的線在那裡牽弄，主觀超然的性靈客觀上不過是清客身
份」。〔註70〕魯迅與茅盾都指林語堂等論語派作家為統治者「幫閒」，魯迅意
在揭發動機，而茅盾則說客觀效果。

自由主義主張理性指導下的社會改革，不贊成社會革命。在這一點上，
林語堂與胡適是相近的。周作人則是從文化、道義上不認同現政權，而又無
可奈何，於是選擇了退避。按照自由主義思想，社會改革是在現行政權體制
下進行，這與左翼作家致力於推翻政府迥乎不同。這是魯迅、茅盾把林語堂
等自由主義作家歸入幫閒者行列的原因。

1933年6月，魯迅發表《小品文的危機》，提出左翼對小品文的總體意
見。文章先指責閒適的小品文：「對於文學上的『小擺設』──『小品文』
的要求，卻正在越加旺盛起來，要求者以為可以靠著低訴或微吟，將粗獷的
人心，磨得漸漸的平滑。」強調「在風沙撲面，狼虎成群的時候」，作為文
學上「小擺設」的小品文的危害性。作者把明末小品與現代的提倡者區別開

---

〔註67〕魯迅：《幫閒法發隱》，《魯迅全集》5卷，289頁。
〔註68〕魯迅：《從幫忙到扯淡》，《魯迅全集》6卷，357頁。
〔註69〕魯迅：《幫忙文學與幫閒文學》，《魯迅全集》7卷，405～406頁。
〔註70〕茅盾：《小品文和氣運》，《小品文和漫畫》（陳望道編），生活書店1935年3
　　　　月，1頁。

來：「明末的小品雖然比較的頹放，卻並非全是吟風弄月，其中有不平，有諷刺，有攻擊，有破壞。這種作風，也觸著了滿洲君臣的心病，費去許多助虐的武將的刀鋒，幫閒的文臣的筆鋒，直到乾隆年間，這才壓制下去了。」他指責對方小品文「陳舊」「落後」：「以後的路，本來明明是更分明的掙扎和戰鬥，因為這原是萌芽於『文學革命』以至『思想革命』的。但現在的趨勢，卻在特別提倡那和舊文章相合之點，雍容，漂亮，縝密，就是要它成為『小擺設』，供雅人的摩挲，並且想青年摩挲了這『小擺設』，由粗暴而變為風雅了。」「風雅」於是具有了負面的意義。與閒適的小品文針鋒相對，魯迅提出了左派的小品文主張：「生存的小品文，必須是匕首，是投槍，能和讀者一同殺出一條生存的血路的東西；但自然，它也能給人愉快和休息，然而這並不是『小擺設』，更不是撫慰和麻痺，它給人的愉快和休息是休養，是勞作和戰鬥之前的準備。」〔註71〕「二丑」是對以林語堂為代表的言志派作家政治人格的刻畫，「小擺設」是對言志派小品文的刻畫，指涉言志派作家的政治身份，這兩個漫畫式的雜文形象表現出了對言志派徹底的否定和強烈的憎惡。小擺設與匕首投槍、二丑與戰士相對舉，強調了左派與言志派作家政治身份和政治人格的迥乎有別。

1932年9月，周作人《中國新文學的源流》與其弟子沈啟無編《近代散文抄》出版，理論著作與作品選相配合，引發了聲勢浩大的晚明小品熱。林語堂大贊晚明小品，並用改造過的傳統概念重新包裝其表現主義文論，現實的指向性和批判性愈加突出。當晚明小品熱興起後，周作人和他的幾個弟子是和熱潮保持了一定距離的，相對於晚明小品，他們更心儀六朝文學。言志派南北聯袂的現象引起了魯迅等左翼作家的敏感和注意，只是左翼陣營還沒有全線出擊。而言志派與左派衝突的大爆發肇端於1934年4月《人間世》創刊。

林語堂多次談到論語派與左翼矛盾升級的緣由，都提及《人間世》的創刊。林語堂說：「人間世出版，動起杭育杭育派的方巾氣，七手八腳，亂吹亂擂，卻絲毫沒有打動了人間世。……人間世之錯何在，吾知之矣。用仿宋字太古雅。這在方巾氣的批評家，是一種不可原諒的罪案。」〔註72〕林語堂在《我與人間世（人間世編輯）》中說：「我辦人間世與辦論語動機相同，因為那時無人辦小品文刊物，所以辦了。後來小品文刊物多了，我也不知怎樣，

〔註71〕魯迅：《小品文的危機》，《魯迅全集》4卷，591～593頁。
〔註72〕林語堂：《方巾氣研究》，《林語堂名著全集》14卷，173頁。

忽然得了風雅的罪名了，自己莫名其妙。大概因為第一期登了周作人的照片，普羅看見甚不高興罷了。由是兩首打油詩也不許人做，這是一九三四年文壇值得記憶的一件事，可以代表時人之態度。」〔註73〕又說：「《人間世》出，左派不諒吾之文學見解，吾亦不肯犧牲吾之見解以阿附初聞鴉叫自為得道之左派，魯迅不樂，我亦無可如何。」〔註74〕這幾篇文章都一致把《人間世》出版視為雙方矛盾升級的標誌性事件。

1934 年 4 月 5 日，林語堂主編的小品文半月刊《人間世》創刊。創刊號上列出特約撰稿人四十九人，皆知名作家和學者，其中周作人的幾個弟子俞平伯、廢名、沈啟無、江紹原均赫然在列。《人間世》發刊詞明確提出：「以自我為中心，以閒適為格調」。刊前發表了周作人《五秩自壽詩》手跡，並配以作者的大幅照片。同時還發表了沈尹默、劉半農、林語堂的和詩。埜容（廖沫沙）在 4 月 14 日的《申報·自由談》上發表《人間何世？》一文，率先對《人間世》和周作人的自壽詩發動攻擊，說周作人的十六寸照片像遺像，手迹如遺墨，並和了一首諷刺詩。《人間世》提倡小品文，在取材上標榜「宇宙之大，蒼蠅之微」，埜容說在創刊號中「只見『蒼蠅』，不見『宇宙』」。林語堂很快寫了《論以白眼看蒼蠅之輩》予以回擊。

《人間世》創刊給左翼陣營帶來了震撼，他們看到林語堂麾下的論語派與言志派的精神導師周作人及其弟子會師，南北合流，一下子改變了言志派與左派的力量對比，直接威脅到左翼文學主張的合法性和話語權。這件事給了魯迅很大刺激，這從他一年後發表的《「京派」和「海派」》一文中可以看出。在《人間世》發刊後，言志派的影響繼續蔓延。在《論語》上還很少見到周作人的名字，而到了《人間世》，周作人被樹為大旗，且頻繁在該刊上發表文章。魯迅在《「京派」和「海派」》中譏之為「京海雜燴」的「京海合流」。「京派」與「海派」論爭的高潮到 1934 年 3 月底已經告一段落，而在一年之後的 1935 年 5 月，魯迅舊事重提，並借題發揮。他關注了兩件小事情：「一，是選印明人小品的大權，分給海派來了」，而且有了「真正老京派的題簽」；「二，是有些新出刊物，真正的老京派打頭，真正小海派煞尾了」。〔註75〕前者指 1935 年出版的由施蟄存編選、周作人題簽的《晚明二十家小品》一書；

〔註73〕林語堂：《我與人間世（人間世編輯）》，1935 年 2 月 2 日《人言週刊》2 卷 1 期。
〔註74〕林語堂：《悼魯迅》，1937 年 1 月 1 日《宇宙風》32 期。
〔註75〕魯迅：《「京派」和「海派」》，《魯迅全集》6 卷，313 頁。

後者指同年 2 月創刊的《文飯小品》（康嗣群編輯，施蟄存發行）月刊第三期，首篇是周作人的文章，末篇為施蟄存的文章。魯迅始終對文壇鬥爭形勢保持著高度的警惕，常常及時發現對手新的苗頭並施行打擊。

魯迅等的雜文雖然鋒利，然而還沒有上升到理論的高度。不久，左派青年批評家胡風重磅推出長篇論文《林語堂論》。唐弢《林語堂論》這樣記述胡文在左翼青年中的反響：「一九三五年一月一日出版的《文學》第四卷第一號，發表了胡風先生的《林語堂論》，開卷第一篇，大字標題，十分醒目，文學青年競相告語，議論紛紛」。〔註76〕可以想見，兵臨城下之際，胡風臨危出陣，左翼陣營士氣為之大振。胡風在文中以「個性」問題為重心，把對林語堂的批判提升到新的理論高度：「林氏忘記了文藝復興中覺醒了的個性，現在已經成了妨礙別的個性發展的存在；林氏以為他底批判者是『必欲天下人之耳目同一副面孔，天下人之思想同一副模樣，而後稱快』（《說大足》，《人間世》第十三期），而忘記了在食不果腹衣不蔽體的人們中間讚美個性是怎樣一個絕大的『幽默』，忘記了大多數人底個性之多樣的發展只有在爭得了一定的前提條件以後。問題是，我們不懂林氏何以會在這個血腥的社會裏面找出了來路不明的到處通用的超然的『個性』。」「這樣地成了個性拜物教徒和文學上的泛神論者的林氏，同時愛上了權力意志的尼采和地主莊園詩人的袁中郎，是毫不足怪的。」「由這我們可以明白，這雖是素樸的民主主義（德謨克拉西）底發展，但已經丟掉了向社會的一面，成了獨往獨來的東西了。」〔註77〕胡風運用階級分析的觀點，指責林的「個性」是脫離現實的，是抽象的、過時的、非道義的。胡風則強調大多數人的社會解放。這顯然構成了左翼知識分子與自由主義知識分子思想的根本分歧，一方是馬克思主義階級論的，另一方是個人主義的；一方爭取積極自由，另一方固守消極自由。除了這篇《林語堂論》之外，胡風還發表了《「過去的幽靈」》《霭理斯·法郎士·時代》，劍指言志派的精神導師周作人。

林語堂、周作人等言志派作家不斷地反擊左派的話語支配和霸權。林語堂是正面還擊，發表《四十自敘》《遊杭再記》《做人與做文》《我不敢遊杭》

---

〔註76〕唐弢：《林語堂論》，《魯迅研究動態》1988 年 7 期。

〔註77〕胡風：《林語堂論——對於他底發展的一個眺望》，1935 年 1 月 1 日《文學》4 卷 1 號（新年號）。此文並非唐弢所言開卷第一篇，前面還有「文學論壇」一欄的四篇短論。

《今文八弊》諸文。林語堂的表現主義文論力主個性的自然流露，一再指責左翼文人不誠實。《論語社同人戒條》就提出：「不主張公道；只談老實的私見」。聯繫林氏以後的文章不難看出，這裡面已經隱含著對左翼作家的批評。林語堂把誠實看作「文德」的首要條件：「文德乃指文人必有的個性，故其第一義是誠，必不愧有我，不愧人之見我真面目，此種文章始有性靈有骨氣。」〔註78〕林語堂反對左派功利主義的文學觀：「今人言宣傳即文學，文學即宣傳，名為摩登，實亦等吃冷豬肉者之變相而已。」他把幽默與諷刺對立起來，揚此而抑彼：「載道觀念……其在現代，足使人抹殺幽默小品之價值，或貶幽默在諷刺之下。幽默而強其諷刺，必流於寒酸，而失溫柔敦厚之旨，這也是幽默文學在中國發展之一種障礙。」〔註79〕林語堂的文章頻繁出現「載道」「方巾氣」「道統」「八股」等傳統概念，意在指對手的人和文為「新道學」「新八股」，這些都是「個性」之敵。言志派與左派都採取了同樣的文化政治鬥爭策略，大量使用文化隱喻修辭來指涉現實。這裡所謂隱喻，與一般的語言修辭不同，它們通常是一組二元對立關係，正是在這種關係中，隱含著話語權力的鬥爭。在這些關鍵詞之下，還會出現子詞，它們互相配合，組成一個有序的關係網絡，構成一個堅強的堡壘。最典型的是「言志」與「載道」，它們是從中國文化傳統中擇取的關鍵詞，利用其本身所包涵的聲望或負面性，加以改造並賦予新意，並頻繁使用，表現出強烈的文化政治傾向。在五四時期，「文以載道」就受到陳獨秀、劉半農等人的撻伐，是作為新文化思想現代性和文學現代性的對立面而存在的。

周作人主要是旁敲側擊。他熟悉乃兄的招數，其《關於寫文章》一文針對魯迅《小品文的危機》中「小擺設」的謚號，進行反擊。〔註80〕這是言志派的精神導師與左派盟主之間的巔峰對決，顯示出兩派之間深刻的歧異，代表了1930年代兩種迥乎不同的新文學傳統，可謂雙峰並峙，二水分流。

## 5、積極自由與消極自由

魯迅批判論語派所提倡的閒適小品文，胡風批判其脫離現實社會的個性（性靈）。在林語堂、周作人等言志派作家那裡，「小品文」與「個性」是緊

〔註78〕林語堂：《說文德》，《林語堂名著全集》16卷，186頁。
〔註79〕林語堂：《今文八弊》，《林語堂名著全集》18卷，118～119頁。
〔註80〕周作人：《關於寫文章》，《周作人散文全集》6卷，廣西師範大學出版社2009年4月，461～462頁。參閱本書第二章。

密相連的，小品文是個人自由的象徵。小品文這一文化形式契合了言志派自由主義作家的人生和政治態度，為其表達自我和社會政治、文化理想提供了一種恰切的形式。論語派小品文理論標榜「自我」「閒適」，直接反映作者的思想信念和現實態度。

周作人說：「小品文則在個人的文學之尖端，是言志的散文，它集合敘事說理抒情的分子，都浸在自己的性情裏，用了適宜的手法調理起來。所以是近代文學的一個潮頭，它站在前頭，假如碰了壁時自然也首先碰壁。」〔註81〕詹姆遜強調「文類」概念與社會歷史和意識形態的關係，他說：「就其自然出現的、有力的形式而言，文類本質上是一種社會──象徵的信息，或者用另外的方式說，那種形式本身是一種內在的、固有的意識形態。當此類形式在非常不同的社會和文化語境中被重新佔用和改變時這種信息會持續存在，但在功能方面卻必須算作新的形式。」〔註82〕「小品文」正是這樣的一個飽含著「社會──象徵的信息」的文類概念，不管是從中國本土還是外部的淵源上來看，它都積澱了個性解放的文化基因。在中國，「小品文」在晚明成為正式的文類概念，它是與晚明的思想解放思潮緊密結合在一起的。在西方，其鼻祖是法國16世紀的蒙田。表現自我一直是蒙田以降小品文的主要傳統。蒙田在《〈隨筆集〉致讀者》中寫道：「讀者，這是一本真誠的書。我一上來就要提醒你，我寫這本書純粹是為了我的家庭和我個人，絲毫沒有考慮要對你有用，也沒想贏得榮譽。……我寧願以一種樸實、自然和平平常常的姿態出現在讀者面前，而不作為任何人為的努力，因為我描繪的是我自己。我的缺點，我的幼稚的文筆，將以不冒犯公眾為原則，活生生地展現在書中。假如我處在據說是仍生活在大自然原始法則下的國度裏，自由自在，無拘無束，那我向你保證，我會很樂意把自己完整地、赤裸裸地描繪出來的。」〔註83〕這種對自我的高度推重是現代性的，正如一個研究者所說：「蒙田向他的當代人袒露了獨特的個人，包括精神和肉體，在他之前從未有人這樣做過，這是需要冒很大的風險的，總之，這需要勇氣。讓個人進入文學，包括他的思想、

〔註81〕周作人：《〈近代散文抄〉序》，《看雲集》，北京十月文藝出版社2011年3月，118～119頁。

〔註82〕〔美〕弗雷德里克·詹姆遜：《政治無意識》，王逢振、陳永國譯，中國社會科學出版社1999年8月，131頁。

〔註83〕〔法〕蒙田：《蒙田隨筆全集》（上卷），潘麗珍等譯，譯林出版社2001年9月第1版第3次印刷。

精神、性情、身體等等,這是現代文學的自覺的開始。」〔註84〕對於1930年代為小品文而奮鬥的言志派作家來說,它是個性自由和思想自由的象徵。對個人自由的捍衛構成了對外來干涉的拒斥,否定了左翼功利主義文學觀念的合理性與合法性,因而與左翼作家對壘。在中國現代文學史上,小品文正是因為其自身蘊涵的強烈的政治性而處於風口浪尖上。

　　言志派與左派的深刻歧異反映出兩種截然不同的自由觀,我以為,這種不同可以借助於以賽亞・伯林關於積極自由、消極自由的理論加以闡明。積極自由要求理性的自我導向和自我實現。伯林說:「那些相信自由即理性的自我導向的人們,或早或晚,注定會去考慮如何將這種自由不僅運用於人的內心生活,而且運用於他與他的社會中其他成員的關係……我希望根據我的理性意志(我的『真實自我』)的命令生活,但是其他人肯定也是如此。」〔註85〕這樣,有理性的人的聯合就構成了按統一意志行事的集體,在統一意志中,個人不免受到某種強制,然而這強制是符合真實自我的,因此從根本上來說他是自由的。「自由就是自我主導,是清除阻礙我的意志的障礙,不管這些障礙是什麼——自然、我的未被控制的激情、非理性制度、其他人的對立意志或行為等等的抵抗。」〔註86〕周作人、林語堂等言志派作家正是左翼作家所追求的積極自由的障礙,這些作家被視為落伍的個性主義者而受到阻擊。胡風正是指責林語堂所要求的自由是脫離現實的,妨礙了爭取大多數人個性發展的積極自由。

　　自由主義的言志派作家則追求消極自由。消極自由要求一個不受審查的最低限度的自由,這是一種捨此就會感到人生無意義,一個人不經過殊死搏鬥而不會輕易放棄的自由。伯林在談到消極自由的觀念時說:「政治自由簡單地說,就是一個人能夠不被別人阻礙地行動的領域。如果別人阻止我做我本來能夠做的事,那麼我就是不自由的;如果我們不被干涉地行動的領域被別人擠壓至某種最小的程度,我便可以說是被強制的,或者說,是處於被奴役狀態的。……我說我不能跳離地面十碼以上,或者說因為失明而無法閱讀,或者說無法理解黑格爾的晦澀的篇章,但如果說就此而言我是被奴役或強制

---

〔註84〕郭宏安:《從閱讀到批評——「日內瓦學派」的批評方法論初探》,商務印書館2007年9月,292頁。

〔註85〕〔英〕以賽亞・伯林:《自由論》,胡傳勝譯,譯林出版社2015年8月1版4次印刷,193頁。

〔註86〕《自由論》195頁。

的，這種說法未免太奇怪。」「不能像鷹那樣飛翔，像鯨那樣游泳並不叫不自由。」〔註87〕後面所舉的幾個例子是受到自然率等客觀條件的限制，不能說是不自由。作為現代社會的公民，民權保障是起碼的條件，而一個現代知識分子特別看重其中的言論自由，沒有自由的言論空間就不能彰顯一個知識者的存在價值，甚至沒有安身立命之所，因此會盡最大的力量去抗爭。1930 年代，作為自由主義作家，他們的思想言論自由受到來自國民黨政府和左翼文學團體兩個方面的干涉。一個方面是專制的政府，不過總的來說，他們對現政權是耐受的，現政權也能容忍他們的所作所為；另一個方面的干涉來自左派團體，「左聯」成立以後，對文學提出了高度政治化的主張，並通過運動的方式擴大自己的影響，爭奪文場的領導權，展開對自由主義作家的批評，這讓他們感到了現實的壓迫。對個人自由的壓制不一定來自政府，群眾運動也同樣可能導致對個人自由的干涉。

　　作為自由主義知識分子，1930 年代的林語堂和周作人諸人都有一種無力感。置身於充滿內憂外患的社會現實，夾在「左」「右」之間，他們找不到施展自己抱負的社會空間。於是，他們告別了五四時期的廣泛的社會批評和文明批評和那種凌厲浮躁之氣，退而經營「自己的園地」。當這一點都受到擠壓時，他們會高度敏感，並進行防守反擊。伯林有一段話可以很好地解釋周作人、林語堂所表現出的「隱士」的消極的一面。伯林說：「我希望成為我自己的疆域的主人。但是我的疆界漫長而不安全，因此，我縮短這些界線以縮小或消除脆弱的部分。……我就彷彿做出了一個戰略性的退卻，退回到我的內在城堡——我的理性、我的靈魂、我的『不朽』自我中，不管是外部自然的盲目力量，還是人類的惡意，都無法靠近。我退回到我自己之中，在那裡也只有在那裡，我才是安全的。」〔註88〕

　　伯林這樣評價積極自由的觀念：「我試圖表明的是，正是『積極』意義的自由觀念，居於民族或社會自我導向要求的核心，也正是這些要求，激活了我們時代那些最有力量的、道德上正義的公眾運動。不承認這點，會造成對我們時代的最關鍵的那些事實與觀念的誤解。但是在我看來，從原則上可以發現某個單一的公式，藉此人的多樣的目的就會得到和諧的實現，這樣一種

〔註87〕《自由論》，170～171 頁。
〔註88〕《自由論》，183～184 頁。

信念同樣可以證明是荒謬的。」〔註89〕伯林是自由主義思想家，自然是站在自由主義的立場上來說話的，然而至少這段話前半部分所表明的觀點是成立的。我們也可以說，1930年代的左翼作家，接受了國際共產主義思潮的影響，強調文學的現實功用，深深地介入了一個民族爭取社會解放和民族解放的進程，發起並推動了一個時代最有活力和正義感的文學運動。事實上，在左翼批評的壓力下，論語派也在調整自己的方向，從《論語》到《人間世》《宇宙風》，總體上趨於嚴肅，這與所受到批評的壓力是分不開的。還應該指出，影響是雙向的。左翼作家對追求積極自由的代價也很明顯。言志派作家的固守仍不失其意義，這是中國源遠流長的言志傳統在現代的賡續，在很大的程度上保障了中國文學的生態平衡和健康發展，留下了寶貴的思想和文學資源，有助於思考文學與現實政治的關係。

〔註89〕《自由論》，217頁。

# 四、論語派小品文話語的政治意味

　　1930 年代，論語派的政治傾向受到左翼、右翼等方面的尖銳批評，引發了聲勢浩大、聚訟紛紜的文學論爭。在很長一段時間的文學史敘述裏，論語派的「閒適小品」被視為「幫閒文學」，遭到否定。自新時期以來，相關研究往往基於對狹隘的政治批評的不滿和反撥，又過於關注其純文學和現代文化性質，不免忽視了其強烈的政治性。而在我看來，政治性關係著論語派的關鍵性特徵，捨此難以看清論語派的真正面目。而論語派的政治性集中體現於該派作家對小品文這一文化政治形式的言說──即「小品文」話語──之中。

　　本章借鑒西方馬克思主義批評家伊格爾頓、詹姆遜等政治批評的理論和方法，探討論語派作家的小品文話語。關於政治批評，伊格爾頓在《二十世紀西方文學理論》一書中說：「我用政治的（the political）這個詞所指的僅僅是我們把自己的社會生活組織在一起的方式，及其所涉及到的種種權力關係（power relation）；在本書中，我從頭到尾都在試圖表明的就是，現代文學理論的歷史乃是我們時代的政治和意識形態的歷史的一部分。」〔註1〕伊格爾頓所言的「政治」顯然沒有限於我們早已耳熟能詳的社會政治或者說階級政治，而是強調作為一種文學批評方法的文化政治（culture politics）。〔註2〕

　　文化政治的核心問題是社會文化領域裏到處存在的權力關係。本文關注 1930 年代小品文與政治的關係問題，注重其政治關聯性，即它與社會現實之間多方面的聯繫，無意借用文化政治的一整套理論話語，在小品文發生巨變

---

〔註1〕〔英〕伊格爾頓：《二十世紀文學理論》，伍曉明譯，北京大學出版社 2007 年 12 月，170 頁。
〔註2〕參閱本書第二章。

時段的歷史語境中進行推演。小品文話語的內部迄今尚非敞亮的意義空間，借助文化政治的燭照，其內部的結構和實質或可更顯豁地呈現。政治批評關注小品文話語中個人與群體的關係，尤其是不同派別之間的文化權力鬥爭。與過去從某種單一政治視角的研究不同，文化政治研究涵蓋面較寬、研究方法多樣，特別是留意和抉發一些隱含的意識和無意識。

在很多人的印象中，論語派是疏遠政治，反對政治干預的。小品文通常被認為是遠離政治的日常社會生活的微觀場域，其實，微觀場域依然體現出微觀政治的意味。社會文化領域裏的權力關係不可避免地滲透到了理論話語和文學作品的形式中。從理論到文本，從內容到形式，小品文都隱含著一種自由主義的政治意圖和思想印痕。從文化政治的角度來看，論語派的小品文可謂一種個性自由的象徵，它是高度政治性的。論語派提出的許多否定性命題，鋒芒針對功利主義的文化政治。在這一視域中，形式反映思想內容，文類隱現意識形態。文化政治研究就是要考察和指認文化形式中的社會政治內涵和價值取向，並力圖揭示特定文化政治場域中複雜的權力關係。

小品文是 1930 年代論語派等言志派作家與左翼作家展開激烈攻防戰的一個高地。左翼作家根據自身的政治立場、文學主張，力圖引領和改造文壇，使文學為自己政治目標服務。他們以爭取、鬥爭等策略和方式，使別的文學派別服從、認同，從而實現文化領導權。而林語堂與周作人等其他言志派作家聯手，進行了大規模的防守反擊。林語堂等論語派作家標舉小品文，張揚性靈、自由題材、閒適筆調和幽默，對抗左翼作家所倡戰鬥性的雜文，守衛參加文學活動的主體性和自由。特里·伊格爾頓在論述現代主義時有言：「審美自主成為否定性政治。」〔註3〕論語派的去政治化反而顯露出審美與政治的高度關聯，其「小品文」話語正是表達了一種否定性政治。

論語派作家關於小品文的言說，反映出一種自由主義的政治意識形態，體現了特定的政治立場和文化政治意圖。借助文化政治的概念，或可發現和釋放研究的活力，重現其對歷史和現實的對話性，有助於更深入、全面地理解當年的小品文現象，把握小品文論爭的精神實質，從而闡明 1930 年代文學的總體面貌及其以後的走向。

林語堂等論語派成員追求自由主義式個性自由的小品文話語是通過小品

---

〔註 3〕〔英〕特里·伊格爾頓：《美學意識形態》，王杰等譯，中央編譯出版社 2013 年 12 月，353 頁。

文、性靈、自由題材、閒適筆調和幽默等概念建構起來的，這些都是該派小品文話語的支柱。如果把論語派作家的小品文話語比作一棟建築，那麼，性靈、自由題材、閒適筆調和幽默則為四根主要支柱。下文將分別對包括小品文在內的五個關鍵詞在特定歷史語境中的用法和政治意味進行考察和分析。

# 1、小品文

論語派標舉「小品文」，但它不是一個靜態的文體概念，而是動態的，甚至產生了戲劇性的變化。1930 年代，「小品文」是左翼、論語派作家為爭奪文場權力而進行攻守的高地。兩派作家都從自己的立場出發，表達各自的訴求，爭奪對「小品文」的闡釋權。闡釋「小品文」及其種概念，不應僅僅侷限於以論語派為代表之一的言志派的內部語境，而要結合各個派別之間所構成的張力和鬥爭關係。

1934 年 4 月，《人間世》正式創刊，在發刊詞中高調提倡小品文——

> 十四年來中國現代文學唯一之成功，小品文之成功也。……蓋小品文，可以發揮議論，可以暢泄衷情，可以描摹人情，可以形容世故，可以箚記瑣屑，可以談天說地，本無範圍，特以自我為中心，以閒適為格調，與各體別，西方文學所謂個人筆調是也。故善冶情感與議論於一爐，而成現代散文之技巧。《人間世》之創刊，專為登載小品文而設，蓋欲就其已有之成功，扶波助瀾，使其愈臻暢盛。
> 〔註 4〕

該刊從第二期開始，即在封面上標明「小品文半月刊」。林氏在總結《論語》雜誌經驗的基礎上另起爐灶，對小品文文體的認識和表述也更清晰，定位更明確。

Essay 從五四文學革命的初期就作為外來文體資源而引入中土，但在較長時間裏缺少恰切的命名，名之為「小品文」體現出一種民族化的意圖。1920 年代，小品文得到了快速的發展，周作人、胡適、胡夢華、梁遇春等都曾有對小品文（隨筆）文體特點的闡釋。1932 年，周作人《中國新文學的源流》和沈啟無編晚明小品選《近代散文抄》出版，引發了聲勢浩大的小品文熱。林語堂結合晚明小品和西方 essay 的特點，大力提倡小品文，進一步彰顯小品文的文體特點，也引發了激烈的論爭。

---

〔註 4〕《人間世‧發刊詞》，1934 年 4 月 5 日《人間世》1 期。

　　小品文概念在現代有不同用法：一種是「美的散文」──即文學散文的同義詞，〔註5〕。朱自清把「小品散文」與「散文」等同，這從其《論現代中國的小品散文》中可以看出。〔註6〕葉聖陶《關於小品文》云：「成為文學的散文，正就是我們現在所說的小品文。……小品文跟文學的散文是『二合一』。」〔註7〕論語派作家和左翼作家眼中的「小品文」則主要指偏重議論性的散文，他們在激烈論爭中又各執一端，分別強調了小品文的不同方面，並作出褒貶分明的區別。林語堂的「小品文」概念推崇夾敘夾議、閒話瑣語式的議論性散文，魯迅、茅盾、胡風等左翼作家則與論語派對壘，提倡匕首和投槍式的戰鬥性文藝論文，貶低閒話式的小品。

　　小品文作為文類概念並非純粹形式的，而是與社會歷史和意識形態密切關聯。正如詹姆遜所言：「就其自然出現的、有力的形式而言，文類本質上是一種社會──象徵的信息，或者用另外的方式說，那種形式本身是一種內在的、固有的意識形態。當此類形式在非常不同的社會和文化語境中被重新佔用和改變時，這種信息會持續存在，但在功能方面卻必須被算作新的形式。」〔註8〕「小品文」是一個飽含著「社會──象徵的信息」的文類概念，不管是從中國本土還是外部的淵源上來看，它都傳承了個性自由的文化基因。五四時期，小品文用以表現自我，適合了啟蒙現代性和審美現代性之需。到了政治鬥爭空前激烈的 1930 年代，小品文的「個性」及其話語特徵直接關係著作家對於現實的態度，蘊含著強烈政治性，因而成為問題，處於風口浪尖上。周作人提出：「小品文則在個人的文學之尖端，是言志的散文，它集合敘事說理抒情的分子，都浸在自己的性情裏，用了適宜的手法調理起來，所以是近代文學的一個潮頭，它站在前頭，假如碰了壁時自然也首先碰壁。」〔註9〕在自由主義傾向的言志派作家那裡，小品文成為了個性自由的象徵。

---

〔註5〕朱自清：《什麼是文學》，《朱自清全集》3 卷，江蘇教育出版社 1990 年，161 頁；《關於散文寫作答〈文藝知識〉編輯問》，《朱自清全集》4 卷，江蘇教育出版社 1990 年，482 頁。

〔註6〕朱自清：《論現代中國的小品散文》，1928 年 11 月 25 日《文學週報》345 期。

〔註7〕葉聖陶：《關於小品文》，陳望道編《小品文和漫畫》，生活書店 1935 年 3 月，35 頁。

〔註8〕〔美〕弗雷德里克·詹姆遜：《政治無意識》，王逢振、陳永國譯，中國社會科學出版社 1999 年 8 月，131 頁。

〔註9〕周作人：《冰雪小品序》，《看雲集》，北京十月文藝出版社 2011 年 3 月，118～119 頁。

　　小品文這一文化形式契合了部分自由主義作家的人生和政治態度，為他們表達自我和社會政治、文化理想提供了一種恰切的形式。周作人在《兩個鬼》一文中自稱，在他的心頭同時住著「紳士鬼」和「流氓鬼」〔註10〕，這是一些自由主義知識分子在社會現實面前共同的態度。唐弢說：「紳士鬼和流氓鬼萃於一身，用來概括林語堂先生的為人，也許再沒有比這個更恰當了。」〔註11〕小品文理論標榜的個性、自由題材、閒適筆調等，直接反映出作者的現實政治態度。閒話風的小品文既可與現實保持距離，又不遠離現實，既可冷眼旁觀，亦能有益世道。

　　其實，論語派的創作和理論主張之間是存在著明顯的矛盾的。《論語》從創刊號就登載《論語社同人戒條》，其中第三條云：「不破口罵人」，「要謔而不虐」〔註12〕。然而，林語堂發表了大量針對時局的尖銳的諷刺性雜文，姚穎的「京話」中也有一些此類文章，可謂「亦不廢虐」。連左翼作家唐弢後來也說：「我覺得從林語堂身上找不出一點中庸主義的東西。他有正義感，比一切文人更強烈的正義感：他⋯⋯敢於寫《中國何以沒有民治》、《等因抵抗歌》⋯⋯等文章，難道這是中庸主義嗎？當然不是。」〔註13〕至於林氏身上有無中庸主義的東西姑且不論，他強烈的正義感是毋庸置疑的。如果按該派「閒適」「幽默」的自家標準，這些文章是不合格的。理解這一現象離不開特定的文場政治，在林氏等的內心中是有左翼這個假想敵的，他有意站在後者的對立面。從論語派的方面看，不談政治，走中間路線，在很多情況下只是幌子，他們往往「左」「右」開弓，而這無疑又強化了其中間姿態的政治性。

　　詹姆遜說：「在我們的語境中，我們可以看到這種倫理道德的超越（指尼采的超越善惡——引者）事實上是由於其他文類方式來實現的，因此其他文類形式以其自身的形式抵制傳奇範式的核心意識形態。」〔註14〕林語堂對左翼文學觀念的抵制就是通過文類的方式來實現的。不過，他不是運用「其他的文類形式」，而是利用小品文自身未定型的帶有某種複雜性的矛盾對立的性質，通過強調和闡釋，從而服務於自己的政治意識形態。

　　林語堂寫道：「吾欲說小品文半月刊，先說小品文。言其小，避大也。世

〔註10〕周作人：《兩個鬼》，《談虎集》，北京十月文藝出版社2011年1月，273頁。
〔註11〕唐弢：《林語堂論》，《魯迅研究動態》1988年1期。
〔註12〕《論語社同人戒條》，1932年9月16日《論語》1期。
〔註13〕唐弢：《林語堂論》。
〔註14〕〔美〕弗雷德里克·詹姆遜：《政治無意識》，106頁。

有大飯店，備人盛宴，亦有小酒樓，供人隨意小酌。」〔註 15〕在他看來，小品文比之於盛宴，它是小酌；比之於富麗園府，它是山間小築。他繼而又為小品文之「小」辯護，在《論小品文筆調》中云：

> 古人或有嫉廊廟文學而退以「小」自居者，所記類皆筆談漫錄野老談天之屬，避經世文章而言也。乃因經濟文章，禁忌甚多，蹈常襲故，談不出什麼大道理來，筆記文學反成為中國文學著作上之一大潮流。今之所謂小品文者，惡朝貴氣與古人筆記相同，而小品文之範圍，卻已放大許多，用途體裁，亦已隨之而變，非復拾前人筆記形式，便可自足。蓋誠所謂「宇宙之大，蒼蠅之微」無一不可入我範圍矣。此種小品文，可以說理，可以抒情，可以描繪人物，可以評論時事，凡方寸中一種心境，一點佳意，一股牢騷，一把幽情，皆可聽其由筆調流露出來，是之謂現代散文之技巧。故余意在現代文中發揚此種文體，使其侵入通常議論文及報端社論之類，乃筆調上之一種解放，與白話文言之爭為文字上之一種解放，同有此意也。〔註 16〕

郁達夫以開放的態度看待小品文，積極肯定小品文的價值：「至於清淡的小品文，幽默的小品文，原是以前的小品文的正宗，若專做這類的小品文，而不去另外開拓新的途徑，怕結果又要變成硬化，機械化，此路是不通的。但是小品文存在一天，這一種小品文也決不會消滅。清淡，閒適，與幽默，何嘗也不可以追隨時代而進步呢？」〔註 17〕

「小品文」到晚明成為一個文體概念，其本身包含著對正統古文的反抗，受到陽明心學所引發的思想解放思潮的影響，注重個性自由。迨至五四時期，它與新文學所追求的思想現代性一致，所以受到了新文學作家的重視。它顯示了堅固的傳統中的異端，左翼作家當然不願意把它置於自己的對立面，而是用自己的政治理念和文學價值觀去闡釋和佔領。

一開始，魯迅對林語堂是持團結和爭取態度的，但後者沿著自己的道路越走越遠，終於引起前者的強烈反感。1933 年 9 月，魯迅發表《「論語一年」》，以後相繼發表《小品文的危機》《「滑稽」例解》《小品文的生機》《「京派」和

〔註 15〕語堂：《說小品文半月刊》，1934 年 5 月 20 日《人間世》4 期。

〔註 16〕語堂：《論小品文筆調》，1934 年 6 月 20 日《人間世》6 期。

〔註 17〕郁達夫：《小品文雜感》，《郁達夫全集》6 卷，浙江文藝出版社 1992 年 12 月，175 頁。

「海派」《雜談小品文》諸文。從這些文章和同一時期致林語堂、陶亢德、曹聚仁等的書信中，可完整地看出魯迅對閒適小品興起的政治敏感，特別是看到以周作人為代表的「京派」與林語堂為代表的「海派」合流，更使他認識到問題的嚴重性，故不遺餘力地進行打擊。魯迅在《二丑藝術》《幫閒法發微》《從幫忙到扯淡》中，指斥林語堂等論語派作家為「二丑」式的幫閒文人，指他們的小品文為「幫閒文學」。他在《小品文的危機》裏強調有兩種截然不同的小品文：作為「小擺設」的「將粗獷的人心，磨得漸漸的平滑」的小品文，與「能和讀者一同殺出一條生存的血路」的「戰鬥的小品文」。〔註18〕這裡集中體現了魯迅的散文觀，也代表了左翼作家的散文綱領。

1934 年 4 月，《人間世》的創刊和周作人《五十自壽詩》的發表，使左翼作家突出地意識到以林語堂為代表的論語派與周作人等匯聚成一支自由主義的言志派新軍，他們有盟主，有陣地（刊物），有理論，有創作，氣勢逼人。大規模的撻伐來自左翼作家。埜容（廖沫沙）在《申報·自由談》上發表文章，攻擊小品文：「個人的玩物喪志，輕描淡寫，這就是小品文，西方文學的有閒的自由的個人主義，和東方文學的筋疲骨軟、毫無氣力的騷人名士主義，合而為小品文，合而為語堂先生所提倡的小品文，所主編的《人間世》。」〔註19〕他責難論語派小品文的消極性和落後性。

左翼創辦小品文刊物《新語林》《太白》《芒種》等與論語派對陣，《芒種》與《太白》雜誌還編輯出版徵文集《小品文和漫畫》，以強大的作者陣容否定論語派倡導的小品文傾向。茅盾認為，「一個時代的『小品文』也有以自我為中心，個人筆調，性靈，閒適為主的，但這只說明了『小品文』有時被弄成了畸形」。「把『小品文』的這種畸形認為天經地義的人……其始，總自信他之所以如此這般主張者，因為他尊重自己的性靈，——換句話說，就是他的純粹的『自由意志』。後來，『自由意志』的肥皂泡一經戳破，原來倒是幾根無形的環境的線在那裡牽弄，主觀超然的性靈客觀上不過是清客身份」。〔註 20〕胡風也明確地把雜文與「閒適小品」對立起來。他說一篇雜文成不了偉大作品，但其筆鋒銳利的社會批判功能卻不是一般文學創作所能代

---

〔註18〕魯迅：《小品文的危機》，《魯迅全集》4 卷，人民文學出版社 2005 年，591～593 頁。

〔註19〕埜容：《人間何世》，1934 年 4 月 14 日《申報·自由談》。

〔註20〕茅盾：《小品文和氣運》，陳望道編《小品文和漫畫》，生活書店 1935 年 3 月，1 頁。

替的。「這雜文，差不多成了所謂『小品文』底重要內容」，「不過，小品文還有另外的一個傾向，這集中地表現在明人小品底提倡裏面。它對於社會現實是觀照（『公平』地肯定）而不是批判，作者的態度是閒適而不是警惕，不是在勇敢裏加上精細而是把粗野磨成風雅。」〔註21〕魯迅、茅盾和胡風都清楚地表明，他們從社會革命的功利性的角度批判閒適小品，提倡戰鬥的小品文——雜文。

在大約兩年左右的時間裏，左翼和論語派為爭奪對小品文的闡釋權展開了激烈的拉鋸戰，中間還有京派沈從文、朱光潛和右翼的「民族主義文學」作家的介入，小品文這個戰略要地已經被「轟炸」得面目全非，惹人生厭。於是，左翼作家和論語派等言志派作家紛紛離棄「小品文」。

魯迅有意與流行的小品劃清界限，表現出他對性靈小品的失望、嫌憎和否定。他說：「講小道理，或沒有道理，而又不是長篇的，才可謂之小品。至於有骨力的文章，恐不如謂之『短文』，短當然不及長，寥寥幾句，也說不盡森羅萬象，然而它並不『小』。」〔註22〕緊接著，他把三本雜文集命名為「且介亭雜文」，把雜感式的文章稱之為「雜文」。有人把論語派的小品文觀與小品文的歷史出身聯繫起來：「因為小品文過去原是有閒階級的玩弄品，所以至今還形成一種對於小品文的閒適觀。」然後肯定小品文體新近發展出的新樣式：「小品文的流行，看起來並不是完全由於閒人增多的緣故。從而小品文本身的發展，也早就突破了個人主義的狹隘範圍。所謂『生活的小品文』這東西，無疑是在成長，而且要漸漸地代替那『消遣的小品文』的地位。」這新成長的小品文包括「雜感式的小文」「實生活的速寫」和科學小品等，科學小品尚未引起普遍關注，而「其他的雜感小品之類，就已經被我們的批評家另起了名兒，名之曰雜文，以表示其不是小品正格。」〔註23〕唐弢說：「自從《人間世》創刊以後，主編者以為小品文當以自我為中心，閒適為格調。於是違反這二個條例的短文章，就彷彿變做棄嬰，給拼絕於小品圈外了。這時候就有人另起爐灶，用雜文這一個名目，來網羅所有的短文章，而把小品文三字，完全送給以閒適為格調的東西了。」〔註24〕有意把左翼所要求的「小品文」與論語派提倡的「小品文」區分開。徐懋庸說：「這兩年，小品文是發達了起

---

〔註21〕胡風：《略談「小品文」與「漫畫」》，《小品文和漫畫》，174～175頁。
〔註22〕魯迅：《雜談小品文》，《魯迅全集》6卷，人民文學出版社2005年，431頁。
〔註23〕伯韓：《由雅人小品到俗人小品》，《小品文和漫畫》，3～7頁。
〔註24〕唐弢：《小品文拉雜談》，《小品文和漫畫》，49頁。

來。雖然有人吐唾沫，擲石頭，稱之曰『雜文』以形容其沒有價值，然而它還是日益發達，而且日益見得有用處。」〔註25〕有人用「雜文」這一名稱否定小品文，而左翼作家把它用作雜感的名稱。在魯迅的帶動下，左翼作家開始集體大轉移，「雜文」從小品文中撤離，另立山頭。

現代作家不同的政治身份認同導致他們對文類和文體的不同選擇。借用以賽亞・伯林的概念，如果說「小品文」是自由主義作家追求個性解放的「消極自由」的文化政治象徵，那麼「雜文」則可謂左翼作家追求社會解放的「積極自由」的文化政治象徵。〔註26〕

周作人也從小品文高地上撤退，雖然還在為小品文進行辯護。他說：「不得已，只好抄集舊作以應酬語堂，得小文九篇。不稱之曰小品文者，因此與佛經不同，本無大品文故。鄙意以為吾輩所寫者便即是文……清朝士大夫大抵都討厭明末言志派的文學，只看《四庫書目提要》罵人常說明朝小品惡習，就可知道，這個影響很大，至今耳食之徒還以小品文為玩物喪志，蓋他們仍服膺文以載道者也。」〔註27〕周作人在《〈中國新文學大系・散文一集〉編選感想》中云：「我不一定喜歡所謂小品文，小品文這名字我也很不贊成，我覺得文就是文，沒有大品小品之分。」〔註28〕周作人以後在《國語文的三類》中仍然說：「所謂小品的名稱實在很不妥當，以小品罵人者固非，以小品自稱者也是不對，這裡不能不怪林語堂君在上海辦半月刊時標榜小品文之稍欠斟酌也。」〔註29〕連鼓吹「小品文」的論語派作家也開始迴避「小品文」。林語堂在《人間世》的發刊詞中明確聲稱該刊為「小品文半月刊」，這幾個字從該刊第二期開始就印在了封面上。可是到了 1937 年，《宇宙風》第三十八、三十九、四十期的封面上標示「小品隨筆半月刊」，同年 10 月第四十九期封面上標為「散文半月刊」，第五十二期後《宇宙風》旬刊的封面上長期印有「散文十日刊」字樣。

---

〔註25〕徐懋庸：《大處入手》，《小品文和漫畫》，93 頁。

〔註26〕我在第三章用伯林「積極自由」和「消極自由」的概念闡釋左翼作家與言志派作家政治身份的歧異。

〔註27〕周作人：《苦茶庵小文》，《夜讀抄》，北京十月文藝出版社 2011 年 3 月，213～214 頁。

〔註28〕周作人：《〈中國新文學大系・散文一集〉編選感想》，1935 年 3 月 20 日《人間世》24 期。

〔註29〕周作人：《國語文的三類》，《立春以前》，北京十月文藝出版社 2012 年 9 月，127～128 頁。

「小品文」概念在關鍵的歷史時刻遭受激烈的碰撞後滿目瘡痍，被抹上了負面色彩，特別是閒適筆調的小品文頭頂著「小擺設」和「幫閒文學」的謚號而受到長期的冷落。儘管以後「小品文」這一文體概念仍在使用，但限於局部和個人。在更大的範圍內，作為一種夾敘夾議、閒話瑣語式的小品文（familiar essay）概念則為「隨筆」所取代。

## 2、性靈

　　林語堂的文學理論是以個性或者說性靈為中心的表現論的，不過其話語系統在 1930 年代前半期經歷了從標舉西方克羅齊、斯賓崗的表現主義到本土化的言志論的轉換。前後的精神實質並無二致，然而借取的話語資源、針對的對象等均有重大的改變。

　　1930 年 1 月，上海北新書局出版林語堂譯美國文論家斯賓崗、意大利美學家克羅齊、英國作家王爾德等表現派的文論集《新的文評》。斯賓崗（J. E. Spingarn）是克羅齊的信徒，卷首《新的文評》一篇是他 1910 年 3 月在哥倫比亞大學的演講。林語堂把克羅齊推為「革新的哲學思潮」的代表，把斯賓崗視為新派文論的巨擘。他說：

> 我認為最能代表此種革新的哲學思潮的，應該推意大利美學教授克羅車氏（Benedetto Croce）的學說。他認為世界一切美術，都是表現。而表現能力，為一切美術的標準。這個根本思想，常要把一切屬於紀律範圍桎梏性害〔靈〕的東西，毀棄無遺，處處應用起來，都發生莫大影響，與傳統思想相衝突。其在文學，可以推翻一切文章做法騙人的老調，其在修辭，可以整個否認其存在，其在詩文，可以危及詩律體裁的束縛，其在倫理，可以推翻一切形式上的假道德，整個否認其「倫理的」意義。因為文章美術的美感，都要憑其各個表現的能力而定。凡能表現作者意義的都是「好」是「善」，反是就都是「壞」是「惡」。去表現成功，無所謂「美」，去表現失敗，無所謂「丑」。〔註30〕

林氏極力張揚個性，推崇個性掙脫所有束縛的無政府狀態，簡直是說個性之外無他物。他在《新的文評・序言》中說：「Spingarn 所代表的是表現主義的批評，就文論文，不加以任何外來的標準紀律，也不拿他與性質宗旨作者目

---

〔註30〕林語堂：《舊文法之推翻與新文法之建造》，1930 年 9 月《中學生》8 號。

的及發生時地皆不同的他種藝術作品作評衡的比較。這是根本承認各作品有活的個性，只問他對於自身所要表現的目的達否，其餘盡與藝術之瞭解無關。藝術只是在某時某地某作家具某種藝術宗旨的一種心境的表現」〔註31〕。

如同斯賓崗的假想敵為新人文主義思想家白璧德，林語堂把白璧德的中國弟子梅光迪、吳宓和梁實秋等樹立為對立面。這些人特別強調「藝術標準與人生正鵠」。林氏點明聽說新月書店將出版梁實秋編吳宓諸人所譯白璧德的論文集，有意挑戰。還把表現主義與新人文主義的衝突中國語境化，強調兩派的衝突在中國古已有之。「在中國，自從歸有光以五色圈點《史記》以下，以至方苞，姚鼐，曾國藩，林紓，都願以文學作家的啟蒙塾師自居，替他們指導文章的義法準繩……在另一方面，中國也有視文學為非規矩方圓起承轉合所能了事的人，在古代王充，劉勰，在近代如袁枚，章學誠諸人——我們可以就叫他們做浪漫派或準浪漫派的文評家。」〔註32〕。他在中國傳統中尋找「稍近表現派或廣義的浪漫主義的學說」，還引用言志派作家袁枚《答施蘭分書》中的話：「詩者，個人之性情耳，與唐宋無與也，若拘拘專持唐宋以相敵，是己之胸中，有已亡之國，而無自得之性情，於詩之本旨失矣。」〔註33〕這篇作於 1929 年 10 月的序言的觀點和思路已經十分接近周作人的言志理論，「言志」與「載道」的對立呼之欲出，為他兩年後與周作人的聯合，並匯流成言志文學思潮打下了基礎。

隨著左翼文學運動的興起，左翼作家與自由主義作家的分歧和衝突日益明顯，他所攻擊的對象也相應改變。林語堂反對左翼的文學功用觀：「今人言宣傳即文學，文學即宣傳，名為摩登，實亦等吃冷豬肉者之變相而已。」〔註34〕又云：「把人生縮小到政治運動，又把政治運動縮小到某黨某派，然後把某黨某派之片面的，也許甚為重要的活動包括一切人生，以某黨某派之宣傳口號包括一切文學，同調於我者捧場，不與我同調者打倒——這是今日談文學者所常犯的幼稚病……把文學整個黜為政治之附庸，我是無條件反對的，這也是基於文學的見解，無可如何的一椿事。」〔註35〕這種改變明顯受到了兩

〔註31〕參閱林語堂：《新的文評‧序言》，《新的文評》，林語堂譯，上海北新書局 1930 年 1 月，3～4 頁。
〔註32〕林語堂：《新的文評‧序言》，《新的文評》，6～8 頁。
〔註33〕林語堂：《新的文評‧序言》，《新的文評》，8 頁。
〔註34〕語堂：《今文八弊》（中），1935 年 5 月 20 日《人間世》28 期。
〔註35〕林語堂：《貓與文學‧小引》，1936 年 8 月 1 日《宇宙風》22 期。

個事件的影響：一是左翼文學思潮的興起，二是與前者相伴而生的言志文學思潮興起，具體的標誌就是 1932 年北平人文書店同時推出的周作人《中國新文學的源流》與周氏弟子沈啟無編晚明小品集《近代散文抄》。

從《中國新文學的源流》《近代散文抄》中，林語堂欣喜地發現了中國傳統言志派作家的文學主張與西方表現派文論的一致性。他在《新舊文學》中寫道：

> 近讀豈明先生近代文學之源流（北平人文書店出版），把現代散文溯源於明末之公安竟陵派，（同書店有沈啟無編的近代散文抄，專選此派文字，可供參考），而將鄭板橋，李笠翁，金聖歎，金農，袁枚諸人歸入一派系，認為現代散文之祖宗，不覺大喜。此數人作品之共通點，在於發揮性靈二字，與現代文學之注重個人之觀感相同，其文字皆清新可喜，其思想皆超然獨特，且類多主張不模仿古人，所說是自己的話，所表是自己的意，至此散文已是「言志的」「抒情的」，所以以現代散文為繼性靈派之遺緒，是恰當不過的話。〔註 36〕

林語堂在《論文》中接通「性靈派」與西方浪漫文學的關係：

> 近日買到沈啟無編近代散文鈔下卷（北平人文書店出版），連同數月前購得的上卷，一氣讀完，對於公安竟陵派的文，稍微知其涯略了……這派成就雖有限，卻已抓住近代文的命脈，足以啟近代文的源流，而稱為近代散文的正宗，沈君以是書名為近代散文抄，確係高見。因為我們在這集中，於清新可喜的遊記外，發現了最豐富、最精彩的文學理論、最能見到文學創作的中心問題。又證之以西方表現派文評，真如異曲同工，不覺驚喜。大凡此派主性靈，就是西方歌德以下近代文學普通立場，性靈派之排斥學古，正也如西方浪漫文學之反對新古典主義，性靈派以個人性靈為立場，也如一切近代文學之個人主義。〔註 37〕

他接受周作人的觀點，把晚明性靈派文學看作近代散文的淵源。又說：「西方表現派如克羅遮 Croce 斯賓干 Spingarn，及中國浪漫派之批評家王充，劉勰，袁子才，章學誠，都能攫住文學創造之要領，可以說是文章做法之解放論者。

〔註 36〕語（林語堂）：《新舊文學》，1932 年 11 月 16 日《論語》7 期。
〔註 37〕語堂：《論文》，1933 年 4 月 16 日《論語》15 期。

惟其知桐城義法之不實在，故尤知培養性靈之可貴。」〔註 38〕他嘗試以中國
傳統詞彙評述西方近代文學觀念：「西洋近代文學，派別雖多，然自浪漫主義
推翻古典文學以來，文人創作立言，自有一共通之點與前期大不同者，就是
文學趨近於抒情的、個人的：各抒己見，不復以古人為繩墨典型。一念一見
之微，都是表示個人衷曲，不復言廓大籠統的天經地義。而喜怒哀樂、怨憤
悱惻，也無非個人一時之思感，因此其文詞也比較真摯親切，而文體也隨之
自由解放，曲盡纏綿，以意役法，不以法役意了。近代文學作品所表的是自
己的意，所說的是自己的話，不復為聖人立言，不代天宣教了。」〔註 39〕於
是，他開始把「性靈」作為個性的代名詞：「數月前讀沈啟無編的現代散文鈔
二卷，得其中極多精彩的文學理論，爰著《論文》篇，登論語十五期，略闡
性靈派的立論……性靈二字，不僅為近代散文之命脈，抑且足矯目前文人空
疏浮泛雷同木陋之弊。吾知此二字將啟現代散文之緒，得之則生，不得則死。
蓋現代散文之技巧，專在冶議論情感於一爐，而成個人的筆調。此議論情感，
非自修辭章學來，乃由解脫性靈參悟道理學來。」〔註 40〕既從中西文學史的
角度肯定「性靈」或者說「個性」的歷史進步價值，強調中西言志派的相通，
又指出其對矯正中國文壇弊病的意義。

　　林語堂的策略和思路受到周作人的啟示，從中國傳統中尋找言志派作家
和文論的譜系。林語堂寫道：「吾……在文評，尤主 Sainte-Beure 性靈同脈之
說。在小品文遺緒中，也可將此說略略印證出來。倘如吾將蘇東坡，袁中郎，
徐文長，李笠翁，袁子才，金聖歎諸文中怪傑合觀起來，則諸人文章氣質之
如出一脈，也自不待言了。」〔註 41〕這正是周作人在一系列文章中找出的譜
系。周氏為中國現代言志文學理論的創立者，林語堂成了最得力的宣傳家。
然而，林語堂並非亦步亦趨地追躡。對論語派言志論的性靈、自由題材、閒
適筆調和幽默等幾大關鍵詞，林語堂都有自己的新見。尤其是幽默，周作人
基本上沒有什麼論述，儘管其文章裏不乏幽默的成分。

　　在林氏的文論中，「性靈」與「個性」「自我」是同義的，這是文學表現
的本體。他說：「性靈就是自我。代表此派議論最暢快的，見於袁宗道《論文》

〔註 38〕語（林語堂）：《文章無法》，1933 年 1 月 1 日《論語》8 期。
〔註 39〕林語堂：《論文》。
〔註 40〕語堂：《論文下》，1933 年 11 月 1 日《論語》28 期。
〔註 41〕林語堂：《還是講小品文之遺緒》，1935 年 3 月 20 日《人間世》24 期。

上下二篇。」〔註42〕又說:「在文學上主張發揮個性,向來稱之為性靈,性靈即個性也。大抵主張自抒胸臆,發揮己見,有真喜,有真惡,有奇嗜,有奇忌,悉數出之,即使瑕瑜並見,亦所不顧,即使為世俗所笑,亦所不顧,即使觸犯先哲,亦所不顧,惟斷斷不肯出賣靈魂,順口接屁,依傍他人,抄襲補湊,有話便說無話便停。……言性靈必先打倒格套。」〔註43〕林語堂:「文章者,個人之性靈之表現。性靈之為物,惟我知之,生我之父母不知,同床之吾妻亦不知。然文學之生命實寄託於此。故言性靈之文人必排古,因為學古不但可不必,實亦不可能。言性靈之文人,亦必排斥格套,因已尋到文學之命脈,意之所之,自成佳境,決不會為格套定律所拘束。所以文學解放論者,必與文章紀律論者衝突,中外皆然。後者在中文稱之為筆法、句法、段法,在西洋稱為文章紀律。這就是現代美國哈佛教授白璧德教授的『人文主義』與其反對者爭論之焦點。」〔註44〕性靈派雖然有侷限性,當仍不失進步性:「其流弊,在文字上易流於俚俗(袁中郎),在思想上易流於怪妄(金聖歎),譏諷先哲(李卓吾),而為正人君子所痛心疾首,然思想之進步終賴性靈文人有些氣魄,抒發胸襟,為之別開生面也」〔註45〕。

性靈似乎是狹隘的東西,似乎把自我與大千世界隔離開來。林語堂不以為然:「然世上究有幾許文章,那裡有這許多話?是問也,即未知文學之命脈寄託於性靈。人稱為才,與天地並列,天地造物,儀態萬方。豈獨人之性靈思感反千篇一律而不能變化乎?讀生物學者知花瓣花萼之變化無窮,清新都麗,愈演愈奇,豈獨人之性靈,處於萬象之間,雲霞呈幻,花鳥爭妍,人情事理,變態萬千,獨無一句自我心中發出之話可說乎?風雨之夕,月明之夜,豈能無所感觸,有感觸便有話有文章。」〔註46〕

林語堂和周作人都特別強調真誠,視之為基本的寫作倫理。林語堂說:「文德乃指文人必有的個性,故其第一義是誠,必不愧有我,不愧人之見我真面目,此種文章始有性靈有骨氣。欲誠則必使我瑕瑜盡見,故未有文德,必先有文疵,若掩其不善而著其善,則所表見者已非我,無性靈,豈尚有文章乎?蓋文章即文人整個性靈之表現,非可掩飾粉黛矯揉造作者

---

〔註42〕語堂:《論文》。

〔註43〕林語堂:《記性靈》,1936 年 2 月 16 日《宇宙風》11 期。

〔註44〕林語堂:《記性靈》,1936 年 2 月 16 日《宇宙風》11 期。

〔註45〕林語堂:《記性靈》。

〔註46〕林語堂:《論文下》。

也。」〔註47〕又云:「性靈派文學,主『真』字。發抒性靈,斯得其真,得其真,斯如源泉滾滾,不捨晝夜,莫能遏之,國事之大,喜怒之微,皆可著之紙墨,句句真切,句句可誦。」〔註48〕他指責道,「中國的白璧德信徒每襲白氏座中語,謂古文之所以足為典型,蓋能攫住通性,故能萬古常新,浪漫文學以個人為指歸,趨於巧,趨於偏,支流蔓衍,必至一發不可收拾。殊不知文無新舊之分,惟有真偽之別,凡出於個人之真知灼見,親感至誠,皆可傳不朽。因為人類情感,有所同然,誠於已者,只能引動他人。」〔註49〕他相信真誠可以矯正載道派「矯揉偽飾」之病,尋找出中國文學史上自然真摯的浪漫思想:「唐之道風不絕,至宋而有理學出現,蘇黃之詆譙理學,亦即浪漫思想。明末後有浪漫思想出現,自袁中郎、屠赤水、王思任以至有清之李笠翁、袁子才皆崇拜自然真摯,反抗矯揉偽飾之儒者,而至今明清尚有一些文章可讀者,亦係藉此一點生氣。」〔註50〕在中國傳統文論中,「志」與「道」不是界線分明的。周作人後來說:「從前我偶講中國文學的變遷,說這裡有言志載道兩派,互為消長,後來覺得志與道的區分不易明顯劃定,遂加以說明云,載自己的道亦是言志,言他人之志即是載道,現在想起來,還不如直截了當的以誠與不誠為別,更為明瞭。」〔註51〕顯然,周作人與林語堂都指責功利主義作家不真誠,而表達「個性」或曰「性靈」可矯正此病。林語堂說:「見真則俯仰之際,皆好文章,信心而出,皆東籬語也。」「文章至此,乃一以性靈為主,不為格套所拘,不為章法所役。」〔註52〕儘管面臨種種指責,林語堂一直固守表現論。林以孤崖一枝花為喻,強調萬物率性,「說話為文美術圖書及一切表現亦人之本性」。〔註53〕

　　論語派其他作家紛紛與林語堂相呼應,為論語派所主張的「性靈」辯護。陶亢德《二十來歲讀者的讀物》針對天津《大公報》副刊有人批評《人間世》的「性靈」「遊戲」傾向,說其「讀者多,那是讀者不長進處」,他指出革命家也會有閒情逸致,「瀟灑情趣並不和革命思想如冰炭之不相容,上馬殺賊下

〔註47〕語(林語堂):《說文德》,1933 年 4 月 16 日《論語》15 期。
〔註48〕語堂:《論文下》。
〔註49〕語堂:《論文》。
〔註50〕林語堂:《說浪漫》,1934 年 8 月 20 日《人間世》10 期。
〔註51〕周作人:《漢文學的前途》,《藥堂雜文》,北京十月文藝出版社 2010 年 8 月,11 頁。
〔註52〕語堂:《論文下》。
〔註53〕語堂:《孤崖一枝花》,1935 年 9 月 16 日《宇宙風》1 期。

馬看看小品文刊物也並不是反革命者；反之，若是坐在家裏一天到晚的讀革命詩文，那倒不免有神經衰弱頭腦糊塗的危險。」〔註54〕林疑今譯英人Alexander Smith 的《小品文做法論》為性靈論者助威：「小品文作家，因其思想係靠人世的斷片，所以不能避免以自我為中心；但是，其自我卻不是討人厭的。」「小品文作家的妙處，便是在乎以自我為中心，不斷地提起他本身。倘若有一個人是值得認識的話，那麼他是值得十分認識的了。」〔註55〕他特別舉了蒙田的例子，「蒙田自認為自我主義者。倘若有人慾因之而責備他，這是不對的，因為自我主義的價值，是完全由自我者的品格而決定。倘若自我者是柔弱的，那麼其自我則完全無價值。倘若自我者是強健尖銳，個性顯明的，那麼其自我則可貴，而將成為一民族的財富。」〔註56〕郁達夫為林氏提倡性靈辯解道：「林語堂生性憨直，渾樸天真，假令在美國，不但在文學上可以成功，就是從事事業，也可以睥睨一世，氣吞小羅斯福之流。《翦拂集》時代的真誠勇猛，的是書生本色，至於近來的耽溺風雅，提倡性靈，亦是時事使然，或可視為消極的反抗，有意的孤行。周作人常喜引外國人所說的隱士和叛逆者混處在一道的話，來作解嘲；這話在周作人身上原用得著，在林語堂身上，尤其是用得著。」〔註57〕

以「性靈」為中心的表現論過於強調作家自我與文學的關係，自然會疏遠與社會政治之間的聯繫，有意與左翼的文學主張對立，動搖其合理性，因此招致左翼作家的口誅筆伐。周作人、林語堂尋找小品文的譜系，魯迅《雜談小品文》一文亦著重從歷史的角度考察「小品文」的譜系，通過考察「現代名人的祖師」和「先前的性靈」，力圖揭示晚明文人所表現「性靈」存在的種種問題，指責國難當頭之際性靈論者缺乏責任擔當。他寫道：「這經過清朝檢選的『性靈』，到得現在，卻剛剛相宜，有明末的灑脫，無清初的所謂『悖謬』，有國時是高人，沒國時還不失為逸士。逸士也得有資格，首先即在『超然』，『士』所以超庸奴，『逸』所以超責任：現在的特重明清小品，其實是大

〔註54〕 亢德：《二十來歲讀者的讀物》，1935 年 9 月 16 日《宇宙風》1 期。

〔註55〕 〔英〕Alexander Smith：《小品文做法論》（上），林疑今譯，1934 年 4 月 20日《人間世》2 期。

〔註56〕 〔英〕Alexander Smith：《小品文做法論》（下），林疑今譯，1934 年 5 月 20日《人間世》4 期。

〔註57〕 郁達夫：《〈中國新文學大系・散文二集〉導言》，上海良友圖書印刷公司 1935年 8 月。

有理由，毫不足怪的。」又說晚明小品所表現的性靈是有多面性的：「現在大家所提倡的，是明清，據說『抒寫性靈』是它的特色。那時有一些人，確也只能夠抒寫性靈的，風氣和環境，加上作者的出身和生活，也只能有這樣的意思，寫這樣的文章。雖說抒寫性靈，其實後來仍落了窠臼，不過是『賦得性靈』，照例寫出那麼一套來。當然也有人預感到危難，後來是身歷了危難的，所以小品文中，有時也夾著憤懣，但在文字獄時，都被銷毀，劈板了，於是我們所見，就只剩了『天馬行空』似的超然的性靈。」〔註 58〕而胡風從唯物史觀和階級論的角度批判林語堂：「林氏忘記了文藝復興中覺醒了的個性，現在已經成了妨礙別的個性發展的存在；林氏以為他底批判者是『必欲天下人之耳目同一副面孔，天下人之思想同一副模樣，而後稱快』（《說大足》，《人間世》第十三期），而忘記了在食不果腹衣不蔽體的人們中間讚美個性是怎樣一個絕大的『幽默』，忘記了大多數人底個性之多樣的發展只有在爭得了一定的前提條件以後。問題是，我們不懂林氏何以會在這個血腥的社會裏面找出了來路不明的到處通用的超然的『個性』。」〔註 59〕胡風指責林氏的「個性」是脫離現實的、非道義的，而強調大多數人的社會解放，凸顯兩派之間在政治上的尖銳對立。

　　言志派與載道派所採取的文化政治鬥爭策略是，大量使用文化隱喻修辭來指涉現實。這裡所謂隱喻，與一般的語言修辭不同，它們通常是一組二元對立關係，正是在這種關係中，隱含著文化權力鬥爭。命名本身就表現出一種權力關係，體現出一種支配的意圖，把對象置於某種自己所希望的潛在的被告位置，從而加以指控、定讞。在這些關鍵詞之下，還會出現子詞，它們互相配合，組成一個有序的關係網絡，構築堅強的堡壘。

　　最典型的當屬「言志」與「載道」，它們是從中國悠久的文學傳統中擇取的關鍵詞，利用其本身所包涵的聲望或負面性，加以改造並賦予新意，並頻繁使用，表現出強烈的文化政治傾向。言志派作家把左翼作家命名為「載道派」，這種命名化本身就包含著鮮明的文化政治策略。通過「載道」的命名，為對手增添負面色彩，用理論來抵禦和反擊來自左翼的批判。「載道」在五四新文化運動中聲名掃地，因為其位於個性的對立面。周作人說：「宣

〔註 58〕魯迅：《雜談小品文》，《魯迅全集》6 卷，431～432 頁。
〔註 59〕胡風：《林語堂論──對於他底發展的一個眺望》，1935 年 1 月《文學》4 卷 1 號。

傳在別國情形如何我不知道,若在中國則差不多同化於八股文而成為新牌的遵命文學,有如麻醉劑之同化於春藥。」〔註60〕周氏喜歡罵韓愈,他說是因為「讀經衛道的朋友差不多就是韓文公的夥計也。」〔註61〕林語堂指責道:「吾人不幸,一承理學道統之遺毒,再中文學即宣傳之遺毒,說者必欲剝奪文學之閒情逸致,使文學成為政治之附庸而後稱快。凡有寫作,豬肉薰人,方巾作祟,開口主義,閉口立場,令人坐臥不安,舉措皆非,右袂不敢談,寢衣亦不敢談,姜醬更不敢談,若有談食精膾細者,必指為小市民意里奧羅基而怒罵之。……故此文學觀吾不以名之,名之曰『不近人情的文學觀』。」〔註62〕他強調「言志」與「載道」不同:「小品文所以言志,與載道派異趣,故吾輩一聞文章『正宗』二字,則避之如牛鬼蛇神。昔韓退之傳毛穎,蘇子瞻賦黠鼠,大概亦吾輩中人。」〔註63〕林語堂的文章頻繁出現「方巾氣」「道統」「八股」等傳統概念,意在指稱左翼文學為「新道學」「新八股」。左翼作家採取了同樣的文化政治鬥爭策略,魯迅用「隱士」「清談」等傳統概念批評言志派的人和文,唐弢在《論逃世》中諷刺他們是「學晚明腔的隱士」〔註64〕。

　　在五四時期,「文以載道」就受到陳獨秀、劉半農等人的撻伐,是作為新文化思想現代性和文學現代性的對立面而存在的。從思想現代性的角度來看,它是個性的對立面;從文學現代性的角度看,它又是文學獨立性的對立面。這個命名突出的政治性表現在其忽略了現代功利主義與傳統功利主義的差異。然而,它不失其意義,指出了新舊功利主義之間的聯繫,這種聯繫從主流文學以後的流變中可以看得更清晰。它和傳統功利主義都把文學視為解決社會、文化問題的方式,都把文學視為工具。這種文學工具論一直潛藏在從梁啟超到五四文學的內部。當它與某種政治力量相結合,會表現得更加突出,文學往往被視為政治的宣傳。文學中的個性、趣味等受到壓抑和排斥。直到今天,對中國當代文化建設來說仍具警示意義。因此可以說,新的「載道」與「言志」的提出是具有文學史意義的概念和命題。

<hr>

〔註60〕周作人:《遵命文學》,《周作人散文全集》(7),廣西師範大學出版社 2009 年 4 月,380 頁。
〔註61〕周作人:《瓜豆集·題記》,北京十月文藝出版社 2012 年 2 月,3 頁。
〔註62〕語堂:《且說本刊》,1935 年 9 月 16 日《宇宙風》1 期。
〔註63〕語堂:《說小品文半月刊》,1934 年 5 月 20 日《人間世》4 期。
〔註64〕唐弢:《論逃世》,1935 年 8 月 5 日《太白》2 卷 10 期。

## 3、自由題材

　　《〈人間世〉發刊詞》明確提出對題材的主張:「內容如上所述,包括一切,宇宙之大,蒼蠅之微,皆可取材,故名之為《人間世》。除遊記詩歌題跋贈序尺牘日記之外,尤注重清俊議論文及讀書隨筆,以期開卷有益,掩卷有味,不僅吟風弄月,而留為玩物喪志之文學已也。」林語堂說:「兩腳踏東西文化,一心評宇宙文章,是吾輩縱談之範圍與態度也。」〔註65〕「宇宙之大,蒼蠅之微」被廣泛看作論語派口號式的標籤。林氏不是說一定要寫範圍寬廣的題材,而是強調選材的自由,因此,可以把該派所提倡的題材概念稱為「自由題材」。顯然,在論語派作家的心目中,題材儘管有大小之分,但其文學價值卻無高下之別。這與左翼作家的題材觀迥異其趣。

　　「宇宙」與「蒼蠅」兼談,「正經」與「閒適」並重,反映了言志派作家所追求的一元的創作態度。關於一元的創作態度,周作人說得很明白:在公安派以前的文人,「對於著作的態度,可以說是二元的,而他們是一元的,在這一點上與現代寫文章的人正是一致……以前的人以為文是『以載道』的東西,但此外另有一種文章卻是可以寫了來消遣的;現在則又把它統一了,去寫或讀都可以說本於消遣,但同時也就是傳了道了,或是聞了道。」〔註66〕林語堂等人與周氏相呼應,把這一元的態度體現在了其創辦的雜誌上。林語堂談到所追求的一元作文態度:「《論語》個性最強,卻不易描寫,不易描寫即係個性強,喜怒哀樂,不盡與人同也。其正經處比人正經,閒適處比人閒適。」〔註67〕又談文章錄用的標準:「大概有性靈、有骨氣、有見解、有閒適氣味者必錄之;萎靡、疲弱、寒酸、血虧者必棄之。其景況適如風雨之夕,好友幾人,密室閒談,全無道學氣味,而所談未嘗不涉及天地間至理,全無油腔滑調,然亦未嘗不嬉笑怒罵,而斤斤以陶情笑謔為戒也。」〔註68〕郁達夫認為現代散文的一個重要特徵就是人性、社會性與大自然性的調和,他寫道:「從前的散文,寫自然就專寫自然,寫個人便專寫個人,一議論到天下國家,就只說古今治亂,國計民生,散文裏很少人性,及社會性與自然融合在一處的,最多也不過加上一句痛苦流涕長太息,以示作者的感憤而已;現代

---

〔註65〕語堂:《與陶亢德書》,1933 年 11 月 1 日《論語》28 期。

〔註66〕周作人:《〈雜拌兒〉跋》,《永日集》,北京十月文藝出版社 2011 年 3 月,81～82 頁。

〔註67〕語堂:《與陶亢德書》,1933 年 11 月 1 日《論語》28 期。

〔註68〕語堂:《與陶亢德書》。

的散文就不同了，作者處處不忘自我，也處處不忘自然與社會。就是最純粹的詩人的抒情散文裏，寫到了風花雪月，也總要點出人與人的關係，或人與社會的關係來，以抒懷抱；一粒沙裏見世界，半瓣花上說人情，就是現代的散文的特徵之一。」〔註69〕同樣強調一元的作文的態度。

論語派雜誌誠然發表了不少思想內容與趣味性兼備的佳作，並不乏尖銳的雜文，然而《論語》也確實發表了不少瑣屑、淺薄之作。如1933年6月第十八期中《趕快廢高跟鞋》《馬桶風潮》《談鬍子》《一個貓的故事》等篇，就顯露出這種傾向。鳴秋《馬桶風潮》寫一中學有學生占著馬桶不拉屎引起的風波，雖或有諷刺之意，但文字鄙俗。梁得所《談鬍子》圍繞是否討異性喜歡，談男子留鬍子的問題，十分無聊。劉傳中《一個貓的故事》記述一教授家愛貓丟失，發出尋貓啟示。最後一段作者推斷該貓必定因「異性誘惑而失蹤」，並與「人家養子女而失之於異性」相提並論，不倫不類，流於庸俗。

《論語》雜誌還推出一些閒適題材的專號。《論語》雜誌分別在1935年陽曆新年和陰曆新年分別推出「西洋幽默專號」（五十六期）和「中國幽默專號」（五十八期）。1936年7月，《論語》第九十一期、九十二期連續推出兩期「鬼故事專號」。作者隊伍陣容強大，名手聚集，如周作人、施蟄存、曹聚仁、老舍、老向、陳銓、宋春舫、豐子愷、梁實秋、李金髮、許欽文等。邵洵美在上一期的《編輯隨筆》中表現得頗為自得。《論語》第四十六期、四十七期集中刊發了林語堂、老舍、豐子愷、姚穎等人談避暑的文章。此外還推出了「家的專號」（一百期）、「燈的專號」（一百〇五期）、「癖好專號」（一百二十五）、「吃的專號」（一百三十二）、「病的專號」（一百四十一）、「睡的專號」（一百五十五）等。這些小品文輕鬆活潑，再加上大眾文化趣味，適合了市民和大學生讀者閱讀消遣的口味。然而在國難當頭、政治鬥爭空前的1930年代，論語派理論和創作的閒適傾向引發了左翼、右翼和京派作家的非議。

1930年代，左翼文學運動蓬勃開展，成為文壇具有支配性的力量。其高度政治化的文學主張對各派作家都構成了壓力。比如他們對題材的要求。1931年11月，「左聯」執行委員會的決議明確要求：「作家必須注意中國現實社會生活中廣大的題材，尤其是那些最能完成目前新任務的題材。」〔註70〕取材的自由直接關係作家主體性和創作自由。自由主義作家梁實秋意識到了題材

---

〔註69〕郁達夫：《〈中國新文學大系・散文二集〉導言》。
〔註70〕《中國無產階級革命文學的新任務》，1931年11月《文學導報》1卷8期。

問題的要害，堅決反對左翼作家要求文學以階級鬥爭為題材，說道：「文學裏面最專橫無理的事，便是題材的限制。」〔註 71〕青年作家沙汀和艾蕪各有自己專長的題材領域，一個善寫離時代大潮較遠的下層人物，一個善寫小資產階級青年，這與他們所抱對於時代有所助力和貢獻的意志產生了矛盾。為此，他們寫信向魯迅請教。魯迅告訴他們應該寫自己現在能寫的題材。〔註 72〕

「宇宙之大，蒼蠅之微」是有假想敵的。其潛臺詞是說題材是廣泛的，不應該太關注社會政治。林語堂說：「信手拈來，政治病亦談，西裝亦談，再啟亦談，甚至牙刷亦談，頗有走入牛角尖之勢，真是微乎其微，去經世文章遠矣。」〔註 73〕這「經世文章」一語針對左翼作家，與「載道文章」同義。從自由主義的角度來看，創作自由作為思想言論自由的一部分，是文學創作最低限度的自由。論語派借這個「口號」把自己與新舊載道主義區別開來。他們對題材的主張、幽默閒適的創作與左翼的文學主張相對立，直接影響到後者文學主張的合理性、合法性，自然激起他們的攻擊。自從《人間世》發刊詞提出「宇宙之大，蒼蠅之微」之說，左翼與包括論語派在內的言志派進行大規模的論爭。

左翼作家普遍結合論語派的作品開展批評，矛頭直指其小品文話語中的「小」字。埜容（廖沫沙）說在《人間世》創刊號中「只見『蒼蠅』，不見『宇宙』」〔註 74〕。魯迅在《小品文的危機》中把論語派的小品文譏為「小擺設」，「小擺設」的製作自然是不會用大材料的。茅盾批評道：「一不留神，就要弄到遺卻『宇宙之大』而惟有『蒼蠅之微』，僅僅是『吟風弄月』，而實際『流為玩物喪志』了。」「倘使要把『閒適』『自我中心』之類給『小品文』定起唯一的軌範來，那卻恐怕要成為前門拒退了『方巾氣』，後門卻進來了『圓巾氣』了！」他強調，小品文可以是「高人雅士」手裏的小玩意兒，也可以成為「匕首」和「投槍」。「我們以為應該提倡小品文，積極批評小品文，使得小品文發展到光明燦爛的大路。我們應該創造新的小品文，使得小品文擺脫名士氣味，成為新時代的工具；我們應該把『五四』時代開始的『隨感錄』『雜

〔註 71〕梁實秋：《所謂「題材的積極性」》，《偏見集》，正中書局 1934 年 7 月，240 頁。

〔註 72〕魯迅：《關於小說題材的通信》，《魯迅全集》4 卷，375～378 頁。

〔註 73〕林語堂：《〈我的話・上冊──行素集〉序》，上海時代書局 1948 年 11 月重排版。

〔註 74〕埜容（廖沫沙）：《人間何世？》。

感』一類的文章作為新小品文的基礎，繼續發展下去。」茅盾提倡的其實是雜文，力圖使雜文攻佔小品文的地盤。他道出左翼與論語派論爭的焦點：「一是以為小品文應該大處著眼，小處落筆，篇幅即使短小，卻應得『袖裏有乾坤』。這是不滿意《人間世》談蒼蠅之微的，倘使要給它〔註75〕一個名目，那麼稱之曰『宇宙派』，亦未始不可。又一是《人間世》方面的論調了，發刊詞中所謂『特以自我為中心，以閒適為格調』似乎就是一聯標語。」他說，認為《人間世》為專談「蒼蠅」，「這是極大的誤會。《人間世》昭昭在人耳目，何嘗專談蒼蠅？它最近談過宇宙之大的東西，不勝枚舉，不過談的立場是『自我為中心，閒適為格調』而已。」這是問題的關鍵。又說：「定要『宇宙之大』似的載『道』，固然是枷，可是『特以自我為中心，閒適為格調』，也是鐐鎖。」他進而提出：「在這穢惡充塞的現代，小品文需要另一種的中心和格調」。茅盾強調論語派「性靈」和「閒適」遮擋了視野，不能真正放眼「宇宙」，不能滿足批判社會的革命要求。聶紺弩分析了「個人筆調」與題材之間的密切關係，從而指論語派疏離現實生活，寫道：「提倡什麼閒適幽默瀟灑輕鬆的『個人筆調』，借小品文來逃避現實，因之使小品文變成無用無力的東西的企圖，是應該受到指謫的。他們說『宇宙之大蒼蠅之微』，無所不談，好像他們的視野真是廣闊，題材真是豐富了。其實不然。他們是把眼光注視在人類社會的現實生活以外的大或微，卻剛剛對不大不微的人頭社會的現實生活閉上了眼睛，安得列夫底《往星中》，應該是對於這種人下的針砭。至於『個人筆調』，無非由於他們選擇了某種可以寫成閒適、幽默、瀟灑、輕鬆的文章的題材，把許多嚴肅的東西都拋到了九霄雲外去了。」〔註76〕有人聲稱需要的是與「雍容」「沖淡」不一樣的小品文，「那是沒有純個人主義的氣氛，取材是異常的現實。能在簡短的篇幅中，生動地和迅速地反映並批判社會上的日常事故」〔註77〕。左翼旨在利用小品文進行社會批判，要求具有高度政治意義的現實題材。

論語派作家則為自己對題材的主張辯護。林語堂云：「題目可大可小……小者須含有意思，合乎『深入淺出』『由述及遠』之義，由小小題目，談入人生精義，或寫出魂靈深處。近間市上所謂流行小品，談花弄草，品茶敘酒，是狹義的小品，使讀者毫無所得，不取。無論大小，以談得出味道來為準。」

---

〔註75〕茅盾：《小品文和氣運》，《小品文和漫畫》（陳望道編），1 頁。
〔註76〕聶紺弩：《我對於小品文的意見》，《小品文和漫畫》，158～159 頁。
〔註77〕王淑明：《我們需要怎樣的小品文》，《小品文和漫畫》，192 頁。

〔註78〕陳叔華同樣強調小品文要以小見大:「它表面似乎小,但內容卻很大。篇幅雖然簡短,但所包的東西亦很豐富。所寫誠然是小事,但這些小事裏總有蘊藏著較大方面,──或是人生的真實,或是社會的鏡子,或是個人的情趣。」〔註79〕以小見大是很多小品文成功的關鍵,然而如果以此為定則,又會束縛小品文自由自在的精神,沾染載道主義的氣味。邵洵美意識到了這一點,說道:「每篇小文章,總喜歡要含有大意義。所以《論語》雖然一再說明『幽默』的態度,但是即連林語堂也不少所謂『譎詞飾說,抑止昏泰』的文字,無心中自擬於淳于,宋玉之輩,大有愛國不敢後人的樣子。」「因為處處要『微言大義』,於是範圍便顯得狹窄,而群患『幽默』之不得長久了。」〔註80〕郁達夫發表雜感聲援林語堂。其《蒼蠅腳上的毫毛》包括幾則諷刺性的短文,取這個題名,「意思是在表明微之又微,以至極微的代替形容詞。」說自林語堂宣言了蒼蠅宇宙以來,老是有人用這兩字來進行攻擊,而他「將蒼蠅拿來作炮架,而說蒼蠅的腳就是傳染病毒的東西」。其中敘及,巴黎開有專供顧客洩憤的「出氣店」。文章寫道:「可是論語竟模仿巴黎的企業者而變相地成功了,現在還更有許多攻擊論語者,目的大約也不外此。總而言之,長歌當哭,幽默當哭,攻擊幽默,閒情也當哭,反正是晦氣了出氣店裏的器皿。」〔註81〕他的《毫毛三根》包括三則雜感,第一則為「罵的禮讚」,記清順治時兩大家族隔水對罵,作者最後議論說:「列隊相對而打仗,原是常事;至於列陣隔水而相罵,卻是奇事了;大約最大的原因,總因為當時的印刷術保障什誌之類,還沒發達到現代那樣的緣故。」〔註82〕他以諷喻的方式旁敲側擊。

「宇宙之大」「蒼蠅之微」只是表達了一種散文理想,而事實上受限於自家的政治立場和視野,並沒有真正落到實處。然而,在中國現代散文史上,論語派卻有開拓散文題材之功。這種拓展主要表現在對都市日常生活的書寫上。僅從題目上看,就可以發現論語派作品涵蓋了現代都市日常生活的許多方面。林語堂和其他論語派作家突破文人趣味的日常生活書寫的封閉性,更多地向當下瑣碎日常生活敞開。論語派雜誌之所以能夠大獲成功,關鍵在於得到了市民和大學生讀者的歡迎。論語派在出版商業化的過程中,他們與市

---

〔註78〕編者(林語堂):《我們的希望》,1935年2月20日《人間世》22期。

〔註79〕陳叔華:《娓語體小品文釋例》(上),1935年5月20日《人間世》28期。

〔註80〕邵洵美:《幽默的來蹤與去跡》,1936年9月16日《論語》96期。

〔註81〕郁達夫:《蒼蠅腳上的毫毛》,1934年12月16日《論語》55期。

〔註82〕郁達夫:《毫毛三根》,1935年4月16日《論語》63期。

民階層共享相同的日常生活經驗。

　　1920 年代初，周作人以其理論和創作，把散文中的個人話語從「五四」啟蒙主義的宏大敘事中脫離出來，為五四個人主義文學建立新的感性基礎。他指出寫普通人日常生活的意義：「平民文學應以普通的文體，寫普遍的思想與事實，我們不必記英雄豪傑的事業，才子佳人的幸福，只應記載世間普通男女的悲歡成敗。因為英雄豪傑才子佳人，是世上不常見的人；普通男女是大多數，我們也便是其中的一人，所以其事更為普通，也更為切己。」〔註83〕對日常生活題材的重視和書寫體現了現代性的文學觀，而小品文又特別長於表現日常生活。英國學者亞歷山大・史密斯（Alexander Smith）說，蒙田的「《小品文集》係由其日常生活產生，適如苔蘚生於岩石之上。倘如他發現一種有用的東西，在什麼地方找到的，他並不以為意。在他的眼中，沒有一件東西是平凡不清潔的；他領受乞丐的愛顧，與領受王子者相同。」這樣，選材著眼點不免小，不過，「其小品文，始談蒼蠅一般的小事，結論卻是在別一世界。」〔註84〕1920 年代初，周作人開始傾心於日常生活趣味的書寫，只是其筆下的日常生活帶有濃厚的文人趣味。以表現性靈為中心的自由選材勢必拉近小品文與日常生活的關係。林語堂等論語派作家的作品大大增加了暢談人生的世俗性，不僅表現作為日常生活主體的作家，還以「旁觀者」的視角進行日常生活書寫。後者如老舍的多篇散文以小說式的筆法，截取社會生活的片段，婉諷世態習俗。

　　日常生活蘊涵著沉潛其中的知識系統、文化規範和價值內涵，而關注不同的日常生活或其中不同方面則顯示出不同的價值取向。日常生活是政治等社會活動的基礎，所以社會革命的提倡者必然從日常生活中有組織地尋找出自身的合理性，並且對一般的日常生活實踐採取批判的、否定的態度。左翼作家的激進與論語派作家的庸常構成了尖銳的對立。在左翼作家的世界裏，很少有庸常生活的位置，即使涉及，也視其為陳腐的落後的，是作為激進社會理想世界的對立面而存在的。論語派對日常生活的書寫還是帶有啟蒙主義式的精英意識的，表現出了一定的批判性，然而這種批判限制在一定閾限之內，不大指向日常生活以外的社會活動領域。這其實在一定程度上突出了日常生活的自足性。日常生活的庸常性和自足性帶來對啟蒙、革命、救亡等宏

---

〔註83〕周作人：《平民的文學》，《藝術與生活》，十月文藝出版社 2011 年 1 月，6 頁。
〔註84〕〔英〕Alexander Smith 作、林疑今譯：《小品文做法》（下）。

大敘事的消解，故與左翼文學迥異。日常生活庸常的表象常常掩藏了日常政治傾向，其傾向可以在與其他政治傾向的張力關係中得到顯著的體現。

擺脫了載道主義的重負，個體的日常生活才顯出其豐盈、恣肆的一面。而這也構成對「道」或者各種主義的消解。日常生活所包含的豐富性、複雜性、多義性難以用「道」或「主義」來框限、切割、替代。日常生活書寫是與個人身份認同聯繫在一起的，它通過象徵的方式證明了個人生活的權利和價值。

論語派對都市日常生活的拓展與林語堂所追求的「西洋雜誌文」式的散文理想有關。《人間世》從 1934 年第十五期開設「西洋雜誌文」專欄。林語堂說：「吾的理想是辦一個內容及文體如西洋雜誌的雜誌，略如 Harper's 一類。如果它此刻近於 Atlantic 而不近於 Harper's，太專重文字，那是因為投稿的關係。我必定還要貫徹這個理想，使篇篇是有味而有益的文章，內容是充實，但寫法是輕鬆，文字是優美，但筆調是通俗。故可又換句話，就是雜誌文字近人情化。大雜誌的文章我認為不近人情化，叫人讀不下去，小刊物的文章多是油腔滑調，內容空疏。」〔註 85〕這個辦刊理想也是他從辦《論語》所得經驗的總結，《人間世》《宇宙風》中的部分文章是符合這一標準的。《宇宙風》創刊號《編輯後記》中說：「《科學育兒經驗談》《私運煙土》等篇尤貼切人生類似西洋雜誌的文章。」〔註 86〕林氏的辦刊理想是《哈潑斯雜誌》式的西洋雜誌文。由於來稿等方面的原因，《人間世》《宇宙風》中文章不像《哈潑斯雜誌》的綜合、時尚和通俗，而事實上趨向於純文學散文。1936 年 9 月，林語堂與黃嘉德、黃嘉音兄弟合作創辦《西風》月刊，專門譯介「西洋雜誌文」。封面上印有「譯述西洋雜誌精華介紹歐美人生社會」字樣。林語堂在發刊詞中比較中西雜誌文之別：「我每讀西洋雜誌文章而感其取材之豐富，文體之活潑，與範圍之廣大，皆足為吾國雜誌模範。……吾國文人與書本太接近，與人生太疏遠……故中國雜誌長於理論而拙於寫實，其弊在於空浮，而雜誌反映人生之功遂失。」。〔註 87〕

論語派作家的日常生活書寫疏遠了對民族國家的宏大政治關懷，缺少對充滿壓迫、苦難和反抗的時代生活的關注，現代性的話語有時難免被個人主

〔註85〕林語堂：《我與人間世》，1935 年 2 月 2 日《人言週刊》2 卷 1 期。
〔註86〕編者：《編輯後記》，1935 年 9 月 16 日《宇宙風》創刊號。
〔註87〕林語堂：《為什麼要刮西風》，1936 年 9 月《西風》創刊號。

義化和庸俗化，消減了進取心和活力。這種傾向注定了被批判和邊緣化的命運。然而，林語堂以西洋雜誌文等西方隨筆為榜樣，學習西方文學如何反映「人生之甘苦，風俗之變遷，家庭之生活，社會之黑幕」〔註88〕，也開拓了小品文的領域。這其實也就是廚川白村《出了象牙之塔》中所說的：「所談的題目，天下國家的大事不待言，還有市井的瑣事，書籍的批評，相識者的消息，以及自己的過去的追懷，想到什麼就縱談什麼」〔註89〕。日常生活書寫對現代散文創作影響深遠，在現代文學第三個十年的張愛玲、梁實秋等小品文作家那裡取得了更大的文學成就。

## 4、閒適筆調

　　《〈人間世〉發刊詞》提倡「以自我為中心，以閒適為格調」，這有如貼在論語派大門上的一幅聯語。林語堂一再表明「閒適」是指一種「格調」或者說「筆調」，而批評者往往把「閒適」單獨抽出來與「性靈」一起作為論語派的標籤。這看似含有不少有意或無意的誤解，實則關乎其所彰顯的現實政治態度。

　　林語堂所提倡的小品文題材多種多樣，而閒適筆調是一以貫之的。他說：「大概談話佳者，都有一種特點，都近小品文風味。如狐怪，蒼蠅，英人古怪的脾氣，中西方民族之不同，琉璃廠的書肆，風流的小裁縫，勝朝的遺事，香橼的供法，都可入談話，也都可入小品文。其共同特徵在於閒適二字，雖使所談內容是憂國憂時，語重心長，但也以不離閒適為宗。」〔註90〕他說明：「《人間世》以專登小品文為宗旨，所以關於小品之解釋，必影響於來稿之性質，又必限制本刊之個性。在此本刊個性尚在形成期間，似應把小品範圍認清。余意此地所謂小品，僅係一種筆調而已。理想中之《人間世》，似乎是一種刊物，專提倡此種娓語式筆調，聽人使用此種筆調，去論談人間世之一切，或抒發見解，切磋學問，或記述思感，描繪人情，無所不可，且必能解放小品筆調之範圍，使談情說理，皆足以當之，方有意義。」〔註91〕林氏編刊設想體現了其閒適與正經相結合一元的作文觀念。他借助西方小品文（familiar

---

〔註88〕語堂：《中國雜誌的缺點──〈西風〉發刊詞》，1936年9月1日《宇宙風》24期。

〔註89〕〔日〕廚川白村著、魯迅譯：《出了象牙之塔》，1935年9月4版，7頁。

〔註90〕林語堂：《論談話》，1934年4月20日《人間世》2期。

〔註91〕語堂：《論小品文筆調》，1934年6月20日《人間世》6期。

essay）與學理文（treatise）的分類，進一步闡述了他對小品文閒適筆調的認
識：

> 西洋分文為敘事，描景，說理，辯論四種，亦係以內容而言，
> 亦非敘事與描景各有不同筆法。惟另有一分法，即以筆調為主，如
> 西人在散文中所分小品文（familiar essay）與學理文（treatise）是
> 也。……大體上，小品文閒適，學理文莊嚴，小品文下筆隨意，學
> 理文起伏分明，小品文不妨夾入遐想及常談瑣碎，學理文則為題材
> 所限，不敢越雷池一步。此中分別，在中文可謂之「言志派」與「載
> 道派」，亦可謂之「赤也派」與「點也派」。言志文學系主觀的，個
> 人的，所言係個人思感；載道文係客觀的，非個人的，所述係「天
> 經地義」。故西人稱小品筆調為「個人筆調」（personal style），又稱
> 之為 familiar style。後者頗不易譯，余前譯為「閒適筆調」，約略得
> 之，亦可譯為「閒談體」，「娓語體」。蓋此種文字，認讀者為「親熱
> 的」（familiar）故交，作文時如良朋話舊，私房娓語。此種筆調，
> 筆墨上極輕鬆，真情易於吐露，或者談得暢快忘形，出辭乖戾，達
> 到如西文所謂「衣不紐扣之心境」（unbuttoned moods）〔註92〕。

林氏以英國隨筆史上分別以喬叟、培根為代表的兩條不同的統系來說明小品
文與學理文的不同：「一以喬索為祖，一以貝根為祖。貝根整潔細密，即系統
代表說理一派；喬索散逸自然，即係代表閒談一派；貝根凝重，喬索輕柔；
貝根下筆如舉千鈞，躊躇再四，喬索下筆如行雲流水，無拘無礙。」〔註93〕

　　林語堂結合中國古今散文的流變辨識小品文的文體特徵。他肯定周作人
在《中國新文學的源流》一書中推崇公安、竟陵，以為現代散文直繼公安之
遺緒。他舉出袁宗道《北遊稿小序》末段後，寫道：「此文聲調，非周作人行
文聲調而何？有耳者當能聞見，無耳者強辯，亦如井蛙語海夏蟲語冰耳。周
作人得力於明文，肚裏有數碼也。」〔註94〕林語堂的思路來自周作人，足見
所受的深度影響，然而指認周氏筆調繼承三袁，則是誤認。他們的相似只能
說是一個寬泛意義上的。周作人的筆調與三袁同屬個人筆調，同具語言自然
之勢，然而周氏更委婉清澀，不同於三袁的流麗。

---

〔註92〕語堂：《論小品文筆調》。
〔註93〕語堂：《小品文之遺緒》，1935 年 2 月 20 日《人間世》22 期。
〔註94〕語堂：《小品文之遺緒》。

他又試圖表明現代小品文文體是對《語絲》文體的繼承:「在白話刊物中舉例,則《現代評論》與《語絲》文體之別,亦甚顯然易辨。雖然現代派看來比語絲派多正人君子,關心世道,而語絲派多說蒼蠅,然能『不說別人的話』已經難得,而其陶煉性情處反深。兩派文不同,故行亦不同,明眼人自會辨別也。語絲之文,人多以小品文稱之。實係現代小品文,與古人小擺設式之茶經、酒譜之所謂『小品』,自復不同。余所謂小品文,即係指此。」〔註95〕他還把自己的文體變化歸結於「語絲」諸子的影響:「初回國時,所作之文,患哈佛病,聲調太高,過後受語絲諸子之薰陶,始略明理。……幸而轉變了,依然故我,不失赤子之心。」〔註96〕在其散文集《我的話》之前,林氏文風爽利,有赤子之心。他有意強調與《語絲》的一脈相承,利用「語絲體」積累的聲望,撇清自己所倡導的小品文與小擺設式小品文的關係。

林氏指出了周作人、俞平伯、廢名的文體與胡適的不同:「周作人不知在哪裏說過,適之似公安,平伯廢名似竟陵,實在周作人才是公安,竟陵無異詞;公安竟陵皆隸於一大派。而適之又應歸入別一系統中。」〔註97〕這樣說似無問題,二者可分別為「小品文」與「學理文」的代表;然而,他又借周作人所言「載道」與「言志」來說明二者的不同,恐怕重違周氏本意。他說兩派的區別,「在於說理與言情。……周作人用『載道』與『言志』,實用此意,但已經有人曲解附會,說『言志派』所言仍就是『道』,而不知此中關鍵,全在筆調,並非言內容,在表現的方法,並非在表現之對象」〔註98〕。我以為,這是對周作人有意的誤讀。他不會不明白周作人所謂「載道」的涵義首先指的是表現的對象——思想內容。後者不會指胡適文章「載道」。林語堂把「載道」這一概念作了形式化的處理,並把胡適的學術論著作為與「閒適筆調」區別的對象,當是有意迴避或淡化與左翼作家的矛盾。

「《人間世》提倡小品……最多亦只是提倡一種散文筆調而已。」他反覆這樣強調。從筆調上看,「說理文如奉旨出巡,聲勢烜赫,言情文如野老散遊,即景行樂,時或不免惹了野草閒花,逢場作戲。說理文是教授在講臺上演講的體裁,言情文是良朋在密室中閒談的體裁……適之文似大學教授演講格

---

〔註95〕語堂:《論小品文筆調》。
〔註96〕語(林語堂):《哈佛味》,1933 年 6 月 16 日《論語》19 期。
〔註97〕林語堂:《小品文之遺緒》。
〔註98〕林語堂:《小品文之遺緒》。

調，他本攻哲學，回國後又多作小說考證，因此不覺中自然形成說理筆調。」
〔註99〕「小品文筆調與此派不同，吾最喜此種筆調，因讀來如至友對談，推
誠相與，易見衷曲；當其坐談，亦不過瞎扯而已，及至談得精彩，鋒芒煥發，
亦多入神入意之作。或剖析至理，參透妙諦，或評論人世，談言微中，三句
半話，把一人個性形容得惟妙惟肖，或把一時政局形容得恰到好處，大家相
視莫逆，意會神遊，此種境界，又非說理文所能達到。」〔註100〕林氏所言閒
話體的特點，與廚川白村在《出了象牙之塔》中關於 essay 的著名說法相近：
「我所要搜集的理想散文，乃得語言自然節奏之散文，如在風雨之夕圍爐談
天，善拉扯，帶情感，亦莊亦諧，深入淺出，如與高僧談禪，如與名士談心，
似連貫而未嘗有痕跡，似散漫而未嘗無伏線，欲罷不能，欲刪不得，讀其文
如聞其聲，聽其語如見其人。」〔註101〕

　　在林語堂看來，文學革命以後以說話行文，自然會出現閒話說理筆調，
在談話之中夾入閒情和個人思感。他的《說個人筆調》一文云：「白話文學提
倡以來，文體上之大變有二，一則語體歐化，二則使用個人筆調。」「語體歐
化在科學文極為重要，而個人筆調在文學上尤有重要意義。大約有兩種意義，
即（1）遣辭清新，不用陳言，與（2）筆鋒帶感情也。」〔註102〕其《與又文
先生論〈逸經〉》又云：「《人間世》提倡小品文筆調，以談話腔調入文，而能
為此筆調者尚少。」〔註103〕他特別把周作人推為最擅個人筆調的作者，於日
後說：「閒者，閒情逸致之謂，即房中靜嫻，切切私語，上文所謂音調要低微
一點。周作人的散文有此音調，所以說是白話文的正宗。」〔註104〕這種筆調
有何優勝之處呢？「蓋現代人心思靈巧，不以此種筆調不能充量表其思感，
亦不能將傳記中之人物個性，充量描寫出來。」〔註105〕林語堂寫於散文集《我
的話》之後的文章更有閒話風，態度更從容不迫，善拉扯，篇幅更大，語言
風格由爽利而趨於流利。

---

〔註99〕林語堂：《小品文之遺緒》。
〔註100〕林語堂：《小品文之遺緒》。
〔註101〕林語堂：《小品文之遺緒》。
〔註102〕林語堂：《說個人筆調》，1934 年 7 月 5 日《新語林》創刊號。
〔註103〕林語堂：《與又文先生論〈逸經〉》，1936 年 3 月 5 日《逸經》1 期。
〔註104〕林語堂：《看見碧姬芭杜的頭髮談小品文》，《林語堂全集》（16），東北師範大
　　　　　學出版社 1994 年 11 月，290 頁。
〔註105〕林語堂：《論小品文筆調》。

　　鶴見祐輔曾指出閒談對於社會和諧與文化發達的意義：「沒有閒談的世間，是難住的世間；不知閒談之可貴的社會，是局促的社會。而不知道尊重閒談的妙手的國民，是不在文化發達的路上的國民。」〔註106〕自新文學發生特別是1920年代末革命文學興起以來，功利主義一直是新文學的主流，散文的筆調偏於正經一路。從新文學發展的角度來看，提倡閒適自有合理性。不過，在左翼文學運動風生水起之際，林氏把周作人的散文奉為「白話文」的正宗明顯帶有排他性，等於把「閒適」大旗豎在了左翼文學陣營的對面。正如施蟄存後來所言：「林語堂的提倡『閒適筆調』，也有他自己的針對性。他的『閒適』文筆裏，常常出現『左派、左派』，反映出他的提倡明人小品，矛頭是對準魯迅式的雜文的。」〔註107〕以魯迅為代表的左翼作家要求散文成為「感應的神經」，「攻守的手足」〔註108〕，成為「匕首」和「投槍」，而言志派崇尚的「閒適」之風迥異其趣。閒話是一種自然的言談方式，反映出常人常態，它所產生的結果是理解，而不是行動，與緊張、犀利的雜文殊異。《人間世》第二期《編輯室語》解釋道：「凡一種刊物，都應反映一時代人的思感。小品文意雖閒適，卻時時含有對時代與人生的批評。」〔註109〕雖然論語派的幾個代表作家強調「閒適」只是一種個人筆調，多次表明糅合正經與閒適於一體的一元作文態度，然而從這個作家群的現實傾向、理論主張、雜誌風貌、散文創作等方面來看，很顯然是偏於閒適一途的，與左翼文學的區別判若水火，因此不可避免地招致左翼作家的討伐。後者普遍把「閒適」當作前論語派散文的整體傾向來看的。

　　閒適筆調的談話風帶來了小品文自由隨意的結構，這樣的文章往往沒有明確的中心，行文縈繞紆徐。如周作人、林語堂的許多文章，只有一個大致的談話範圍，沒有中心思想；而雜文就大不一樣了，儘管也有躲閃和迂迴，但目標明確，關鍵的時候露出鋒芒。林語堂的小品文有時並不追求唯一正確的見解，故意顯示出問題的多面性，表現出與雜文不同的商談性。其《女論語》前半部分讚美女人，說「我最喜歡同女人談話」，說「男子只懂得人生哲

〔註106〕〔日〕鶴見祐輔：《思想·山水·人物》，魯迅譯，上海北新書局1929年，194頁。

〔註107〕施蟄存：《說散文》，《施蟄存七十年文選》，上海文藝出版社1996年4月，502頁。

〔註108〕魯迅：《且介亭雜文·序言》，《魯迅全集》6卷，3頁。

〔註109〕《編輯室語》，1934年4月20日《人間世》2期。

學，女子卻懂得人生」。假設如果沒有女人，在子女養育、婚喪嫁娶、社會服務等方面出現不堪承受的缺位。後半部分舉出三個生動的例子，本是要說明女子直覺「遠勝於男人之理論」，然而其中至少有兩例表現出女人說話不合邏輯。文中寫道：「『感覺』是女人的最高法院。一女人將是非訴於她的『感覺』之前時，明理人就當見機而退。」〔註 110〕這裡面就流露出明顯的調侃意味，從而使得前文的讚美帶有某種不確定性。

　　林語堂張揚小品文的閒適筆調，而左翼作家普遍用「閒適」給論語派提倡的小品文定性，稱之為「閒適小品」。許傑說：「有些紳士們，說小品文要有『個人筆調』，我卻說，小品文要有『社會風格』。如果有人問我，什麼是『社會風格』呢，我便可以毫不猶豫的指出上面幾點。」這「社會風格」反映出左翼作家強烈要求把小品文與現實生活緊密聯繫起來，從而具有「現代的社會意味」〔註 111〕，為現實中的政治鬥爭服務。雜文堪當此任，但它的筆調不會是「閒適」的。林語堂指責道：「現代人總喜歡在名詞上推敲，而不知所言為何物，甚不足取。比如你說「個人筆調」，便有人說個人是與社會相反；你說「性靈」，也便有不懂文學的人說這是與物質環境背道而馳。中國人向來總是這樣不求甚解胡里胡塗了事。」〔註 112〕林語堂與周作人一樣，意在提倡結合正經與閒適於一身的一元創作方法，許傑等左翼作家則把「個人筆調」與「社會風格」對立起來，反映出他們和論語派之間深刻的話語隔閡。

## 5、幽默

　　「幽默」與「閒適」一樣，因為彰顯了一種對當下社會現實的態度，與左翼所提倡的「諷刺」相對立，成為尖銳的政治性問題，受到強烈的批評。

　　1930 年代，「幽默」彷彿是一個被林語堂私帶入境的怪物，受到了眾多的抵制和非議。

　　《論語》第三期刊出《我們的態度》，明確地說：「《論語》半月刊以提倡幽默文字為主要目標」〔註 113〕。又在 1935 年 10 月 1 日《論語》七十三期「三週年紀念特大刊」上，以「最早提倡幽默的兩篇文章」為題，重新發表林語

〔註 110〕林語堂：《女論語》，1933 年 7 月 16 日《論語》21 期。
〔註 111〕許傑：《小品文的社會的風格》，陳望道編《小品文和漫畫》，122 頁。
〔註 112〕語堂：《小品文之遺緒》。
〔註 113〕林語堂：《我們的態度》，1932 年 10 月 16 日《論語》3 期。

堂於 1924 年最早在中國提倡幽默的兩篇文章《徵譯散文並提倡「幽默」》《幽默雜話》。

論語派的幽默和閒適不僅表現在白話的小品文上，還表現於舊體詩、打油詩、文言小品、卡吞（漫畫）等形式。這些在當時屬於邊緣的藝術形式，都帶有幽默和閒適的特點，豐富了小品文的精神內涵，創造了一種有利於小品文生長的文化氛圍。尤其是《論語》中發表大量的漫畫，更彰顯了其幽默傾向。在《論語》第二十八期中，黃嘉音作漫畫《介紹幾個讀論語的好姿勢》，描繪了六種姿勢：納涼式、驚險式、臥龍觀天式、遊蛟伏地式、茶樓品茗式、達官貴人式，讓人忍俊不禁。這是對雜誌傾向的一種誇張式闡釋，更易給閱讀者留下深刻的印象。

林語堂在《論幽默》一文中，依據英國作家喬治・梅瑞狄斯（George Meredith）的《論喜劇》，提出他的幽默觀〔註114〕。他這樣談幽默的發生：「人之智慧已啟，對付各種問題之外，尚有餘力，從容出之，遂有幽默——或者一旦聰明起來，對人之智慧本身發生疑惑，處處發見人類的愚笨，矛盾，偏執，自大，幽默也就跟著出現。」又說：「大概世事看得排脫的人，觀覽萬象，總覺得人生太滑稽，不覺失聲而笑。幽默不過這麼一回事而已。」〔註115〕在西文中，廣義的幽默，常常包括一切使人發笑的文字，然而在狹義上與諷刺、機智（wit）等是不同的。〔註116〕而林氏提倡的是狹義上的幽默。侍桁在 1932 年 12 月 9 日《申報・自由談》上發表《談幽默》一文，說凡是真實理解「幽默」這兩個字的人，一看見它們，便會極自然地在嘴角上浮現出一種「會心的微笑」。林語堂很快發表文章《會心的微笑》回應，稱侍桁的解釋「很確當」「易解」，「會心的微笑」是上乘的幽默所產生的效果。〔註117〕

在林語堂看來，幽默與性靈、閒適有著天然的聯繫。他寫道：「真有性靈的文學，入人最深之吟詠詩文，都是歸返自然，屬於幽默派，超脫派，道家派的。」「只有在性靈派文人的著作中，不時可發見很幽默的議論文，如定庵之論私，中郎之論癡，子才之論色等。」〔註118〕「故提倡幽默，必先提倡解

---

〔註114〕林語堂：《八十自敘》，《林語堂名著全集》（10），東北師範大學出版社 1994 年 11 月，294 頁。

〔註115〕語堂：《論幽默》，1934 年 1 月 16 日《論語》33 期。

〔註116〕語（林語堂）：《會心的微笑》，1932 年 12 月 16 日《論語》7 期。

〔註117〕語（林語堂）：《會心的微笑》。

〔註118〕語（林語堂）：《會心的微笑》。

脫性靈，蓋欲由性靈之解脫，由道理之參透，而求得幽默也。」〔註119〕幽默又是閒適的：「小品文即在人生途上小憩談天，意本閒適，故亦容易談出人生味道來，小品文盛行，則幽默家便自然出現。」〔註120〕幽默彷彿成了性靈小品的標配。

老舍對幽默的理解與林語堂基本上一致。他強調幽默「首要的是一種心態」。「幽默的人……由事事中看出可笑之點，而技巧的寫出來。他自己看出人間的缺欠，也願使別人看到。不但僅是看到，他還承認人類的缺欠；於是人人有可笑之處，他自己也非例外；再往大處一想，人壽百年，而企圖無限，根本矛盾可笑。於是笑裏帶著同情，而幽默乃通於深奧。」〔註121〕郁達夫《Mabie氏幽默論抄》編譯美國散文家 Hamilton Wright Mabie 文章中的觀點，聲援林語堂：「有限與無限的矛盾對稱，便是人生的幽默之源，唯達觀者，有信念者，遠觀者，統觀全體者，得從人生苦與世界苦裏得到安心立命的把握，而暫時有一避難之所。幽默是一牢不可破的信仰的諦視，所以帶幾分憂愁，是免不了的。世人之視幽默為輕率，為不懂人生的嚴肅者，實在是大錯而特錯的見解。」〔註122〕林語堂和老捨取的是「幽默」的狹義上的意義，與諷刺不同，從作者的角度看，其態度是同情、靜觀的；從讀者的角度來看，他是會心微笑的。郁達夫《Mabie氏幽默論抄》亦同此意。

論語派作家有意把幽默與諷刺、滑稽、遊戲文字、機智區別開。林語堂特別把幽默與諷刺對立起來，揚此而抑彼。他這樣談到幽默與諷刺的區別：「幽默與諷刺極近，卻不定以諷刺為目的。諷刺每趨於酸腐，去其酸辣，而達到沖淡心境，便成幽默。欲求幽默，必先有深遠之心境，而帶一點我佛慈悲之念頭，然後文章火氣不太盛，讀者得淡然之味。幽默只是一位冷靜超遠的旁觀者，常於笑中帶淚，淚中帶笑。」〔註123〕他強調幽默與諷刺反映出載道與言志的不同，而且劍有所指：「文學之使命無他，只叫人真切的認識人生而已……此種載道觀念……其在現代，足使人抹殺幽默小品之價值，或貶幽默在諷刺之下。幽默而強其諷刺，必流於寒酸，而失溫柔敦厚之旨，這也是幽

---

〔註119〕語堂：《論文下》。

〔註120〕語堂：《再與陶亢德書》，1934 年 4 月 1 日《論語》38 期。

〔註121〕老舍：《談幽默》，1936 年 8 月 16 日《宇宙風》23 期。

〔註122〕郁達夫：《Mabie氏幽默論抄》，1935 年 1 月 1 日《論語》56 期「西洋文學專號」。

〔註123〕林語堂：《論幽默》。

默文學在中國發展之一種障礙。……今人言宣傳即文學，文學即宣傳，名為摩登，實亦等吃冷豬肉者之變相而已。」〔註 124〕林語堂在《宇宙風》創刊號首頁上發表短評《無花薔薇》，把純諷刺性作品比作「無花有刺的薔薇」，並說「無花有刺之花，在生物學上實屬謬種，且必元氣不足也。在一人作品，如魯迅作品諷刺的好的文章，雖然『無花』也很可看。但辦雜誌不同。」〔註 125〕1926 年 3 月，魯迅發表雜感《無花的薔薇》《無花的薔薇之二》，改用叔本華的話作標題，說自己的諷刺雜感不好看，帶有自我調侃的意思。林語堂又用作自己文章的題目，貶抑左翼雜文。他似乎把魯迅作品作為特例開了後門，但在整體上否定的語境下，表達的是諷刺之意；而且，他還不忘提示，即便是魯迅的諷刺性作品，亦非都是「好的文章」。在整體上林氏提倡幽默，一開始就預設了與諷刺的對立，把矛頭指向所謂「載道」「宣傳」的文學——左翼文學。幽默是有同情心的，所以是適度的。林語堂說：「論語發刊以提倡幽默為目標，而雜以諧謔，但吾輩非長此道，資格相差尚遠。除介紹中外幽默文字以外，又求能以『謔而不虐』四字自相規勸罷了。」〔註 126〕幽默又異於滑稽，他說：「幽默之所以異於滑稽荒唐者：一，在於同情所謔之對象。……二，幽默非滑稽放誕，故作奇語以炫人。」〔註 127〕幽默又與古人的遊戲文字不同，林氏說：「本刊提倡幽默與昔人遊戲文字所不同者，在於遊戲文字必裝出丑角面孔、專說謊話，幽默卻專說實話，要寓莊於諧，打破莊諧之界限。所以幽默並不是不講正經話，乃不肯講陳腐話而已。」〔註 128〕老舍說幽默與諷刺不同：「諷刺必須幽默，但它比幽默厲害。它必須用極銳利的口吻說出來，給人一種極強烈的冷嘲；它不使我們痛快的笑，而是使我們淡淡的笑，笑完因反省而面紅過耳。諷刺家故意的使我們不同情於他所描寫的人或事。在它的領域裏，反語的應用似乎較多於幽默，因為反語也是冷靜的。」「幽默與諷刺二者常常在一塊兒露面，不易分割開；可是，幽默者與諷刺家的心態，大體上是有很清楚的區別的。幽默者有個熱心腸兒，諷刺家則時常由婉刺而進為笑罵與嘲弄。」〔註 129〕郁達夫《Mabie 氏幽默論抄》也重幽默而貶急智（wit，

---

〔註 124〕語堂：《今文八弊》（中），1935 年 5 月 20 日《人間世》28 期。
〔註 125〕語堂：《無花薔薇》，1935 年 9 月 16 日《宇宙風》1 期。
〔註 126〕語堂：《答青崖論幽默譯名》，1932 年 9 月 16 日《論語》1 期。
〔註 127〕語堂：《答青崖論幽默譯名》。
〔註 128〕林語堂：《答平凡書》，《我的話·下冊——披荊集》，上海時代書局 1938 年 11 月重排版，21 頁。
〔註 129〕老舍：《談幽默》。

或作機智），強調幽默是出自人性的深處，是全人格、全身心的表現，有柔情、同情、憐情、哀情；最深的幽默「決不含破壞，譏刺，傷人之意」；幽默「必然地是自在，健全，甘美，顯示隱秘的」。〔註130〕

與一般人的印象不同，林氏本人的文章中少有「幽默敦厚恬淡清遠」的佳作，可以說提倡有心，創作乏力。林語堂晚年自我總結道：「我創辦的《論語》這個中國第一個提倡幽默的半月刊，很容易便成了大學生最歡迎的刊物。……我發明了『幽默』這個詞兒，因此之故，別人都對我以『幽默大師』相稱。而這個稱呼也就一直沿用下來。但並不是因為我是第一流的幽默家，而是，在我們這個假道學充斥而幽默則極為缺乏的國度裏，我是第一個招呼大家注意幽默的重要的人罷了。」〔註131〕

林語堂在《論語》第三期《編輯後記》中談到來稿的毛病時說：「格調俏皮的多，幽默的少。二者之界限不易分，但俏皮到了沖淡含蓄而同情境地，便成幽默。」〔註132〕林語堂在《姚穎女士說大暑養生》中，回顧當年編《論語》的經驗，感慨地說：「辦幽默刊物真不容易，一不小心便流為油滑。也有人以為幽默只是滑稽，像東方朔、淳于髡之流，讀了應該叫你捧腹或狂笑。要朝這個目的做去，有時不免胡鬧，或甚至以肉麻當有趣。」〔註133〕「一不小心便流為油滑」、「以肉麻當有趣」都是當年左翼中人批評論語派的話，事過多年後林氏仍然襲用，可見對他的影響之深。

林氏《方巾氣研究》是一篇與以魯迅為代表的左翼作家論爭的文字，其中把「道學氣」置於幽默的對立面。「在我創辦論語之時，我就認定方巾氣道學氣是幽默之魔敵……在批評方面，近來新舊衛道派一致，方巾氣越來越重。凡非哼哼唧唧文學，或杭唷杭唷文學，皆在鄙視之列。今人有人雖寫白話，實則在潛意識上中道學之毒甚深，動輒任何小事，必以『救國』『亡國』掛在頭上，於是國貨牙刷也是救國，弄得人家一舉一動打一個嚏也不得安閒。」還說：「現在明明是提倡小品文，又無端被人加以奪取『文學正宗』罪名。……這才是真正國貨的籠統思想。此種批評，謂之方巾氣的批評。」〔註134〕「方

〔註130〕郁達夫：《Mabie 氏幽默論抄》。
〔註131〕林語堂：《八十自敘》，《林語堂名著全集》（10），295 頁。
〔註132〕林語堂：《編輯後記》，1932 年 10 月 16 日《論語》3 期。
〔註133〕林語堂《姚穎女士說大暑養生》，《林語堂名著全集》（16），292 頁
〔註134〕林語堂：《方巾氣研究》，《我的話‧下冊——披荊集》，上海時代書局 1938 年 11 月重排版，25～26 頁。

巾氣」顯然指左翼文學「載道」的功利主義傾向。

林氏於左翼文學對立的意義上肯定自己提倡幽默小品的意義，強調幽默小品對於「杭唷杭唷派」文學的補偏救弊作用。他寫道：「倘使我提倡幽默提倡小品，而竟出意外，提倡有效，又竟出意外，在中國哼哼唧唧派及杭唷杭唷派之文學外，又加一幽默派，小品派，而間接增加中國文學內容體裁或格調上之豐富，甚至增加中國人心靈生活上之豐富，使接近西方文化，雖然自身不免詫異，如洋博士被人認為西洋文學專家一樣，也可聽天由命去吧。」〔註135〕他又說：「若謂提倡幽默有什麼意義，倒不是叫文人個個學寫幾篇幽默文，而是叫文人在普通行文中化板重為輕鬆，變鋪張為親切，使中國散文從此較近情，較誠實而已。」〔註136〕他還說提倡幽默具有糾正道學氣的作用，「在反對方巾氣文中，我偏要說一句方巾氣的話。倘是我能減少一點國中的方巾氣，而叫國人取一種比較自然活潑的人生觀，也就在介紹西洋文化工作中，盡一點點國民義務。」郁達夫也高度肯定現代散文中的幽默的價值：「近來才濃厚起來的那種散文上的幽默味……是現代散文的特徵之一，而且又是極重要的一點。」〔註137〕

林語堂提出倡導幽默對中國人心靈生活、道德的積極作用，論語派其他作家還強調幽默對於社會、人生的意義。潘光旦《主義與幽默》一文談到幽默與主義、道學的矛盾，語含譏諷。文章寫道：「大凡相信一種主義的人，在他的一言一動裏，總不容易表現甚麼幽默，但是他的言動的結果，往往可以產生一種情境，在別人看去，是富有幽默的意味的。中國人喜歡和道學先生開玩笑，外國影片裏往往把大學教授當過年的王小二一般看待，原因就在乎此。」〔註138〕徐訏的《幽默論》主張幽默的權利，不准幽默就會妨害思想自由：「如果是社會上用種種傳統的習慣不讓人民有幽默，這個社會上的人就會變成懶惰，苟且，麻木的。中國的幽默被禮教與皇道所傷害，所以後來思想界只有一個『真命天子』了。」〔註139〕郁達夫分析了幽默風行的現實原因：「有人說，近來的散文中幽默分子的加多，是因為政治的高壓的結果：中華民族

〔註135〕林語堂：《方巾氣研究》,《我的話·下冊──披荊集》，上海時代書局 1938年 11 月重排版，28 頁。

〔註136〕語堂：《臨別贈言》，1936 年 9 月 16 日《宇宙風》25 期。

〔註137〕郁達夫：《〈中國新文學大系·散文二集〉導言》。

〔註138〕潘光旦：《主義與幽默》，1933 年 3 月 16 日《論語》13 期。

〔註139〕徐訏：《幽默論》，1934 年 7 月 1 日《論語》44 期。

要想在苦中作一點樂，但各處都無法可想，所以只能在幽默上找一條出路，現在的幽默會這樣興盛的原因，此其一；還有其次的原因，是不許你正說，所以只能反說了，人掩住了你的口，不容你歎息一聲的時候，末了自然只好泄下氣以舒腸，作長歌而當哭。這一種觀察，的確是不錯；不過這兩層也須是幽默興盛的近因，至於遠因，恐怕還在歷來中國國民生活的枯燥，與夫中國散文的受了英國 Essay 的影響。」〔註140〕大華烈士云：「吾人所欲作一小貢獻於『苦悶的人生』者，乃在行起人們的『幽默感』（sense of humor）——使似在極愁苦的生活中，仍可見一絲的趣味而發一笑。」〔註141〕錢仁康說：「幽默不但能用『寓莊於諧』的方法來對付專制勢力，使銳利的語意含蓄得不露鋒芒；即在日常生活中，也能利用同樣的法則，使進退兩難，或者『不好意思』的情景，用半真半假的手段表現出來。」〔註142〕

《論語》雜誌分別於 1935 年陽曆新年和陰曆新年推出「西洋幽默專號」和「中國幽默專號」。在 1935 年 2 月《論語》第五十八期「中國幽默專號」上，林語堂為了提倡幽默的合理性，為小品文尋找中國譜系，為幽默尋找中國祖宗。他說老子是「中國幽默始祖」，楊朱、莊周、列禦寇諸人是老子「精神上的後人」。他說《論語》「無一句話不幽默」，孔子的幽默態度「尤合溫柔敦厚之旨」。文章引用「陽貨欲見孔子」段，對孔子「諾，我將仕矣」解讀道：「孔子不耐煩，與其『與不可與言』之人言而作無謂之強辯，不如發出周作人之『唔！我要做官了』，以省麻煩，是所謂假癡假呆也。吾每讀此段，必想起豈明老人，因彼甚有此假癡假呆之幽默，常發出紹興人之『唔！』聲也。」〔註143〕頗有拉大旗作虎皮之嫌。

論語派的幽默小品被詆為「亡國之音」，對此，林語堂云：「亡國之音之說，仍含有道學氣味。」〔註144〕他還辯解道：「幽默果能亡我大中華，是真所謂『吳之亡也有西施，無西施亦亡』。夫豈但西施而已，周幽之亡也有褒姒，無褒姒亦亡，商紂之亡也有妲己，無妲己亦亡。稍有眼光讀史者，便能理會，不必我曉曉也。再以近事為證。東北之亡，在民國廿年九月十八日，論語發行在廿一年九月十六日，然則至少東北之亡不亡於論語也明

---

〔註140〕郁達夫：《〈中國新文學大系·散文二集〉導言》。
〔註141〕大華烈士：《東南風》，1933 年 10 月 16 日《論語》27 期。
〔註142〕錢仁康：《論幽默的效果》（下），1934 年 8 月 1 日《論語》46 期。
〔註143〕語堂：《思孔子》，1935 年 2 月 1 日《論語》第 58 期「中國幽默專號」。
〔註144〕林語堂：《二十二年之幽默》，1934 年 1 月《十日談》新年特輯。

甚。」〔註145〕海戈《記「三」》一文開頭有一節諷刺文字，說他本擬以「中國，論語，我」作一個《論語》三週年大事年表，如：「中華民國二十一年九月十六日，後二日，錦州陷焉。／論語創刊號出版一時幽默之風，甚囂塵上……」〔註146〕把1932年9月16日《論語》創刊，與後二日錦州淪陷並置，諷刺指《論語》幽默之風為「亡國之音」的責難。

《論語二週年懸賞徵文啟事》說：「論語至今辦了兩載，雖然屢遭方巾之鄙夷，道學之怒目，然而因為立意比方巾誠實，記事比道學負責，所以仍受國內讀者的歡迎。在此兩年中的努力，我們推定至少有一小的結果，就是叫一般人認識，幽默不是油腔滑調，不是輕薄尖酸，而是寬大敦厚的同情，是參透道理洞徹人情的見地，如麥雷蒂斯所說，是『一種含蓄思想的笑』。」〔註147〕所以，「兩週年紀念特大號」以「現代教育」為題的徵文「即以提倡含蓄思想的笑為主旨」。這一主旨表明，《論語》通過自我調整，開始確定了自己的思想基調。這一基調在本月創刊的《人間世》上得到更完整的體現。林氏說，「西洋幽默專號」裏，「有以清淡筆調談出人生切身問題的文章，如《中彩票》，《冬日的早晨》，《畫訣》，把人的心靈幻變細膩的寫出來，（個人最喜是此類幽默）。」〔註148〕這其實表達了他對幽默文學的審美理想。這個理想在《論語》中有體現，只是體現得遠不夠充分。《鬼故事號徵文啟事》強調「談鬼以解憂」，又借鬼說事，隱喻現實〔註149〕；第一百期「家的專號」的《編輯隨筆》說，面對那些「滿紙心酸」的應徵文章，自己「寧願含淚苦笑」〔註150〕。對自家方針的申明與堅守，為在面臨國破家亡危局中的姿態辯護。會心的微笑僅為理想，到頭來只能端出「含淚苦笑」。

《論語》創刊之初，並不是以與左翼文學對立的姿態出現的，確立的是走中間路線的方針。《論語》既刊發大量沒有多少實際意義的幽默之作，又在「半月要聞」「雨花」「群言堂」「補白」和地方通訊等欄目中發表尖銳的諷刺文字。

〔註145〕林語堂：《跋西洋幽默專號》，1935年1月1日《論語》56期。
〔註146〕海戈：《記「三」》，1935年10月1日《論語》73期。
〔註147〕《論語二週年懸賞徵文啟事》，1934年9月16日《論語》49期（兩週年紀念特大號）。
〔註148〕語堂：《跋西洋幽默專號》。
〔註149〕郁達夫、邵洵美：《鬼故事號徵文啟事》，1936年6月1日《論語》89期。
〔註150〕邵洵美：《編輯隨筆》，1936年11月16日《論語》100期（「百期紀念特刊」）。

　　魯迅起初對《論語》抱著理解、引導和規勸態度。在 1933 年 3 月發表的《從諷刺到幽默》中，與林語堂從抽象意義上談論幽默的發生不同，他肯定在專制高壓下幽默出現的合理性：「人們誰高興做『文字獄』中的主角呢，但倘不死絕，肚子裏總還有半口悶氣，要借著笑的幌子，哈哈的吐他出來。」再指出幽默不合時宜：「中國人也不是長於『幽默』的人民，而現在又實在是難以幽默的時候。於是雖幽默也就免不了改變樣子了，非傾向於對社會的諷刺，即墮入傳統的『說笑話』和『討便宜』。」〔註151〕在 1933 年 6 月覆林語堂的信中，他說自己沒有寫打油詩的心情，「重重迫壓，令人已不能喘氣，除呻吟叫號而外，能有他乎？」他又提醒幽默閒適的不容易：「不准人開一開口，則《論語》雖專談蟲二，恐亦難，蓋蟲二亦有談得討厭與否之別也。」〔註152〕魯迅等左翼作家的鬥爭策略是強調幽默、閒適表現出的在現實面前迫不得已和軟弱，暗示出其前途的黯淡。

　　隨著時間的推移，幽默和小品的提倡漸漸形成聲勢，魯迅開始了諷刺、質疑和打擊。他說：「幽默和小品的開初，人們何嘗有貳話。然而轟的一聲，天下無不幽默和小品，幽默那有這許多，於是幽默就是滑稽，滑稽就是說笑話，說笑話就是諷刺，諷刺就是謾罵。油腔滑調，幽默也；『天朗氣清』，小品也」。〔註153〕還說：「倘若油滑，輕薄，猥褻，都蒙『幽默』之號，則恰如『新戲』之入『×世界』，必已成為『文明戲』也不疑。」「中國之自以為有滑稽文章者，也還是油滑，輕薄，猥褻之談，和真的滑稽有別。」〔註154〕他在致《論語》編者陶亢德的信中不客氣地批評道：「《論語》頃收到一本……倘蒙諒其直言，則我以為內容實非幽默，文多平平，甚者且墮入油滑。」「然中國之所謂幽默，往往尚不脫《笑林廣記》式，真是無可奈何。小品文前途慮亦未必坦蕩，然亦只能姑試之耳。」〔註155〕到了《「論語一年」》，魯迅公開說自己不喜歡《論語》，反對《論語》所提倡的「幽默」，斷言「幽默」在中國是不會有的。他直接地表示：「老實說罷，他（引者：指林語堂）所提倡的

〔註151〕魯迅：《從諷刺到幽默》，《魯迅全集》5 卷，人民文學出版社 2005 年，46～47 頁。

〔註152〕魯迅：《33062　致林語堂》，《魯迅全集》12 卷，人民文學出版社 2005 年，407～408 頁。

〔註153〕魯迅：《一思而行》，《魯迅全集》5 卷，499 頁。

〔註154〕魯迅：《「滑稽」例解》，《魯迅全集》5 卷，360 頁。

〔註155〕魯迅：《340401　致陶亢德》，《魯迅全集》13 卷，人民文學出版社 2005 年，58、59 頁。

東西，我是常常反對的。先前，是對於『費厄潑賴』，現在呢，就是『幽默』。
我不愛『幽默』，並且以為這是只有愛開圓桌會議的國民方鬧得出來的玩意
兒，在中國，卻連意譯也辦不到。」他甚至擔心有的幽默「將屠戶的兇殘，
使大家化為一笑，收場大吉。」〔註156〕此文就有些「砸鍋」的意思了，不過，
《論語》也還是照登的。

　　胡風指出林語堂幽默觀的問題：「第一是，如果離開了『社會的關心』，
無論是傻笑冷笑以至什麼會心的微笑，都會轉移人們的注意中心，變成某種
生理的或心理的愉快，『為笑笑而笑笑』，要被『禮拜六派』認作後生可畏的
『弟弟』。第二是，就是真正的幽默罷，但那地盤也是非常小的。子彈呼呼叫
的地方的人們無暇幽默，赤地千里流離失所的人們無暇幽默，彳亍在街頭巷
尾的失業的人們也無暇幽默。他們無暇來談談心靈健全不健全的問題。世態
如此悽惶，不肯多給我一點幽默的餘裕，未始不是林氏的『不幸』罷。」〔註
157〕他批評林語堂的提倡幽默脫離現實，缺乏社會道義感。

　　關於幽默產生的社會原因，論語派與左派各有不同的闡釋策略。幽默離
不開社會現實基礎。林語堂在《我們的態度》中云：「人生是這樣的舞臺，中
國社會，政治，教育，時俗尤其是一場的把戲，不過扮演的人，正正經經，
不覺其滑稽而已。只須旁觀者對自己肯忠實，就會見出矛盾，說來肯坦白，
自會成其幽默。所以幽默文字必須是寫實主義的。」〔註158〕林氏雖然談到了
幽默的社會現實原因，但只是泛泛而論，不像魯迅對社會現實進行強烈的指
責。而邵洵美在《論語》編後記中婉諷蔣介石在國民黨三中全會後「開放言
論」，把幽默的發生與政治背景聯繫了起來：「要知道寫文章的人的筆是活的，
尤其是受過『春秋筆法』的中國文人的筆。你不准我說天，我會在『地』字
上用工夫，你不准我多說，我會在『少說』上想辦法；不准我說□□，我會
在××上達到目的。結果是掩蔽了一些真相，卻產生了不少謠言。作者讀者
之間既不得『言傳』，便群相意會。於是不通的文章變為傑作；寫錯的新聞目
為事實。幽默事件便充溢宇宙；幽默文章便風行天下。」〔註159〕這說明了政

---

〔註156〕魯迅：《「論語一年」——藉此又談蕭伯納》，《魯迅全集》4 卷，人民文學出
　　　　版社 2005 年，582 頁。
〔註157〕胡風：《林語堂論——對於他底發展的一個眺望》，1935 年 1 月《文學》4 卷
　　　　1 號。
〔註158〕林語堂：《我們的態度》。
〔註159〕邵洵美：《編輯隨筆》，1937 年 3 月 1 日《論語》107 期。

治性的幽默產生的社會基礎。這話不是隨便一說,在《論語》中發表了大量此類社會新聞。如「約旦精華」「古香齋」「半月要聞」中轉摘的幽默文或五花八門、令人啼笑皆非的社會新聞等。以後《宇宙風》的「姑妄聽之」欄也是如此等。〔註160〕林語堂在自傳裏談及其筆下諷刺與幽默產生的社會原因:「我們所得的出版自由太多了,言論自由也太多了,而每當一個人可以開心見誠講真話之時,說話和著作便不能成為藝術了。這言論自由究有甚好處?那嚴格的取締,逼令我另闢蹊徑以發表思想。我勢不能不發展文筆技巧和權衡事情的輕重,此即讀者們所稱為『諷刺文學』。我寫此項文章的藝術乃在發揮關於時局的理論,剛剛足夠暗示我的思想和別人的意見,但同時卻饒有含蓄,使不至於身受牢獄之災。這樣寫文章無異是馬戲場中所見的在繩子上跳舞,需眼明手快,身心平衡合度。在這個奇妙的空氣當中,我已經成為一個所謂幽默或諷刺的寫作者了。也許如某人曾說,人生太悲慘了,因此不能不故事滑稽,否則將要悶死。」〔註161〕這段話與邵洵美的話都說明了諷刺甚合時宜,幽默往往是與諷刺是結合在一起的,當時難以產生「會心的微笑」那樣月白風清式的幽默。曹聚仁也說過:「『九一八』以後的中國,乃是文化界最苦悶的時期,約翰・穆勒說:『專制使人們變成冷嘲。』那一時期,也是產生雜文時期,諷刺的筆調,流行得很廣。《論語》的半月大事記,也是匕首式的冷嘲,使當局看了,哭笑不得的。但《論語》所以銷行,還在於『雅俗共賞』,(有時俗賞而雅不賞的)。」〔註162〕

正是因為社會歷史語境的原因,林語堂的文學主張與其創作實際上有諸多突出的矛盾,比如他提倡閒適的小品文,可又創作了大量有鋒芒的雜文;他提倡「會心的微笑」的幽默,可是文章中卻出現大量的諷刺。他們的幽默與英國帶牛油氣的幽默並不一樣,在相當大的程度上是政治性的。理論提倡是有其策略性、論戰性,追求西式的片面的深刻。論爭就像吵架,雙方總要把話說得極端一些,分貝高一些。不過,論語派的政治性與左翼所要求的政治性遠非同路。

由於自由主義的政治立場,論語派的諷刺文字與左翼迥乎不同。幽默與

---

〔註160〕參閱林語堂:《我們的態度》。

〔註161〕《林語堂自傳》,《林語堂名著全集》(10),30頁。

〔註162〕曹聚仁《我與我的世界:曹聚仁回憶錄 浮過了生命海》,生活・讀書・新知三聯書店 2011 年 4 月,430 頁。

諷刺可謂孿生兄弟，並沒有截然的界限；同樣是諷刺，也因人而異。被林語堂稱為《論語》雜誌重要臺柱之一的姚穎〔註163〕，在《論語》雜誌的「京話」一欄中發表大量小品文，多是諷刺、幽默性的時政評論。《宇宙風》第二十三期卷首刊登《京話》和《黃土泥》廣告，其中說《京話》是「中國第一本以政治社會為背景以幽默語氣為筆調的小品文集。」姚穎文章雖然偶而「亦不廢諧」，但大多數情況是諧而不虐的，所以「當時南京要人也欣賞她談言微中的風格」〔註164〕。「京話」這個欄目的名稱顯示了對國民政府合法性的認同，文章儘管時時表現出諷刺性的鋒芒，作者還是從國家體制的內部來批評的。這一點與左翼作家雜文中的諷刺涇渭分明。姚穎說：「我寫時雖然未經再三考慮，但大體有個範圍，即是以政治社會為背景，以幽默語氣為筆調，以『皆大歡喜』為原則，即不得已而諷刺，亦以『傷皮不傷肉』為最大限度，雖有若干絕妙材料，以環境及種種關係，不得已而至割愛，但投稿兩三年，除數次厄於檢查先生外，尚覺功德圓滿！」〔註165〕

值得一提的是，左翼作家等的批評對論語派調整自己的方向起到了積極的作用。1934年，林語堂另辦《人間世》，擔心外間有誤會，便寫信並在《論語》上發表。其中說：「弟自《論語》出世，發見許多清新文章，人人暫學得說心坎裏的話，不復蹈常習故，模仿呻唔。特以《論語》專登幽默文字，在範圍內固然亦自可觀，而幽默範圍以外，終覺有許多大好文章向隅，不便收納，或者以格調不合，不來投稿。」〔註166〕這就是說他意識到過分提倡幽默小品文的侷限性，並加以改進。周劭在《論語三年》中回顧道：「創刊號以迄五十期，大概所刊的文章以幽默為多，暴露的少，五十期以後，關於暴露的文章多起來，這種改變在篇名上很可以看到，例如有一期的論語幾乎為四川專號。這一種改變，不佞非常同意，從幽默到暴露之路即是論語從虛淺到貼切人生之路，我並不反對幽默，不過對於為幽默而幽默的也不能表示同情，因為為幽默而幽默每易陷入尖酸油滑，不及老老實實說話而自見幽默來得有意思。論語最幽默的材料，往往不是專篇，而是半月要聞，古香齋，這一點上可以知道，幽默是要從實地上得來，空口說白話這種幽默是未足為訓。」

〔註163〕林語堂：《姚穎女士說大暑養生》，《林語堂名作全集》（16），東北師範大學出版社1994年11月，292頁。

〔註164〕林語堂：《姚穎女士說大暑養生》，《林語堂名作全集》（16），293頁。

〔註165〕姚穎：《京話・自序》，人間書屋1936年9月。

〔註166〕語堂：《再與陶亢德書》，1934年4月1日《論語》38期。

作者還舉了揭露教育假面的「現代教育專號」的例子。正是批評的壓力下，《論語》雜誌社改變了思想態度。儘管頗受時人詬病，論語派幾種主要刊物總的來說越辦越好。

1930 年代，國勢阽危，內憂外患頻仍，人們是很難輕鬆地笑起來的，加上中國本來就缺少幽默的傳統，幽默有些水土不服。幽默與諷刺不同，大致說來，幽默的情感是淡泊的，諷刺是熱烈的；幽默是不置可否的，諷刺是態度鮮明的；幽默是觀照的，諷刺是行動的。對幽默與諷刺的不同主張，反映出兩種截然不同的政治態度。幽默與諷刺並非水火不容的，但在政治鬥爭空前激烈的歷史語境中，論語派和左翼都把二者對立了起來。論語派提倡幽默而排斥諷刺，肯定幽默的小品文，而否定諷刺的雜文，因此遭到左翼對論語派的撻伐。然而，這並不能說就沒有幽默生存的空間。哪怕是在枕戈待旦的前沿陣地，也可以有幽默的話來調和一下緊張的空氣。要豐富和發展現代中國文學，幽默一味也是不可或缺的，並非等到太平盛世才可以有幽默。魯迅明確地說過他並非反對幽默，而是反對過分張揚它。正是由於論語派的倡導，幽默更多地為人們所知，作為散文中的一味而存在，並且向小說、戲劇等文類輻射，特別是為 1940 年代幽默藝術在梁實秋、錢鍾書、王了一（力）等筆下走向成熟打下了基礎，拓展了中國文學的藝術空間。

1930 年代，一些自由主義作家與左翼作家在小品文領域裏展開了一場戰役式的文化政治鬥爭，從其規模、持續的時間和影響的深遠來看，都遠超左翼作家與梁實秋等新月派成員、「自由人」與「第三種人」、「民族主義文學」作家的論爭。左翼與言志派分別以魯迅與周作人、林語堂為代表，兩派論爭凸顯了新文學「載道」與「言志」兩種新文學傳統的對峙，具有深刻的文學史意義。

在左翼文學運動蓬勃開展之際，周作人、林語堂等自由主義作家擔憂個體思想和言論自由的空間受到擠壓，借「小品文」對左翼的文學主張提出挑戰，貶低諷刺性的雜文，表達自己的文化政治訴求。在 1930 年代高度政治化的歷史語境中，閒適筆調的小品文與雜文一樣成為一種具有象徵性的文化政治符號。自由主義者的話語直接影響到左翼文學主張的合理性與合法性，於是左翼作家大興攻擊之師，否定「閒適小品」，保衛諷刺性的雜文的地位。自由主義者無力為國家面臨的嚴峻現實困局指明出路，其文學上的訴求也與社

會現實睽離。在魯迅所形容的「風沙撲面，狼虎成群」〔註167〕之時，來提倡與社會問題無甚關聯的「小品文」大不合時宜。因此，左翼針對論語派的鬥爭具有道義上的正當性。然而，對論爭雙方的歷史評價不應該是簡單的非此即彼。論語派的小品文受到中產階級市民和大學生的歡迎，這一現象其實反映了往往被遮蔽的現代社會文化的豐富性與複雜性，構成了對政治化文學單一價值取向的反撥。評價一個文學思潮，需要把它置於一個大的歷史語境中，在不同文學思潮和派別並存、對立、互補的動態平衡中，來評價其歷史價值。如果沒有林語堂、周作人等言志派作家，1930 年代的文學生態是單調的。對手之間互相競爭，也促進了雙方的完善。閒適文學的政治價值還要從它與主流功利主義文學平衡的關係中去理解，從功利主義文學的缺失中理解。論語派小品文曾在很長時間裏的文學史敘述中被戴上了「幫閒文學」的帽子，受到了毫不留情的否定，有其歷史的必然性；而當由左翼文學而來的主流文學發展到一定的高度後，是可以容納一些對手那裡的有益成分，從而不斷地豐富和壯大自己的。

---

〔註167〕魯迅：《南腔北調集·小品文的危機》，《魯迅全集》4 卷，591 頁。

# 五、沈啟無與言志文學選本

　　因為關注周作人，自然知道有一個沈啟無。他曾經與俞平伯、廢名和江紹原一起號稱周作人的四大弟子。1933 年版的《周作人書信》收入周氏致他的書信二十五封，數量之多僅次於致俞平伯的三十五封。他還有一個大名鼎鼎的晚明小品選本《近代散文抄》。印象特別深的是發生於 1944 年的「破門事件」，沈氏被周作人宣布逐出師門，從中可以充分地領略有人所稱周作人溫和性格中具有的「鋼鐵的風姿」〔註1〕。他背負著雙重的罪名：附逆和背叛師恩。然而，我們聽到的聲音基本上都來自於周作人，沈啟無則差不多是一個無言者。他那被籠罩在陰影中的面目和後來的命運許多年前就引起了我的興趣。可是找不到關於他的完整材料，已有的記述往往語焉不詳，甚至多有舛誤。

　　我輾轉與沈啟無的長女沈蘭取得了聯繫。2004 年 12 月 16 日上午，去北京房山區良鄉鎮訪問了她。與東方出版社聯繫好，準備重印《近代散文抄》，他們家屬委託我代為辦理出版事宜。2005 年 2 月 7 日，去和平西街沈啟無之子沈平子家取授權書。2 月 7 日再見沈蘭，由於得到了信任，這次她為我提供了一些重要材料。其中，最重要的是一本五十開牛皮紙封面的工作日記，內容是沈啟無自己謄抄的寫於 1968 年 4 月至 6 月間的個人檢查；《近代散文抄》上冊和《人間詞及人間詞話》編校者的手校本；關於魯迅《古小說鉤沉》的讀書筆記；一份沈氏自擬的著作簡目；一幅蔣兆和給他畫的像的照片和其他數張照片等。沈啟無有一子二女。沈平子是老二，退休前任中國科學院計量研究所研究員。老三沈端於 1965 年去山西插隊，以後一直沒有回京，在侯馬

〔註 1〕溫源寧：《周作人先生》，《周作人印象》，劉如溪編，學林出版社 1997 年 1 月，
　　41 頁。

市園林局退休。三年前，沈啟無的夫人傅梅就在山西侯馬去世。

根據上述的材料，加上對沈氏子女和同事的訪談，再查閱相關的文獻材料，沈啟無的經歷和面目漸漸在我的心目中清晰起來。

## 1、苦雨齋弟子

沈啟無，1902 年 2 月 20 日生於江蘇淮陰的一個地主家庭。原名沈錫，字伯龍。上大學時改名沈揚，字啟無。祖籍浙江吳興，後在淮陰落戶。

小時在私塾念書，十三歲進縣立高等小學，十七歲考進江蘇省立第八中學。1919 年在中學快畢業的下半年，因反對葉秀峰（國民黨省黨部秘書長）的父親去做校長，被教育廳開除。

1923 年考入南京金陵大學，讀了兩年預科。因不滿教會校風，在周作人的勸導下，於 1925 年轉學北京燕京大學，讀的是中國文學系。〔註 2〕那時他非常崇拜周作人。讀四年級的時候，他開始與燕京大學研究所的研究員蕭炳實（1900～1970，又名蕭項平）交往。沈啟無和他第二個妻子傅梅是經蕭項平介紹認識的。傅梅比沈啟無小十一歲，父母早亡，中學畢業後，跟做生意的哥嫂在上海生活。蕭項平把她從上海帶到北平，並把她介紹給沈啟無認識。那時大約在 20 年代末。後來，沈啟無的子女也因為這一層關係，一直叫蕭項平舅舅。沈啟無在到北京上大學之前有過一次父母包辦的婚姻。女方叫陳光華，無子女，被遺棄後，她一直沒有再嫁。

沈啟無在其自述中說，蕭炳實介紹他參加中共的外圍組織。這時他才知道蕭是地下黨員，領導燕大的地下黨外圍小組的活動。但他不是黨員，沒有參加過黨的組織生活，蕭項平也沒有介紹他入黨。他在燕大參加地下外圍組織活動只有一年。畢業離開燕大，就和小組脫離了關係。但和蕭項平私人之間一直保持著聯繫，不斷通信。

而我注意到有一本叫作《戰鬥的歷程（1925～1949、2 燕京大學地下黨概況）的書，其中說沈啟無：「1926 年在燕大加入中國共產黨，曾任黨支部書記。畢業後與組織失掉聯繫。」並指出其支部書記的任期從 1927 年 6 月中旬到 10 月。〔註 3〕這與沈啟無的自述顯然不同。

---

〔註 2〕沈啟無、侃生：《讀書「崇實」談》（訪談錄），1935 年 5 月 14 日《大學新聞週報》（特刊之三）3 卷 11 期。

〔註 3〕北京大學黨史校史研究室，王效挺、黃文一主編：《戰鬥的歷程（1925～1949・2 燕京大學地下黨概況），北京大學出版社 1993 年 2 月，1、18、28 頁。

　　我與北京大學校史館黨史校史研究室取得了聯繫。6月17日上午，我過去，接待我的是一個姓范的女士和《戰鬥的歷程》一書的主編之一黃文一，得到了幾份與沈啟無有關的檔案材料的複印件。這些材料都是他們於90年代初為編寫《戰鬥的歷程》一書，通過組織關係收集的。有幾份抄件可以證明沈啟無加入過共產黨。一是《蕭項平（蕭炳實）檔案抄件（自傳部分）》，其中說：「1926年秋我到北京燕大國學研究院求學。是年冬加入中國共產黨。……當時黨員有下落的：（一）沈啟無，現在北京師範學院中國語文系。……這三個人現在都不是黨員。」二是吳繼文交待材料（歷史）《關於加入地下共產黨、跨黨、脫黨問題材料》（1971年10月17日寫）：「1927年6月中旬放假後，支部調我當代理組織幹事，沈啟無是書記，吳廣鈞是宣傳幹事。」三是中共北京師範學院委員會《關於沈啟無右派問題的覆查報告》（1979年1月16日）：「沈在歷史上曾同我黨有過聯繫。1926年前後在燕大參加我地下黨（後自行脫離）。1930年曾在經濟上資助過劉仁同志。」我曾經向首都師範大學（前身即北京師範學院）檔案館提出查閱沈啟無檔案的請求，但被拒絕。

　　那麼，沈啟無為什麼沒有說出實情呢？我請問了黃文一，她是一名黨史研究者，曾於1948年加入共產黨，在北大從事過地下工作。她分析說：「從這些材料來看，沈啟無入過黨是確定無疑的。他主要是為了逃避審查，解放後特別是在『文革』時期脫黨是很嚴重的事情，弄不好會被打成『叛徒』。」那他難道不怕別人說出事實嗎？我問。她答道：「那時黨的組織關係是很簡單的。黨組織和外圍組織的界限模糊，黨員和黨員之間的聯繫都是單線聯繫，很難有人能提供確切的證明，──就是有人證明，他也可以不承認。當時入黨也沒有文字材料。」

　　1928年燕大畢業後，沈啟無到天津南開中學教國文，與黨組織脫離關係。一年後又調回燕大中文系，在中文系專修科教書，並在北京女師大國文系兼任講師。1930年至1932年，任天津河北省立女子師範學院國文系教授，兼任系主任。此間特開小品文班授課。1932年後在燕京大學、北京大學和北平大學女子文理學院任教職。〔註4〕

　　1930年代，沈啟無與周作人過從甚密。他與俞平伯、廢名和江紹原並稱為周作人的四大弟子。

〔註4〕沈啟無、侃生：《讀書「崇實」談》（訪談錄）。

1932 年北平人文書店出版沈氏當時在大學講的明清文選本《近代散文抄》。本書與同期出版的周作人《中國新文學的源流》一起，引發了一場晚明小品熱，並推動形成了言志文學思潮。〔註5〕

《近代散文抄》的出版為沈啟無贏得了文名。上海雜誌公司推出的「中國文學珍本叢書」中袁宗道《白蘇齋類集》、張岱《陶庵夢憶》都是由他題簽的。林語堂重刊《袁中郎全集》時曾經請他作過序，只是他答應了並沒有交卷。〔註6〕在《駱駝草》《人間世》《文飯小品》《水星》和《世界日報·明珠》等報刊上，開始頻繁地出現他的讀書小品和詩歌。〔註7〕

1932 年至 1936 年間，任北平大學女子文理學院文史系教授，同時兼任北京大學、燕京大學國文系講師。北平人文書店於 1933 年 12 月印行他編校的《人間詞及人間詞話》一冊。

## 2、破門事件

1937 年 7 月，北平淪陷。

最初女子文理學院還每月發兩三成薪水，後來文史系主任李季谷私下攜款溜走，拋下諸多教師不管。他在貝滿女中代課，維持生活。當時周作人堅決不走，並勸沈也不要離開北平，說走了沒好處。

1938 年，偽北京女子師範學院成立，沈啟無任國文系教授，講「中國文學史」和大一國文。

1939 年元旦，沈啟無去周作人家拜年。有刺客打了周作人一槍，周未受傷，他也挨了一槍，在同仁醫院住了四十多天，彈頭始終沒有取出。

這一年的秋天，偽北大文學院成立，周作人任院長，他做國文系主任。以後，偽北平市政府曾組織過一個日本觀光團，指定文學院去一人，周作人、錢稻孫（時任北大秘書長兼日文系主任）派他參加。從 1939 年到 1943 年，他在中文系講授的課程有「古今詩選」「大學國文」「中國近百年文藝思潮」、「小說史」「六朝文」。《大學國文》後由新民印書館 1942 年出版，選文包括風土民俗、筆記小說、記遊、日記、書信尺牘、序跋題記、傳記墓誌、紀念、讀書劄記、楚辭小賦等十組四十三篇文章，其中沒有一篇「古文」一派的文

〔註 5〕參閱本書第二章。
〔註 6〕沈啟無：《珂雪齋外集遊居柿錄》，1935 年 7 月 5 日《人間世》31 期。
〔註 7〕參閱本書第二章。

章，正反映出周作人一派論文的一貫標準。

沈啟無是北平淪陷區文壇的活躍分子。1942 年 9 月，偽華北作家協會成立，他任該協會評議員。後又擔任「中國文化團體聯合會」籌委。1943 年 6 月，「中國文化建設協會」在北京成立，沈啟無任主任理事。1944 年 9 月，「華北作家協會」改選，任執行委員。

1942 年 11 月 3 日，應日本文學報國會邀請，周作人派他隨同錢稻孫、尤炳圻、張我軍等，赴日參加在東京舉行的大東亞文學者代表大會。錢稻孫任團長。開完會後，到奈良、京都各地去參觀遊覽，參觀一些博物館、文物館之類。回北京後，應新民印書館編輯長佐藤源三之約，主編不定期雜誌《文學集刊》。

大約在 1943 年的 2、3 月間，沈啟無參加南京偽教育部召開的全國教育會議（同時召開全國宣傳工作會議）。同去參加的有華北教育督辦蘇體仁（周作人這時已下臺）、黎子鶴、李泰棻。偽教育部長李聖五找他問及周作人下臺的情況，讓他轉達汪精衛手書，汪邀周到南京會談。他回北京後即去了周作人宅。

4 月初，沈陪同周作人到南京。他在檢查材料《淪陷時期》中說，周作人會見汪精衛，他沒有前往。而查《周作人年譜》，1943 年 4 月 6 日項下記：「（周作人）與沈啟無、楊鴻烈往訪了汪精衛及偽宣傳部部長林柏生、偽外交部長褚民誼等。」8 日項下記：「下午往偽中央大學講演，晚同沈啟無同往汪精衛宅，赴汪招宴。」〔註8〕《周作人年譜》是有周作人日記作為依據的，看來沈啟無在這裡並沒有講出實情。他又陪同周氏往蘇州看章太炎故居，在蘇州逗留了一天，遊覽虎丘、劍池及靈巖等地。上海柳雨生、陶亢德趕來蘇州請周去上海，他堅決不去。周作人回北京不久，即收到偽華北綜合調查研究所副理事長的聘書。

1943 年 8 月，應日本文學報國會約請，參加 25 日在東京召開的第二次大東亞文學者代表大會。文學院除他以外，還有張我軍，其餘是華北作家協會柳龍光和幾個青年作家，代表團長由他和柳龍光擔任。沈氏在《淪陷時期》中說：「在小組會上，東京帝大教授吉川幸次郎對北京出版的雜誌刊物，提出批評。當時我說過什麼話，記不清楚了。在另一個小組會上，由張我軍、柳龍光參加，當時日本作家片岡鐵兵發言攻擊了周作人。片岡和我不認識，也

---

〔註 8〕張菊香、張鐵榮：《周作人年譜》，天津人民出版社 2000 年 4 月，656 頁。

不同在一組，他的發言，我毫無所知。後來周作人卻藉口說這是我的唆使。」

1943 年 10 月下旬，作為華北作家協會評議員，與該會幹事長柳龍光赴南京與有關方面洽談南北方合組統一的文學團體事宜。

大約在這前後，日本人武田熙成立一個新文化協會，名義上拉他任主任委員，實際負責的是由武田熙指定的范宗澤。該會組織一個八人的華北文化觀光團，沈啟無為團長，於 1943 年 11 月 26 日赴南京參觀。沈在偽中央廣播電臺作題為《參戰體制下文化人的任務》的演講。27 日到了上海，因家中有人生病，沈啟無即轉回北京，沒有去原定的目的地之一杭州。

1943 年 9 月，以藝文社名義創辦的不定期刊物《文學集刊》第一輯出版，沈啟無任該刊主編，他在這期上發表了詩歌《白鷺與風》與《閒步庵簡鈔》。1944 年 4 月，《文學集刊》出第二輯，其中有沈氏的散文舊作《卻說一個鄉間市集》。兩輯的卷首登載的都是廢名的新詩講稿。《閒步庵簡鈔》多談到新詩和散文的建設問題，頗見躊躇滿志之態。

1944 年 1 月，參加南京偽宣傳部召開的「中國文學作家協會」籌備會議，這時候認識胡蘭成。

片岡鐵兵在第二次大東亞文學者代表大會上的發言《確立中國文學之要點》刊載於 1943 年 9 月日本雜誌《文學報國》第三期上，周作人得知此事後，不禁產生疑問：這個日本人是如何知道他文章的內容的？他想起 1944 年 2 月在關永吉編的《文筆》週刊第一期上署名「童陀」的一篇題為《雜誌新編》的諷刺雜文。文章有這樣的話：「辦雜誌抓一兩個老作家，便吃著不盡了。」「把應給青年作家的稿費給老作家送去，豈不大妙。」周作人弄清楚這「童陀」就是沈啟無的筆名，似乎恍然大悟，於是認定那個向日本方面檢舉他的人就是沈啟無。他推斷其來源是片岡得之於林房雄，而林房雄是得之於沈啟無的。〔註9〕於是，1944 年 3 月 15 日，周作人作《破門聲明》，向有關方面發出，並在報上登載，並寫了《關於老作家》《文壇之分化》《一封信》等幾篇文章進行攻擊。儘管始終缺乏確鑿的證據，周作人的推斷是有道理的，日本文學報國會小說部參事林房雄的一篇文章可以作為佐證。1943 年 11 月《中國公論》第十卷第二期發表發表辛嘉譯林房雄的文章《新中國文學的動向——與沈啟無君的談話》，譯者在附記中介紹，此文原載於 8 月 24、25、26 三日

〔註 9〕周作人：《文壇之分化》，原載 1944 年 4 月 13 日《中華日報》，收入《周作人集外文》，海南國際新聞出版中心 1995 年 9 月，602～604 頁。

間的《每日新聞》。時值第二次大東亞文學者代表大會召開之際。林房雄所記是他與沈啟無的一場談話。作者對沈啟無加以描寫和讚美，大談與沈的「信賴和友情」。並且說道：「北京成立了藝文社（周作人氏主持），發行《藝文雜誌》和《文學集刊》，《藝文雜誌》為文化綜合雜誌，它不能成為新中國文學運動的主體。沈君的信念是有良心和熱情的文學者結為同志，向青年知識階級中深深培植根基而前進時，第二次中國文學革命方有可能。」不難看出，在周、沈之間，他是有褒貶的。他還對《藝文雜誌》已出二期，《文學集刊》遲遲未能出版抱不平，有意識把二者對立起來。正是在他的直接干預下，《文學集刊》才得以面世。他們還談了南北文學者統一的問題。沈啟無的談話中頗多對日方的諂媚之詞。在這樣的情況下，沈啟無是很有檢舉周作人的可能的。

　　3月19日，「華北作家協會」就周、沈「破門」與組織中國統一文學團體開幹事會。沈啟無寫了《另一封信》，送到北京、上海各報，但都沒有被採納，最後在4月21日的《民國日報》（南京）上得以發表。文章說，周作人的《一封信》裏面「關涉到我的地方，惜與事實並不相符，片岡為何如人，與我也是風馬牛。」文章全文引錄他託日本文學報國會事務局長久米正雄與評論隨筆部幹事長河上徹太郎轉交片岡鐵兵的掛號信，還附了周《一封信》的簡報。他要片岡鐵兵給周作人寫信，澄清事實，也順便給他一封回信。他表示：「我發現事實不符，絕非有意歪曲，周先生自己既未參加大會，唯憑傳聞，有些事情自然難以辨別清楚，一時又為流言所入，生出誤會，也是免不了的。但事實終歸是事實，不是流言可以轉變的，也不是筆刀可以抹殺的，所謂事實勝於雄辯也。同理，經驗也必須根據多方面的事實才靠得住，自以為是的主觀經驗，有時是非常危險的，可不慎歟。」周作人又在5月2日《中華日報》上發表《一封信的後文》，認定：「沈某攻擊鄙人最確實的證據為其所寫文章，假如無人能證明該文作者童陀並非沈某，則雖有林房雄片岡鐵兵等人為之後援，代為聲辯，此案總無可翻也。」沈另在《中國文學》第五號上發表針對周作人的詩《你也須要安靜》，全詩如下：「你的話已經說完了嗎／你的枯燥的嘴唇上／還浮著秋風的嚴冷／我沒有什麼言語／如果沉默是最大的寧息／我願獨抱一天岑寂／／你說我改變了，是的／我不能做你的夢，正如／你不能懂得別人的傷痛一樣／是的，我是改變了／我不能因為你一個人的重負／我就封閉我自己所應走的道路／假如你還能接受我一點贈與／我希望你深深愛惜

這個忠恕//明天小鳥們會在你頭上唱歌／今夜一切無聲／頃刻即是清晨／我請從此分手／人間須要撫慰／你也須要安靜」。

周作人沒有經過北大評議會，就勒令文學院對他立即停職停薪，舊同事誰也不敢和他接近。由於周作人的封鎖，他斷絕了所有生路，《文學集刊》也只得停刊。從 5 月到 10 月，他靠變賣書物維持生活。胡蘭成約他去南京編《苦竹》雜誌，他在這刊物上發表過散文《南來隨筆》和新詩《十月》。

可以肯定，第二次東亞文學者代表大會召開前後，沈啟無與周作人之間已經發生了矛盾。周作人在《文壇之分化》一文中說，沈因為編《藝文雜誌》與《文學集刊》兩個刊物，與別人發生爭執。這兩個刊物都是以藝文社的名義由新民印書館出版的，周作人掛名為社長。沈啟無向周作人求援，但又未獲支持，因此記恨在心。〔註10〕沈啟無在他的詩《你也須要安靜》中也宣稱自己已經改變，要走自己的路。沈啟無在自述材料中說只有南京的胡蘭成等少數人支持他，實際情況也並不完全。不知是有心還是無意，他忽略了以《中國文學》雜誌為陣地的偽華北作家協會柳龍光等人對他的聲援。「破門事件」發生後，《中國文學》1944 年第四號頭版登出柳龍光《國民文學》一文，旁敲側擊地把周作人看作落伍的「反動分子」。「我們怎樣才能發揮『國民文學』的真價呢？我要用周作人氏在他的《新中國文藝復興之途徑》一文裏所說的：『作這個工作的人須得一心為國家民族盡力，克復一切為個人為派別的私意。』因為這意見是使我們非常感動過的。」這裡用的是以子之矛供子之盾的手法。第五號頭版發表陳魯風的《剷除『國民文學』前進途上的障礙》，不點名地指責他「以其卑鄙的反動行動來摧毀青年們的向新建設前進上的熱情」，視之為「國民文學」前進途上的障礙，重申片岡鐵兵的「掃蕩『反動作家』」的話。柳龍光在第八號的《編輯後記》中肯定陳魯風的文章與該刊發表的另一作者的文章，「是沖洗那陳腐頑固的齋堂文學，呻吟文學以及鴛鴦蝴蝶派的兩條巨流。」由此可以看到，把周作人視為「反動老作家」的話並不僅僅出現在沈啟無以「童陀」的筆名發表的文章裏，在「破門事件」的背後有著淪陷區附逆文人的派別之爭；並且還有著周、沈二人與日本文學報國會的關係因素介入。周氏與文學報國會是有過節的。上文所提林房雄對周作人和沈啟無的不同態度，就有個人關係的因素在其中。1943 年春天林房雄作為文學報國會的文化使節來北京，周作人看不起這個曾經是左翼作家的轉

向者,對他有意冷淡。而沈啟無則竭誠接待,在北京中山公園召開文學茶話會,由林房雄與河上徹太郎講文學創作論,林房雄在演講中開始攻擊「中國的老作家」。〔註11〕周氏也並沒有親自參加由文學報國會策劃的兩屆「大東亞文學者大會」,而文學報國會方面當然希望有周作人這樣重量級的人物參加。1961 年,周作人在致香港朋友的信中說:「其人(沈啟無——引者按)為燕京大學出身,其後因為與日本『文學報國會』勾結,以我不肯與該會合作,攻擊我為反動,乃十足之『中山狼』」〔註12〕。

關於沈啟無向片岡鐵兵檢舉周作人事,沈平子說,他母親告訴他,是片岡鐵兵主動找沈啟無的,破門之後,片岡鐵兵還覺得對不住他。不知確否。

1944 年新民印書館編輯部出版他和廢名的新詩集《水邊》。版權頁上標明的時間是 4 月 20 日,正值「破門事件」鬧得正厲害的時候。詩集收錄他和廢名的詩各十六首,還有沈氏的《懷廢名》(代序)一首。抗戰爆發以後,廢名避居故鄉黃梅,編者是根據廢名送他的詩稿排印的。他曾經介紹說,有一段時間,兩人住家相距很近,過從甚密。兩個人在一起談詩,廢名寫詩總是送給他看,他手頭存有不少廢名的詩稿及新詩講義的原稿。〔註13〕這是作為詩人的廢名出版的唯一一部詩集。1945 年沈氏又通過大楚報社為廢名出版過一本詩文合集《招隱集》。1943 年 3 月周作人作文《懷廢名》,沈啟無又出這樣兩本紀念性的詩文集,我想他們一定都感到很寂寞吧,對沈氏來說則自然又多一層心曲了。

1945 年初,他隨胡蘭成到漢口接辦《大楚報》。胡蘭成做社長,他任副社長,胡從南京找去一個姓潘的當秘書,後又找關永吉任編輯部長,還有一個日本人福岡做聯絡員。關永吉在《大楚報》上恢復了《文筆》副刊(雙週刊),名義上由他主編,實際上還是關在負責,他只是在每期上發表一些詩歌。他在《文筆》上寫的新詩,連同以前的舊作,包括他針對周作人的《你也須要安靜》,共二十七首,由《大楚報》社印成一冊《思念集》。

亂世中兩個成年男人在一起共事,自然可以看出彼此為人處事中遠距離難以觀察到的層面。胡蘭成的《今生今世》「漢皋解佩」一章中,有對沈啟無側面的記述。在他的筆下,沈啟無是一個貪婪、妒忌、不顧他人的小人。「沈

---

〔註11〕周作人:《文壇之分化》,《周作人集外文》,602 頁。
〔註12〕鮑耀明編:《周作人與鮑耀明通信集》,河南大學出版社 2004 年 4 月,69 頁。
〔註13〕沈啟無:《閒步庵書簡》,1943 年 5 月《風雨談》2 期。

啟無風度凝莊，可是眼睛常從眼鏡邊框睜人。」〔註 14〕文字簡約，然而嫌惡之情，溢於言表。不過，他們之間有經濟上的糾葛，胡蘭成又對沈在他情人面前說他的壞話耿耿於懷，他的記述是難以全拿來當信史看的，況且胡本身就是一個無行的文人。在他們的關係中，沈啟無又充當了一個無言者。

## 3、寂寞無聞

1945 年抗戰勝利前夕的 6 月裏，沈啟無回到北平。8 月 15 日日本宣布投降，他就在北平。

這年的冬天，他的燕大同學李蔭棠和余協中找他，約去東北教書，說要在瀋陽辦中正大學。第二年春，中正大學尚未籌備就緒，他先到錦州編杜聿明新六軍《新生報》文藝副刊。1946 年 9 月，去瀋陽的中正大學國文系任教授，全家也因此遷至瀋陽。1948 年解放軍攻佔瀋陽前，全家回北京，沈啟無沒有工作。於是又攜家眷到上海。到上海後，一時也無適當工作，又臨時去傅梅的家鄉寧波，住傅梅一個去了上海的朋友的家。一段時間裏，沈啟無客居賦閒，讀書度日。

1948 年到 1949 年底，任教於寧波的教會學校浙東中學。寧波解放後，參加軍管會教師訓練班，向有關部門交代自己解放前的經歷。訓練班結束後，軍管會委派他做浙東中學代理校長。

1949 年冬，蕭項平從北京寫信告知他會見了劉仁，劉仁問起他的情況，說可以回北京工作。於是，1950 年春舉家又回到北京。劉仁時任中共北京市委常務委員、組織部部長、紀律檢查委員會書記、北京市各界人民代表會議協商委員會副主席、北京市總工會第一副主席等職，此後不久任北京市委副書記、北京市政協主席。一個是中共的高幹，一個是有歷史問題的讀書人，他們怎樣會發生關聯呢？

這裡有一段往事。劉仁曾於 1930 年受命到天津從事地下工作，任天津一區區委委員，天津紡織行業行動委員會書記，9 月被捕。1931 年間，在河北女師任教的沈啟無接蕭項平從廈門大學來信，說有同志被捕入獄，需要經濟幫助，讓他盡力設法。隨後有一個學生常去他那裡取款。1932 年，他回北京教書，失去聯繫。解放後，從蕭項平的信中才知道受過他經濟援助的人中有劉仁。

---

〔註14〕胡蘭成：《今生今世》，中國社會科學出版社 2003 年 9 月，177 頁。

據廖沫沙寫於 1985 年回憶劉仁的《難忘的記憶》一文介紹，1949 年 6 月，廖從香港調到北京，7 月奉調到北京市委工作。因為工作的關係，他和劉仁比較接近。1950 年市政府成立工農業餘教育委員會，由廖實際負責。1955 年，廖沫沙擔任市委教育部長時，市委決定組建北京師範學院，劉仁非常關心和重視這項工作。文章寫道：「在北京師範學院建立不久，劉仁同志建議我把一位中學教師調到師院去。他告訴我這位老師不但有學問，解放前還幫助過我們地下黨的同志，為被捕的同志送過錢和衣物。他還很帶感情地對我說：在我坐監的時候，他幫助過我，我不能忘記他。」〔註 15〕這裡所說的教師當指沈啟無無疑，顯然，得到他幫助的地下黨還不止劉仁一人。

我給劉仁的夫人甘英打電話，她說劉仁在被捕期間，肯定得到過沈啟無的援助，具體是什麼幫助，她不知道，好像是經濟方面的。甘英說，她沒有見過沈啟無，「文革」結束後，去探望過傅梅，幫她落實政策。

劉仁派人介紹他到由廖沫沙領導的業餘教育委員會，被派到石景山鋼鐵廠職工業餘學校做教務主任。1951 年調到工農教育處編職工語文課本和研究語文教學問題。1952 年底到北京函授師範學校編函授語文教材。1955 年函授教材編完，他們需要自己另找工作。這時北京師範學院正在籌辦，他寫信給廖沫沙請他介紹。1955 年 7 月，他到北京師範學院中文系任副教授。

1956 年經本系的傅魯介紹，沈加入九三學社。1957 年反右期間，參加九三學社小團體，批評整風運動。1958 年 2 月被劃為右派。處理結論是情節輕微，有悔改表現，按六類處理，免於處分。1959 年國慶前，右派帽子被摘掉。1979 年初錯劃問題得到改正，2 月 3 日的《人民日報》發表新華社電訊《北京上海抓緊做好錯劃右派改正工作》，其中就提到了沈啟無的名字。

1960 年、1961 年，他兩次患心臟病。1962 年出院，在修養期間，病中讀《魯迅全集》，見第八卷《中國小說史略》未加注解，校勘不當之處很多，遺漏未經訂正的有好幾十處，於是就手邊舊本和筆記，陸續加以整理。1962 年 11 月間，系裏讓他搬進校內住，準備 1963 年開課。後來改變計劃，讓他培養兩個青年教師，參加古典組集體備課，校訂青年教師進修書目。在 1964 年古典組舉行觀摩教學期間，他在工作中又患心臟病，住阜外醫院。出院後修養，沒有擔任具體工作。

---

〔註15〕廖沫沙：《難忘的記憶》，《緬懷劉仁同志》，北京出版社 1986 年 5 月 2 版，199 頁。

　　據 1960 年代初與沈啟無在一個教研室工作的漆緒邦和李錦華回憶，沈氏謙虛謹慎，溫文爾雅，頗有學者風度。他主要講宋元明清文學，只是諱談晚明小品。他的課深入淺出，感情充沛，教學效果好。講到《長生殿》中唐明皇和楊貴妃生離死別、纏綿悱惻的愛情故事，把幾個女生都感動哭了。他也因此挨了批，說是思想感情不健康。

　　「文革」爆發，他被「革命師生」揪出勞動、批鬥。因心力衰竭，經北醫三院證明，不能參加勞動。係「文革」讓他在休息中自己學習檢查，寫了多份彙報材料上交。甘英還告訴我，劉仁在「文革」期間被審查，沈啟無經他介紹過工作，也受到了牽連。沈平子說，他父親對改造是心悅誠服的，早請示，晚彙報，態度虔誠，儘管沒有人逼他這樣做。這種態度從他留下的一些遺物中也或多或少可以得到印證。在沈平子家，我看到裝訂在一起的《「老三篇」天天讀》，榮寶齋製的信紙上寫有《為人民服務》中的兩段文字，前面還抄錄了一段對「老三篇」歌功頌德的《人民日報》社論式的文字。還有一冊文物出版社 1958 年版的線裝本《毛主席詩詞二十一首》，上面有沈簡單的批註，字跡工整。沈平子又拿給我看裝配了鏡框的「久有凌雲志」小幅行草。他的字清秀、恬淡，一眼即可認出是學習周作人的字體。沈氏除了他的虔誠外，我想還會有自我保護的考慮吧。

　　1969 年沈啟無心臟病發作，並復發肺炎。因為有先天性心臟病，胸部出現肺炎的羅音沒有查出來，貽誤了病情。1969 年 10 月 30 日在復興醫院去世，終年六十七歲。去世的時候只有大女兒在身邊。他生前立下幾條遺囑：一、把所有的藏書捐獻給國家；二、孩子們一定要注意身體健康；三、家裏人要互相幫助，互相愛護，與親戚、朋友和睦相處，與人為善。

　　他很少和孩子們交流，也從不提那些陳年往事。沈平子說，他父親對周作人還是有感情的，「文革」中，聽說周作人很潦倒，住在黑屋子裏，無人照顧，感慨繫之，還寫過一首詩。60 年代初，生活在同一座城市裏的周作人也表示過對這個昔日弟子的關心。〔註16〕雖然恩怨已泯，卻是咫尺永隔。

　　沈蘭表示子女身邊已經沒有父親的藏書了。1948 年南下時，把在北京的二十八箱藏書運到上海，寄存在朋友家中，只揀一部分珍貴和心愛的圖書留在身邊。1950 年回北京時，把寄存在上海的書送給了上海文物圖書館（後改

〔註16〕張鐵錚：《知堂晚年軼事一束》，《閒話周作人》，浙江文藝出版社 1996 年 7 月，295 頁。

名上海圖書館）。沈啟無去世後，傅梅還把他校注稿本《中國小說史略》二冊和《琅嬛文集》二冊（上海雜誌公司）、《陶庵夢憶》一冊（樸社）及校訂本二冊送北京魯迅博物館。他去世前一再叮囑，要把他多年研究的《張宗子詩文集》找回來送北京圖書館。傅梅託人把書找回來了，1971 年 11 月由北京師院中文系的張一德送交北京圖書館。其餘的書籍、字、畫等，在「文革」中被毀或抄走。

在沈蘭那裡，只留下了兩本他父親編的書《近代散文抄》上冊和《人間詞及人間詞話》。那冊《近代散文抄》中有編者的校注，還夾了一些字條，有的是用毛筆寫的行書小字，秀雅閒淡，酷似周作人的字體。

在妻子傅梅的眼裏，沈啟無是一個做學問的人，涉世經驗不豐，甚至有些幼稚。在子女的記憶裏，沈啟無中等個頭，瘦瘦的，戴眼鏡，有精神。能吃肉，一頓能吃一小碗豬肉。抽煙比較厲害，不怎麼喝酒，喜歡綠茶。沈蘭記憶最深的是父親看書、寫字的背影。他喜歡京戲，出去也多是到舊書店，逛琉璃廠。他並不是嚴父的形象，脾氣平和，總是笑眯眯的。

## 4、言志文學選本

《大學國文》是他在偽北大文學院講課所用的教材，1942 年 11 月由新民印書館出版。要理解沈啟無新編的選本《大學國文》，是一定要聯繫十年前的晚明小品選本《近代散文抄》的。關於後者，我在第一章第一節中已有評介，此處不贅。《大學國文》的編選標準與《近代散文抄》一脈相承，體現的依然是言志的文學觀。言志派的聲音到 1936 年便沈寂下去，《大學國文》只能稱作餘響了。

《大學國文》分上下冊，選文包括風土民俗、筆記小說、記遊、日記、書信尺牘、序跋題記、傳記墓誌、紀念、讀書劄記、楚辭小賦等十組，共收錄作者八十五人，總目列作品二百六十四篇（還漏記個別篇目），分組目錄列細目三百一十八篇。總目中有對版本的簡略介紹。書中包含六朝作者十八人，晚明作者十一人。現代僅編入周作人、馮文炳（廢名）、俞平伯三人的文章，其中周氏文章有十五篇，在全書中數量僅次於張岱的二十篇。大學國文一般不選語體文，這在當時是慣例，不像如今的大學語文把更多的篇幅讓給了現代語體文。

關於編選旨趣，沈啟無在序言中交待：

　　二十八年北大文學院成立，我選了這十組國文講義當作教本，其中有一部分是以前曾經教過的，雖然這回在教材上略略有所增損，大體上並沒有多少變動。第一組之風土民俗文字，第二組之筆記小說，第九組之讀書箚記，第十組之六朝小賦，完全是後來新加添的材料，若說此書有特色，我想便在這幾組文章裏表現最鮮明，也最容易看得出了。這和普通的國文選本頗有一個不同之點，卻也並非故意來立異。我平常很重視實質的，因此也非常地看重經驗，覺得我們在一個現代文明空氣之下，對於中國過去舊文學，應該具有一個再認識的態度，這個再認識，可以說仍是承受五四時代前後的文人的責任與義務，這當然又是一種痛苦的義務了。

編者告訴我們，這個國文選本與眾不同。他秉承「五四」重估一切價值的態度，另闢蹊徑，在選文標準上強調「實質」。「質」可以有不同的解釋，這裡有些語焉不詳。

　　和他此前的一系列文章相對照，我們就不難明白他所說的「質」是言志派的，包含真摯的情感、切實的人生經驗，排斥冠冕堂皇、虛張聲勢的「古文」式的腔調。可以說，言志、重質是《大學國文》選文一以貫之的觀念和價值標準。《大學國文》把《近代散文抄》的思路發揚光大，梳理出了以六朝文章和晚明小品為重點的綿延於整個中國文學史的言志派文脈。六朝文章是苦雨齋主周作人和他弟子們心中文章的極境。1930 年代，當晚明小品熱蔚然成風時，他們則不滿晚明文章過於流麗，轉而推崇六朝文人的文采風流。與絕大多數的古文選本和大學國文迥異，《大學國文》未選一篇八大家派「載道」的古文。唐宋八大家中，只選了柳宗元的兩篇遊記和蘇軾的尺牘、題跋，而這些文字卻是言志的。《大學國文》「記遊」一組總共二十三篇，數量居各組之冠，體現的即是言志的標準。早在《近代散文抄》中，他就把書中最多的篇幅讓給了遊記。他在此書後記中明確表示了對晚明小品中游記的推崇：「他們率性任真的態度，頗有點近於六朝」，「對於文章的寫法乃是自由不拘格套，於是方言土語通俗故事都能夠利用到文章裏面來，因此在他們筆下的遊記乃有各式各樣的姿態。」顯然，遊記作者擺脫世網，走向山水煙霞，更能「獨抒性靈，不拘格套」。「五四」以後，文章名家輩出，而沈氏僅選言志派同門的周作人、馮文炳、俞平伯的散文，其用意在於「點題」和接通，續上古今言志派的譜系。由上可知，《大學國文》是一個探索性的、流派性的，有著豐

富文化意味的選本。

也許把《大學國文》與同時期國民政府教育部頒發的《大學國文選目》作一對比，更容易辨識其特點。1942 年 10 月，國民政府教育部頒布了一個《大學國文選目》。這一選目的授課對象為大一新生，大致相當於今日的大學語文。該書由魏建功、朱自清、黎錦熙等六個資深專家負責編選，編選者皆為一時之選，編訂工作歷時兩年之久，對當時約二十所大學的國文選文材料做過調研，又是官方發布，其中所反映的對大學國文的認識應該具有相當的代表性。據朱光潛的統計，《大學國文選目》的選篇在時間和文類上的分布情況大致如下：「如以時代為標準，選目包括的文章計周秦兩漢共三十篇（占全部二分之一），魏晉南北朝共十三篇，唐宋明共十七篇（內有詩五篇）。如以類別為標準，計經十二篇，子七篇，史十六篇，此外集部雜著計論二篇，序四篇（已列史者不計），詞賦（連銘在內）五篇，奏疏（連對策在內）三篇，書牘二篇，雜記三篇，墓表一篇，總共六十篇」〔註 17〕。《大學國文》選篇中則沒有經，沒有先秦諸子，篇目大多屬於集部雜著，更多地顯示了純文學觀和言志的文學觀。

與《大學國文選目》針對的學生不同，《大學國文》是面向文學院低年級學生的。大學預科取消後，大學國文成為公共必修課，不限於文學院學生。沈編以文體分類，每一組均為文體類例，呈現源流，顯示了一定程度上的學術性，為學生以後進一步的學習和研究打下基礎。從一般的大學國文教本的角度看，本書的探索性、流派性的缺點明顯，也許最好的方式是把言志與載道二派的作品並列，引導學生在對比中辨別，從而作出自己的判斷。不過，文學院的學生們在大學裏有機會讀到其他的選本，接觸到其他學術流派的觀點。那個年代的學生在中學時代也少不了閱讀大量的主流作品，──比如八大家派的古文。如果這個選本能夠與主流派的選本互為補充，可以完善學生的知識結構，豐富他們對中國文學傳統的認識。透過一個非主流的眼光，可以讓人們看到主流大學語文選本的遺珠之憾。沈編包含了長期研究和教學的心得，提供了可貴的選篇資源。

斯人已往。沈啟無雖不是什麼重要的人物，但在現代文學史和學術史上留下了自己的印跡，其是非功過自應得到公正的評價。經過一番粗淺的考察，

〔註 17〕朱光潛：《就部頒〈大學國文選目〉論大學國文教材》，《朱光潛全集》9 卷，安徽教育出版社 1996 年 11 月，123 頁。

我們可以做出一些初步的判斷。他有過一段不光彩的經歷,這是非是顯然的。他是一個新詩人,詩作多託物言志,寂寞憂患,詩風屬於廢名一路的,朦朧輕柔,追求妙悟,又不同於廢名的奇僻幽深,較為平實淺易,但似乎缺乏傑作。他是一個散文作者,所作大都是讀書小品,見識與格調都是追隨周作人的,在 1930 年代與周作人、俞平伯、廢名等構成了當時言志文學思潮中的一個散文流派。與俞平伯、廢名不同的是,他過於依傍周作人的門戶,始終缺乏自己的風格。他是一個研究古代文學的學者,反映在他讀書小品裏的學術思想也未脫周作人的範圍,然而所編《近代散文抄》在 1930 年代的文學思潮中扮演了重要的角色,與周作人的理論一起引發了一場聲勢浩大的晚明小品熱,這雖有文壇思想鬥爭的背景,但又有著不可忽視的學術史的意義,使得一直受到貶低甚至抹殺的明清之際小品受到關注,並納入到中國優秀的散文傳統中。

## 附錄:沈啟無著作目錄

### 詩文

其無:《談談小品文》,1930 年 6 月《朝華》(河北省立女子師範學院)1 卷 6 期。

其無:《二月裏的雨絲》(詩),1930 年 6 月《朝華》(河北省立女子師範學院)1 卷 6 期。

其無:《孩子》,1930 年 6 月 2 日《駱駝草》4 期。

啟無:《卻說一個鄉間市集》,1930 年 6 月 16 日,《駱駝草》6 期。

啟無:《關於蝙蝠》,1930 年 8 月 4 日《駱駝草》13 期,另載《文學集刊》2 輯(沈啟無主編),北京:藝文社 1944 年 4 月。

沈啟無:《讀帝京景物略》,1932 年 2 月,《燕京大學圖書館報》24 期。

沈啟無:《近代散文鈔後記》,1932 年 7 月《文學年報》1 期。

啟無:《寒夜筆記》,1933 年《女子文理學院院刊》(待查)。

沈啟無:《閒步庵隨筆·媚幽閣文娛》,1934 年 4 月 20 日《人間世》2 期。

沈啟無:《閒步偶記》,1934 年 10 月 5 日《人間世》13 期。

沈啟無:《帝京景物略》,1934 年 10 月 20 日《人間世》6 期,另載 1936 年 1 月《書報展望》1 卷 3 期。

沈啟無:《朝露》(詩),1934 年 11 月 5 日《人間世》15 期。

沈啟無：《秋夜》（詩），1934 年 11 月 5 日《人間世》15 期。

沈啟無：《牌樓》（詩），1935 年 1 月《水星》1 卷 4 期。

沈啟無：《刻印小記》，1935 年 2 月 5 日《人間世》21 期。

沈啟無：《露水船‧影》（詩），1935 年 2 月《文飯小品》創刊號。

沈啟無：《記王謔庵》，1935 年 3 月《文飯小品》2 期。

啟無：《贈遠》（詩），1935 年 5 月《文飯小品》4 期。

沈啟無、侃生：《讀書「崇實」談》（訪談錄），1935 年 5 月 14 日《大學新聞週報》（特刊之三）3 卷 11 期。

沈啟無：《閒步庵隨筆》，1935 年 6 月《文飯小品》5 期。

沈啟無：《珂雪齋外集遊居沛錄》，1935 年 7 月 5 日《人間世》31 期。

啟無譯：《藹理斯錦句抄》，1936 年 6 月 16 日《新苗》4 冊。

沈啟無：《得勝頭回與楔子》，1936 年 9 月 1 日《新苗》（國立北平大學女子文理學院出版委員會編輯）7 冊，另載 1943 年 8 月 16 日《古今》29 期，改題為《讀稗小記》。

啟無：《談古文》，1936 年 10 月 9 日《世界日報‧明珠》。

啟無：《我與古文》，1936 年 12 月 8 日《世界日報‧明珠》。

啟無：《再談古文》，1936 年 12 月 19 日《世界日報‧明珠》。

啟無：《談中國記遊文章》，1937 年 3 月 16 日《新苗》15 冊。

沈啟無：《詠兒童二章》（詩），1938 年 11 月《朔風》創刊號。

沈啟無：《懷辛笛》（詩），1938 年 12 月《朔風》2 期。

沈啟無：《無意庵談文‧山水小記》，1939 年 3 月《朔風》5 期。

其無：《感懷》（詩），1939 年 5 月《德業季刊》成立紀念號。

啟無：《下鄉》，1939 年《小實報‧文學》（待查）。

啟無：《瓦舍和勾欄》，1939 年《小實報‧文學》（待查）。

沈啟無：《日本的宗教》，1940 年（待查）。

沈啟無、朱耘庵合編：《龜卜通考》，1942 年 10 月、11 月、12 月，1943 年 1 月、2 月《國立華北編譯館館刊》1 卷 1～3 期，2 卷 1～2 期。

沈啟無：《中國文學的特質》，1942 年 9 月《中國留日同學會季刊》1 號。

沈啟無：《〈大學國文〉序》，1943 年 1 月《中國留日同學會季刊》2 號。

沈啟無：《關於新詩》，1943 年 4 月《風雨談》1 期，另載 1943 年 6 月《北大文學》創刊號（署名「沈啟無」）；1943 年 6 月《江蘇教育》6 卷 2 期（署

名「沈啟無」)。

沈啟無:《象形文字研究》,1943 年 4 月《大眾》4 月號。

沈啟無:《早安》(詩),1943 年 4 月《風雨談》1 期。

沈啟無:《閒步庵書簡》,1943 年 5 月《風雨談》2 期。

沈啟無:《寄別》,1943 年 6 月《風雨談》3 期。

沈啟無先生講:《對於中國文學的再認識:四月十二日沈啟無先生演講》,1943 年 5 月 3 日《中大週刊》97 期。

張月娥等記錄:《中國新文學的背景和特色——四月十三日沈啟無先生演講》,1943 年 5 月 17 日《中大週刊》99 期。

沈啟無:《卜辭中之繇辭及其他》,1943 年 6 月《真知學報》3 卷 2 期。

沈啟無:《文化與思想》,1943 年 6 月《新亞》6 卷 6 號。

沈啟無:《天馬詩集·附記》(原無標題),1943 年 7 月《風雨談》4 期。

沈啟無:《談山水小記》,1943 年 8 月《風雨談》5 期。

啟無:《布穀》(詩),1943 年 8 月《藝文雜誌》1 卷 2 期。

沈啟無:《友情的親近》(中華民國出席大東亞決戰文學者大會華北代表及本會派遣赴滿日文學視察團一行行前感談),1943 年 8 月《華北作家月報》8 期。

開元:《白鷺與風》(詩),《文學集刊》1 輯(沈啟無主編),新民印書館 1943 年 9 月。

沈啟無:《閒步庵書簡鈔》,《文學集刊》1 輯,新民印書館 1943 年 9 月。

沈啟無:《強化出版界——高昂文學家靈魂之組織》,1943 年 9 月《文學報國》(日本)3 號。

沈啟無:《中國文學在北方的發展和今後的方向》,1943 年 9 月《文學報國》(日本)3 號。

沈啟無:《六朝文章》,1943 年 10 月《風雨談》6 期。

沈啟無:《關於大會的印象》《強化出版機關建議》,編入《第二屆大東亞文學者大會中國(華北)代表言論鱗爪集》,1944 年 1 月《中國文學》創刊號。

童陀(沈啟無):《雜誌新編》,1944 年 2 月《文筆》1 期。

開元:《卻說一個鄉間市集》,《文學集刊》2 輯(沈啟無主編),北京:藝文社 1944 年 4 月。

編者(沈啟無):《〈文學集刊〉第 2 輯·後記》,1944 年 4 月《文學集刊》

第 2 輯。

　　沈啟無：《另一封信》，1944 年 4 月 21 日《民國日報》（南京）。

　　沈啟無、楊丙辰：《一般宗教論》，1944 年 5 月《新民聲》1 卷 10 期。

　　啟無：《你也須要安靜》（詩），1944 年 5 月《中國文學》1 卷 5 期。

　　開元：《紀行詩——斷片》（詩），1944 年 7 月《中國文學》1 卷 7 號；另載《淮海月刊》1944 年 7 月號。

　　沈啟無：《關於詩的通信》，1944 年 5 月《國民雜誌》4 卷 5 期。

　　沈啟無：《再認識，再出發》，1944 年 7 月《國民雜誌》4 卷 7 期。

　　沈啟無：《南來隨筆》，1944 年 11 月《苦竹》2 期。

　　開元：《十月——給夏穆天》（詩），《淮海月刊》1944 年 10 月號；另載 1944 年 11 月《苦竹》2 期。

　　開元：《新詩十幾首》，1945 年《大楚報·文筆》（待查）。

　　譚公：《讀書雜記》，1946 年《新生報》文藝副刊（待查）。

　　潛庵：《風俗瑣記》，1946 年《新生報》文藝副刊（待查）。

　　雨公：《新文化運動與新文學》，1947 年《東北日報·文史》（待查）。

　　雨公：《新文學的社會背景講話》，1947 年《東北週報》（待查）。

## 編著

　　沈啟無編：《近代散文抄》（上、下），北平：人文書店 1932 年 9 月、12 月。

　　沈啟無編校：《人間詞及人間詞話》，「文藝小叢書之一」，北平：人文書店 1933 年 12 月。

　　沈啟無編：《大學國文》（上、下），北京：新民印書館 1942 年 11 月。

　　廢名、開元：《水邊》（詩集），北京：新民印書館 1944 年 4 月。

　　開元：《思念集》（詩集），漢口：大楚報社 1945 年 4 月。

　　沈伯龍：《詞學評說》，瀋陽：中正大學叢書 1946 年（待查）。

　　沈伯龍：《古小說講稿》，瀋陽：中正大學叢書 1946 年（待查）。

　　沈啟無編：職工語文課本，工農教育出版社 1952 年（待查）。

　　沈啟無編：函授師範語文教材，北京函校 1953～55（待查）。

　　編者附記：此目錄是在沈啟無自寫和傅梅所寫的兩份著作簡目基礎上制訂的。兩份材料大體相同，其中沈啟無列詩文 34 篇，編著 5 種，傅梅列詩文

32 種，編著 9 種，每一種只記年份和報刊名，沒有注明卷期，且誤記頗多。
此目錄中所列的作品大都經過查對原始文獻。遺漏肯定在所難免。

# 六、言志派散文的日常生活書寫

## 1、小品文與日常生活

　　散文是一種最接近日常生活的文類，也是一種最接近日常生活表達的話語方式。在現代散文的主要文體中，小品文與日常生活的關係又比雜文、記敘抒情散文、紀實散文等更息息相關。「小品文」在現代有不同的用法，我指的是取法於英法隨筆，夾敘夾議式、帶有閒話風的散文文體（familiar essay 或 informal essay）。

　　小品文與日常生活關係親密，這是由它的體性所決定的。艾布拉姆斯和哈珀姆的《文學術語詞典》這樣解釋小品文的文體：「雜文又有正規與非正規之分，這一區別具有一定實用價值。相對而言，正規雜文或文章比較客觀：作者以權威或至少是博學之士的身份書寫，條理清楚、層次深入地闡述觀點。……在非正規雜文中，筆者採用親近於讀者的口吻，內容常常涉及生活瑣事而非公共事務或專業論題，行文活潑自如、觀點直截了當，有時也饒有風趣。」〔註1〕這裡所言「雜文」（essay）通常譯為「小品文」或隨筆，「非正規雜文」（informal essay）指的就是家常體散文或絮語散文。

　　1925 年 12 月，魯迅翻譯、出版了日本文藝理論家廚川白村的文藝論集《出了象牙之塔》，書中有一段被頻繁引用的話——

　　　　如果是冬天，便坐在暖爐旁邊的安樂椅上，倘在夏天，則披浴衣，啜苦茗，隨隨便便，和好友任心閒話，將這些話照樣地移在紙

---

〔註1〕〔美〕M.H.艾布拉姆斯、傑弗里·高爾特·哈珀姆：《文學術語詞典》（10 版），
　　　吳松江、路雁等編譯，北京大學出版社 2004 年 11 月，228～229 頁。

上的東西，就是 essay。興之所至，也說些以不至於頭痛為度的道理
罷。也有冷嘲，也有警句罷。既有 humor（滑稽），也有 pathos（感
憤）。所談的題目，天下國家的大事不待言，還有市井的瑣事，書籍
的批評，相識者的消息，以及自己的過去的追懷，想到什麼就縱談
什麼，而託於即興之筆者，是這一類的文章。〔註2〕

「閒話」是日常生活中常見的言談方式，這個生動的比方選擇了「閒話」這
一日常生活現象，可略見小品文的題材、筆調與日常生活關係密切的一斑。

　　中國傳統散文長期為政治教化的非日常生活話語所支配，日常的欲望、
情感、趣味是難登大雅之堂的，與超常或反常的宏大話語構成尖銳的二元對
立。宏大話語壓抑或遮蔽了日常生活的經驗表達。所以，在散文的各種文體
中，抒寫日常生活感興的小品文的出現要比政教題材的散文晚得多。到了晚
明的文學解放思潮中，小品文才大規模地產生。「小品」從此成為文類的概念，
文人們以此顯示與正統古文的分道揚鑣。然而，隨著一個王綱解紐時代的結
束，晚明名士派的散文小品很快受到了毫不留情的打壓，小品文成了「一條
湮沒在沙土下的河水」〔註3〕。現代小品文是五四思想革命和文學革命的產
物，崛起於 1920 年代，並在 30 年代蔚然成為現代散文的大宗。周作人曾高
度肯定小品文的現代性意義：「小品文是文學發達的極致，它的興盛必須在王
綱解紐的時代。……小品文則在個人的文學之尖端，是言志的散文，它集合
敘事說理抒情的分子，都浸在自己的性情裏，用了適宜的手法調理起來，所
以是近代文學的一個潮頭，它站在前頭，假如碰了壁時自然也首先碰壁。」〔註
4〕1921 年，周作人發表了提倡小品文創作的《美文》，並且身體力行。這一年
他寫下了《山中雜信》（一至六）、《西山小品》等現代散文史上的名篇。接著，
又有《苦雨》《故鄉的野菜》《烏篷船》《北京的茶食》《喝茶》等問世，這些
作品都是現代散文中書寫日常生活的傑作。不過，他筆下的日常生活很少取
自當下現實，多來自於書本或個人回憶，著重表現自我的情志，沒有多少世
俗瑣碎的煙火味，散發出晚明小品式的名士氣。由於和現實生活保持著不即
不離的關係，也無意宣傳造勢，周作人和他的幾個追隨者的讀者圈是有限的，

---

〔註2〕〔日〕廚川白村：《出了象牙之塔》，魯迅譯，未名社 1925 年 12 月，7 頁。
〔註3〕周作人：《雜拌兒跋》，《永日集》，河北教育出版社 2002 年，76～77 頁。
〔註4〕周作人：《冰雪小品序》，《看雲集》，北京十月文藝出版社 2011 年 3 月，117
　　　～119 頁。

其創作難以對在現實中產生更廣泛、更深入的影響。

到了 1930 年代，以林語堂為代表的論語派大大開拓了小品文的題材領域，使得小品文進一步向日常生活敞開，並引起了廣泛的關注和爭議。「小品文」成為具有高度政治性的問題。林語堂在《人間世》的發刊詞中高調倡導「以自我為中心，以閒適為格調」的小品文，提出「宇宙之大，蒼蠅之微，皆可取材」。〔註5〕林氏以西洋雜誌文等小品文為榜樣，學習西洋小品文書寫「人生之甘苦，風俗之變遷，家庭之生活，社會之黑幕」〔註6〕等，把抒寫自我與反映廣泛的社會生活結合起來，使得小品文展現出自身的優勢和活力。正是在林語堂等人的倡導下，論語派作家把小品文的筆觸伸向日常生活的方方面面，特別是都市日常生活。

論語派掀起了聲勢浩大的小品文熱，但創作成就終究有限。在題材上，周作人、林語堂的本意並不是不關心自身以外的世道人心，而是堅持從個性出發，既可寫蒼蠅之微，又可見宇宙之大，追求「言志」與「載道」相統一的一元的創作態度。不過，這一派的末流是有只見蒼蠅、不見宇宙之弊的。在藝術表現上，往往流於淺率，難以給讀者留下餘香和回味。就拿論語派代表人物林語堂來說，他自是現代著名的散文家，落筆如兔起鶻落，熱情暢達，有一種鬱勃之勢，只是缺乏深致，難以找出可以列入現代散文經典的名篇佳作。該派其他作家的平庸之作甚多，往往流於生活表面，甚至淺薄庸俗。論語派的小品文不僅被魯迅譏之為「小擺設」，也受到京派批評家朱光潛、沈從文等的尖銳批評。

如何發現具有審美價值的日常生活，並超越日常生活，做到言近旨遠、因小見大，使之蘊涵審美意味，達到水連天碧的諧和境界，這是一直擺在小品文家面前的基本任務。寫庸常的生活，而拙於審美超越，如同只會在地上行走而不能飛翔的鳥兒。

中國現代的小品文創作取得了突出的成就，出現了周作人、梁遇春、林語堂、豐子愷、張愛玲、梁實秋、錢鍾書等一批優秀的小品文家，他們都在日常生活書寫方面進行了成功的探索。小品文題材廣泛，形式和手法多種多樣，很難全面、清晰地總結出其超越日常生活的方式。不過，豐子愷、張愛

---

〔註5〕《發刊詞》，1934 年 4 月 5 日《人間世》1 期。

〔註6〕林語堂：《中國雜誌的缺點（西風發刊詞)》，1936 年 9 月 1 日《宇宙風》24 期。

玲、梁實秋等的小品文創作提供了優秀的範例。這三家的散文與日常生活的聯繫最為緊密，他們對題材的選取、處理和創造各有千秋，風格各異，富有啟示性。關於張愛玲散文與日常生活的關係，後文將有專章論及。

## 2、觀察點

豐子愷是可以納入論語派中討論的。他不僅在論語派的主要刊物上發表大量小品文，而且登載了數目可觀的日常生活題材的漫畫。其文學觀念與林語堂等相通，文章風格也有相近之處；然而，他的小品文創作與論語派其他成員相比又是那樣地不同。他始終是以一個藝術家的眼光來觀察和表現人生的，其日常生活書寫浸透著佛理的悲憫和博愛。

小品文家觀察人生的一個要訣是要有特別的觀察點。梁遇春在《查理斯・蘭姆評傳》中指出：「蘭姆一生逢著好多不順意的事，可是他能用飄逸的想頭，輕快的字句把很沉重的苦痛撥開了。什麼事情他都取一種特別觀察點，所以可給普通人許多愁悶怨恨的事情，他隨隨便便地不當做一回事地過去了。」關於觀察點，梁在哥爾德斯密斯《黑衣人》譯注裏有這樣的說明：「做小品文字的人最要緊的是觀察點（the point of view），無論什麼事情，只要從個新觀察點看去，一定可以發現許多新的意思，除去不少從前的偏見，找到無數看了足以發噱的地方。所以做小品文字的人裝老，裝單身漢，裝做外國人，裝窮，裝傻，無非是想多懂些事情的各方面。近代小品文作家 Arthur Christopher Benson……說 the point of view，實在是精研小品文學的神髓。」〔註7〕這裡所謂的觀察點是從表現的角度來說的，其實它還是一種思想的方法，顯示出作者的世界觀。很多小品文作者不成功，往往是因為不擅於擇取特別的觀察點。

豐子愷站在佛家哲學的高度，從一個藝術家的觀察點，來諦視浮生萬象。他輕巧地擺脫日常生活的慣例和秩序，拆解日常思維結構，從而發現其中的自由、活力和趣味。谷崎潤一郎高度評價豐子愷《緣緣堂隨筆》：「他所取的題材，原並不是什麼有實用或深奧的東西，任何瑣屑輕微的事物，一到他的筆端，就有一種風韻，殊不可思議。」〔註8〕

豐子愷以溫潤的悲憫情懷觀察日常生活，吟味人生。他的文與他的畫以

〔註7〕吳福輝編：《梁遇春散文全編》，浙江文藝出版社1992年10月，363頁。
〔註8〕谷崎潤一郎：《讀〈緣緣堂隨筆〉》，《豐子愷隨筆精編》，浙江文藝出版社1996年3月，287頁。

及其他的生活密切關聯。他在《談自己的畫》中說:「把日常生活中的感興用『漫畫』描寫出來——換言之,把日常所見的可驚可喜可歎可哂之相,就用寫字的毛筆草草地圖寫出來——聽人拿去印刷了給大家看,這事在我約有了十年的歷史,彷彿是我的一種習慣了。」雖然是一個高雅的談藝術的題目,作者卻道談不了自己的畫,只能「談談自己的生活和心情的一面,拿來代替談自己的畫」。他重點記敘了在上海弄堂房子裏安閒的家庭小天地。每天傍晚妻子帶兩個年幼的孩子到弄堂門口等他回家,「當這時候,我覺得自己立刻化身為二人。某一人做了他們的父親或丈夫,體驗著小別重逢時的家庭團圞之樂;另一個人呢,遠遠地站了出來,從旁觀察這一幕悲歡離合的話劇,看到一種可喜又可悲的世間相。」又云:「我的畫與我的生活相關聯,要談畫必須談生活,談生活就是談畫。」過去他寫「天真爛漫廣大自由的兒童世界」,孩子步入成人世界,他的心失去了依據,便轉向了「充滿了順從,屈服,消沉悲哀,和作偽,險惡,卑怯」的現實社會。看到這種狀態,他又同昔日一樣,「自己立刻化身為二人,其一人做了這社會裏的一分子,體驗著現實生活的辛味,另一人遠遠地站出來,從旁觀察這些狀態看到了可驚可喜可悲可哂的種種世間相。」不離人世,又從佛家哲學的觀察點諦視和超越庸常生活,這使他的散文浸透了一種雋永的哲理意味。正如趙景深所評論的:「子愷的小品裏既是包含著人間隔膜和兒童天真的對照,又常有佛教的觀念,似乎他的小品文盡都是抽象的,枯燥的哲理了。然而不然,我想這許就是他的小品文的長處。他哪怕是極端的說理,講『多樣』和『統一』,(《自然》和《藝術三昧》)這一類的美學原理,也帶著抒情的意味,使人讀來不覺得其頭痛。」〔註9〕

　　《野外理髮處》從一個畫家的觀察點,以船窗為「畫框」,臥觀一副野外的剃頭擔子。從這個視角望去,畫中剃頭司務與主顧的關係變了,顛倒了日常生活中二者之間的主從關係,剃頭司務成了畫中的主人。文中寫道:「繪畫地觀看,適得其反:剃頭司務為畫中主人,而被剃為其附從。因為在姿勢上,剃頭司務提起精神做工,好像雕刻家正在製作,又好像屠戶正在殺豬,而被剃者不管是誰,都垂頭喪氣地坐著,忍氣吞聲地讓他弄,好像病人正在求醫,罪人正在受刑。」「我從船艙中眺望岸上剃頭的景象,在感覺上但見一個人的活動,而不覺得其為兩個人的勾當。我很同情於這被剃者;那剃頭司務不管耳目口鼻,處處給他抹上水,塗上肥皂,弄得他淋漓滿頭。撥他的下巴,他

〔註9〕趙景深:《豐子愷和他的小品文》,1935年6月30日《人間世》30期。

只得仰起頭來，拉他耳朵，他只得旋轉頭去。」接著又轉換角度敘寫移在他的速寫簿上的景象：「這被剃頭者全身蒙著白布，肢體不分，好似一個雪菩薩。幸而白布下端的左邊露出凳子的腳，調劑了這一大空白的寂寞。又全靠這凳腳與右邊的剃頭擔子相對照，穩固了全圖的基礎，凳腳原來只露出一支，為了它在圖中具有上述的兩大效用，我擅把兩腳都畫出了。我又在凳腳的旁邊，白布的下端，擅自添上一朵墨，當作被剃頭者的黑褲的露出部分。我以為有了這一朵墨，白布愈加顯見其白；剃頭司務的鞋子的黑在畫的下端不致孤獨；而為全圖的主眼的一大塊黑色——剃頭司務的背心——亦得分布其同類色於畫的下端左角，可以增進全圖畫面的統調。」本來是平淡無奇的生活現象，但從畫家的觀察點看去，對象之間的關係就改變了，產生了新的意味。

《看燈——船室隨筆之一》記述作者晚上在一個市鎮上看「新生活運動提燈大會」。文章卻沒有描寫燈會上的表演，而是敘寫自己眼前多姿多彩的觀眾以及自己的窘態，特別是毛廁上的小便者。「我的眼睛只管望見羅漢像一般的人頭，也有些看厭了。視線所及，只有斜對面毛廁上絡繹不絕的小便者，變化豐富，姿勢各殊，暫時代替花燈供我欣賞。這會我獲得了珍奇的閱歷：有生以來，從未對著這樣擁擠的毛廁作這樣長久的觀察。吾今始知小便者的態度姿勢變化之多。」文末附一張題為《賣油炒瓜子的》漫畫：一個光頭男子的背影，左手提著瓜子籃，右手把褲管捲起到腿根處，滋向污跡斑斑的便池。這是生活中常見的不雅現象，人們通常是鄙夷不屑的，然而從一個藝術家的角度來打量，便有了趣味。其中有諷刺之意，然而態度是溫和寬厚、悲天憫人的。

與周作人寫《蒼蠅》《談入廁讀書》《論洩氣》一樣，豐子愷取材不避凡俗，又能化俗為雅。司空見慣的日常景象在他的筆下被不斷翻出新意，新鮮有味，讓人會心一笑。

## 3、人性的發掘

梁實秋以四集《雅舍小品》為代表的小品文屬於「學者的散文」一路。他博學多聞，世事洞明，文字精警不俗，亦莊亦諧，意味深長。他著眼於普普通通的飲食起居、人情世態，在上面精雕細刻，透出智慧和情趣的閃光，表現普遍的人性，並反映出不同於流俗的生活藝術。繼周作人之後，梁實秋把現代小品文藝術推向了一個新的高峰。

梁實秋的日常生活書寫是有他的文學「人性論」作支撐的。早在 1928 年「階級性」與「人性」的論爭中，梁實秋就宣稱：「偉大的文學乃是基於固定的普遍的人性，從人心深處流出來的情思才是好的文學，文學難得的是忠實，──忠於人性……人性是測量文學的唯一的標準。」〔註 10〕後來他到臺灣仍然堅執：「文學是人性的描寫」，「人性的探討與寫照，便是文學的領域，其間的資料好像是很簡單，不過是一些喜、怒、哀、樂、悲、歡、離、合，但其實是無窮盡的寶藏，有人只能淺嘗，有人可以深入，而且這領域由文學來處理是最為適當」。〔註 11〕他的四集「雅舍小品」就是對他文學思想的最好詮釋。

梁氏的筆下看不見時代的風雲，無涉國政大事，他總是從身邊的日常生活瑣事中去談論和發掘人性，表現出智者的優雅情趣。這個取材上的特點從其小品文的題目上就可以看出來，它們林林總總，涉及日常生活的方方面面。

在《女人》和《男人》中，梁實秋直接談論人性。二文分別從男女的性格缺點入手。他用略帶誇張的幽默筆調寫女人常見的種種缺點：女人喜歡說謊，女人善變，女人善哭，女人饒舌，女人膽小，又寫女人聰明，在寫女人缺點的同時還不忘提示優點，如說女人是水做的，女人有忍耐力等。他生動地寫出女人的特點，使人不得不佩服其觀察的細緻和體會的深入。一個男作家批評女性的種種缺點，似乎不免男性中心主義的傾向。然而，他在《男人》中又寫了男人無傷大雅的劣根性：男人髒，男人饞，男人自私，男人好議論別人家的隱私，尤其是好對人家妻子的品頭論足。作者寫男人的髒：「多少男人洗臉都是專洗本部，邊疆一概不理，洗臉完畢，手背可以不洗，有的男人是在結婚後才開始刷牙。」作者評述這些人性的弱點，往往在否定中又有肯定，諷刺中不乏寬厚，謔而不虐，真正體現了林語堂提倡幽默所追求的「會心的微笑」的境界。《中年》寫了人到中年後的種種窘態，如寫臉上初現皺紋：「年青人沒有不好照鏡子的，在店鋪的大玻璃窗前照一下都是好的，總覺得大致上還有幾分姿色。這顧影自憐的習慣逐漸消失，以至於有一天偶然攬鏡，突然發現額上刻了橫紋，那線條是顯明而有力，像是吳道子的『蓴菜描』，心想那是抬頭紋，可是低頭也還是那樣。再一細看頭頂上的頭髮有搬家到腮旁頷下的趨勢，而最令人觸目驚心的是，鬢角上發現幾根白髮，這一驚非同小

---

〔註 10〕梁實秋：《文學與革命》，《梁實秋批評文集》（徐靜波編），珠海出版社，1998 年 10 月，132 頁。
〔註 11〕梁實秋：《文學講話》，《梁實秋批評文集》，221～222 頁。

可，平夙一毛不拔的人到這時候也不免要狠心的把它拔去，拔毛連茹，頭髮根上還許帶著一顆鮮亮的肉珠。但是沒有用，歲月不饒人！」幽默風趣，逼肖地寫出了人到中年後惴惴然的心態。

《講價》寫的是最世俗的討價還價，從日常生活現象中考見人性。作者根據對世情的體會，歸納出「講價的藝術」：「第一，要不動聲色」，「第二，要無情的批評」，「第三，要狠心還價」，「第四，要有反顧的勇氣」。幾點概括十分精到，解說儼然老於世故，然而此文為什麼是一篇格調不俗的小品文，而不是實用性的討價指南呢？文章開頭講了《後漢書》逸民列傳中「韓康入山」的故事，並非要說買賣東西無需講價是古已有之的美德，卻是證明自古以來買賣就得要價還價。實用性的指南之類總是注重文字表達的效率，開門見山，直奔主題的。在總結出「講價的藝術」之後的第三部分裏，作者沒有直接對「講價的藝術」進行評議，而是引用了《淮南子》《山海經》和《鏡花緣》中關於君子國的記述，指出與其講價而為對方爭利，不如講價而為自己爭利，比較地合人類本能。他又舉出一個具體的事例，指出討價還價所反映出人性殘忍的一面。實用文章是就事論事的，不會牽扯出什麼批判性的哲學問題。這一部分引用君子國的事情，從「講價」的實用性角度看似乎是橫生枝節，而從散文藝術的角度看，卻是意蘊結穴之所在。文章儘管說得「老到世故」，然而不像實用性文體那樣態度嚴肅緊張，而是流露出了從容的婉諷筆調，流貫著寬厚、溫和的幽默趣味，態度超然物外。作者甚至還對自己進行了調侃，他這樣表明自己的態度：「這一套講價的秘訣，知易行難，所以我始終未能運用。我怕費工夫，我怕傷和氣，如果我粗脖子紅臉，我身體受傷，如果他粗脖子紅臉，我精神上難過，我聊以解嘲的方法是記起鄭板橋愛寫的那四個大字：『難得糊塗』。」他把自愛和自貶結合起來，強化自己在虛擬情境中的可憐，誇張自己處境的狼狽，以自貶體現自己態度的超然，形成很濃厚的自我調侃的幽默趣味。

## 4、小品文的氣質

現代小品文從傳統和現代主流文學的「載道」的模式中脫離開來，對日常生活敞開，表現日常生活之道和作家自我，充分體現了一種思想和文學的現代性，在一定的程度上彌補了功利主義文學所導致的偏枯，促進了文學全面和諧的發展。值得注意的是，隨著時間的推移，現代絕大多數的雜文漸漸

淡出了普通讀者的視野，而周作人、林語堂、豐子愷、張愛玲、梁實秋、錢鍾書等的小品文依舊活在人們的心中。

然而，正是由於小品文與日常生活之間有著天然的親密關係，也容易產生平庸瑣碎、主觀隨意、附庸風雅等弊端，有時難免被譏之為「小擺設」等。《四庫書目提要》罵人常說「明朝小品惡習」、「山人習氣」。今人有云：「膚淺，率意，宇宙和蒼蠅等量齊觀，的確是隨筆的胎記，倘若一葉障目，則失了隨筆的全貌。寫滑了手，率爾操觚，或者忸怩作態，或者假裝閒適，或者冒充博雅，或者以不平常心說平常心，或者熱衷於小悲歡小擺設，甚至以為放進籃子裏的就是菜，那就或淺或深地染上了讓‧斯塔羅賓斯基所說的『隨筆習氣』。」〔註12〕其實，不獨小品文，不同的散文文體都帶有自己的「胎記」，如記敘抒情散文易陷入濫情主義，雜文易沾染師爺氣，一旦跟隨者眾，誇多爭勝，則難免淪為濫調。不同的文體之間有競爭或衝突，也有配合，它們共同構建一個時代的文學生態。另外，不應忽視小品文家創作的複雜性，比如周作人和林語堂同時也是重要的雜文家，小品文和雜文在他們那裡是有不同的分工的。

廚川白村強調：「在 essay，比什麼都緊要的要件，就是作者將自己的個人底人格的色彩，濃厚地表現出來。」〔註13〕梁遇春同樣說：「小品文的妙處也全在於我們能夠從一個具有美妙的性格的作者眼睛裏去看一看人生」〔註14〕。如果小品文作者的人格不那麼「美妙」，社會人生經驗不足，腹笥寒酸，藝術功力不逮，都可能產生了某種不良習氣。比如1990年代的「小女人」散文，流於寫一些小情趣、小感受，難成大氣候。如今，小品文常被詬病的弊端依然廣泛存在。怎樣既立足於日常生活，又超越日常生活，不斷提升小品文的思想和藝術水平，仍是擺在當下散文創作面前的一項基本任務。在這方面，豐子愷、張愛玲、梁實秋的小品文創作堪稱典範。豐子愷有著佛家式的悲憫情懷，從一個藝術家的角度諦視人生；張愛玲以豐盈的感覺和繽紛的語象表現日常生活的詩意，寫出人世的繁華，又以虛無來襯托，洞察人生的奧秘；梁實秋從最平凡不過的生活現象入手，憑藉豐富的經驗和淵博的學識，

〔註12〕郭宏安：《從閱讀到批評——「日內瓦學派」的批評方法論初探》，商務印書館 2007 年 9 月，290 頁。

〔註13〕《苦悶的象徵　出了象牙之塔》，113 頁。

〔註14〕梁遇春：《〈小品文選〉序》，浙江文藝出版社 1992 年 10 月，435 頁。

考見人情人性。馮至評價梁遇春說：「他從英國的散文學習如何觀察人生，從中國的詩、尤其是從宋人的詩詞學習如何吟味人生，從俄羅斯的小說學習如何挖掘人生。」〔註15〕豐、張、梁三家都在「觀察人生」、「吟味人生」和「挖掘人生」方面進行了成功的探索，積累了豐富的藝術經驗，值得借鑒學習。不過，不同作家的個性各異如面，沒有現成的通衢可行，一味地追躡前人是沒有前途的。

從文學與社會現實的關係來看，中國現代的小品文家往往沒有把自己融入時代大潮，或者被時代潮流掀到了邊緣，他們往往對社會現實抱有疏遠或逃避的態度，以審美的態度觀照人生，把寫作小品文看作生活藝術的一部分。不論是豐子愷、張愛玲、梁實秋，還是周作人，他們都缺少對現實人生的積極、普遍的關懷。阿格妮絲‧赫勒說：「『審美生活』是有意義生活的倒數。『審美生活』也是處理日常生活的一種方式，因此它成為『為我們的存在』：『生活的藝術家』——過審美生活的人——在個人水平上展示他的才能。那麼，這種生活方式同有意義的生活方式不存在差異嗎？區別在於，過『審美生活』的人只有一個意圖，把他的日常存在轉變為『為他的存在』；如果一種衝突在這點上威脅妨礙他，他就簡單地採取迴避的行動。他的性格中缺少的是『對他人有用』的氣質：他不具備感受他人需要的才能。」〔註16〕大體說來，現代小品文家較普遍地缺少「對他人有用」的氣質的。有人指責小品文的「閒適」，其實「閒適」指的是小品文的筆調，它是完全可以表現富有社會意義的思想內容的。小品文家在表現自我的同時，也應該超越個人生活和趣味的圈子，保持更廣大的對世道人心的關懷，從而積極參與到日常生活的變革和社會進步的過程中去。

〔註15〕馮至：《談梁遇春》，《新文學史料》1984 年 1 期。

〔註16〕〔匈〕阿格妮絲‧赫勒：《日常生活》，衣俊卿譯，重慶出版社 1990 年 7 月，291 頁。

# 七、廢名的散文

　　廢名作品文體奇特，與主流文學不同調，與大眾欣賞口味不相合，這些阻礙了人們對他的閱讀和評價。近年來，繼小說之後，他的詩歌開始受到人們的關注，然而散文仍未得到全面的研究和應有的評價。其散文被忽視除了上述的原因外，至少還有以下兩點：其一，長時期沒有完整地結集出版，未能示人以整體的面貌；其二，受周作人編《中國新文學大系・散文一集》的影響，那些散文化的小說遮掩了真正意義上的散文的光彩。周氏在他編選的集子裏，選入了長篇小說《橋》中的六則：《洲》《萬壽宮》《芭茅》《「送路燈」》《碑》《茶鋪》，編者解釋說：「廢名所作本來是小說，但是我看這可以當小品散文讀，不，不但是可以，或者這樣更覺得有意味亦未可知。」〔註1〕他的選法多少有些不得已，因為所選的時間範圍是新文學的第一個十年，而廢名散文的成就則主要在 1930 年代。這一舉措影響可謂深遠，如百花文藝出版社 1990 年版的《廢名散文選集》從《橋》《桃園》《棗》等小說或小說集中選了八篇，《中國新文學大系・散文集一》（1927～1937）收入《桃園》中的一篇，相當多真正意義上的散文佳作則落在編選者的視野之外。直到東方出版社 2000 年 2 月出版止菴編《廢名文集》，我們才差不多得見廢名散文的全豹。〔註2〕

---

〔註1〕周作人：《〈中國新文學大系・散文一集〉導言》，《中國新文學大系・散文一集》，上海良友圖書印刷公司 1935 年 8 月。

〔註2〕《廢名文集》出版後，姜德明又補輯了《〈冬眠曲及其他〉序》《小孩子對於抽象的觀念》和《致朱英誕書簡》（12 封），見姜德明《廢名佚文小輯》，《新文學史料》2001 年 1 期。另外，百花版的《廢名散文選集》收有《〈廢名小說選〉序》和幾篇作者生前未刊文稿，而《廢名文集》收的是作者 1949 年前的作品。

## 1、文體嬗變

對於廢名散文的獨立意義，乃師周作人曾作過積極的評價。他在《懷廢名》一文中總結：「廢名的文藝的活動大抵可以分幾個段落來說。甲是《努力週報》時代，其成績可以《竹林的故事》為代表。乙是《語絲》時代，以《橋》為代表。丙是《駱駝草》時代，以《莫須有先生》為代表。以上都是小說。丁是《人間世》時代，以《讀〈論語〉》這一類文章為主。戊是「明珠」時代，所作都是短文……裏邊頗有些好文章好意思。」〔註3〕這裡首次把廢名《人間世》和《世界日報·明珠》上的散文都劃為一個時期，彰顯了其散文的獨立意義。周作人是把廢名的小說和散文放在一起考察的，而且說話的時間是在1943年，還不可能顧及廢名在1940年代的散文，所以尚非整體的。

總的來說，廢名的散文創作可以分為1920、1930和1940年三個時期。他1949年後的散文只有零星的幾篇，沒有成氣候。文如其人這句話也許並不適合所有的作家，但對廢名來說是非常貼切的。不同時期散文文體的變化典型地反映出他人生觀、心境以及處理與現實關係的藝術方式的變化。

《廢名文集》所收的第一篇是作於1923年9月的《〈現代日本小說集〉》，這是談周作人翻譯作品的讀後感。〔註4〕同類性質的文字還有《〈吶喊〉》《從牙齒念到鬍鬚》，談的是對魯迅其人其文的觀感。《說夢》是數則文藝隨感，作者談自己的創作，又談別人的創作，談對別人作品的鑒賞，也談別人對自己作品的鑒賞。其中顯現了作者的文學觀。廢名1930年代談文說藝的小品文可以看作此文話題的繼續和擴大。本期寫的最多的是雜感，從中可以看到從女師大風潮、「三一八」慘案、國民黨「清黨」一系列時代的大事件在作者心裏引起的一些波瀾。有好幾篇是站在周作人等人的一邊，和陳西瀅理論的。與魯迅、周作人和林語堂等人的文章相比，缺乏一種潑辣和厚重，只是些較平常、較浮泛的意見。有時用語婉曲，有時不乏激烈。《狗記者》寫於「三一八」慘案發生後，針對記者在報上發表文字，擺出「法律」「公道」的嘴臉，他直接表達自己的憤怒。《死者馬良材》是在讀了周作人《偶感之四》後作。後者針對的是國民黨所謂的「清黨」，吳稚暉挖苦死難者而發的。馬良材是一個被殺害的青年，一個「苦於現代的煩悶」「生氣勃勃」，參加社會活動的青

---

〔註3〕周作人：《懷廢名》，《藥堂雜文》，北京十月文藝出版社2012年8月，135頁。
〔註4〕本章所引廢名文章未注明出處的，均見止菴編《廢名文集》，東方出版社2000年2月。

年。顯然在 1920 年代，廢名用力最勤的還是小說創作，寫散文只是一時的興會，也未形成自己的風格。

《語絲》停刊後，在周作人的大力支持下，1930 年 5 月，廢名與馮至等人創辦文學週刊《駱駝草》。這個週刊以發表小品文為主，延續了《語絲》小品文的路子，只是減少了對時代的關懷。經常的作者有周作人、俞平伯、廢名、沈啟無、梁遇春等人。因為編輯《駱駝草》，廢名寫作散文的量便多了起來，也漸漸形成了自己的文體特色。《駱駝草》上發表了他的散文十六篇，帶有從前一個時期到後一個時期過渡的特點。少數幾篇為雜感，《中國自由運動大同盟宣言》《閒話》〔註 5〕諷刺魯迅轉向革命文學，表明他的政治觀點和文學立場變得明確，更多地站在周作人的一邊。大多數屬於家常體的小品文。他的文章正在形成一種獨特的話語方式，在態度、語氣和用詞上與周作人接近。只是不少篇目有充篇幅之嫌，尚未做到意思與文章俱佳。到了 1934 年在《人間世》上發表的《讀〈論語〉》《知堂先生》《關於派別》等較長的小品文，他的散文文體走向成熟。其文體脫胎於周作人的文章，是周氏抄書體散文〔註 6〕的一種變體，然而生長在自己的個性裏，又有自己的文學資源來滋養，故也搖曳著自己的風姿。周作人的抄書體文章多抄錄古今中外書籍，儘量迴避直接的議論和抒情，十分講究含蓄和暗示。抄書的成分在廢名文章裏也佔有重要的位置，但他表達自己的體悟和意見更為直接，文情更為顯露。

也許《人間世》上的文章還較多地帶有周作人影響的痕跡，廢名散文成就更多地表現在《世界日報·明珠》上的讀書小品。據周作人介紹，1936 年冬天，他們深感開展新的啟蒙運動之必要，想辦一個小刊物，恰巧《世界日報》副刊《明珠》要改編，便接受下來，由林庚具體編輯，他和俞平伯、廢名等幫助撰稿。不久報社方面覺得不大經濟，於 1937 年元旦又斷行改組，致使《明珠》只辦了三個月，共出了九十二號。〔註 7〕在這三個月的《明珠》上，周作人發表散文十六篇，俞平伯十八篇，沈啟無三篇，廢名的文章最多，有二十一篇。時值周作人、林語堂等人借助晚明小品，反對「載道」，倡導言志派文學，所以這一派的小品文在《明珠》上得到一次集聚。

〔註 5〕1930 年 5 月 26 日《駱駝草》3 期。廢名在《閒話》這同一名目下發表了四篇文章。
〔註 6〕參閱拙作《人在旅途——周作人的思想和文體》，人民文學出版社 1999 年 7 月，101～148 頁。
〔註 7〕周作人：《懷廢名》，《藥堂雜文》，135 頁。

　　廢名在《明珠》上的文章共二十一篇，可以稱之為讀書筆記體，文情俱勝，代表著其散文的最高成就。文中多談孔子、陶淵明、李商隱、金聖歎、庾信等。這些文章因為副刊體例所限，短小精粹，寫法上除個別篇目外，都是從小處著眼，而開掘得深；追求單純質樸，又不乏起伏變化。這些文章與周作人的讀書筆記體小品一脈相承，也是學周而得周之一體。廢名的在境界和趣味上不及周作人的廣博，然而有時體悟則更為專深。他發表了一些精彩的意見，發人所未發，如在《三竿兩竿》起首所寫：「中國文章，以六朝人文章為最不可及。」《中國文章》中說：「中國文章裏簡直沒有厭世派的文章，這是很可惜的事。」「我嘗想，中國後來如果不是受了一點佛教影響，文藝裏的空氣恐怕更陳腐，文章裏恐怕更要損失好些好看的字面。」這些地方曾得到周作人的表揚。〔註8〕周作人在《明珠》上發表的文章也是同一體式，從文章和見解兩方面來看，廢名之作整體上超越了老師。周氏的文章在很短的篇幅裏抄書過多，文思略顯枯窘，令人耳目一新的話也不多。

　　抗戰爆發，廢名南行後，他的思想態度發生了大的變化，其文體也轉向質樸明朗。在 1946 年 11 月發表的《五祖寺》（作於 1939 年）一文的附記中，廢名介紹 1939 年秋季他在黃梅縣小學教國語，那時交通阻隔，沒有教科書，同時社會上還是《古文觀止》勢力大。於是他想寫些文章給孩子們看，總題目叫做《父親做小孩的時候》。結果卻因為只做了一學期的小學國文教師，上課又太忙，只寫了一篇《五祖寺》。他表示還想把這個題目的文章繼續做下去，其「理想的是要小孩子喜歡讀，容易讀，內容則一定不差，有當作家訓的意思」。40 年代後期的《樹與柴火》《教訓》《打鑼的故事》《放猖》等文顯然是沿著這個思路做的，從中可聞一個教育者的仁者之聲。只是仍不能適合兒童們的口味和理解，情趣不足。而《黃梅初級中學同學錄序三篇》《小時讀書》則直接談自己對教育的觀點。《羅襪生塵》《隨筆》從命意到文體完全可以視為《世界日報·明珠》上讀書筆記體的延續的。而《談用典故》《再談典故》《我怎樣讀〈論語〉》《讀朱注》是沿著他在《人間世》上文章的路子走來，但寫作態度轉趨明朗，對引文往往加以言簡意賅的解釋。這兩類文章的文體在這兩個時期裏變化不大，表明是廢名文章成熟的文體形式。另外，他在《世間解》雜誌上還發表了四篇哲學小品。在上述文章中，作者自視甚高，是懷著覺世抱負的。這一點是其文體嬗變的最主要原因。

〔註 8〕周作人：《懷廢名》，《藥堂雜文》，136 頁。

我們還可以從其文中找見文體變化的許多消息。《散文》是一篇奇特的文章，文本的主體記述他族間的一個嬸母，是把收在小說集《竹林的故事》裏《浣衣母》《河上柳》中真實的素材還原為散文。標題叫《散文》，說明題旨不在於記人，也不在於標明所屬的文類，而是要強調一種寫作態度，一種面對現實的哲學。此文劈頭便說：「我現在只喜歡事實，不喜歡想像。如果要我寫文章，我只能寫散文，決不會再寫小說。」在《談用典故》中，他讚美曾鄙夷過的宋儒文章不用典故而文字卻能很達意。在《我怎樣讀〈論語〉》中，他又讚美孔子「說話只是同我們走路一樣自然要走路」。這種風格不僅見於其散文，他作於該期的長篇小說《莫須有先生坐飛機以後》簡直可以看作自傳體的系列散文。文體上最主要的特色就是用小品文的筆法來寫小說，整個小說像是由一篇篇小品文連綴起來的，重議論，輕虛構、想像，態度平實，循循善誘，有一種誠實、通達的空氣。小說中也有這樣作者夫子自道式的議論：「莫須有先生現在所喜歡的文學要具有教育的意義，即是喜歡散文，不喜歡小說。……最要緊的是寫得自然，不在乎結構，此莫須有先生之所以喜歡散文。」〔註9〕

## 2、澀如青果

廢名的文章是有名地晦澀難懂。周作人曾在《〈棗〉和〈橋〉的序》中，從現代文學文體發展的角度予以肯定：

> 民國的新文學差不多即是公安派復興，惟其所吸收的外來影響不止佛教而為現代文明，故其變化較豐富，然其文學之以流麗取勝初無二致，至「其過在輕纖」，蓋亦同樣地不能免焉。現代的文學悉本於「詩言志」的主張，所謂「信腕信口皆成律度」的標準原是一樣，但庸熟之極不能不趨於變，簡潔生辣的文章之興起，正是當然的事，我們再看詩壇上那種「豆腐乾」式的詩體如何盛行，可以知道大勢所趨了。詩的事情我不知道，散文的這個趨勢我以為是很對的，同是新文學而公安之後繼以竟陵，猶言志派新文學之後總有載道派的反動，此正是運命的必然，無所逃於天壤之間。〔註10〕

〔註9〕廢名：《莫須有先生坐飛機以後》，《莫須有先生傳》，廣西師範大學出版社2003年1月198頁。
〔註10〕周作人：《〈棗〉和〈橋〉的序》，《看雲集》，北京十月文藝出版社2011年3月，122頁。

周作人還稱徐志摩、冰心的散文流麗清脆，「彷彿是鴨兒梨的樣子」，俞平伯、廢名的文字「澀如青果」。〔註11〕相比較而言，廢名文章的澀味要來得更重。

「澀」是從閱讀效果上來說的，換用王國維在《人間詞話》中用過的概念來說即為「隔」。對此，廢名有言：「近人有以『隔』與『不隔』定詩之佳與不佳，此言論詩大約很有道理，若在散文恐不如此，散文之極致大約便是『隔』」。他又解說道：「我說詩人都是表現自己的，詩的表現是不隔……若散文則不然，具散文的心情的人，不是從表現自己得快樂，他像一個教育家，循循善誘人，他說這句話並非他自己的意思非這句話不可，雖然這句話也就是他的意思。又如我前面所說的，具散文的心情的人，自己知道許多話說不出，也非不說出不可，其心情每見之於行事，行事與語言文字之表現不同，行事必及於人也。」〔註12〕這話如果用來作為散文的通則來理解，並不適合，但視之為包括他自己在內的周作人一派的散文文體建設的追求，則顯然可以加深我們對於對象的理解。

廢名文章的澀味首先來自於其構思和基本的表達方式。先從《關於派別》一文來看。此文談論的對象是周作人，可大部分篇幅並沒有直接寫他，而是「王顧左右而言他」，大談陶淵明詩和《論語》，又讓人感到這些地方又是談周氏的。如談陶詩引用陳師道「陶淵明之詩切於事情，但不文耳」的話，指出陶詩之長在於「心境之佳」，這其實要說明的就是兩者一樣都不是興酣筆落的辭章派。這樣的文章往往需要反覆讀好幾遍，才能尋繹出其表意的脈絡。這也就是作者所言散文的「隔」吧？文章對周作人為人與為文的評騭有過人之處，非他不能道，然而又不是直陳式的。林語堂在文末所加的跋中也稱「此文自有一番境界，恐非常人所易明白」。〔註13〕這種「王顧左右而言他」的寫法其實也是來自於周作人的。周作人曾在《〈長之文學論文集〉跋》中戲言：「我寫序跋是以不切題為宗旨的。」〔註14〕廢名在《關於派別》中肯定這篇文章：「大意是說他的那些不切題的話就不當論文而當論人罷，這裡除一個誠實的空氣之外，有許多和悅，而被論者（其實並沒有被論）的性格又彷彿與我們很是親近」。

---

〔註11〕周作人：《志摩紀念》，《看雲集》，北京十月文藝出版社 2011 年 3 月，72 頁。
〔註12〕廢名：《關於派別》，《廢名文集》，150、154 頁。
〔註13〕廢名：《關於派別》，《廢名文集》，160 頁。
〔註14〕周作人：《〈長之文學論文集〉跋》，《苦茶隨筆》，北京十月文藝出版社 2011 年 5 月，78 頁。

在表意的時候，廢名注重暗示和含蓄，而不是把話說得一覽無餘。如《讀〈論語〉》，文章包括三則讀《論語》的劄記，第一則有云：「愚前見吾鄉熊十力先生在一篇文章裏對於『人而不為周南召南其猶正牆面而立』很發感慨，說他小時不懂，現在懂得，這個感慨我覺得很有意義。後來我同熊先生見面時也談到這一點，我戲言，孔夫子這句話是向他兒子講的，這不能不說是一位賢明的父親。」作者後來在 1946 年發表的文章《響應「打開一條生路」》中再次稱讚孔子的這句話。語出《論語·陽貨》，是孔子對其子孔鯉說的話，大意是說：一個人假如不研習《周南》《召南》，那就如同正對著牆壁站著一樣（不能前進一步）。為什麼這樣說？廢名又為什麼誇孔子是「一位賢明的父親」呢？康有為注曰：「為，猶學也。《周南》《召南》，詩首篇名，所言皆男女之事最多。蓋人道相處，道至切近莫如男女也。修身齊家，起化夫婦，終化天下。」〔註15〕這樣的地方在廢名文章中比比皆是，有的地方甚至難以推測。他很少為讀者的理解做些鋪墊。

廢名散文的澀味又與他受禪道的影響關係密切，這是他與周作人迥然不同的方面。周作人曾清楚地敘述過廢名知識結構形成的路徑：「廢名在北大讀莎士比亞，讀哈代，轉過來讀本國的杜甫李商隱，《詩經》，《論語》，《老子》《莊子》，漸及佛經，在這一時期我覺得他的思想最是圓滿，只可惜不曾更多所述著，這以後似乎更轉入神秘不可解的一路去了。」〔註16〕朱光潛在談廢名的詩的時候也說：「廢名先生富敏感而好苦思，有禪家與道人的風味。」〔註17〕廢名與禪宗有著特殊的機緣。他的故鄉黃梅是禪宗聖地，有著名的四祖寺、五祖寺。五祖、六祖均為黃梅人，六祖又在那裡受法於五祖。《莫須有先生坐飛機以後》這樣寫五祖寺：「那是宗教，是藝術，是歷史，影響於此鄉的莫須有先生甚巨」。〔註18〕這其實是廢名先生夫子自道。他研習佛經，參禪打坐，漸漸轉入了玄學的一路。禪宗和道家都是靜默的哲學，強調靜觀、體悟，不落言詮。

---

〔註15〕康有為：《康南海先生遺著彙刊》，臺北：宏業書局有限公司 1987 年再版，451 頁。

〔註16〕周作人：《懷廢名》。

〔註17〕朱光潛：《編輯後記（二）》，《朱光潛全集》8 卷，安徽教育出版社 1993 年 2 月，547 頁。

〔註18〕廢名：《莫須有先生坐飛機以後》，《莫須有先生傳》，315 頁。

　　禪道的影響大致可從心境、思路和語言等方面來說。如果說在《駱駝草》《人間世》上的文章還有文學論爭的色彩，那麼到了《明珠》上的讀書筆記式小品，則心境湛然，不為境移，不為物擾，多世外味，隱現著六朝文章中那種常見的隱逸情懷，在 30 年代現實鬥爭頻仍的時期顯得十分另類。禪宗更大的影響還是表現在其思維和表達方式上。廢名談到過自己的藝術特色：「就表現的手法說，我分明地受了中國詩詞的影響，我寫小說同唐人寫絕句一樣，絕句二十個字，或二十八個字，成功一首詩，我的一篇小說，篇幅當然長得多，實是用寫絕句的方法寫的，不肯浪費語言。」〔註 19〕絕句的特點就是簡潔和跳躍。我想說，絕句對廢名的影響只是造成他文體簡潔和跳躍的原因一部分，有些地方則要從禪宗那裡尋找了。當然，這不同的影響往往又是可以結合在一起的。禪宗強調打破語言常規，直指本心，追求頓悟。廢名文章的思路跳躍，上下文之間缺乏緊密的銜接，從而對讀者的閱讀造成阻礙。意念跳宕帶來的藝術效果是留白，給予讀者以想像的空間。他的小說代表作如《橋》，用意象顯現意念的跳宕，有時由於跳宕太大，有的地方往往不知作何解。相比而言，其散文的思路要連貫多了，但跳躍依然是其突出的特色。他文章的各部分之間，或一部分各個層次之間，常常減去過渡性的文字，上下文之間沒有密實的銜接，但有著似斷實連的表意脈絡。這樣突出了意義的本身，也不免生出幾分簡潔生辣。《三竿兩竿》是要由庾信賦中的用詞說明六朝文的「生香真色人難學也」，文章沒有分段，前面一半的篇幅談他對六朝文的追慕，談六朝文的命脈，後一半則談庾信。前一半的結尾處談的是現代的梁遇春，緊接著的後一半開頭即說：「庾信文章，我是常常翻開看的」，顯得有些突兀。再看他文章中的敘述，《五祖寺》起首云：「現在我住的地方離五祖寺不過五里路，在我來到這裡的第二天我已經約了兩位朋友到五祖寺遊玩過了。大人們做事真容易，高興到哪裏去就到哪裏去！我說這話是同情於一個小孩子，便是我自己做小孩子的時候。」第二句是從小孩子的角度來說的，與第一句相比，無論從意義上還是從時間上都跳宕很大，而又沒有用通常的引導語建立前後句子的聯繫。

　　廢名的語言也帶有禪的色彩。禪宗語言用機鋒，求奇警，言在此而意在彼。廢名的文章幾乎找不見那種超常的、怪異的、靈光一閃式的機鋒語，連禪家的話頭也少有，但有不少屬於禪家一路的「準常語」。張中行指出：「常

---

〔註 19〕廢名：《〈廢名小說選〉序》，《廢名小說選》，人民文學出版社 1957 年 11 月。

語和機鋒之間，有不直說而可解的，我們可以稱之為『準常語』，也屬於平實一路。」〔註20〕像上文所引說「具散文的心情的人」的話：「他說這句話並非他自己的意思非這句話不可，雖然這句話也就是他的意思」，包含著對語言本身的懷疑，溢露出禪家的理趣。《樹與柴火》：「如果問我：『小孩子頂喜歡做什麼事情？』據我觀察之所得，我便答道：『小孩子頂喜歡揀柴。』」用類似機鋒的話，突出一種童心童趣。在《五祖寺》中，大人們帶他到五祖寺進香，而把他寄放在山腳下茶鋪裏，文章寫道：「到現在那件過門不入的事情，似乎還是沒有話可說，即是說沒有質問大人們為什麼不帶我上山去的意思，過門不入也是一個圓滿，其圓滿真彷彿是一個人間的圓滿，就在這裡為止也一點沒有缺欠。」「現在我總覺得到五祖寺進香是一個奇蹟，彷彿晝與夜似的完全，一天門以上乃是我的夜之神秘了。」介於常語和機鋒之間，滲透著一種幽玄的禪意。看到這樣的句子，讀者很難一眼滑過，而是要逗留琢磨一番，結果也許仍在似懂非懂之間。他在《〈淚與笑〉序》中這樣寫梁遇春：「秋心這位朋友，正好比一個春光，綠暗紅嫣，什麼都在那裡拼命，我們見面的時候，他總是燕語呢喃，翩翩風度，而卻又一口氣要把世上的話說盡的樣子，我就不免於想到辛稼軒的一句詞，『倩誰喚流鶯聲住』，我說不出所以然來暗地歎息。」禪家的機鋒往往答非所問，只是用熟語或成句作表示所悟之境的隱語。這裡的語言表達方式是禪家的，他對梁氏的文章既有欣賞，又有批評，用成句則避免了簡單的褒貶，意在不言中，故而含蓄多致，令人回味。

廢名散文的總體風格大致可以簡潔樸訥、委婉曲折來概括，這種風格特徵直接、鮮明地體現在他的語言上。他是現代在語言追求上最苦心孤詣的作家，對語言的要求甚高，曾批評梁遇春太過文思泉湧，「太不在字句上用工夫」。〔註21〕這種對語言的用心與六朝文人的雕琢有相通之處。

雖然注重語言，但他和周作人一樣都不是講究辭藻的辭章派，而是有一種樸素的作風。他同樣喜歡陶淵明和庾信，但接近的是前者文章的平淡，意誠而詞達，而不是後者的綺麗。廢名在《〈淚與笑〉序》中有言：「我說秋心的散文是我們新文學當中的六朝文，這是一個自然的生長，我們所欣羨不來學不來的，在他寫給朋友的書簡裏，或者更見他的特色，玲瓏多態，繁華足媚，其蕪雜亦相當，其深厚也正是六朝文章所特有，秋心年齡尚青，所以容

〔註20〕張中行：《禪外說禪》，中華書局 2006 年 4 月，190 頁。
〔註21〕廢名：《悼秋心（梁遇春君）》，《廢名文集》，114 頁。

易有喜巧之處，幼稚亦自所不免」。他對梁遇春和在《知堂先生》《關於派別》中對周作人的抑揚褒貶，清楚無誤地表示出其在文體和語言上努力的方向。他走的是周作人一派本色的路子。他在《談用典故》一文中明確地說：「我大約同陶淵明杜甫是屬於白描一派。」他追慕六朝文章，由庾信文章的用詞，不由得感歎：「真的，真的六朝文是亂寫的，所謂生香真色人難學也。」〔註22〕在他的文章中聞見不到「生香真色」，但有著普洱茶一般的溫潤純厚。

　　廢名語言的簡潔樸訥至少還有以下幾個方面的因素：一是文言色彩。進入 30 年代以後，廢名的文章的文言成分開始多了起來。這一時期，他的文學資源由西方轉向傳統，特別是六朝和六朝以前的文章。同時，周作人對他的影響也需充分地估計。這時候，周氏的文章中抄古書的成分多了起來，文風古樸自然。下面看廢名文章中的幾個例句。《陳亢》：「陳亢這個人很老實。伯魚亦殊可愛，不愧為孔子之子，孔子亦不愧為其父。」《〈古槐夢遇〉小引》：「且夫逃墨不必歸於楊，逃楊亦未必就歸於儒，吾輩似乎未曾立志去求歸宿，然而正惟吾輩則有歸宿亦未可知也。」《蠅》：「看起來文學裏沒有可迴避的字句，只看你會寫不會寫，看你的人品是高還是下。若敢於將女子與蒼蠅同日而語之，天下物事蓋無有不可以入詩矣。」作者多用文言虛詞，特別是「亦」「之」「也」「矣」之類的語氣詞和助詞，有時也穿插一些文言實詞。加上一些文言的成分，那感覺就像經過自然發酵夠年頭的普洱生茶，退減了新茶的粗青氣，陳香悠長，卻又新鮮自然。二是自然平淡，不用繁複的句式，沒有誇張的表達。30 年代言志派的小品文有一個傳統的敵人，這就是古文。在廢名和周作人、沈啟無的筆下，經常直接或間接地抨擊古文。廢名就多次在文章中反對古文式的做題目，而是強調一種自然的風度。他的文章也迥異於駢體文，——他在《悼秋心》中把徐志摩和梁遇春的文章稱為「白話文學的駢體文」，駢體文不免辭藻華麗，句式繁複，表達誇張，這也不合於他的個性和趣味。他不喜歡強烈的表示：「鄙人今日於懶惰之中把拙作拿來檢查一下，欣欣然色喜，顯然的『！』這個東西一天一天的減少了。」〔註23〕不喜歡用感歎號，不喜歡強烈的表示，這是他與周作人、沈啟無一致的傾向。

　　廢名喜歡曲折委婉的表達。試看一段話：「有一個好意思，願公之於天下同好。古人蓋不可及矣。來者我實在沒有那個意思，因為我同他無情。這個

〔註22〕廢名：《三竿兩竿》，《廢名文集》，175 頁。
〔註23〕廢名：《隨筆》，《廢名文集》，95 頁。

意思我也就很喜歡，覺得真正是有得之言。然而劈口說我有一個好意思，尚沒有想到來了這麼幾句。那個意思其實只是一句話：我們總要做文章做得好。列位聽了恐怕不免失望，這麼一句普通的話。然而在我實是半生辛苦才能寫這一句有意思的話。」〔註24〕一小段話裏包含了兩重轉折，中間又加入了與主句關係不大的插入語。在《莫須有先生坐飛機以後》，作者借主人公之口說，《詩經·豳風》中的句子，「誦起來好像是公安派，清新自然，其實是竟陵派的句法。（公安竟陵云者，中國的文體確是有容易與彆扭之分，故戲言之。即《論語》亦屬於竟陵亦派。）」〔註25〕曲折委婉還與其文章中的引文有關，引文多，作者又很少解釋，使得行文不能像一條清順的小溪一樣直流而下，到這裡不免要曲折瀠洄一番。

廢名散文的風格和成就是需要放在周作人一派散文的體系中來看的。阿英曾說：「周作人的小品文，在中國新文學運動中，是成了一個很有權威的流派。」「這一流派的小品文，周作人而外，首先應該被憶起的，那是俞平伯」。〔註26〕俞氏文章與周作人文章在思想和創作觀念上頗為一致，然而在質地上多屬於抒情散文，不同於周作人、廢名（1930 年代）和沈啟無的小品文（familiar essay）。正如李健吾在比較廢名與周作人、俞平伯的關係時所言：「純就文學的製作來看，友誼不能決定它的類屬。」〔註27〕止菴在《〈廢名文集〉序》中指出：「講到現代散文，紹興周氏兄弟是為兩大宗師，別人都可歸在他們的譜系裏，而知堂一派中廢名最不容忽視。」這個判斷是準確的。他們的散文與以林語堂為代表的論語派散文顯示了 1930 年代言志派文學的創作實績，在中國現代散文史上佔有重要的一席。

1930 年代的前半期，是中國小品文發展過程中關鍵的民族化時期。一大批小品文作家，——如周作人、林語堂、梁遇春、豐子愷等，都有意識地進行了民族化的嘗試。從這時開始，傳統散文的質素開始更多地融入現代散文，受英、法隨筆影響的現代小品文更多地吸收了晚明小品和六朝文章等傳統文學的有益成分，帶來了小品文的繁榮。就廢名而言，他從傳統的六朝文、晚

〔註24〕廢名：《隨筆》，《廢名文集》，103 頁。
〔註25〕廢名：《莫須有先生坐飛機以後》，《莫須有先生傳》，196 頁。
〔註26〕阿英：《俞平伯小品序》，《現代十六家小品》，天津市古籍出版社 1990 年 8 月，37 頁。
〔註27〕李健吾：《〈畫夢錄〉》，《咀華集·咀華二集》，復旦大學出版社 2005 年 5 月，84 頁。

唐詩、禪道儒那裡汲取文學資源，做出了自己的貢獻。不論過去、現在還是未來，廢名的文章都不會受到像朱自清、冰心等的散文那樣廣泛的認可；他的散文世界也不及周作人那樣廣博，在境界和趣味上要遜色；然而，他創造的小品文的體式在現代散文史上是可備一格的，應該予以充分的肯定。

# 八、梁遇春的散文

　　梁遇春（1906～1932）是一個英年早逝的翻譯家和小品文作家。作為作家，他著有兩本散文集：《春醪集》，北新書局 1930 年 3 月；《淚與笑》，開明書店 1934 年 6 月。《春醪集》中大多數作品發表於《語絲》，第二個集子《淚與笑》中大多數作品發表於《語絲》和《駱駝草》。《駱駝草》是在周作人主持下，由廢名和馮至編輯的主要發表小品文的週刊。梁遇春在這兩個週刊發表作品的時間大致從 1926 年 12 月到 1930 年 10 月。他與廢名是關係親密的同學和朋友，自然與周作人也少不了來往。他高度強調小品文與作者個性之間的關聯，與周氏十分相近，同時他的小品文創作也充分體現了其散文觀。1932 年 7 月，周作人在致施蟄存的信裏給予梁遇春很高的評價：「秋心（梁遇春）病故，亦文壇一損失，廢名與之最稔，因此大為頹喪，現又上山休養去，一時或寫不出文章也。」〔註1〕梁遇春不是以周作人為中心的苦雨齋派成員，然而說他屬於言志派的作家是沒有問題的。

## 1、偏好小品文

　　梁遇春，字馭聰，有筆名秋心。他 1906 年生於閩侯（今福州市西南）一個知識分子家庭。1918 年秋考入福建省立第一中學（今福州一中）。1922 年夏畢業考入北京大學英文系預科，1924 年進入英文系本科。1928 年畢業，隨北大英文系教授溫源寧到上海暨南大學任助教。1930 年溫源寧返回北大，他也跟著回來，在圖書館工作，並兼任助教。1932 年 6 月，因得猩紅熱而病故。

---

〔註1〕周作人：《與施蟄存書》，《周作人散文全集》（6），廣西師範大學出版社 2009年 4 月，44 頁。

去世的時候有一個三歲的女兒。梁遇春只在人世間度過了二十六個春秋，卻靠兩冊薄薄的散文集獲得了文體家的聲譽，被郁達夫稱為「中國的伊里亞」〔註2〕。「伊里亞」是英國蘭姆的筆名，他著有《伊里亞隨筆》。

關於梁遇春的傳記材料非常少。從他自己的文章裏可以瞭解一些他的讀書生活和在文學上所受的影響。梁遇春在北大學習期間，深受英國文學的薰陶。他愛讀小說，對康拉德的小說特別感興趣；對於詩歌，他喜歡丁尼生、克里斯蒂娜‧羅塞蒂、濟慈的詩集；他也曾被蕭伯納的戲劇作品吸引過，喜歡蕭深刻流利、一清見底的文詞。在廣泛涉獵英國文學的同時，梁遇春也把目光投向了美國作家愛倫‧坡、霍桑，法國隨筆的鼻祖蒙田，以及俄國作家陀思妥也夫斯基、屠格涅夫、高爾基等人身上。不過，在大學時代，他最喜歡的是 Essay。常在他的枕頭邊放的是蒙田、蘭姆、哥爾德斯密的全集，斯梯爾、艾迪生、哈茲里特、亨特、布朗、德‧昆西、斯密斯、薩克雷、斯蒂文森、洛威爾（美國詩人、評論家）、吉辛、貝洛克、劉易斯、林德等的小品集。〔註3〕這裡除了蒙田和洛威爾外，其餘的作家的隨筆差不多可以組成一部英國隨筆簡史。由此可見他和英國隨筆的關係。梁遇春在所譯《小品文續選》的序言中說：「他（蘭姆——引者）是譯者十年來朝夕聚首的唯一小品文家」〔註4〕。

梁遇春創作和翻譯小品文是從 1926 年到 1932 年，作品發表在《語絲》《駱駝草》《新月》等十幾種報刊上。據馮至《談梁遇春》一文介紹，梁遇春從 1926 年冬開始發表散文，到 1932 年夏去世不滿六年的時間裏，寫了三十六篇閃耀著智慧、風格獨具的散文。他拼命地閱讀古今中外的書籍，翻譯外國文學作品二十餘種。〔註5〕他總共只有《春醪集》和《淚與笑》兩個散文集。《春醪集》是 1930 年 3 月上海北新書局出版的，內收散文十三篇。取名「春醪」，據作者說，典出《洛陽伽藍記》中游俠的話：「不畏張弓拔刀，但畏白墮春醪。」第二個集子《淚與笑》是在作者去世以後出版的。這個集子收有散文二十二篇，多為《春醪集》之後的作品。由開明書店初版於 1934 年 6 月，它的印行

〔註 2〕郁達夫：《導言》，《中國新文學大系‧散文二集》，上海良友圖書印刷公司 1935 年 8 月。

〔註 3〕梁遇春：《〈英國小品文選〉譯者序》，《梁遇春散文全編》，吳福輝編，浙江文藝出版社 1992 年 10 月。以下引用梁遇春的文章未注明出處的均見該書。

〔註 4〕梁遇春：《〈小品文續選〉序》。

〔註 5〕馮至：《談梁遇春》，《新文學史料》1984 年 1 期。

多少有些紀念的性質了。他的譯作有《英國詩歌選》《英國小品文選》《小品文選》《小品文續選》等。

梁遇春相信自我表現的文學觀：「文學是個性的結晶，個性越顯明，越能夠坦白地表現出來，那作品就更有價值。」〔註6〕他在《「還我頭來」及其他》中表明自己的寫作態度：「『還我頭來』是我的口號，我以後也只願說幾句自己確實明白瞭解的話，不去高攀，談什麼問題主義，免得跌重。說的話自然平淡凡庸或者反因為它的平淡凡庸而深深地表現出我的性格，因為平淡凡庸的話只有我這魯拙的人，才能夠說出的。」他稱讚蘭姆道：「他文章裡十分之八九是說他自己，他老實地親信地告訴我們他怎麼樣不能瞭解音樂，他的常識是何等的缺乏，他多麼怕死，怕鬼，甚至於怎樣怕自己會做賊偷公司的錢，他也毫不遮飾地說出。他曾說他的文章用不著序，因為序是作者同讀者對談，而他的文章在這個意義底下全是序。他談自己七零八雜事情所以能夠這麼娓娓動聽，那是靠著他能夠在說閒話時節，將他全性格透露出來，使我們看見真真的蘭姆。」〔註7〕也不是說個性表現得越直白越好，其實他是注重含蓄的。他在《〈小品文選〉序》中就指出：「含蓄可說是近代小品文的共同色彩，甚麼話都只說一半出來，其餘的意味讓讀者自己去體會。」〔註8〕他對功利主義的文學不滿：「我對於古往今來那班帶有使命的文學，常抱些無謂的杞憂。」〔註9〕他在《醉中夢話（一）》中說：「自從我國『文藝復興』（這四字真典雅堂皇）以後，許多人都來提倡血淚文學，寫實文學，唯美派……總之沒有人提倡無害的笑。現在文壇上，常見一大叢帶著桂冠的詩人，把他『灰色的靈魂』，不是獻給愛人，就送與 Satan。」這些話對我們認識他散文的取材和主題是有說明的。

梁遇春對小品文的意見雖不多，但經常為人們所引用。他曾在《〈小品文選〉序》中指出小品文的文體特點：「大概說，小品文是用輕鬆的文筆，隨隨便便地來談人生，因為好像只是茶餘酒後，爐旁床側的隨便談話，並沒有儼然地排出冠冕堂皇的神氣，所以這些漫話絮語很能夠分明地將作者的性格烘托出來，小品文的妙處也全在於我們能夠從一個具有美妙的性格的作者眼睛裏去看一看人生。」還談到小品文的興盛與定期出版物的關係：「因為定期出

〔註6〕梁遇春：《談「流浪漢」》，《梁遇春散文全編》，101頁。
〔註7〕梁遇春：《查理斯‧蘭姆評傳》，《梁遇春散文全編》，54～55頁。
〔註8〕梁遇春：《〈小品文選〉序》，《〈小品文選〉序》，《梁遇春散文全編》，438頁。
〔註9〕梁遇春：《文藝雜話》，《梁遇春散文全編》，74頁。

版物篇幅有限，最宜於刊登短雋的小品文字，而小品文的沖淡閒逸也最合於定期出版物讀者的口味，因為他們多半是看倦了長而無味的正經書，才來拿定期出版物鬆散一下。」英國是這樣，在中國也是如此：「有了《晨報副刊》，有了《語絲》，才有周作人先生的小品文字，魯迅先生的雜感。」〔註10〕

## 2、率性而談

梁遇春散文在取材和主題上迥異於現代「人生派」作家的作品。後者總是偏愛現實生活題材，承載著嚴肅的社會使命；而梁遇春則是一個執著的人生思考者，偏愛死亡的主題，對人類懷有悲憫之情，筆下多感傷情調。他以自己的人生經驗和所讀的書為依託，專注於死、愛、讀書、理想、生活的藝術等人生的基本問題。

梁遇春的散文有許多對人生的精彩議論，給人以顧盼生姿的感覺，雖然有時「胡鬧」的氣息不免重了些，但不乏真知灼見。他是一個高度內省型的人，對人生的探索常常是通過審視自己，剖析自己的內心衝突來進行的。與一般的年輕人不同，他對自己的心路歷程有著清醒的意識。

人生觀，總是青年人愛談的話題。梁遇春在 1927 年 8 月寫了《人死觀》一文，對人死觀這個論題進行了深入的思考，認為一般人講到死，就想起生，建立不起人死觀來。梁遇春說：「讓我們這會死的凡人來客觀地細玩死的滋味：我們來想死後靈魂不滅，老是這麼活下去，沒有了期的煩惱；再讓我們來細味死後什麼都完了，就歸到沒有了的可哀；永生同滅絕是一個極有趣味的 dilemma（進退兩難的境地——引者），我們盡可和死親呢著，讚美這個 dilemma 做得這麼完美無疵，何必提到死就兩對牙齒打戰呢？人生觀這把戲，我們玩得可厭了，換個花頭吧，大家來建設個好好的人死觀。」

在《春醪集》中，收有兩篇《寄給一個失戀人的信》。收信人為秋心，寄信人署馭聰。我們知道，這正是梁遇春常用的兩個筆名。作者以這種書信的形式，在討論失戀後應當怎樣對待的問題，設問和解答都是他自己，實際上是自我論辯了。作者對於失戀者常有的「既有今日，何必當初」的論調，提出反對意見。他認為：「一般失戀人的苦惱都是由忘記『過去』，太重『現在』的結果。實在講起來失戀人所失去的只是一小部分現在的愛情。他們從前已經過去的愛情是存在『時間』的寶庫中，絕對不會失去的。」又寫道：「春花

---

〔註10〕梁遇春：《小品文選·序》，《梁遇春散文全編》，435～436 頁。

秋謝，誰看著免不了嗟歎。然而假設花老是這麼嬌紅欲滴的開著，春天永久不離大地。這種雕刻似的死板板的美景更會令人悲傷。」這裡直接談論的是對失戀的態度，其實對人生中很多失去的東西，何嘗不可以採取同一態度呢？

讀梁遇春的散文，總會感覺到有很重的悲觀色彩，甚至有些陰鬱。這些黯淡的成分在相當大程度上來自作品中那些揮之不去的死亡的陰影。葉公超在《淚與笑》的《跋》裏說：「『死』似乎是我們亡友生時最親切的題目，是他最愛玩味的意境。」石民讀了梁遇春在《春醪集》之後寫的一些文章，感到作者「似乎開始染上了一種陰沉的情調，很少以前那樣發揚的爽朗的青春氣象了。尤其是最近在《新月》上看到他的一篇遺稿《又是一年春草綠》，我真歎息那不應該是像他那樣一個青年人寫的，為什麼這樣淒涼呢！」〔註11〕梁的人生態度與蘭姆不同。蘭姆經歷了許多人生悲劇，然而一旦走上充滿商業都會氣息的倫敦大街，他便因為「有這樣豐富的生活而流下淚來」對此梁遇春評價道：「蘭姆真有點泥成金的藝術，無論生活怎樣壓著他，心情多麼煩惱，他總能夠隨便找些東西來，用他精細微妙靈敏多感的心靈去抽出有趣味的點來」，梁遇春稱讚蘭姆是「止血的靈藥」，從他的生活和作品「我們可以學到很多精妙的生活術」。〔註12〕

從體式上來說，梁遇春散文屬於漫談式的小品文字，以議論為主。他的談話風所具有的語體風格是快語：率性而談，縱橫自如，顧盼生姿，時見慧心錦句。唐弢稱他走的是一條「快談、縱談、放談」的路。〔註13〕

他的議論有著特別的觀察點。關於觀察點梁在哥爾德斯密斯《黑衣人》譯注裏有這樣的說明：「做小品文字的人最要緊的是觀察點（the point of view），無論什麼事情，只要從個新觀察點看去，一定可以發現許多新的意思，除去不少從前的偏見，找到無數看了足以發噱的地方。所以做小品文字的人裝單身漢，裝做外國人，裝窮，裝傻，無非是想多懂些事情的各方面。……the point of view，實在是精研小品文學的神髓。」這裡所謂的觀察點是從表現的角度來說，其實它還是一種思想的方法，顯示出作者的世界觀。梁遇春在《春醪集》的開篇文章《講演》中借他人的話說：「所謂世界中不只『無奇不有』，

〔註11〕石民：《〈淚與笑〉序三》。
〔註12〕梁遇春：《查理斯‧蘭姆評傳》，《春醪集》。
〔註13〕唐弢：《兩本散文》，《晦庵書話》，生活‧讀書‧新知三聯書店 1980 年 9 月，52 頁。

實在是『無有不奇』」。將「無奇不有」翻轉成「無有不奇」，馮至在《談梁遇春》中認為此話「可以作為他此後六年所寫的散文共同的題詞」，並指出這「無有不奇」的雙重意義：「一是『新奇』的奇，是從平凡的生活中看出『新』；一是『奇怪』的奇，是從社會不合理而又習以為常的事物中看到『怪』」。之所以能夠從司空見慣的事物中見出「奇」和「怪」，是與他特別的觀察點密不可分的。

他勤於思考，思想敏銳，常站到流行觀念和權威話語的反對面。《途中》是一篇精粹之作，其談論方式也有著作者一貫的特點：善於對司空見慣的觀念提出反論，或翻出新意。如說有意義的旅行不如通常的走路那樣能與自然更見親密。如對「讀萬卷書，行萬里路」的別出心裁的闡釋。都說「一日之計在於春」，他卻在《「春朝一刻值千金」》中大談遲起的妙處，說遲起是一門藝術，極力讚頌遲起的好處，敘說從中獲得的安慰和樂趣。在一般人的心目中，大學是知識的殿堂，大學教師是特別有學問的人，可他對大學教授很不恭敬。《論知識販賣所的夥計》一開始就引用了威廉·詹姆斯的話：「每門學問的天生仇敵是那門的教授。」這種觀察點反映了梁遇春思想中的懷疑論傾向，也帶來了他所表達思想的非系統性。

梁遇春的議論注重方式的變化，對自己辯論是其散文的一種議論方式。在《春醪集》中，《寄給一個失戀人的信》（一）、《寄給一個失戀人的信》（二）採取通信的形式，受信人寫的是「秋心」，這是梁自己的一個名字；而《講演》《「失掉了悲哀」的悲哀》用的是對話的形式。

《「失掉了悲哀」的悲哀》通過虛構「青」這個人物，寫出了自己的一種精神狀態，可以說「青」是作者一幅自我精神的寫真。這樣說的理由後面將要談到。「青」是「我」十年前大學預科時候的好友，通過他的口，文章表明「失掉了悲哀」的悲哀是人生的最大悲哀。「我」跟「青」說，自己感到生活中充滿了悲劇的情緒。「青」袒露心跡，表達了截然不同的觀點。他說，人們一定要對於人生有個肯定以後，才能夠有悲歡哀樂。而他因為失掉了價值觀念，所以既失掉了快樂，也失掉了悲哀。何以失掉了價值觀念呢？「把自己心裡各種愛好和厭惡的情感，一個一個用理智去懷疑，將無數的價值觀念，一條一條打破，這就等於把自己的心一口一口地咬爛嚼化，等到最後對於這個劊子手的理智也起懷疑，那就是他整個心吃完了的時候，剩下來的只是一個玲瓏的空洞。」他區分了吃了自己的心和心死的不同，心死了，心還在胸

內，還會感到它在身體內的重量，哪怕一個窮凶極惡的人他對於生活還是有苦樂的反應。「只有那班吃自己心的人是失掉了悲哀的。」只有留念生活的人才會對生活感到悲哀，因而悲哀是對生活價值的一種肯定。常言道，哀莫大於心死。「青」居然道出了一種更大於心死的悲哀，可見是多麼悲觀。於是就導致了「青」自陳的這種人生狀態：「我失掉了一切行動的南針，我當然忘記了什麼叫做希望，我不會有遂意的事，也不會有失意的事，我早已沒有主意了。所以我總是這麼年輕，我的心已經同我軀殼脫離關係，不至於來搗亂了。」概括起來說，「失掉了悲哀」的悲哀狀態就是：否定了一切價值觀念，失掉了悲哀和歡樂，就如吃掉了自己的心，外表雖然年輕，實際上則是個空的軀殼。

之所以說《「失掉了悲哀」的悲哀》通過虛擬的「青」與「我」的對話來自剖心跡，是根據文章最後一段的交待。「青」在與我一番談話，並去一個館子大快朵頤後，第二天「我」按照他給的地址到旅館去找他，可旅館裡根本就沒有這麼一個人。作者又是帶著面具說話的，也很難把「青」與作者完全等同。我們只能說，「青」大致地代表著作者精神的一個層面。作者並沒有直截了當地展開議論，而是虛設了簡單的情節，讓讀者通過「我」的角度來審視，經歷一個具體可感的認識過程。「青」就是一種精神面貌的具象化，一幅寫真。「青」這個「我」昔日大學預科時候的好友，十年後的形象是這樣的：「青的眼睛還是那麼不停地動著，他頰上依舊泛著紅霞，他臉上毫無風霜的顏色，還脫不了從前那種沒有成熟的小孩神氣。有一點卻是新添的，他那渺茫的微笑是從前所沒有的，而是故意裝出放在面上的」。「沒有成熟的小孩神氣」是十年前的青春本色，而「渺茫的微笑」是他在經歷了十年風霜後而增添的新特徵。這正是可供解讀「青」的一個缺口。「青」的自我剖析正是「渺茫的微笑」後面的真實的內容，是帶有一點鬼氣的東西。對此，作者也有一個具象化的形容——「惡鬼的獰笑」。「渺茫的微笑」與「惡鬼的獰笑」一表一裡。本來很枯燥的內容，經過作者的一番巧妙的處理，便多了從容灑脫和風姿。

梁遇春的散文還有一個重要的特點，是把他的人生觀念凝聚在具體可感的意象中，然後圍繞這文章裏的中心意象展開多方面的議論。這是與以周作人為代表的學者的散文迥乎不同的一點。

他有一篇將近一萬字的長文《流浪漢》，通過描述和上流人稱道的「君子」相對的「流浪漢」，表現自己的人格理想。他用譏諷的語調，稱讚「君子」的

安分守己，方正平和，謹小慎微，溫文爾雅。他們從不過激，也不得罪人，謹守著各種各樣的人情禮法，到處一團和氣。「流浪漢雖然沒有這類在臺上走 S 步伐的旖旎風光，他卻具有男性的健全。他敢赤身露體地和生命肉搏，打個你死我活。不管流浪漢的結果如何，他的生活是有力的，充滿趣味的，他沒有白過一生，他嘗盡人生的各種味道，然後再高興地去死的國土裏遨遊」。在這篇文章裏，他以熱烈景仰的語調，把流浪漢「豪爽英邁，勇往直前」的性格描繪得淋漓盡致，寄託了他的人生理想。在《觀火》《救火夫》，和那篇被廢名在《〈淚與笑〉序一》中評為爐火純青之作的《吻火》裏，梁遇春說出了他的人格理想和人生態度。他喜愛火的形態，崇拜火的精神，「火」在他的散文種是一個反覆出現、意蘊豐富的意象。大凡理想總是現實中所缺乏的，「火」的意象給人的熱烈、奔放的印象正與作者寂寞而有些消沉的生活狀態形成了鮮明的對比。

梁遇春的快語自然表現在他的語言上。他自稱是一個性急的人（《春雨》），又喜歡滔滔不絕（廢名形容他一口氣要把世上的話說盡的樣子）。他的語言率真自然，氣勢暢達，玲瓏多態，繁華足媚。我們看一段《春雨》中的文字：

> 「山雨欲來風滿樓」，這很可以象徵我們孑立人間，嘗盡辛酸，遠望來日大難的氣概，真好像思鄉的客子拍著欄杆，看到郭外的牛羊，想起故里的田園……所謂生活術恐怕就在於怎麼樣當這麼一個臨風的征人吧。無論是風雨橫來，無論是澄江一練，始終好像惦記著一個花一般的家鄉，那可說就是生平理想的結晶，蘊在心頭的詩情，也就是明哲保身的最後堡壘了；可是同時還能夠認清眼底的江山，把住自己的步驟，不管這個異地的人們是多麼殘酷，不管這個他鄉的水土是多麼不慣，卻能夠清瘦地站著，戛戛然好似狂風中的老樹。能夠忍受，卻沒有麻木，能夠多情，卻不流於感傷，彷彿樓前的春雨，悄悄下著，遮住耀目的陽光，卻滋潤了百草同千花。

這是一段獨坐斗室，傾聽窗外春雨滴瀝的感懷。由於文思飄忽，句群與句群之間意思的跳躍較大，所以不是很明晰；但我們可以看出梁遇春語言的特色。筆墨酣暢，用了鋪排的句式，用了排比、對偶、比喻等修辭手法。講究辭藻，意象豐富。從情思到表達都有濃厚的傳統色彩，有點像六朝文。然而遣詞造句也不盡妥帖，甚至顯得有些蕪雜。他還經常說一些偏激的話，在他自己是

有意為之的。如說「歷來的真文豪都是愛逃學的」（《講演》），「哲學家多半是傻子」（《醉中夢話（一）》），「最可愛的女子是像賣解，女優，歌女等這班風塵人物裏面的癡心人」（《天真與經驗》）。真率大膽，力求盡興，不做拘謹的人和假君子，決不委曲求全。

從《春醪集》到《淚與笑》，隨著時間的推移，中國傳統詩文的情調變得更濃厚。這似乎從《又是一年春草綠》《春雨》等篇的題目上就可以略見一斑。他試圖給西方式的小品文融入一種中國情調。

收入《淚與笑》的《途中》是梁遇春有代表性的作品，帶有其一貫的談話風，而文章又加入了大量感性的記敘和描寫。不是開門見山，開頭一長段具體敘述了自己在秋雨中乘電車和公共汽車穿過上海市區到郊區的旅行，記下了自己的所見所感，自然地引起了關於途中的話題。後面在談到路途對欣賞自然的價值時，又插入一段自己專程去杭州遊覽風景名勝的經歷，說明這樣經歷的不愉快。在記敘中也有清細的描寫，在第一段中先寫從電車中看到的市景，然後寫：「到了北站，換上去西鄉的公共汽車，雨中的秋之田野是別有一種風味的。外面的濛濛細雨是看不見的，看得見的只是車窗上不斷地來臨的小雨點，同河面上錯雜得可喜的纖纖雨腳。此外還有粉般的小雨點從破了的玻璃窗進來，棲止在我的臉上。我雖然有些寒戰，但是受了雨水的洗禮，精神變成格外地清醒。已攖世網，醉生夢死久矣的我真不容易有這麼清醒，這麼氣爽。」這裡有清新、細膩的描寫，有抒情和議論。

梁遇春在《〈小品文續選〉序》中指出：「小品文大概可以分做兩種：一種是體物瀏亮，一種是精微朗暢。前者偏於情調，多半是描寫敘事的筆墨；後者偏於思想，多半是高談闊論的文字。這兩種當然不能截然分開，而且小品文之所以成為小品文就靠這二者混在一起。描狀情調時必定含有默思的成分，才能蘊藉，才有回甘的好處，否則一覽無餘，豈不是傷之膚淺嗎？刻劃冥想時必得拿情緒來渲染，使思想帶上作者性格的色彩，不單是普遍的抽象東西，這樣子才能沁人心脾，才能有永久存在的理由。不過，因為作者的性格和他所愛寫的題材的關係，每個小品文家多半總免不了偏於一方面，我們也就把他們拿來歸儒歸墨吧。」〔註14〕「體物」，具體地描述事物；「瀏亮」，曉暢明朗。陸機《文賦》云：「詩緣情而綺靡，賦體物而瀏亮。」在《途中》，梁遇春融體物與議論、情調、思想於一體。

〔註14〕梁遇春：《〈小品文續選〉序》，《梁遇春散文全編》555頁。

　　馮至在《談梁遇春》中說梁遇春：「他博覽群書，他受影響較多的，大體看來有下邊的三個方面：他從英國的散文學習到如何觀察人生，從中國的詩、尤其是從宋人的詩詞學習如何吟味人生，從俄羅斯的小說學習到如何挖掘人生。」也許可以說，在《途中》，梁遇春是把這幾個方面結合了起來。

　　梁遇春的散文靈動暢達，顧盼多姿，並帶有濃厚的感傷情調，這是他的風格。然而他並沒有成為現代散文的大家，廢名在《〈淚與笑〉序一》中說：「他並沒有多大的成績，他的成績不大看得見，只有幾個相知者知道他醞釀了一個好氣勢而已。」預想中國新的散文在他的手下「將有一樹好花開」。他直接採用了英國隨筆的形式來寫作白話散文，表達自己的人生經驗，在其第二本散文集《淚與笑》中，試圖用中國傳統詩文的情調來改造它，做出了自己的成績。現代的小品文是在英、法隨筆這種外來形式基礎上發展來的。1920年代初周作人首倡小品文並親自實踐，一開始就取得了成功，其實他是超出了同時代的普遍水平的。從普遍的情況來看，小品文的體式在1930年代以後才真正走向成熟。而梁遇春的散文創作則留下了這一新形式走向民族化的生動印跡。

# 九、張愛玲、蘇青的散文

　　張愛玲、蘇青的小品文在現代散文史上是異數，長期以來沒有得到應有的評價，這與她們對現代漢語散文的實際貢獻和影響是十分不相稱的。張愛玲在《我看蘇青》中說：「如果必須把女人作者特別分作一檔來評論的話，那麼，把我同冰心、白薇她們來比較，我實在不能引以為榮，只有和蘇青相提並論我是甘心情願的。」〔註1〕確實，她們的主要散文都同時產生於淪陷區文壇，表現出諸多的共同點，都充分表達了被壓抑的女性話語，對文學史的貢獻完全可以放在一起來評價的；同時她們散文的相異之處也可資比較，有利於辨析她們各自的創作特色。

## 1、歡悅世俗

　　張愛玲早期散文主要有刊於 1933 年上海聖瑪利女校年刊《鳳藻》上的《遲暮》，1936 年的《秋雨》，1937 年的《論卡通畫之前途》《牧羊者素描》《心願》，還有在另一雜誌上發表的幾則簡短的書評。《遲暮》《秋雨》為抒情散文，帶有以後深為作者不屑的濃厚的新文藝腔，迷戀文字技巧，詞藻華麗、堆砌。其餘幾篇則為夾敘夾議式的小品文，這些文章語言有所節制，趨於簡潔流暢，明顯加強了知性的成分。

　　1942 年到 1947 年是張散文寫作的中期，也是其散文寫作的主要時期。1942 年夏，張愛玲返回上海，開始了自己職業作家的生涯。小說是她創作的主體，寫散文只能算是副業。張愛玲的散文有一冊《流言》，中國科學公司 1944 年

〔註 1〕張愛玲：《我看蘇青》，《張愛玲文集》4 卷，安徽文藝出版社 1992 年 7 月。下
　　　　文未注明出處的張的散文均見該書。

12 月梓行，收入文章三十篇，插入作者自作漫畫多頁。這些散文寫於 1942 年到 1944 年間，大致與《傳奇》中的小說作於同一時期。「《流言》是引一句英文——詩？Written on water（水上寫的字），是說它不持久，而又希望它像謠言傳得一樣快。」〔註 2〕《流言》出版後的兩三年間，又有十來篇散文面世，大致延續了《流言》的路子。這一時期文章情調、章法結構、藝術表現都體現了西方隨筆的影響。

張愛玲晚期十幾篇散文發表在臺灣《中國時報》《聯合報》的副刊上，主要收入 1970、1980 年代臺灣皇冠出版社印行的她的小說、散文合集《張看》《餘韻》《續集》以及《對照記》。晚期之作多是序跋、讀書記之類，走入平實一途。和中期散文相比，她晚年之作缺乏水份和光澤，個別篇目甚至還有一些拖沓。

張愛玲、蘇青散文在內容上的最大特點是對平凡的日常生活的記敘和談論。自「五四」以來，散文承載著思想啟蒙、社會改革、民族救亡乃至政治革命的使命，雖然也記錄個人日常生活的感興，但那是附麗於主流話語之上的，沒有多少世俗瑣碎的特徵。周作人、林語堂等人同樣寫日常生活，但他們更多地體現了傳統士大夫雅文化的影響，而張愛玲、蘇青筆下日常生活的底子是市民的俗文化。如果以火焰來作譬，周、林筆下的日常生活有火焰炎炎的外形，有微溫，但不像張愛玲、蘇青寫的那樣煙薰火燎，給人以灼熱感。

在《童言無忌》一文中，張愛玲坦率地談論金錢、穿著、飲食。她說自己從小似乎就很喜歡錢。她「抓周」的時候有兩種截然不同的說法：姑姑記得她拿的好像是小金鎊，一個女傭堅持說她拿的是筆。而作者自己更願意相信前者。「一學會了『拜金主義』這名詞，我就堅持我是拜金主義者。」中學時代，她畫了一張漫畫投給一家報紙，得了五塊錢，她立刻去買了一支小號的丹琪唇膏。她欣然承認自己是個「小市民」：「每一次看到『小市民』的字樣我就局促地想到自己，彷彿胸前佩著這樣的紅綢字條。」「這一年來我是個自食其力的小市民。」

張愛玲成長在大都市中，對現代文明懷著一種與生俱來的親切感。胡蘭成寫道：「張愛玲，她是澈底的都市的。春天的早晨她走過大西路，看見馬路旁邊的柳樹與梧桐，非常喜歡，說：『這些樹種在鋪子面前，種在意大利飯店門口，都是人工的東西，看著它發芽抽葉特別感到親切。』又說：『現代文明

〔註 2〕張愛玲：《紅樓夢魘》，臺北：皇冠出版社 1977 年 8 月，8 頁。

無論有怎樣的缺點，我還是從心底裏喜歡它，因為它倒底是我們自己的東西。」
〔註3〕現代文明指的是她在《談女人》中所說的「機械商業文明」，「上海文明」
是其集中的體現。對張愛玲來說，她所喜歡的現代文明從來不是抽象的，而
是具體可感，與自己息息相關的，如她的散文裏常寫到的公寓、時裝、電車、
櫥窗、劇院、市聲等。

在《公寓生活記趣》裏，作者絮叨了公寓生活的方方面面：熱水管，屋
子裏的水災，市聲，賣吃食的小販，開電梯的人，炒菜做飯，米蟲、蒼蠅、
蚊子，管閒事……從諸如此類的瑣事中，她總是能發現樂趣的。她說：「我喜
歡聽市聲。比我較有詩意的人在枕上聽松濤，聽海嘯，我是非得聽見電車聲
才睡得著覺的。」她善於以審美的眼光來打量身邊的庸常生活，從中發現溫
暖的詩意。這在《公寓生活記趣》《道路以目》等篇中得到集中的表現。前一
篇文章寫道：「許多身邊雜事自有它們的愉快性質。看不到田園裏的茄子，到
菜場上去看看也好——那麼複雜的，油潤的紫色；新綠的豌豆，熱豔的辣椒，
金黃的麵筋，像太陽裏的肥皂泡。把菠菜洗過了，倒在油鍋裏，每每有一兩
片碎葉子沾在篾簍底上，抖也抖不下來；迎著亮，翠生生的枝葉在竹片編成
的方格子上招展著，使人聯想到籬上的扁豆花。」作者還把電車進廠想像成
是「電車回家」：「一輛銜接一輛，像排了隊的小孩，嘈雜，叫囂，愉快地打
著啞嗓子的鈴：『克林，克賴，克賴，克賴！』吵鬧之中又帶著一點由疲乏而
生的馴服，是快上床的孩子，等著母親來刷洗他們。」在 1939 年寫的《天才
夢》裏，她就談到了「生活的藝術」：「生活的藝術，有一部分我不是不能領
略。我懂得怎麼看『七月巧雲』，聽蘇格蘭兵吹 bagpipe，享受微風中的籐椅，
吃鹽水花生，欣賞雨夜的霓虹燈，從雙層公共汽車上伸出手摘樹巔的綠葉。
在沒有人與人交接的場合，我充滿了生命的歡悅。」這裡所說的「生活的藝
術」在她以後的散文裏有更詳細的呈現。

不僅在那個大時代中這樣關注庸常生活，甚至直接生活在戰火蹂躪下的
城市中，她依然故我，更加尖銳地凸現出自己對「現實」的理解和與主流文
學截然不同的旨趣。《燼餘錄》記述作者在香港戰爭時的經驗。這裡沒有寫戰
爭的崇高、殘酷之類的東西，而是通過一個「俗人」的眼光，寫戰時的日常
生活片斷，表現的是生趣。她當過所謂防空員，在臨時醫院做過看護，然而

〔註 3〕胡覽乘（胡蘭成）：《張愛玲與左派》，《張愛玲與蘇青》（靜思編），安徽文藝出
　　　版社 1994 年 6 月，160 頁。

這只是為她觀察和記錄提供了一些便利。「我記得香港陷落後我們怎樣滿街找尋冰淇淋和嘴唇膏。」文章沒有明確的主題和貫串的線索。有的只是大背景下的一個個片斷，其中幾個相對完整的片斷是可以單獨成篇的。但作家沒有，而是把它們嘈雜地並置。這裡面有著她對「現實」的理解：「現實這樣東西是沒有系統的，像七八個話匣子同時開唱，各唱各的，打成一片混沌。在那不可解的喧囂中偶然也有清澄的，使人心酸眼亮的一剎那，聽得出音樂的調子，但立刻又被重重黑暗擁上來，淹沒了那點瞭解。」如果硬要找主題，這便是主題。面對那些似不可解的混沌和喧囂，作者有自己深刻的洞見：「去掉了一切的浮文，剩下的彷彿只有飲食男女這兩項。人類的文明努力要想跳出單純的獸性生活的圈子，幾千年來的努力竟是枉費精神麼？事實是如此。」在作者的敘述的背後，仍然隱藏著其一貫的人生哲學：「清堅決絕的宇宙觀，不論是政治上的還是哲學上的，總未免使人嫌煩。人生的所謂『生趣』全在那些不相干的事。」

張愛玲的《道路以目》寫的是滬上流動的街景，梁遇春有一篇同樣內容的《途中》。兩文的觀點有相同之處，都強調「行萬里路」未必要走遍名山大川或飄洋過海，應該注重眼前的風景。兩人都寫了十里洋場的街景，但梁遇春描繪的是都市在秋雨中閑暇悠然的一面，而且重在由此引起議論，始終顯示的是一個文人的趣味和思索，重在言志。張愛玲則不同，她有意抹去觀察者的痕跡，呈現出一幅幅跳躍式的街景鏡頭，靠喧囂的眾生相烘托出都市本身的種種趣味。梁遇春用了文雅而富有詩意的文體，引用了不少中外的詩句；張愛玲用了貼近世俗生活的言語，樸實而真切。

張愛玲談繪畫、音樂、文學，談道德、思想、宗教等等，無不以世俗化的眼光來觀察，體現出強烈的世俗化的價值取向。如《談音樂》，雖然有著中規中矩的 essay 式的題目，卻是表現自己對音樂的一偏之見，顯示對社會成見的系統背叛。她喜歡通俗歌曲《本埠新聞裏的姑娘》，因為裏面寫的「完全是大城市的小市民」。喜歡巴赫的曲子，因為其中「沒有廟堂氣也沒有英雄氣」。不喜歡情歌《在黃昏》，因為裏面固守著一些過了時的邏輯。

她有意用世俗的眼光消解女性美和崇高。《談女人》一文寫道：「翩若驚鴻，宛若遊龍的洛神不過是個古裝美女，世俗所供的觀音不過是古裝美女赤了腳，半裸的高大肥碩的希臘石像不過是女運動家，金髮的聖母不過是個俏奶媽，當眾喂了一千餘年的奶。」神像被剝去了金裝，露出了裏面的泥胎。

　　她消解傳統關於女性的道德。在京劇傳統劇目《紅鬃烈馬》中，薛平貴出征西涼，其妻王寶釧清守寒窯十八年，張愛玲在這裡看到了對女人的不公和殘忍：「《紅鬃烈馬》無微不至地描寫了男性的自私。薛平貴致力於他的事業十八年，泰然地將他的夫人擱在寒窯裏像冰箱裏的一尾魚。……薛平貴雖對女人不甚體諒，依舊被寫成一個好人。」（《洋人看戲及其他》）富於自我犧牲的母愛向來被視為偉大的美德，她卻要說這是動物所共同具有的，本能的仁愛只是獸性的善。（《造人》）她還進一步去揭示男人和女人提倡或標榜母愛的不同動機：「母愛這大題目，像一切大題目一樣，上面做了太多的濫調文章。普通一般提倡母愛的都是做兒子而不做母親的男人，而女人，如果也標榜母愛的話，那是她自己明白她本身是不足重的，男人只尊敬她這一點，所以不得不加以誇張，渾身是母親了。其實有些感情是，如果時時把它戲劇化，就光剩下戲劇了；母愛尤其是。」（《談跳舞》）

　　她有時簡直「非聖無法」，甚至對中國文化的聖人孟子也免不了來一番調侃。她家陽臺的破竹簾子上栓了塊舊污的布條子，「從玻璃窗裏望出去，正像一個小人的側影，寬袍大袖，冠帶齊整，是個儒者，尤其像孟子……那小人在風雨中作揖點頭，雖然是個書生，一樣也世事洞明，人情練達，辯論的起點他非常地肯遷就，從霸道談到王道，從女人談到王道，左右逢源，娓娓動人，然而他的道理還是行不通。」（《氣短情長及其他》）

　　張愛玲的消解神話不無誇大和偏激，但你無法否認其中有著片面的深刻。

　　不過，張愛玲並不是一味地揭露和諷刺男性和男性中心的觀念。她對女性自身的弱點和劣根性也不留情。《有女同車》記錄電車上的女人議論她們生活中的男性。作者最後發表議論：「電車上的女人使我悲愴。女人……女人一輩子講的是男人，念的是男人，怨的是男人，永遠永遠。」《忘不了的畫》寫道：「普通女人對於娼妓的觀感則比較複雜，除了恨與看不起，還又羨慕著，尤其是上等婦女，有著太多的閒空與太少的男子，因之往往幻想妓女的生活為浪漫的。」不過，她把女性「劣根性」造成的原因歸之於男性的。幾千年來，女性始終受男性的支配，因為適應環境，養成了所謂的妾婦之道。女性的「劣根性」是男人一手造成的，全是環境所致。（《談女人》）

　　做一個「俗人」，關注日用飲食，是她的人生哲學和創作理念。她在《必也正名乎》中說：「我願意保留我的俗不可耐的名字，向我自己作為一種警告，設法除去一般知書識字的人咬文嚼字的積習，從柴米油鹽，肥皂，水與太陽

之中去找尋實際的人生。」與時代相關的大題材她不熟悉，也沒有興趣：「一般所說『時代紀念碑』那樣的作品，我是寫不出來的，也不打算嘗試，因為現在似乎還沒有這樣集中的客觀題材。」(《自己的文章》)她相信只要從自己的觀點出發，寫日常題材同樣是有前途的：「只要題材不太專門性，像戀愛結婚，生老病死，這一類頗為普遍的現象，都可以從無數各各不同的觀點來寫，一輩子也寫不完。」(《寫什麼》)偶而她也提醒讀者自己與名士派的不同：「有時候我疑心我的俗不過是避嫌疑，怕沾上了名士派；有時候又覺得是天生的俗。」(《我看蘇青》)

張愛玲的散文表現了世俗的繁華和對繁華的愛戀，但那繁華和愛戀是以虛無襯底的。兩個方面在文本中好像是一枚硬幣的兩面，一面是繁華，一面是蒼涼。她文章中的蒼涼如同《私語》末了寫的更鼓或賣餛飩的梆子，「托，托，托，托」地響在文章裏，綿長而又淒涼。王安憶說：「張愛玲的世俗氣是在那虛無的照耀下，變得藝術了。」〔註4〕

她骨子裏對人生是悲觀的。在《造人》中，她甚至這樣寫：「文明人是相當值錢的動物，餵養，教養，處處需要巨大的耗費。我們的精力有限，在世的時間也有限，可做，該做的事又有那麼多——憑什麼我們要大量製造一批遲早要被淘汰的廢物？」物質享受難以給人完全的慰藉：「說到物質，與奢侈享受似乎是不可分開的。可是我覺得，刺激性的享樂，如同浴缸裏淺淺地放了水，坐在裏面，熱氣上騰，也得到昏濛的愉快，然而終究淺，即使躺下去，也沒法子淹沒全身。思想複雜一點的人，再荒唐，也難求得整個的沉湎。」(《我看蘇青》)

張愛玲的悲觀顯然有著時代的原因，身處亂世給了她強烈的不安全感。她在《〈傳奇〉再版序》中寫道：「個人即使等得及，時代是倉促的，已經在破壞中，還有更大的破壞要來。有一天我們的文明，不論是昇華還是浮華，都要成為過去。如果我最常用的字是『荒涼』，那是因為思想背景裏有這惘惘的威脅。」她作品裏所透出的繁華和蒼涼都有著亂世的背景。在《自己的文章》裏，她從時代的角度解釋人們關注飲食男女的原因：「這時代，舊的東西在崩塌，新的在滋長中。但在時代的高潮來到之前，斬釘截鐵的事物不過是例外。人們只是感覺日常的一切都有點兒不對，不對到恐怖的程度。人是生

---

〔註4〕王安憶：《世俗的張愛玲》，《張愛玲評說六十年》(子通、亦清編)，中國華僑出版社2001年8月，391頁。

活於一個時代裏的，可是這時代卻在影子似地沉沒下去，人覺得自己是被拋棄了。為要證實自己的存在，抓住一點真實的，最基本的東西，不能不求助於古老的記憶，人類在一切時代之中生活過的記憶，這比瞭望將來要更明晰，親切。」好比身在懸崖，腳下是萬丈深淵，這時候雙手會緊緊地抓住一切可以抓住的東西。對自己在亂世的「身世之感」，她在《我看蘇青》中有過一段情景交融式的描寫——

> 我一個人在黃昏的陽臺上，驟然看到遠處的一個高樓，邊緣上阿著一大塊胭脂紅，還當是玻璃上落日的反光，再一看，卻是元宵的月亮，紅紅地升起來了。我想著：「這是亂世。」晚煙裏，上海的邊疆微微起伏，雖沒有山也像是層巒疊嶂。我想到許多人的命運，連我在內的；有一種鬱鬱蒼蒼的身世之感。「身世之感」普通總是自傷、自憐的意思罷，但我想是可以有更廣大的解釋的。將來的平安，來到的時候已經不是我們的了，我們只能各人就近求得自己平安。

張愛玲的不安全感和對世俗的歡悅還有著家庭的原因。《我看蘇青》一文告訴我們，她出身於一個沒落的貴族之家，從小父母不合。1937 年因與後母爭執，遭到父親責打，並被監禁了半年之久。她還告訴我們，從父親家裏跑出來之前，母親提醒她，離開父親，她會因為缺錢而受苦。這個問題曾使她痛苦了許久。最後還是選擇了出走，然而「這樣的出走沒有一點慷慨激昂」。以後她做過窮學生、窮親戚，這對她的情感產生過影響。在香港上大學時，她雖算不上很窮，但同班的同學都太闊了。她離開父親家不久，舅母說，等翻箱子的時候要把表姐們的舊衣服找點出來給她，張愛玲連忙拒絕，立刻紅了臉，掉了淚。她說：「看蘇青文章裏的記錄，她有一個時期的困苦的情形雖然與我不同，感情上受影響的程度我想是與我相仿的。所以我們都是非常明顯地有著世俗的進取心，對於錢，比一般文人要爽值得多。」

她從中國傳統文學那裡得到了共鳴。《金瓶梅》《紅樓夢》不憚其煩，詳細地開出整桌筵席的菜單，「不為什麼，就因為喜歡——細節往往是和美暢快，引人入勝的，而主題永遠悲觀。一切對於人生的籠統觀察都指向虛無。」（《中國人的宗教》）張愛玲散文裏的世俗與蒼涼與《金瓶梅》和《紅樓夢》的古典悲劇精神是聯繫著的。

上文從作者的角度揭示了張愛玲歡悅世俗的原因，那麼，從接受的角度來看，她與主流文學觀念和文學話語迥異的散文為什麼能夠受到歡迎，取得

成功呢？當然，我們仍然可以採取柯靈的觀點，說上海淪陷給了張愛玲機會。日本侵略者和汪精衛政權把新文學傳統切斷了，只要不反對他們，樂得文學藝術粉飾太平。天高皇帝遠，這給張愛玲提供了大顯身手的舞臺。〔註5〕不過，這個解釋有些表面、籠統。還要聯繫張愛玲寫作、發表和被接受的環境——上海文化，這一點或多或少是被張愛玲散文研究者忽視了。

上海是中國的一個文化中心，有著鮮明的生活風格和文化性格。張愛玲有一篇《到底是上海人》，這是一篇理解她的世俗精神與上海文化的重要文本。她說：「我為上海人寫了一本香港傳奇……寫它的時候，無時無刻不想到上海人，因為我是試著用上海人的觀點來察看香港的。只有上海人能夠懂得我的文不達意的地方。」「我喜歡上海人，我希望上海人喜歡我的書。」可以說，她是用帶著上海人觀點色彩的眼光來打量她所表現的生活的。她寫道：「上海人之『通』並不限於文理清順，世故練達。到處我們可以找到真正的性靈文字。」小報上登載了一首打油詩：「樽前相對兩頭牌，張女雲姑一樣佳。塞飽肚皮連贊道：難覓任使踏穿鞋！」張愛玲表現說：「多麼可愛的，曲折的自我諷嘲！這裡面有無可奈何，有容忍與放任——由疲乏而產生的放任，看不起人，也不大看得起自己，然而對於人與已依舊保留著親切感。」道出了上海的「真正的性靈文字」與上海文化的關係，這樣的文字能夠產生和發表源自一種世俗的寬容精神以及對世俗生活的愛戀。而這些都與張的散文的產生和接受息息相關，它們之間是一種魚水式的關係。

張愛玲散文的被接受離不開上海寬容的文化環境。與北京是傳統的消費文化都市不同，上海具有近代的工商文化的性格。上海的第一大特點就是商業化。「近代文明一切東西都商業化，物質的精神的各方面都商業化了。在中國內地還不明顯，在上海這情形就十分明顯了。事實上，上海是中國經濟命脈的商業的總樞紐，你有錢，你可買小姐的青睞，若是沒有錢，燒餅店的芝麻也莫想吃一顆，一切是錢說話。」〔註6〕上海文化的寬容又與上海人口特點有關。上海是典型的移民城市。「人口的高度異質性，對上海文化產生了兩個極為重要的影響。一、文化來源的多元性。來自不同國家、不同民族、不同區域的人們，將各地不同的文化帶到上海……二、文化氣度的寬容性。凡異

---

〔註5〕柯靈：《遙寄張愛玲》，《讀書》1985 年 4 期。

〔註6〕高植：《在上海》，《上海：記憶與想像》（馬逢洋編），文匯出版社 1996 年 2 月，80 頁。

質性高的文化必然同時也是寬容性大的文化，因為多種文化共處一隅，就其相互比較而言，表現為異質性高；就文化整體而言，則為寬容性大。」〔註7〕又有人說：「上海文明的最大心理品性是建築在個體自由基礎上的寬容並存。……上海人的寬容並不表現為謙讓，而是表現為『各管各』。」〔註8〕有了寬容的文化環境，作者就可以各抒性靈了，來自政教和主流文學的束縛則被淡化。市場的規則決定作品的命運。這也是為什麼自晚清以降以鴛鴦蝴蝶派為代表的海派小說儘管受到來自主流文學的口誅筆伐，而能長盛不衰的最主要原因。

在商業化的文化環境中，上海人變得實際、精明，形成自己的處世藝術：「上海人是傳統的中國人加上近代高壓生活的磨練。新舊文化種種畸形產物的交流，結果也許是不甚健康的，但是這裡有一種奇異的智慧。」「誰都說上海人壞，可是壞得有分寸。上海人會奉承，會趨炎附勢，會渾水摸魚，然而，因為他們有處世藝術，他們演得不過火。」（《到底是上海人》）「上海文明的又一心理品性，是對實際效益的精明估算。……上海人的精明估算，反映在文化上，就體現為一種『雅俗共賞』的格局。」〔註9〕在張愛玲、蘇青的文章裏，都隱藏著上海人的實際、精明的，材料的取捨、內容的尺度處理得很有分寸感，藝術表現又雅俗共賞。她們心知肚明自己的衣食父母是誰。她們自己在生活上認同上海的小市民，寫作時心裏又裝著上海的小市民，那麼寫出來的東西當然就是富於世俗氣、雅俗共賞的海派文化了。

## 2、感覺和語象

張愛玲散文文體給人印象最深的，要數其豐盈的感覺與繽紛的語象。她總是能夠充分調動自己所有的感官，描摹盡致。語像是語言層面的感性形象，大致可分為描述性語象、比喻性語象和象徵性語象。〔註10〕張愛玲散文中的語象主要是前兩者。

張愛玲的散文與其小說一樣充滿了繽紛的語象。《公寓生活記趣》充滿著代表現代都市日常生活方方面面的語象。《更衣記》是一篇充滿色彩、氣味的

〔註7〕熊月之：《海派文化》，《上海：記憶與想像》，183頁。
〔註8〕余秋雨：《上海人》，《秋雨散文》，浙江文藝出版社1994年10月，474頁。
〔註9〕余秋雨：《上海人》，《秋雨散文》，478頁。
〔註10〕參閱趙毅衡：《新批評——一種獨特的形式主義文論》，中國社會科學出版社1986年8月，136～140頁。

具象化的近現代中國人的服裝簡史。《私語》對語象和意象的刻畫與她的小說十分接近。而《談音樂》更像是一席感覺的盛宴。感覺是最能顯示生活質感的，「使這世界顯得更真實」。色彩描畫是作者的拿手好戲，文章中使用了許多形容顏色的詞彙。聲音總是難以摹寫的，作者採用大量充滿生活質感的語象。她又這樣形容氣味——

> 牛奶燒糊了，火柴燒黑了，那焦香我聞見了就覺得餓。油漆的氣味，因為簇簇嶄新，所以是積極奮發的，彷彿在新房子裏過新年，清冷、乾淨、興旺。火腿鹹肉花生油擱得日子久，變了味，有一種「油哈」氣，那個我也喜歡，使油更油得厲害，爛熟，豐盈，如同古時候的「米爛陳倉」。香港打仗的時候我們吃的菜都是椰子油燒的，有強烈的肥皂味，起初吃不慣要嘔，後來發現肥皂也有一種寒香。

這裡的語象都是描述性語象，不是簡單的物象，而是充分感覺化的，讀後使人如歷其境。她還使用大量的、綿長的比喻，表達淋漓盡致。如形容音樂館的彈琴聲，用了博喻，其中的兩個喻體都包括一個較為複雜的句群。《詩與胡說》評論一個詩中的人物——

> 她不是樹上拗下來，缺乏水份，褪了色的花，倒是古綢緞上的折枝花朵，斷是斷了了的，可是非常的美，非常的應該。

張愛玲這樣寫蘇青——

> 蘇青是——她家門口的兩顆高高的柳樹，初春抽出了淡金的絲，誰都說：「你們那兒的楊柳真好看！」她走進走出，從來就沒看見……（《我看蘇青》）

這兩個例子都是用來評論人物的，很像傳統品藻人物或評點詩文常用的象喻手法，以象喻人，立象以盡意。然而，這裡的比喻都不是一個簡單的句子，而是包括一個句群。一連串的句子把本來可以簡單的比喻暈開、擴展起來，使所比喻的人物鮮明生動，帶有豐富的象徵意蘊。後面一個例子有些特殊，因為喻體不是單一的語象，而是一種「事象」。這在現代散文中是一種非常獨特的修辭。象喻手法也常見於作者的小說，如第一個例子就頗似《茉莉香片》中寫聶傳慶母親馮碧落的「繡在屏風上的鳥」的比喻。張愛玲有時還遠取譬，用抽象的事物比喻具體的事物，令人耳目一新，意味豐富。如《談音樂》中的兩個例子：「大規模的交響樂自然又不同，那是浩浩蕩蕩五四運動

一般地沖了來，把每一個人的聲音都變了它的聲音，前後左右呼嘯喊嚓的都是自己的聲音，人一開口就震驚於自己的聲音的深宏遠大」。又如：「我房間裏倒還沒熄燈，一長排窗戶，拉上了暗藍的舊絲絨簾子，像文藝濫調裏的『沉沉夜幕』。」

張愛玲生來感覺敏銳。早在《天才夢》中，她就自陳：「對於色彩，音符，字眼，我極為敏感。當我彈奏鋼琴時，我想像那八個音符有不同的個性，穿戴了鮮豔的衣帽攜手舞蹈。我學寫文章，愛用色彩濃厚，音韻鏗鏘的字眼，如『珠灰』，『黃昏』，『婉妙』，『splendour』，『melancholy』，因此常犯了堆砌的毛病。直到現在，我仍然愛看《聊齋誌異》與俗氣的巴黎時裝報告，便是為了這種有吸引力的字眼。」早期的散文《遲暮》《秋雨》等就有堆砌詞藻的毛病，後來隨著寫作水平的提高，她才有所收斂，趨於得體，但詞藻的運用仍給人逞才使氣之感。她的文字穠豔，帶有幾分妖冶。

張愛玲散文的魅力來源之一是其中處處閃眼的雋語。所謂雋語，指的是簡短、機智、意味深長的話。她曾在《紅樓夢魘》的《自序》中引用過培根的一句話：「簡短是雋語的靈魂」〔註11〕。它介於俏皮話和格言之間，所以亦莊亦諧。讀過張的散文，總會記得幾則帶有明顯「張記」特色的雋語。作者能夠沉浸到日常生活中去，津津樂道，又能走得出來，洞見生活的本質，發出許多為人們所熟知的「俗人名言」。同時代的讀者對張愛玲的文章就有「文不如段，段不如句」之說〔註12〕。在現代作家中，作品中的話如今作為名言被引用最多的，除了魯迅，大概就要數張愛玲了。典型的雋語如——

　　生命是一襲華美的袍，爬滿了蚤子（應作「蝨子」——引者）。（《天才夢》）

　　較量些什麼呢？——長的是磨難，短的是人生。（《公寓生活記趣》）

　　出名要趁早呀！來得太晚的話，快樂也不那麼痛快。（《〈傳奇〉再版序》）

　　有美的身體，以身體悅人；有美的思想，以思想悅人，其實也沒有多大分別。（《談女人》）

〔註11〕張愛玲：《紅樓夢魘》，7頁。
〔註12〕諤廠：《流言管窺——讀張愛玲散文集後作》，《張愛玲的風氣》（陳子善編），山東畫報出版社2004年5月，86頁。

張愛玲的散文深受西方 essay 的影響。她從小就接受英文教育。早在聖瑪利女校讀書時，她就用英文寫作。1939 年到香港大學去讀書，有三年光景沒有用中文寫東西。為了練習英文，連信也用英文書寫。她說「這是很有益的約束。」(《存稿》)中期的散文寫作是從英文打頭的，如最初用英文寫的《洋人看京戲及其他》《更衣記》。1942 年在英文《泰晤士報》上發表影評與劇評。又在英文的月刊《二十世紀》上發表《中國人的生活和時裝》《中國人的宗教》《洋人看戲及其他》等與影評數篇。在這樣一條西化的學習和寫作的路子，顯然少不了與英國的散文打交道。她的《談女人》用四分之一左右的篇幅，抄錄了一本專門罵女人的英文小冊子《貓》中的三四十則雋語。如：「如果你不調戲女人，她說你不是一個男人；如果你調戲她，她說你不是一個上等人。」張愛玲「現學現賣」，《談女人》中就有一些類似的話：「正經女人雖然痛恨蕩婦，其實若有機會扮個妖婦的角色的話，沒有一個不躍躍欲試的。」當然，張的雋語並非來源於某一個或幾個西方作家，而是根源於西方散文的傳統。

雋語在張的散文中或許有點類似於「文眼」，起到提煉和昇華文意的作用。雋語不只是簡單的幾句聰明話，而且與作者觀察生活的視點、思維方式以及文章的構思方式密切相關。她總是別出心裁，不拘成見。像《談音樂》，談出了別人所沒有的感受。在行文中甚至到了語不驚人死不休的程度。《詩與胡說》中寫：「聽見說顧明道死了，我非常高興，理由很簡單，為他的小說寫得不好。」還沒聽說過誰因為不喜歡某人的作品，而如此幸災樂禍的。她甘冒一定的道德風險，而要把話說得不同凡響。雋語還提高了張散文的知性。她散文是重感性的，但並沒有沉溺其中，而是把二者調和了起來。她曾經這樣評論新詩：「中國的新詩，經過胡適，經過劉半農，徐志摩，就連後來的朱湘，走的都像是絕路。用唐朝人的方式來說我們的心事，彷彿好的都已經給人說完了，用自己的話呢，不知怎麼總說得不像話，真是急人的事。」她敏銳地感覺到新詩的主體走的是唐詩宋詞感性抒情的路子，難以真切傳達現代人的「心事」，所以她表示欣賞路易士和一個不知名的詩人倪弘毅充滿知性的詩句。詩歌尚且如此，那麼在夾敘夾議體式的小品文中，知性就更不可或缺了。

張愛玲的散文有一味是幽默與諷刺。幽默味滲透在行文中，有效地除去可能會有的板滯，帶來輕鬆風趣。她的幽默在多數情況下是悲憫的，是「因

為懂得，所以慈悲」〔註13〕的。有時也與雋語相結合，形成一種機警犀利的
諷刺。林語堂指出：「幽默是溫厚的，超脫而同時加入悲天憫人之念，就是西
洋之所謂幽默，機警犀利之諷刺，西文謂『鬱剔』（wit）。」〔註14〕這種「鬱
剔」如上文引述過的《忘不了的畫》中說普通女人對妓女的又恨又愛。《道路
以目》中寫：「坐在自行車後面的，十有八九是丰姿楚楚的年青女人，再不然
就是兒童，可是前天我看見一個綠衣的郵差騎著車，載著一個小老太太，多
半是他的母親吧？……做母親的不慣受抬舉，多少有點窘。她兩腳懸空，兢
兢業業坐著，滿臉的心虛，像紅木高椅上坐著的告幫窮親戚，迎著風，張嘴
微笑，笑得舌頭也發了涼。」這就有些「鬱剔」了。這種「鬱剔」屬於偶而
流露，又適可而止，往往能夠給讀者帶來新異的閱讀快感。

　　一般說來，張愛玲是注重經營自己文章的篇章結構的。比如她在文末通
常營造高潮。《更衣記》的結尾處寫到有人打扮得略略不中程式，作者通過講
述一個小事情來諷喻：「秋涼的薄暮，小菜場上收了攤子，滿地的魚腥和青白
色的蘆粟的皮與渣。一個小孩騎了自行車衝過來，賣弄本領，大叫一聲，放
鬆了扶手，搖擺著，輕倩地掠過。在這一剎那，滿街的人都充滿了不可理喻
的景仰之心。人生最可愛的當兒便在那一撒手罷？」全文略顯平實，結尾處
給人以飛揚之感，言有盡而意無窮。其他的如《道路以目》等文章都有一個
類似的結尾，讓人眼前一亮。然而，作者並沒有刻意的經營，結構顯得較為
隨意。有的文章如《忘不了的畫》沒有一貫的線索和主題。《談跳舞》拉雜地
講述了自己關於跳舞的經驗，橫生枝蔓，用一千字的篇幅，敘述作者在香港
認識的一個姑娘的故事，其實與跳舞沒有什麼關係。還有一小部分文章寫得
隨意簡單，如《談畫》一幅幅地評介一本日本出版的賽尚畫冊中的畫，單調
沉悶。這些文章寫於張愛玲小說創作的高峰期，又不斷面臨編輯拉稿，難免
也有率爾操觚的時候。也許寫作散文對張愛玲來說只是正餐之間的點心。在
她的散文中，很難選出幾篇內容與形式兼美，又能充分顯現其特點的精粹之
作。相對來說，《公寓生活記趣》《爐餘錄》《更衣記》《私語》《談音樂》《我
看蘇青》等幾篇較好。只是《私語》是記敘文，文體上與其小說接近，並不
屬於小品文。

---

〔註13〕張愛玲語，見胡蘭成：《今生今世》，中國社會科學出版社 2003 年 9 月，146
　　　　頁。
〔註14〕語堂：《論幽默》，1934 年 1 月 16 日《論語》33 期。

### 3、女性生存狀態的書寫

蘇青共出版了三個散文集子：《浣錦集》（1944年4月）、《濤》（1945年2月）、《飲食男女》（1945年7月）。從文體上看，可分為小品文、記敘文和雜文三類。小品文是大宗；其次是雜文，如《飲食男女》中的文章，篇幅較短，針對某一社會現象，直抒胸臆，趨於雜文一路；再次是記敘文。她的雜文很少涉及重大問題，筆調較為平易，有時與小品文是難以區分的。

蘇青正式寫的第一篇文章發表於《論語》。那時她剛生了一個女孩，閑下來看一些消遣性質的書，「雜誌則家中定的只有《論語》及《人間世》兩種，我對於前者尤其愛好。有一天我忽然技癢起來，寫了一篇《產女》投稿到《論語》去，很快地就被錄用了，不過題目已由編者改為《生男與生女》，這是我正式寫文章的開始。那篇文章登在第六十四期《論語》上，是民國廿四年六月十六日出版的，實得稿費五元整。」〔註15〕1942年冬，夫妻反目，蘇青連最低限度的生活費都拿不到。好不容易在一家私立中學弄到一個代課教員的位置，但很快又失業。為了錢，開始投稿。這以前她寫文章署名「馮和儀」，此後便改用「蘇青」。〔註16〕

蘇青不像張愛玲那樣有意疏遠和撇清與新文學傳統的關係，她是認同的。她在讀書的時候，「所看的書又是新文藝居多數」（《關於我——〈續結婚十年〉代序》）。她的文學觀念和文章的題材、風格明顯承繼了1930年代言志派文學的傳統。蘇青一開始在論語派的雜誌上發表散文，計在《論語》上發表二篇，在《宇宙風》上發表十篇，在《宇宙風乙刊》上發表十一篇。《宇宙風乙刊》是《宇宙風》於1938年5月遷至廣州後，在上海「孤島」創辦的小品文半月刊，由林憾廬、林語堂、陶亢德、周黎庵等人編輯，秉承《宇宙風》幽默閑適的文風。她典型的散文話語方式發端於《論語》，如在1935年8月《論語》第七十期上發表的《我的女友們》中有這樣的句子：「女子是不夠朋友的。無論兩個女人好到怎樣程度，要是其中有一個結了婚的話，『友誼』就進了墳墓。」觀點與說話的方式都與她創作高峰期的散文非常相近。她對言志派文學的精神導師周作人是心儀的，並與他保持著聯繫。《浣錦集》《飲食

---

〔註15〕《女作家聚談會》，《張愛玲的風氣》，151頁。

〔註16〕蘇青：《關於我——〈續結婚十年〉代序》，《蘇青散文全編》，浙江文藝出版社1995年1月，541頁。以下蘇青文章未注明出處的均見該書。她1937年5月在《宇宙風》41期上發表《算學》時，已用了「蘇青」的筆名。

男女》和長篇小說《結婚十年》都由周氏題簽。

蘇青的記敘文或回憶自己成長過程中的人和事，或描述自己某一時期的境遇與心情，前者如《豆酥糖》《外婆的旱煙管》《濤》等，後者如《過年》《飯》《海上的月亮》《自己的房間》《我的手》《歸宿》。小品文和雜文則為她散文的主體，談論的是戀愛結婚、飲食起居、生兒育女、女子教育、女子職業、女子社交等方面的話題。比較有代表性的篇目有《談女人》《我國的女子教育》《論女子交友》《戀愛結婚養孩子的職業化》《第十一等人》《道德論》《科學育兒經驗談》《王媽走了以後》《小天使》等，前六篇重在談自己的意見，後三篇揭示女性的生存現狀。〔註17〕兩方面加在一起構成了對現代城市中產階級女性生活經驗和意見的完整敘述。

作者以一個現代女性——或者說出走以後的「娜拉」——的實際經驗，檢驗了啟蒙主義的理想和婦女運動的成績。《第十一等人》《挑斷腳筋之類》表達的意見是，現代的婦女運動失敗了，雖然說男女從法律上平等了，但只限於表面，女性的生活卻變得更加艱難。有的說，男女平等應從經濟獨立著手，其實難以做到。「我們要解決這問題，除了國家切實保護外（如多設公共食堂，洗衣作坊，托兒所等），先得從改造思想入手。」（《挑斷腳筋之類》）婚姻不合理，女子教育不合理。她開出的藥方實現的希望同樣渺茫。《小天使》《王媽走了以後》寫的是女性的實際生活狀態，印證了她提出的觀點。作者一個初中時代的女友帶一歲八個月的「小天使」路過上海。這個女友曾在民眾大會演說臺上高喊「奮鬥」，因反對父母代訂的婚姻而出走，而今卻把她全部青年時代的精力用在孩子身上，溺愛孩子而不體諒別人，甚至否定自由戀愛的意義。文中充斥著拉屎拉尿之類的細節，語言也不文雅，這些都構成了對「小天使」，對現代青年理想的反諷。在《王媽走了以後》中，女傭走了以後，家裏就添了數不盡的煩惱。找來一個個女傭，終不合適。最後作者寫道：「有時也著實後悔，悔不當初少讀幾本莎翁戲劇，洗衣燒飯等常識才較漢姆德王子來得重要呢！」從蘇青的筆下，我們可以看到小資產階級女性在職業、婚姻、生育等問題上所面臨的深刻困境。她受到過深刻的現代獨立女性的苦痛，在她的言說的背後有著自己的悲辛。

蘇青與張愛玲一樣，對男性中心的觀念和秩序採取了消解的策略。她的《談女人》與張愛玲的同名散文同時發表於《天地》，一唱一和，消解男性中

---

〔註17〕參閱蘇青：《〈浣錦集〉與〈結婚十年〉》。

心主義觀念支配下的女性形象。她消解女性的「神秘」，消解女性的愛情，消解上流女性與賣淫女子的差別。她寫道：「我不懂為什麼許多女子會肯因討好男人而自服藥或動手術消滅自己生育的機能，女子不大可能愛男子，她們只能愛著男子遺下的最微細的一個細胞——精子，利用它，她們於是造成了可愛的孩子，永遠安慰她們的寂寞，永遠填補她們的空虛，永遠給予她們以生命之火。」《現代母性》以帶反諷性的筆調敘述「現代母性」的形成：從初妊、分娩、鞠育、教育到現代母性的完成。在《道德論——俗人哲學之一》《犧牲論——俗人哲學之二》中，她進一步把消解的刀子伸向了一些傳統道德，試圖劃開「忠君」「愛國」「救世」「利群」「犧牲」等道德觀念的面紗。她的立足點是在自己的生活經驗上的，她在前一篇文章中說：「我是一個徹頭徹尾的俗人，素不愛聽深奧玄妙的理論，也沒什麼神聖高尚的感覺。」

與張愛玲一樣，她也不放過女性自身的弱點，有時不免尖酸刻薄。《論女子交友》說，女子因為小心眼兒、口是心非，因為放棄事業、娛樂、友誼去管束丈夫，所以彼此間很難產生真正的友情，於是造成了寂寞的人生。《未亡人》說，有的女人在自己姓名之上必冠以夫姓，大半恐怕是因為夫姓實在有捨不得不用的尊貴。《看護小姐》《家庭教師面面觀》分別道出看護小姐和家庭教師這兩個職業女性的無奈和缺點。她對女性心理的刻畫和諷刺簡直無所不在。她同樣把女性的諸多缺點歸因於男性中心的觀念和現實秩序。

蘇青記述日常生活，但不像張愛玲那樣充滿歡悅，而是帶有無可奈何之感。這構成了她們文章題材處理上的一個根本不同。她們的寫作態度也因此迥乎不同，張是愉悅的，「她寫作的時候，非常高興，寫完以後，簡直是『狂喜』。」〔註18〕蘇青則不然，如果非生活所逼，也許根本就不會寫作。她在《自己的文章》裏，稱對自己的文章「愛之不能，棄之不得」。老寫自己生活和職業小圈子的事情，她覺得「膩煩」；老寫男男女女的事情，她感到「憎厭」；老是替別人寫有趣的事情，她又感到難過。為了生活而寫作，她「鄙視」自己。她也沒有張愛玲在那篇同名文章裏所表現的自信。張愛玲在《我看蘇青》中記述了蘇青「雪地售書」的「雅事」：「可是她的俗，常常有一種無意的雋逸，譬如今年過年之前，她一時錢不湊手，性急慌忙在大雪中坐了輛黃包車，載了一車書，各處兜售。書又掉下來，《結婚十年》龍鳳帖式的封面滾在雪地裏，真是一幅上品的圖畫。」這件事在《續結婚十年》中也有

敘述，可是一點也不「雋逸」，倒是充滿了一種無可奈何的酸辛。相同的題材，不同的態度，雖然有著當事人與旁觀者角度的不同，但也凸現了兩個人不同的心態。把這兩處的描寫並置，簡直就是兩人文章不同創作特色的一個生動的象喻。張愛玲似乎也有意通過這一件具體的事情委婉地道出她們的分別。張愛玲是天生的作家，不寫作不知還能幹什麼，蘇青是為生活所逼而成為作家的。雖然遭遇種種不幸和煩擾，但她選擇的是面對和承擔，這是其文章中「簡單健康的底子」（張愛玲：《我看蘇青》）。與張愛玲相比，蘇青對人生的態度要積極得多。

蘇青在《〈浣錦集〉再版自序》中說自陳是一個「生來脾氣爽直的人」。1934 年，蘇青在《宇宙風》上發表《說話》一文，回溯自己性格的成因。她從小寄養在離城五六十里的山鄉的外婆家，喜歡說話，說「山芋野筍媽的×之類的村話」。八歲那年，隨作銀行經理的父親到上海生活，愛說村話的習慣導致了與都市文明的衝突，違背了「女子以貞靜為主」的父訓。「我以為各人愛說什麼，愛對什麼人說，愛用怎樣說法，及希望說了後會發生什麼結果雖各有不同，但愛說的天性是人人都有的，尤其是富於感情的女人，叫她們保守秘密，簡直比什麼都難。」「我有一個脾氣，就是好和人反對，人家在讚美愛情專一時，我偏要反對一夫一妻制。」回憶過去其實在確認現在，文章中所說的性格特點都完整地表現在她的文章中了。胡蘭成說：「她喜歡說話，和她在一起只聽見她滔滔不絕的說下去。但並不嘮叨。」〔註 19〕她的文章不像張愛玲那樣隱藏自己，而是能夠清楚地看到她本來的面目。所以，王安憶評論道：「她給我們一個麻利的印象，舌頭挺尖，看人看事很清楚，敢說敢做又敢當。我們讀她的文章，就好比在聽她發言，幾乎是可以同她對上嘴吵架的。」〔註 20〕對蘇青，真正可以說得上文如其人，平實、爽利是她小品文的風格。

胡蘭成還描述過蘇青的形象：「她長的模樣也是同樣地結實利落；頂真的鼻子，鼻子是鼻子，嘴是嘴；無可批評的鵝蛋臉，俊眼修眉，有一種男孩的俊俏。無可批評，因之面部的線索雖不硬而有一種硬的感覺。」〔註 21〕她的文章給人的感覺亦復如是，結實硬朗而缺乏張愛玲文章那樣綽約的風姿。你很難說出蘇青文章有什麼獨創性，她的長處也就是普通好文章的長處，難以

---

〔註 19〕胡蘭成：《談談蘇青》，《張愛玲與蘇青》，220 頁。
〔註 20〕王安憶：《尋找蘇青》。
〔註 21〕胡蘭成：《談談蘇青》，《張愛玲與蘇青》，220 頁。

找出有著作者獨特才情印記的文體特徵。也正因為如此，可以說後世某某的散文學習張愛玲，而很難找到步武蘇青的人。她的文體脫胎於論語派的性靈小品，論語派的文體與帶有女性主義傾向的思想內容的結合就是蘇青的散文。

蘇青文章給人印象最深的，是一種說話的姿態和方式。其特點，一是放談，就是放得開，敢於挑戰人所共仰的金科玉律。《燙髮》寫她初到上海，因為不瞭解新式的燙髮方法，心存恐懼，於是給自己找出了不燙髮的冠冕堂皇的理由。結果得到了不隨波逐流、懂得自然美的不虞之譽。她說：「這種做法，我在中學時是早經訓練熟了的。作文課先生教我們須獨有見解，因此秦檜嚴嵩之流便都非硬派他們充起能臣來不可。」這其實是做翻案文章的方法。蘇青寫帶有女性主義色彩的文章在不少時候與此相似，這樣才會標新立異，吸引眼球。很難說是她的由衷之言。其背後是有世俗的理性的計算的。有些讀者不習慣讀那些發表「一偏之見」的小品文，把小品文當作嚴肅的論文，蘇青《論女子交友》在《宇宙風乙刊》上發表後就受到過讀者的質疑。〔註22〕二是快人快語，條理清晰，不論寫人敘事，都潑辣風趣。以《論女子交友》為例，文章開頭說明女子對男子沒有什麼友誼可言，接著第二段點明全文的主題：女子與女子之間也很難找到真正的友情。於是下文展開具體的論述。先按女子成長的順序，說在女中讀書的女生之間沒有真正的友誼，後來她們出嫁了同樣如此。論述的重點是要證明結婚後的女人沒有友誼。她們放棄事業、娛樂、友誼等等，目的只是為了管束丈夫。管束丈夫是因為不放心，這種心理對男人的影響也很大。要是丈夫被管服了，他也就得跟著與世隔絕；如果相反，男人們自尋聲色犬馬去了，她只好把希望寄託於「偉大母愛」。那麼，從橫向來看，那些沒有結婚或死了丈夫的女人如何呢？還是不會有友情，原因是這些女性嫉妒。這樣一路挺進，決不善罷甘休，把她提出的觀點貫徹到底。儘管用的是女子全稱，但她具體談論的只是都市小資產階級女子，所說的情況也只是都市小資產階級女子交友和婚姻的一種狀態。她不管這許多，而是沿著自己的思路，把話一口氣說完。這裡肯定是以偏概全，但你不得不承認她有自己的道理，誰能否認她所分析的女性的心理在一般女

〔註22〕《論女子交友》發表於 1940 年 9 月《宇宙風乙刊》28 期。該刊 1940 年 10 月 31 期，同時刊出讀者谿谷《讀了〈論女子交友〉後》和蘇青（馮和儀）的《不算辯正》。此前《科學育兒經驗談》在《宇宙風》上發表時也遇到類似情況。

性身上也有不同程度的存在呢？文章的缺點是過於平實，像一條直流而下的清澈小溪，一覽無餘。蘇青的小品文議論性較強，為了避免枯燥乏味，她常穿插事例，有時舉出「真人真事」，有時採用「情景呈現」的手法，把一些抽象的敘述「情景化」。《論女子交友》中有這樣一段文字：「女人們最愛當著朋友講丈夫壞話，但丈夫真正的壞處卻諱莫如深，生怕給人家知道了有傷自己體面。譬如張太太告訴你：『我家先生多頑固哪，人家袖子短了也有得說的，我偏不聽他。』這幾句話與其說是怨恨不如說是誇耀，她在得意自己有個不愛摩登的好丈夫。」文章沒有告訴我們這個「張太太」實有其人，而是為了把道理說得具體生動臨時編造的。這種「情景呈現」在《論夫妻吵架》一文中表現得更為突出。這是一篇較長的文章，主要篇幅是敘述夫妻吵架的三個具體事例。除了第二個點名為也許同樣子虛烏有的「表兄家」的事外，其餘兩個都是有意虛構的。第一個例子這樣引入：「近來常為朋友夫妻吵架，忙著做和事佬。照例先是女方氣憤憤的跑來告訴，一面揩著眼淚：『你瞧，昨天早晨他又來同我吵嘴了……』」用虛構的典型「事例」把勸解的過程具象化，針腳細密，富有生趣。這是一種小說化的筆法。

## 4、女性主義散文話語

張愛玲、蘇青的散文長期不入文學史家的法眼。究其原因，與她們的現實選擇、文學觀念乃至在淪陷時期特殊的人事關係密切相關。遠一點的不說，1980 年代以來主要的中國現代文學史教材極少注意到她們的散文，就連一些有影響的散文史著作如林非的《中國現代散文史稿》、俞元桂主編的《中國現代散文史》都隻字未提。

張愛玲本人對自己在文學史上的地位也不是很自信的。1970 年代初，她接待一個來訪者，「談到她自己作品流傳的問題，她說感到非常的 uncertain（不確定），因為似乎從五四一開始，就讓幾個作家決定了一切，後來的人根本就不被重視。她開始寫作的時候，便感到這層困惱，現在困惱是越來越深了。」〔註 23〕她針對的可能主要是自己的小說，但散文是可以包括在內的。當年她表示願意與蘇青相提並論時，在自信的表面下其實可能是也隱藏著一些不自信的。彷彿與蘇青一起，她才不會感覺到被威脅：蘇青的存在對她來

---

〔註 23〕水晶：《蟬——夜訪張愛玲》，《張愛玲評說六十年》，155 頁。

說是一種肯定，同時談論蘇青時她有一種俯視的優越感。

其實，早在《流言》出版之前的一次座談會上，張愛玲的散文就受到過高度的肯定。班公（周班侯）說：「我以為她的散文，她的文體，在中國的文學演進史上，是有她一定的地位了的。」〔註24〕胡蘭成稱讚過蘇青的散文，對《浣錦集》中的文章評價很高：「是五四以來寫婦女生活最好也最完整的散文，那麼理性的，而又那麼真實的。她的文章少有警句，但全篇都是充實的。她的文章也不是哪一篇特別好，而是所有她的文章合起來作成了她的整個風格。」〔註25〕張愛玲與蘇青是互相欣賞的，有些惺惺惜惺惺的意思。一個說：「女作家的作品我從來不大看，只看張愛玲的文章。」另一個說：「近代的最喜歡蘇青，蘇青之前，冰心的清婉往往流於做作，丁玲的初期作品是好的，後來略有點力不從心。踏實地把握住生活情趣的，蘇青是第一個。她的特點是『偉大的單純』。經過她那俊潔的表現方法，最普通的話成為最動人的，因為人類的共同性，她比誰都懂得。」〔註26〕顯然同樣的優點張愛玲自己也具備，特別是在她的散文裏。

1990年代以來，一些張愛玲的研究者則給張愛玲的散文作了高度的評價。余彬在其《張愛玲傳》中有專寫《流言》的一章，這一章是可以作為專篇論文來看的。他指出，現代文學史上散文名家輩出，「張愛玲以她薄薄的一冊《流言》，仍然能於眾多的名家之中獨樹一幟，卓然而立。」當時左右淪陷區文壇風氣的《古今》作者群追隨周作人「沖淡」的路子，往往才情不足，索然無味。而「張愛玲自出手眼，自鑄新詞，她的文章在一派雍容揖讓的沉沉暮氣中吹進的是一股清風。」不同於流行的「沖淡」，「張愛玲偏是逞才使氣，並不收斂鋒芒，其雋永的諷刺、尖新的造語、顧盼生姿的行文，使其文章顯得格外妖嬈俊俏。」〔註27〕臺灣研究者周芬伶認為張愛玲是一個「散文大家」，並說：「一般研究者將張愛玲的小說成就放置於散文之上，筆者認為她的散文成就不但不亞於小說，在神韻與風格的完整呈現上或有過於小說者……張愛玲的文體自成一格，對散文語言及題材的開拓確又新境。」〔註28〕

---

〔註24〕《〈傳奇〉集評茶話會記》，《張愛玲與蘇青》，26頁。

〔註25〕胡蘭成：《談談蘇青》，《張愛玲與蘇青》，222頁。

〔註26〕《女作家聚談會》，《張愛玲的風氣》，153～154頁。

〔註27〕余彬：《張愛玲傳》，廣西師範大學出版社2001年10月，174～175頁。

〔註28〕周芬伶：《艷異──張愛玲與中國文學》，中國華僑出版社2003年5月，149、21頁。

在中國大陸最早把張、蘇散文寫入文學史的，要數錢理群、溫儒敏、吳福輝合著的《中國現代文學三十年》（修訂本，1998）。該書在新文學第三個十年「散文」一章的最後，以八百餘字的篇幅簡評張愛玲《流言》的創作特色，接著又把百字左右的位置給了蘇青的《浣錦集》。（上海文藝出版社 1987年 8 月的初版本隻字未提二人的散文）這標誌著二人的散文開始進入主流的文學史教材，然而書中還沒有對二者散文在文學史上的地位的估量。

張愛玲、蘇青散文的文學史意義大致可以從以下幾個方面來看。

對淪陷區文學來說，反對追隨周作人一路的「沖淡」文字，豐富了淪陷區散文乃至抗戰時期的散文創作。對此，張愛玲有明確的自覺，在 1944 年 3 月的一次聚談會上說：「現在最時髦的『沖淡』的文章，因為一倡百和，從者太多，有時候難免有點濫調，但比洋八股倒底是一大進步。」〔註29〕她甚至還作文戲仿，諷刺當時散文的「沖淡」之風。《說胡蘿蔔》是一篇只有三百多字的短文，核心部分抄錄其姑姑關於用胡蘿蔔養「叫油子」的幾句話。作者寫道：「我把這一席話暗暗記下，一字不移地寫下來，看看忍不住要笑，因為只消加上『說胡蘿蔔』的標題，就是一篇時髦的散文，雖說不上沖淡雋永，至少放在報章雜誌裏也可以充充數。而且妙在短——才起頭，已經完了，更使人低徊不已。」這種沖淡之風是以《古今》《風雨談》等雜誌為代表的，主要作者有文載道、紀果庵等人。

張愛玲散文的出現對改變時風的意義在當時就得到了積極的肯定。章品鎮的《〈傳奇〉的印象》一文把張愛玲與文載道、紀果庵對比，談在《古今》上讀到張愛玲《西洋人看京戲》的「視覺的享受」。在他看來，文載道的文章是「沒顏落色的，他的筆記規避了具有絢麗敷彩的浮世相，而著意於歷史事件和人物的稗販，像一隻淺薄的樂曲，經不起話匣子的利齒，幾次咀嚼，就剩下一堆渣滓。丟開文先生，目光找到另一件附著物，是『實大聲宏』的紀果庵。他比文先生聰明，論點較不執著於幾種固定的對象，雖然在視覺的燃燒下，使這位『北方之強』也漸漸現出有被蒸發乾淨的可能，時間卻比文先生長得多。」〔註30〕還有人說：「近來散文的蓬勃，實比小說為甚。不過有許多甚負時譽的散文僅是學術思想的探索，或掌故史蹟的研究，如其嚴格說來，不能歸入於一部門的散文。像張愛玲的集子，該屬於正宗的文藝的散文，既

〔註29〕《女作家聚談會》，《張愛玲的風氣》，161 頁。
〔註30〕顧樂水（章品鎮）：《〈傳奇〉的印象》，《張愛玲的風氣》，34 頁。

不獺祭典籍，又不見濫施新文藝濫調，所以值得鼓掌。」〔註31〕

　　張愛玲、蘇青的散文一反五四以來感傷主義的文學傳統。張愛玲把這種浪漫抒情的感傷主義稱作「新文藝腔」「新文藝濫調」（《存稿》）。郁達夫常用一個新名詞：「三底門答爾」（sentimental），一般譯作「感傷的」。張愛玲在《談看書》中說：「現代西方態度嚴肅的文藝，至少在宗旨上力避『三底門答爾』。」「我是對創作苛求，而對原料非常愛好，並不是『尊重事實』，是偏嗜它特有的一種韻味，其實也就是人生味。」張愛玲、蘇青正是用「原料」中蘊涵的實實在在的人生味來抵制感傷主義。再者，她們在記敘、抒情和議論時，都不是胸無城府的，在選材時有別擇，表現時有控制。張愛玲以距離的控制來避免直抒胸臆，敘述世故老練。在呈現和隱藏之間，張是經過仔細斟酌的。她有意突出一些東西，又有意遮蔽一些東西。《私語》一開始擺出講故事的姿態，作者說自己「喊喊切切絮絮叨叨」。有些論者就用「絮絮叨叨」來形容張愛玲散文的文體特徵。其實這是不甚準確的，因為過於彰顯了隨意性。在張愛玲和蘇青散文的背後，都有著清明的理性的調配。

　　張愛玲、蘇青的庸常生活書寫對主流文學也是具有一定糾偏補正的作用。現代主流文學由於過於強調政治教化的功用，在很大程度上忽視了人的感性生命和日常生活。然而，任何聲稱理想的文學如果缺乏感性存在的堅實的基礎和有力的對照，也就顯得蒼白、單薄甚至虛假。張愛玲、蘇青的創作可以促使文學更加真誠地直面人生，直面人生中不是那麼美好和高尚的內容。張愛玲說得好：「文學史上素樸地歌詠人生的安穩的作品很少，倒是強調人生的飛揚的作品多，但好的作品，還是在於它是以人生的安穩做底子來描寫人生的飛揚的。沒有這底子，飛揚只能是浮沫。」（《自己的文章》）

　　張愛玲、蘇青散文對現代漢語散文的最大意義就是開創了一種女性話語方式。對女性感覺和女性生活細節的描寫構成了她們散文的肌質。她們在豐富的日常經驗和充盈的生命感覺的基礎上，以自己獨特的語言，建構了一種非男性中心、非主流的話語方式。冰心筆下的女性雖然已實現個性解放，但仍然籠罩在男性中心觀念的陰影之下，她們是真善美的化身，為了愛而自我犧牲，抹去了女性具有七情六欲的感性和其他不那麼「高尚」「高雅」的一面。而張愛玲、蘇青則打破了冰心筆下聖潔女性的神話。這種新的話語如此滿溢著生命力，讓你無法忽視它和它所表現的女性生命的存在。它填補了中國現

---

〔註31〕諤廠：《流言管窺——讀張愛玲散文集後作》，《張愛玲的風氣》，87頁。

代散文中自身日常經驗的匱乏，補正了女性話語的單調和蒼白，並預示著文學史上兩性之間更加精細和平衡的分工。

　　當然，這種話語方式存在著本身的問題。王安憶指出：「如今有不少作者被張愛玲吸引，學習她描寫瑣細事物的耐心和興趣，表示著對人生和生活的喜悅心情，可這喜悅是簡單的喜悅，說不出多少根據的喜悅，所以就變得有些家庭婦女式，婆婆媽媽的。而張愛玲的喜悅，則是有著一個大虛無的世界觀作著無底之底，這喜悅是有著掙扎和痛楚作原由的。可惜的是張愛玲只是輕描淡寫。」〔註32〕學張愛玲、蘇青最容易流於瑣碎、淺薄。1990年代的「小女人」散文就是，流於寫一些小情趣、小感受，難成大氣候。

---

〔註32〕王安憶：《人生戲劇的鑒賞者》，《作別張愛玲》（陳子善編），文匯出版社1996年2月，135頁。

# 十、周作人的和平觀念與附逆

　　1951 年，北京大學師生廢名和樂黛雲等到江西吉安專區參加土改工作。許多年後，樂黛雲回憶了她與老師廢名之間的一次對話——

　　　　他又問我對周作人怎麼看，我回說他是大漢奸，為保全自己替日本鬼子服務。廢名說我又大錯特錯了，凡事都不能抽空了看。不能只看軀殼。他認為周作人是一個非常複雜而有智慧的人，他寧可擔百世罵名而爭取一份和日本人協調的機會，保護了北京市許多文物。廢名先生說，義憤填膺的戰爭容易，寬容並做出犧牲的和平卻難。事實上，帶給人類巨大災難的並不是後者而是前者。廢名先生關於已知和未知的理論至今仍然是我對待廣大未知領域的原則，他的關於戰爭與和平的理論，我卻始終是半信半疑。如今，恐怖與反恐怖之戰遍及全球，我又不能不常想起先生「和平比戰爭更難」的論斷。〔註1〕

廢名是周作人著名的弟子。1930 年代中期，他甚至把周作人與孔子相比，認為知堂是儒家，在他的文章裏，「隨處感得知者之言，仁者之聲」，從中可見他的心情，然而這是難以企及的。」〔註2〕抗戰結束後，周作人淪為階下囚，而廢名在長篇小說《莫須有先生坐飛機以後》第十一章《一天的事情》中，借人物的口吻對周氏大加讚美。他為周作人滯留北平、出任偽職辯護，稱其「注重事功」，「忠於道理」，「只求有益於國家民族」；甚至說，「知堂老簡直

---

〔註1〕樂黛雲：《永恆的真誠——難忘廢名先生》，《師道師說‧樂黛雲卷》，東方出版
　　　社 2016 年 1 月，79 頁。
〔註2〕廢名：《關於派別》，1935 年 4 月 20 日《人間世》26 期。

是第一個愛國的人，他有火一般的憤恨，他憤恨別人不愛國，不過外面飾之以理智的冷靜罷了。」〔註3〕儘管世事滄桑，但學生對老師的高度信任和崇敬之情一如既往。他的態度著實令人稱奇。尊崇一個人自然容易看到他身上別人看不到的東西，但也容易放大一些東西，甚至以他的是非為是非，以他的話語為真實。

　　廢名的話使我意識到周作人在抗戰爆發前和淪陷時期的思想中，是有一條和平觀念的線索的。然而，這條線索迄今不為人關注。究其原因，一是他的和平觀念不像其「人的文學」觀、言志文學觀、婦女論與兒童論等理論主張那樣，可以找出顯豁的外在標誌，它更多地潛存於波詭的水面之下；更為重要的是，我們的相關研究受到了一些觀念的束縛，一頂「漢奸」的帽子往往遮蔽了研究對象的複雜性。加拿大學者卜正民（Timothy Brook）在談到「漢奸」一詞對研究的影響時說：「在無辜者與混蛋之間沒有留下中間類型，沒有留下不確定的空間，沒有留下理由來回憶和追問究竟發生了什麼。」他還說：「當一提到『合作』時，立即就會給研究者冒著風險描述的政治現象施加了人為的道德框框，因此就會導致僅從道德角度來解釋合作政治，阻止了從其他方面進行考察。歷史研究者必須設問，合作者預先假設的道德準則是如何形成的，而不能根據這個道德準則來判定他們的行為。我們既不能接受在歷史真實面前添油加醋，也不能對已發生的歷史事實置若罔聞。我們的任務是透過這些人為設置的道德框框，審視其背後的政治事實，來瞭解實際上到底發生了什麼。」〔註4〕我並不認同作者書中所體現的非道德化傾向，但他所指出的問題在我們的研究中是明顯存在的。具有濃厚政治、道德色彩的標籤容易導致對歷史人物的類型化認知和漫畫式處理，忽視、誤解甚至曲解其真實性和複雜性。與其進行簡單化的道德審判，不如暫且把那些道德觀念懸置起來，深入到特定的歷史情境之中去，考察制約人物選擇的動機、知識結構、人際關係及其行為準則。俗話說，天下的烏鴉一般黑。而實際上，烏鴉是有不同的顏色的。基因變異而產生的白烏鴉自可不提，達烏里寒鴉的頸部、胸部和腹部是白色的，白頸鴉也有著白色的頸部和胸部。

　　本文試圖通過考察周作人的和平觀念與時局變化、他的個人選擇之間的

---

〔註3〕廢名：《莫須有先生坐飛機以後》（續），1948年4月《文學雜誌》2卷11期。
〔註4〕〔加〕卜正民：《秩序的淪陷——抗戰初期的江南五城》，潘敏譯，商務印書館
　　　　2015年10月，18、12頁。

互動，尋繹其思想觀念的內在聯繫，試圖找出一個可以闡釋他在附逆期間思想和行為的整體框架，從而加深對其附逆事偽問題的認識。為此，我把周作人和平觀念分為三個階段進行考察：第一個階段是從九一八事變到北平淪陷。日本軍隊步步進逼，周作人認為中國如果抗戰是必敗的，因此堅持主和；第二個階段是他從北平淪陷後留北到出任偽教育總署督辦。他出於某種抵抗政治和個人保存的雙重考慮，逐步下水事偽；第三個階段是其出任督辦以後的事偽期間。他持有一種失敗主義的和平觀念，關注教育民生，提倡經過他自己重新闡釋的儒家思想，進行某種意義上的文化政治抵抗。三個階段始終都貫穿著他對抗戰命運的失敗主義的思想認識，思考的焦點是如何在敗局已定的情勢下最大程度地保存民族實力和自我的問題。文章最後一部分試圖對他出任偽教育官員和提倡儒家思想問題做出新的評價。

我以為，周氏在附逆期間所作所為的背後有著相對穩定的和平觀念和原則，他在附逆期間的諸多看似矛盾的選擇可以在這一思想原則下得到較為合理的闡釋。

## 1、戰與和

1931 年九一八事變爆發後，東北淪陷。1932 年又發生一二八淞滬抗戰。日軍進逼華北，虎視平津，進一步入侵中國的企圖昭然若揭。一方面，全國上下抗戰的呼聲高漲；另一方面，由於中日國力懸殊，中國國防薄弱，不少政界、知識界人士認為中國無力支撐抗戰，應該主動求和。抗戰還是求和，這是擺在中國人面前的嚴峻挑戰。周作人無疑是主和的，不過他很少直接議論戰爭與和平，而是借助於談論文化、歷史問題關注現實。從 1932 年到 1937 年，周作人在文章中重點關注了日本問題、對秦檜的評價、民族氣節、國民性以及國防實力等問題，從不同的側面表達了他關於戰爭與和平的思想和對於中國抗戰前途的悲觀預測。

1935 年到 1937 年間，周作人連續寫了多篇談論日本問題或回憶在日本生活的文章，除了《懷東京》《東京的書店》，四篇「日本管窺」和兩篇「談日本文化書」的重點都在於對日本的批判，揭露日本方面對於中國的惡意。

《日本管窺》一文雖然表達了對於日本故鄉式的感情，肯定日本國民性的優點，卻意在批評日本人的缺點。他舉了日本人在中國的行徑作為例子。早在 1933 年 10 月所作的《顏氏學記》中，他就旁敲側擊地指斥日本右翼的

法西斯思想:「現時日本之外則不惜與世界為敵,欲吞噬亞東,內則敢於破壞國法,欲用暴烈手段建立法西派政權,豈非悉由於此類右傾思想之作祟歟。」〔註5〕又在《日本管窺》中寫道:「我覺得日本這幾年的事情正是明治維新的反動,將來如由武人組織法西斯政府,實際即是幕府復興」。「日本人是單純質直的國民,有他的好性質,但是也有缺點,狹隘,暴躁。……日本人的愛國平常似只限於對外打仗,此外國家的名譽彷彿不甚愛惜。」他還抱怨關於日本的文章不好寫:「抗日時或者覺得未免親日,不抗日時又似乎有點不夠客氣了。」〔註6〕「日本管窺」第二篇《日本的衣食住》雖談日本日常生活的美感和自己的愛好,而結尾處陡轉:「但是,我仔細思量日本今昔的生活,現在日本『非常時』的行動,我仍明確地看明白日本與中國畢竟同是亞細亞人,興衰禍福目前雖是不同,究竟的命運還是一致,亞細亞人豈終淪於劣種乎,念之惘然。因談衣食住而結論至此,實在乃真是漆黑的宿命論也。」〔註7〕有感於「心中文化與目前事實」的矛盾,周作人在《日本管窺之三》中表示,探討日本文化不應「以學術與藝文為限」,試圖擴大考察的範圍。〔註8〕到了《談日本文化書(其二)》,則明確指出:「一個民族可以有兩種,一是政治軍事方面的所謂英雄,一是藝文學術方面的賢哲。」要研究或理解日本文化,不能「把那些英雄擱在一旁」,「無論這是怎樣地可怨恨或輕蔑。」他這樣談到日本對中國的醜行:「二十年來在中國面前現出的日本全是一副吃人相,不但隋唐時代的那種文化的交誼完全絕滅,就是甲午年的一刀一槍的廝殺也還痛快大方,覺得已不可得了。現在所有的幾乎全是卑鄙齷齪的方法,與其說是武士道還不如說近於上海流氓的拆梢,固然該怨恨卻又值得我們的輕蔑。」〔註9〕憤怒之情溢於言表,差不多要破口大罵了。

最終,《日本管窺之四》離開了前幾篇管窺從藝文學術、日常生活方面談日本,而直擊日本現代的武人。他指日本所謂的「大陸政策」其實就是中國

〔註5〕周作人:《顏氏學記》,《夜讀抄》,北京十月文藝出版社2011年3月,29頁。

〔註6〕周作人:《日本管窺》,《苦茶隨筆》,北京十月文藝出版社2011年5月,161～162,166頁。

〔註7〕周作人:《日本的衣食住》,《苦竹雜記》,北京十月文藝出版社2011年5月,186頁。

〔註8〕周作人:《日本管窺之三》,《風雨談》,北京十月文藝出版社2012年2月,198頁。

〔註9〕周作人:《談日本文化書(其二)》,《瓜豆集》,北京十月文藝出版社2012年2月,62～65頁。

所稱的「帝國主義」。他寫道:「近幾年來我心中老是懷著一個大的疑情,即是關於日本民族的矛盾現象的,至今還不能得到解答。日本人愛美,這在文學藝術以及衣食住的形式上都可看出,不知道為什麼對中國的行動顯得那麼不怕醜。日本人又是很巧的,工藝美術都可作證,行動上卻又那麼拙,日本人喜潔淨,到處澡堂為別國所無,但行動上又那麼髒,有時候卑劣得叫人噁心。這真是天下大奇事,差不多可以說是奇蹟。」他舉出的事例有:藏本事件,河北自治事件,成都北海上海汕頭等事件,走私事件,白麵事件等。這些事例,「可以證明其對中國的行動都是黑暗污穢歪曲,總之所表示來全是反面。」他以比較宗教信仰的方式,從神道教崇拜儀式中尋找原因:「日本民族與中國有一點很相異,即是宗教信仰,如關於此事我們不能夠懂得若干,那麼這裡便是一個隔閡沒有法子通得過。……中國的民間信仰雖多是低級而不熱烈者也。日本便似不然,在他們的崇拜儀式中往往顯出神憑或如柳田國男氏所云『神人和融』的狀態,這在中國絕少見,也是不容易瞭解的事。」他指認神道教精神是日本右翼運動的靈魂:「神道教精神……是大可表彰的,日本如要為右傾運動找一個靈魂,這就是的,亦不妨稱之為國粹。……日本文化可談,而日本國民性終於是迷似的不可懂。」他說:「不懂信徒的精神狀態便決不能明白日本的許多事情,結果我不得不絕望,聲明我不能懂,……這一句話卻是很有價值的,或者在我的《管窺》四篇這是最有價值的話亦未可知。」圖窮匕首現,點出日本右翼的精神支柱和行動上的醜都源自神道教的精神,揭批日本軍國主義的非理性。到此,話說到底了,這篇文章便結束,四篇「日本管窺」也就結束了。〔註10〕然而,給讀者留下了思考的空間。晚年,他在回憶錄中寫道:「我寫了四篇《日本管窺》,將日本的國民性歸結到宗教上去,而對於宗教自己覺得是沒有緣分,因此無法瞭解,對於日本事情宣告關門不再說話了。」他的「日本研究」小店就此關門。其實,他是以委婉的方式表示該說的話已經說完。他後來說在摘抄「日本管窺」而成文的《日本之再認識》中沒有「頌聖」,而是「意在訕謗」〔註11〕。這「訕謗」很好地概括了「日本管窺」的用意。

　　四篇「日本管窺」顯示了高度的文化政治策略,這從文章的結構、手法、

---

〔註10〕周作人:《日本管窺之四》,《知堂乙酉文編》,北京十月文藝出版社 2013 年 1
　　　　月,131~142 頁。
〔註11〕周作人:《知堂回想錄》,北京十月文藝出版社 2013 年 10 月,703 頁。

修辭等方面均可看出。在當時，談論日本是一個十分敏感的話題。周作人在
《讀禁書》（1935、8）一文中，說到刊於上海《新生週刊》第二卷第十五期
署名「易水」的《閒話皇帝》，該文涉及日本天皇的文字被認為「不敬」，遭
到日方的強烈抗議，主編被判刑。〔註12〕這幾年，國民政府對日方針是一面
抵抗，一面交涉，壓制各種帶有抗日傾向的文章。「這些抗日時或者覺得未免
親日，不抗日時又似乎有點不客氣」的言論，儘管看起來既表揚日本的優點，
又指出其缺點，似乎兩不偏向，然而最後由日本宗教崇拜儀式上神像出巡所
顯示出的非理性，歸結出日本不可知，從而宣布「日本研究小店」關張。這
樣戛然而止勢必予人以深刻的印象，令人警醒。

　　周作人寫於1930年代中後期的一系列文章的中心主題是揭批日本軍國主
義的真實意圖和現實醜行，然而還有一個貫穿始終、使人印象深刻的副主題，
那就是對日本與中國同為亞細亞國家命運共同體的體認，特別是日本賢哲所
表達的「東洋人的悲哀」使他產生強烈的共鳴。他在《懷東京》中說：「中國
和日本現在是立於敵國的地位，但如離開現實時的關係而論永久的性質，則
兩者都是生來就和西洋的運命及境遇迥異的東洋人也，日本有些法西斯中毒
患者以為自己國民的幸福勝過至少也等於西洋了，就只差未能吞併亞洲，稍
有愧色，而藝術家乃感到『說話則唇寒』的悲哀，此正是東洋人之悲哀也，
我輩聞之亦不能不惘然。」〔註13〕他始終對日本懷有故鄉般的感情，對日本
文化也深致敬意，對東亞共同體的夢想難以釋懷。

　　1935年、1936年，周作人替秦檜翻案顯然與當時日本大兵壓境和周氏自
己的失敗主義思想密切相關。其核心的觀點是強調議和可以保存民族實力，
甚至認為和比戰難，主和更需要政治的定見和道德的毅力。

　　1935年3月，報載南京市政府呈請教育部通令查禁呂思勉著《自修適用
白話本國史》。該書指南宋末年大將宗澤、韓世忠、岳飛等的軍隊「將驕卒惰」；
又說，「秦檜一定要跑回來，正是他愛國之處，始終堅持和議，是他有識力肯
負責之處」。〔註14〕教育部通令指責呂持論大反常理，詆岳飛而推崇秦檜。周
作人在《岳飛與秦檜》中引前人俞正燮、朱熹的言論，肯定呂「意思卻並不

〔註12〕周作人：《讀禁書》，《苦竹雜記》，北京十月文藝出版社2011年5月，57頁。
〔註13〕周作人：《懷東京》，《瓜豆集》，76頁。
〔註14〕關於呂思勉《白話本國史》關於南宋和金朝和戰的述論及所引發的風波，可
　　　　參閱李永圻、張耕華《呂思勉先生年譜長編》（上），上海古籍出版社2012年
　　　　12月，1935年部分。

會錯，至少也多有根據；而人們崇拜岳飛唾罵秦檜的風氣是受了《精忠岳傳》的影響。」文末引用清代學者趙翼《二十二史劄記》卷三十五中的話：「書生徒講文理，不揣時勢，未有不誤人國家者。宋之南渡，秦檜主和議，以成偏安之局，當時議者無不以反顏事仇為檜罪，而後之力主恢復者，張德遠一出而輒敗，韓侂胄再出而又敗，卒之仍以和議保疆。」〔註15〕這文末的話才是作者要重點表達的意思，與當時面臨的和戰情勢以及周作人的思想狀況直接相關。為秦檜翻案自有思想史、文化史的價值，然而聯繫周作人後來附逆下水來看則是不祥之音。接著他又在《關於英雄崇拜》中說：「中國往往大家都知道非和不可，等到和了，大家從避難回來，卻熱烈地崇拜主戰者，稱岳飛而痛罵秦檜，稱翁同龢劉永福而痛罵李鴻章，皆是也。」〔註16〕《再談油炸鬼》評論道：「秦檜主和，保留得半壁江山，總比做金人的奴皇帝的劉豫張邦昌為佳，而世人獨罵秦檜，則因其殺岳飛也。」「……但見墳前四鐵人，我覺得所表示的不是秦王四人而實是中國民族的醜惡……這種根性實在要不得，怯弱陰狠，不自知恥……如此國民何以自存，其屢遭權奸之害，豈非所謂物必自腐而後蟲生者也。」他引用朋友的話說：「和比戰難，戰敗仍不失為民族英雄，……和成則是萬世罪人，故主和實在更需要政治的定見與道德的毅力也。」〔註17〕這是周作人在幾篇為秦檜翻案文章裏所要表達的核心思想，也似乎是本文開頭所舉廢名觀點的來源。

與重新評價秦檜問題相關，周氏又指責了不注重事功的偏激的氣節觀。他對人們崇拜關羽、岳飛、文天祥、史可法不滿，認為前兩者的名譽多是從說書唱戲上得來的，文、史雖有氣節，但「這種死於國家社會別無益處。……我不希望中國再出文天祥，自然這並不是說還是出張弘範或吳三桂好，乃是希望中國另外出些人才，是積極的，成功的，而不是消極的，失敗的，以一死了事的英雄。」〔註18〕《英雄崇拜》一文說，崇拜英雄本來也是一件好事，不過英雄的行為應滿足兩個條件：「其一是他們的確是可以佩服，第二是可以做模範」。而關羽、岳飛只是盡職的武將，他們之所以著名是因為小說的關係。時人崇拜文天祥、史可法，兩人的忠烈固可佩服，但中國未亡，需要的是「救亡扶危」的英雄。在他看來，這四人的事蹟均不足法，於是推出越王句踐與

〔註15〕周作人：《岳飛與秦檜》，《苦茶隨筆》，196～197頁。
〔註16〕周作人：《關於英雄崇拜》，《苦茶隨筆》，204頁。
〔註17〕周作人：《再談油炸鬼》，《瓜豆集》，213～214頁。
〔註18〕周作人：《關於英雄崇拜》，《苦茶隨筆》，204～205頁。

大夫范蠡，特別標舉他們報仇雪恥中所表現出的「堅忍」。這種品格正與現實中「大都輕躁、浮薄和虛假」的各種運動形成鮮明的對照。越國君臣堪為模範的還有一點，「即是他們的沉默，不亂嚷，不空宣傳」〔註19〕。這表揚他們的韜晦和腳踏實地。國難當頭，而現實中中國上下所表現出的喧囂、輕躁、虛妄等使他憂憤難平。

在《顏氏學記》中，周氏指氣節「有好些流弊」，「其最大的是什麼事都只以死塞責，雖誤國殃民亦屬可恕。一己之性命為重，萬民之生死為輕，不能不說是極大的謬誤。」顏元《性理書評》有一節關於尹和靖（焞）祭其師伊川（劭雍）文，周氏說「習齋所批首數語雖平常卻很有意義」。顏文云：「吾讀《甲申殉難錄》，至愧無半策匡時難惟餘一死報君恩，未嘗不泣下也，至覽和靖祭伊川不背其師有之有益於世則未二語，又不覺廢卷浩歎，為生民倉惶久之。」周作人說：「那種偏激的氣節說雖為儒生所唱道，其實封建時代遺物之復活，謂為東方道德中之一特色可，謂為一大害亦可。……若在中國則又略有別，至今亦何嘗有其氣節，今所大唱而特唱者只是氣節的八股了，自己躲在安全地帶，唱高調，叫人家犧牲，此與浸在溫泉裏一面�吆喝『衝上前去』亦何以異哉。」〔註20〕

1935年6月，周作人寫作了《醉餘隨筆》《責任》兩文，由遺民的話引發出自己的觀點。前者引用洪允祥一則隨筆中的話：「《甲申殉難錄》某公詩曰，愧無半策匡時難，只有一死報君恩。天醉曰，沒中用人死亦不濟事。然則怕一死者是歟？天醉曰，要他勿怕死是要他拼命做事，不是要他一死便了事。」此語極精。《顏氏學記》中亦有相似的話，卻沒有說得這樣徹透。近來常聽有人提倡文天祥陸秀夫的一死，叫大家要學他，這看值得天醉居士的一棒喝。」〔註21〕後者由顧炎武「天下興亡，匹夫有責」的話，引出他對救亡責任的思考，再引洪允祥《醉餘隨筆》中的話。在幾篇關於遺民的文章裏，周氏引人注目地提出「氣節」問題。他沒有否定氣節的價值，甚至對顧炎武表現出的氣節表示讚賞，只是如《顏氏學記》所說反對那種偏激的氣節說，所以他要對氣節進行了限定。比如在《責任》中提出了幾條責任，「一是自知。『知之為知之，不知為不知。』」不知忘說，誤人子弟，該當何罪，雖無報應，難免

---

〔註19〕周作人：《英雄崇拜》，《周作人集外文》（下集），海南國際新聞出版中心1995年9月，445～446頁。

〔註20〕周作人：《顏氏學記》，《夜讀抄》，28～29頁。

〔註21〕周作人：《醉餘隨筆》，《苦竹雜記》，19頁。

灰心，但當盡其在我，鍥而不捨，歲記不足，以五年十年計之。三十言行相
顧。中國不患思想界之缺權威，而患權威之行不顧言，高臥溫泉旅館者指揮
農工與陪姨太太者引導青年，同一可笑也。無此雅興與野心的人應該更樸實
的做」。〔註22〕

　　不同的氣節觀顯示出面對國家危亡之際兩種對和平截然不同的選擇：一
種是寧為玉碎不為瓦全式的拒絕，一種是忍辱負重的堅持，──甚至不惜與
敵人協力，爭取和平的空間和時間，最大限度地保存民族國家實力，以圖東
山再起。周作人擔心過於強調氣節，缺乏韌性，容易導致失去和平的機會，
不利於民族的自我保存。

　　周作人認識現實，往往由歷史現象作參照，這是其一個重要的思想方法。
九一八事變發生後不久，他在北大發表了一次關於徵兵問題的演講。除了談
論現實的徵兵問題，還談及抗日亂象所反映出的國民性問題。「近來中國不知
道從那裡得來了一件謬誤思想，迷信『公理戰勝』，與原有的怯弱，取巧等等
劣根性相結合，這是一個大錯。」當兵需要誠意，不是簡單地穿上漂亮的軍
服，威風像一名勇士，還得不怕苦，不怕死。「我覺得我國人缺少的便是誠意，
上上下下都是你騙我我騙你，說謊，用手段、取巧」〔註23〕。有幾個地方訓
練壯丁，用意與待遇未始不好，然而有些農民寧願逃亡，流落外地作苦工，
卻不肯在鄉里訓練拿工資，原因是不相信。定縣農村說全村的戶口有多少，
但官廳的記錄則更少，因為各種支應攤派按戶口計算，這也是不信任的例子。
〔註24〕

　　現實的亂象、敗象使得周作人痛感國民性遺傳之可怕。《關於命運》云：
「好幾年前我就勸人關門讀史，覺得比讀經還要緊還有用，因為經至多是一
套準提咒罷了，史卻是一座孽鏡臺，他能給我們照出前因後果來也。我自己
讀過一部《綱鑑易知錄》，覺得得益匪淺，此外還有明季南北略和《明季稗史
彙編》，這些也是必讀之書，近時印行的《南明野史》可以加在上面，蓋因現
在情形很像明季也。」「我說現今很像明末，雖然有些熱心的文人學士聽了要
不高興，其實是無可諱言的。我們且不談那建夷，流寇，方鎮，宦官以及饑
荒等，只說八股和黨社這兩件事吧。……明季士大夫結黨以講道學，結社以

〔註22〕周作人：《責任》，《苦竹雜記》，225～226頁。
〔註23〕周作人：《關於徵兵》，《看雲集》，北京十月文藝出版社2011年3月，166～
　　　　170頁。
〔註24〕周作人：《棄文就武》，《苦茶隨筆》，13頁。

作八股文，舉世推重，卻不知其於國家有何用處」。「代聖賢立言，就題作文，各肖口吻，正如優孟衣冠，是八股時文的特色，現今有多少人不是這樣？功令的時文取士，豈非即文藝政策之一面，而又一面即是文章報國乎？讀經是中國固有的老嗜好，卻也並不與新人不相容，不讀這一經也該讀別一經的。」文章結尾處引用日本的一首小詩：「蟲呵，蟲呵，難道你叫著，『業』便會盡了麼？」〔註 25〕在該文中，「業」指的就是一種遺傳的國民性。《苦茶隨筆·後記》寫道：「五月三十一日我往新南院去訪平伯，講到現在中國情形之危險，前日讀墨海金壺本的《大金弔伐錄》，一邊總是敷衍或取巧，一邊便申斥無誠意，要取斷然的處置，八百年前事，卻有昨今之感，可為寒心。」〔註 26〕周作人從野史、筆記上關於晚明的圖像來對照現實，從而指斥現實的敗象，表現出濃重的悲觀情緒。

　　周作人又以遺民的文章所記明末的亂象與現實相對照。《拜環堂尺牘》抄錄明末陶崇道尺牘，反映出當時敵強我弱，一片敗象，而「朝士作高奇語」。周作人解釋道：「高奇語即今所謂高調，可見此種情形在三百年前已然。」〔註 27〕他在《苦竹雜記·談禁書》再引拜環堂尺牘，認為所述當時的情形與現今頗為相像。周作人於 1933 年 1 月 14 日致曹聚仁的信，信中說：「榆關事起，平津騷然，照例逃難如儀，十日來要或能逃者各已逃了，似乎又靜了一點下來；如不佞等覺得無可逃，則仍未逃耳。中國大難恐未有已，上下虛驕之氣太甚，竊意喪敗無妨，只要能自反省，知道自己的缺點何在，可望復興。……五四時自己譴責最急進者，（原刊此處留有六字空白——引者）都變成如此，他可知矣；他們雖似極左，而實在乃極右的一種國粹的狂信者。不佞平常為遺傳學說（古人所謂『業』）所恐脅，睹此更為栗然。中國如亡，其原因當然很多，而其一則斷然為此國粹的狂信與八股的言論，可無疑也。此刻現在，何處可找理性哉！且坐看洪水——來或不來，此或亦虛無主義之一支配！」〔註 28〕歷史與現實驚人地相似，話說得很沉痛。從九一八事變發生後到七七事變之間，周作人寫了二十來篇關於遺民及其遺民著作的文章。在國家危難之際，周作人借對遺民生活及其言行的思考，執著地想著亡國後個人的選擇，其背後反映出他對民族前途深刻的悲觀和焦慮。

〔註 25〕周作人：《關於命運》，《苦茶隨筆》，122～127 頁。

〔註 26〕周作人：《苦茶隨筆·後記》，219 頁。

〔註 27〕周作人：《拜環堂尺牘》，《苦竹雜記》，52 頁。

〔註 28〕曹聚仁：《跋知堂兩信》，1934 年 10 月 20 日《人間世》14 期。

六朝人中，周作人最欽佩的是陶淵明和顏之推。顏之推一生中由梁入北齊，再入北周，後又入隋，三次經歷亡國。周氏特別珍重《顏氏家訓》，稱該書，「積其一身數十年患難之經驗，成此二十篇書以為子孫後車，其要旨不外慎言檢迹，正是當然，易言之即苟全性命於亂世之意也。」〔註29〕他特別對明朝遺民有好感。《關於傅青主》引傅山關於亂世之道的話，評價道：「遺老的潔癖於此可見，然亦唯真倔強如居士者才能這樣說，我們讀全謝山所著《事略》，見七十三老翁如何抗拒博學鴻詞的徵召，真令人蕭然起敬。」〔註30〕江南名士葉天寥日記詳盡記述其隱居生活，「可以見其閒窮與閒適之趣」〔註31〕。周對葉在亡國後的生活的藝術表現出深刻的同情和興致。也許周作人寫這些文字未必都是因為時局，然而由於所面臨的惘惘威脅，明朝遺民的人和文對他便有了特別的吸引力。周作人寫移民的文章，反映了他試圖尋找苟全性命於亂世的生活之藝術。他在這些文章中對移民們個體的自我保存予以肯定，而不是把氣節放在優先的地位。

鄭振鐸文章《惜周作人》是研究周作人附逆問題的重要參考資料。他記下了在七七事變之前和周作人的一次談話，周作人對中國抗戰的前途持「必敗論」，這是他墮落下水的主要思想原因之一。「他說，和日本作戰是不可能的。人家有海軍。沒有打，人家已經登岸來了。我們的門戶是洞開的，如何能夠抵抗人家？他持的是『必敗論』。」『必敗論』使他太不相信中國的前途，而太相信日本海軍力量的巨大。」〔註32〕鄭振鐸的記述是可信的，因為可以從周作人自己的文章裏得到充分的印證。周氏在《棄文就武》中向當局提出質問：「第一是想問問對於目前英美日的海軍會議我們應作何感想？日本因為不服五與三的比例把會議幾乎鬧決裂了，中國是怎樣一個比例，五比零還是三比零呢？其次我想先問問海軍當局，……現在要同外國打仗，沒有海軍是不是也可以？據我妄想，假如兩國相爭，到得一國的海軍消滅了，敵艦可以來靠岸的時候，似乎該是講和了罷？不但甲辰的日俄之戰如此，就是甲午的中日之戰也是如此。中國甲午以來至於甲戌這四十年間便一直保有講和狀態的海軍，……現今要開始戰爭，如是可能，那是否近於奇蹟？」〔註33〕

〔註29〕周作人：《顏氏家訓》，《夜讀抄》，119 頁。
〔註30〕周作人：《關於傅青主》，《風雨談》，7 頁。
〔註31〕周作人：《甲行日注》，《夜讀抄》，127 頁。
〔註32〕鄭振鐸：《惜周作人》，1946 年 1 月 12 日《週報》19 期。
〔註33〕周作人：《棄文就武》，《苦茶隨筆》，135～136 頁。

日本對中國虎視眈眈，而中國國防力量薄弱，國民性的痼疾又根深蒂固，幾個方面因素合起來就產生了他的必敗論。正因為如此，他才急於替秦檜翻案，為議和正名，對偏激的氣節論提出質疑。

周作人對本民族抗戰持「必敗論」，他無疑是主和的。在 1934 年 7 月 6 日致梁實秋的信中，周作人說：「本來想一說和日和共的狂妄主張，又覺得大可不必，故復終止。」〔註 34〕簡單的一句話，卻實實在在地表明了他的政治主張。可能正是由於這個主張，他還試圖與左翼作家和解。他在《苦茶隨筆》的後記中說：「我以前以責備賢者之義對於新黨朋友頗怪其統一思想等等運動建築基礎，至於黨同伐異卻尚可諒解，這在講主義與黨派時是無可避免的。」〔註 35〕在日本佔領東北、緊逼華北之時，提及「和日和共」，說明與日本議和是他長期思考的一個問題。上面所談日本研究、對秦檜的評價、民族氣節、國民性以及國防實力等問題都與他的主和思想密切相關，可以說主和思想是他認識和評論這些問題主要的思想語境和原則。這些問題或者揭示失敗的不可避免，或者試圖回答在失敗不可避免的形勢下應該何為。

在盧溝橋事變發生前後，與周作人一樣，對抗戰前途缺乏信心，因而支持議和的知識界和政界人士大有人在。時任國民黨中央候補監察委員的王世杰在 1937 年 8 月 3 日日記中記：「二、三日來，首都一般人士，感覺身家危險，有知識者則對國家前途不勝恐懼。故政府備戰雖力，而一般人之自信力仍日減。今日午後與胡適之先生談，彼亦極端恐懼，並主張汪、蔣向日本作最後之和平呼籲，而以承認偽滿洲國為議和之條件。」又說：「胡（適之）、周（枚蓀）、蔣（夢麟）均傾向於忍痛求和，以為與其戰敗而求和，不如在大戰發生之前為之。」〔註 36〕這種濃重的悲觀情緒在朝野上下蔓延，「八一三」事變後還形成了一個以汪精衛為中心的、主和派的「低調俱樂部」。胡適也是這個由周佛海主持的團體之一員。

據陳公博回憶，國民政府行政院長汪精衛對 1932 年「一・二八」之戰、1933 年古北口之戰原是主張抵抗的，但古北口之戰又讓汪深受刺激：「因為前

〔註 34〕梁實秋：《憶豈明老人》所附「豈明老人原函墨蹟之二」，1967 年 9 月《傳記文學》（臺灣）11 卷 3 期。

〔註 35〕周作人：《苦茶隨筆・後記》，220 頁。

〔註 36〕林美瑞編輯、校訂：《王世杰日記》（上冊），臺灣「中央研究院」近代史研究所 2012 年版，28、29 頁。轉引自李志毓：《汪精衛對日求和的政治環境及其思想脈絡》，《安徽史學》2015 年 3 期。

方將領回來報告，都說官兵無法戰爭，官兵並非不願戰，實在不能戰，因為我們的軍火因敵人的軍火距離太遠了，我們官兵看不見敵人，只是受到敵人炮火的威脅。汪先生聽了這些報告，以後便慢慢有主和的傾向。」〔註 37〕他的對日方針便從「一面抵抗，一面交涉」轉向重在交涉。抗戰爆發後，開始形成他的「和平論」思想。廣州、長沙相繼失陷後，其「和平」的意見更加堅決，並付諸行動。〔註 38〕曾仲鳴遇刺身亡後，汪精衛在《舉一個例》中堅定了他「和平」的思想信念：「我所誠心誠意以求的，是東亞百年大計。我看透了，並且斷定了：中日兩國，明明白白，戰爭則兩傷，和平則共存；兩國對於和平只要相與努力，必能奠定東亞百年長治久安之局；不然，只有兩敗俱傷，同歸於盡。」〔註 39〕於是，汪開始了他的政治豪賭，建立傀儡政權。

陳公博說汪精衛：「他總以為中國國力不能抵抗，只求日本無滅亡中國之意，不妨講和平。……他總以為日本總說中國沒有誠意，我現在表示極大的誠意，這樣可以成立中日間的真和平。」〔註 40〕周作人顯然不一樣，他始終對日本軍國主義的惡意有著清醒的認識。正因為如此，他才通過陶希聖轉告汪精衛不要上當受騙。據陶希聖回憶，他在從河內到香港時，派武仙卿前往北平，考察北平淪陷之後的情形，特別訪問了周作人。周氏對武說：「日本少壯軍人跋扈而狹隘善變。一個宇垣一成大將，被他們抬高到九天之上，又被他們壓制到九地之下。他們對本國的軍事首長尚且如此，對於外國的政客如何，可想而知。」他還託武給陶帶口信：「幹不得。」〔註 41〕周作人在1963 年致鮑耀明的信中又說：「當時有周化人氏曾來訪問，我告以日軍人素不講信用，恐難合作，便囑為轉告汪君，請其慎重，但不久而『國府還都』。於事實毫無補益也。」〔註 42〕這些材料很可以見出周作人對日方的警惕和敵意。

然而，周作人的和平觀念與汪精衛對日和談的政治主張之間是有著相通

〔註37〕陳公博：《自白書》（1945 年 11 月），南京市檔案館編：《審訊汪偽漢奸筆錄》（上），鳳凰出版社 2004 年 4 月，3 頁。

〔註38〕參閱汪精衛：《復華僑某君書》（1939 年 3 月 30 日），收入黃美真、張雲編《汪精衛集團投敵》，上海人民出版社 1984 年 2 月，391 頁。

〔註39〕汪精衛：《舉一個例》，《汪主席和平建國言論選集》，南京；中央電訊社 1944 年 9 月編印，13 頁。

〔註40〕陳公博：《自白書》（1945 年 11 月），《審訊汪偽漢奸筆錄》（上），34 頁。

〔註41〕陶希聖：《潮流與點滴》，中國大百科全書出版社 2009 年 1 月，161 頁。

〔註42〕鮑耀明編：《周作人與鮑耀明通信集》，河南大學出版社 2004 年 4 月，258 頁。

之處的，這或許在一定的程度上促成了他日後與汪偽政權的合作。

## 2、附逆的動機

　　聯繫周作人對抗戰前途的失敗主義的預測，更容易理解他在七七事變後「苦住」北平的抉擇。如果失敗是一定的，那麼逃亡有什麼意義呢？結果是一樣的，只是徒增顛沛流離之苦而已。

　　周作人強調的理由是「家累」的羈絆。他在 1937 年 8 月 6 日致陶亢德的信中說道：「舍間人多，又實無地可避，故只苦住，幸得無事，可以告慰。」8 月 20 日信仍謂：「寒家繫累甚重，交通又不便，只好暫苦住於此，紹興亦無老屋可居，故無從作歸計也。」〔註 43〕他後來還在致徐訏的信中具體解釋了他的「家累」情況〔註 44〕。在給胡適的打油詩中也強調因為「庵裏住的好些老小」而只好「苦住」。鄭振鐸《惜周作人》記，「七七」以後許多人勸周南下，他託辭怕魯迅的「黨徒」會對他不利，所以不能來。鄭振鐸說：「這完全是無中生有的託辭。其實，他是戀戀於北京的生活，捨不得八道灣的舒適異常的起居，所以不肯搬動。」〔註 45〕八道灣舒適的起居和良好的讀書環境當是周作人特別留戀的，通過讀書，他建構了一個曠代相感的烏托邦式的「朋友圈」，那是他的精神家園。

　　選擇「苦住」北平，偶而與日偽方面的人有些與政治關係不大的來往，並不意味著一定會下水事敵。不論是周作人，還是其他附逆者，他們的下水通常不是一朝一夕的事情，而是經歷過一個較長時間的觀望、等待、試探、決定的過程。抗戰形勢的變化直接牽動著他們的抉擇，特殊的事件或人際關係可能會在關鍵時刻推上一把。

　　在周作人出任偽職一事上，湯爾和（1877～1940）是個關鍵的人物，他堪稱周氏附逆的引路人。正如止菴所言：「在周作人的一生中，湯爾和是極少數對他產生重大影響，使之追隨其後的人之一。從某種意義上講，不充分瞭解北平淪陷後的湯爾和，就無法真正理解同一時期及其後的周作人。」〔註 46〕考察二人的交往過程，是一條認識周作人附逆動機的方便途徑。1938 年 8 月，東亞文化協議會成立，湯爾和被選為會長，周作人成為該會委員，後又於 1941

---

〔註 43〕亢德：《知堂先生在北平》，1937 年 11 月 10《宇宙風》50 期。
〔註 44〕周作人：《致徐訏書》，1968 年 1 月《筆端》（香港）1 期。
〔註 45〕鄭振鐸：《惜周作人》，1946 年 1 月 12 日《週報》第 19 期。
〔註 46〕止菴：《重提關於周作人的一些史料》，《現代中文學刊》2012 年 3 期。

年 10 月擔任會長。1939 年元旦遇刺事件之後，周很快就從兼任偽北京大學校長的湯爾和手中接過圖書館館長和文學院院長的聘書，這兩個職務是他走向偽教育總署督辦的過渡。據周作人 1939 年日記所載，本年度他與湯爾和交往甚密，其中周作人訪問湯爾和有十八次，湯請飯七次，收信六封，發信五封，詩歌唱和一次，受贈禮品一次，請托二次，別人傳達口信一次。對湯稱呼最多的是「爾叟」、「爾和」〔註 47〕，顯得親切而又尊重。不難想見，周作人出任偽職是他們交往中的中心話題。

湯爾和早年留學日本。民國以降，他是一個穿梭於政、學兩界的人物。1912 年，創立北京醫科大學前身——北京醫學專門學校，擔任校長。又創立中華民國醫藥學會並擔任會長。在北洋政府擔任過教育總長、內務部總長和財政總長等要職。1937 年 12 月，他參與組建偽中華民國臨時政府，出任教育部總長兼議政委員會委員長、行政委員會常務委員，還兼任偽北京大學校長。汪偽政權建立後，他被任命為憲政實施委員會常務委員。華北政務委員會成立後，繼任該會常務委員，兼教育總署督辦。任職期間，他積極重建華北淪陷區文教系統，籌建大專學校，設立審定中小學教材的編審會，成立東亞文化協議會並被選為首任會長。種種跡象表明，他是推動周作人出任偽職的一只有力的大手。周作人在受審時，《首都高等法院檢察官起訴書》也指認他「受湯爾和之慫恿」，出任偽北京大學教授和文學院院長。〔註 48〕周作人後來只是說戰前雖是同鄉，但是很少和他接觸，「只知道他是個很世故，善詼諧，且頗有點權謀之術的人。」〔註 49〕而迴避了北平淪陷後彼此間的密切交往。

幼松著《湯爾和先生》一書說，湯爾和於 1940 年因病重，在萬壽山養病，每日到昆明湖畔。第十九章提到，他有一篇弔耶律楚材的文章，刻在湖邊耶律楚材墓內的牆壁上」。〔註 50〕這所謂「文章」其實是兩首七律，題為《弔耶律楚才墓》，為窺探湯氏的內心世界提供了一個窗口。詩云——

　　一代通才泣鬼神，鬀人賜號不稱名。直言深信遭英主，苦口真

---

〔註 47〕周作人：《1939 年周作人日記》，《中國現代文學研究叢刊》2016 年 11 期。
〔註 48〕南京檔案館編：《審訊汪偽漢奸筆錄》（下），鳳凰出版社 2004 年 4 月，1385 頁。
〔註 49〕周作人：《「東亞文化協議會」為何物？》，《文史資料選輯》第 135 輯，中國文史出版社 1999 年 6 月，158 頁。
〔註 50〕幼松：《湯爾和先生》，金華印書局 1942 年 10 月印刷，178 頁。據瞿兌之《讀〈湯爾和先生〉》（1943 年 7 月《古今》27、28 期合刊），「幼松」為湯爾和次子湯器。

能救眾生。禮教從來關治亂，恩仇到底總分明。元家陵寢今何在，獨向南湖弔晉卿。

嗜殺君王共事難，錄囚決獄總從寬。長余涕淚無餘粟，多予金錢不予官。興利何如先去宅，引觴莫若且加餐。仁風勁節千年在，留與英雄作鏡看。

詩前有小序云：「楚材遼東世冑，為元祖所識拔、顧愛斯民有如赤子，仁人不殺，功德長存。」〔註51〕耶律楚材世代在金朝為官，蒙古滅金後，因才華出眾而受成吉思汗、窩闊台汗重用，官至中書令（宰相）。這兩首詩作於1938年間，在偽中華民國臨時政府成立後不久。詩中寫了耶律楚材救濟漢族民眾、任用中原名士，稱讚他道德、事功兼備。湯爾和在弔詩中顯然是以耶律楚材自況，為自己出任偽職辯護的。

周作人與湯氏在履歷、志業、能力和性格上都迥乎有別。然而，在淪陷的情勢下，兩人走到一起，他們對下水事偽的考量頗有相通之處。他和湯氏都標榜自己關心民生和治亂。湯爾和死後，周作人作輓聯：「一生多立經國事功，不圖華髮忽萎，回首前塵成大夢；此出只為救民苦難，豈意檀度中斷，傷心跌打勝微言。」〔註52〕其中，表彰了湯氏的「經國事功」和「救民苦難」。

胡文輝指出湯爾和在弔詩中所表現的「心跡」並非孤立。淪陷區文壇的附逆文人柳雨生後來寫過論文《元代蒙古人漢化問題及其漢化之程度》，為耶律楚材辯護：「楚材所以降志辱生，不為桀溺之避世者，則以生丁亂世，目睹人民水深火熱之痛苦，欲為稍紓其難，庶免載胥及溺耳。」〔註53〕淪陷區刊行《國學叢刊》第五冊（1941）「課藝選錄」一欄，有兩篇《耶律楚材論》，都是盛讚其功的。《國學叢刊》由國學院第一院主辦，其後有偽官方背景，得到華北政務委員會首腦王揖堂的支持。兩篇「賦得」式文章的用意與湯爾和、柳存仁等人相同。〔註54〕附敵者常以救民濟世高自標榜，為其附逆辯護，這是需要細加注意和甄別的現象。

關於湯爾和其人和他在淪陷前後的表現尚缺全面而翔實的材料，不過《湯

〔註51〕詩及小序引自胡文輝：《淪陷語境中的耶律楚材——湯爾和的心事》，《掌故》第三集，徐俊主編，中華書局2018年1月。

〔註52〕張菊香、張鐵榮：《周作人年譜》，天津人民出版社2000年4月，598頁。

〔註53〕柳存仁（柳雨生）：《和風堂文集》（上冊），上海古籍出版社1991年10月，591頁。

〔註54〕參閱胡文輝文。

爾和先生》一書有所記述。1938 年，湯發表元旦廣播講話，為爭取青年，他
說：「我輩惟知補救一分，留得一分元氣，少死一青年，即為國家保存一有力
分子。」湯網絡各種專門人才，有的人尚在觀望，他便勸說：「國家元氣，能
保存一分是一分，責無旁貸。這是什麼時候了，還好袖手旁觀嗎？我尚且如
此，何況你們？」「他設立編審會，審訂中小學課本。他說小學兒童，如同一
張白紙，不應該讓他染上政治色彩。所以凡是排外媚外的思想，都不應當入
課本中。」類似的勸詞周作人大概沒少聽到吧，他後來在受審時也說過這樣
的話。湯氏不免遭到時人物議，而他自己卻說：「是非功罪，在百年之後！」
〔註55〕

　　1937 年 5、6 月間，湯爾和在其主編政論性的《輿論週刊》上發表過四篇
時評。除了發刊詞《開宗明義》外，其餘三篇均涉及中日關係。他說：「我對
於中日間的事情，素來注重全局，說得誇張些，就是著眼於東亞百年之計。
區區抱負，既然如此，所以三幾年內的是非毀譽，在我心目中，好比天上浮
雲，絲毫不足介意。」〔註56〕1937 年 6 月，近衛文麿受命組閣，湯希望近衛
改變中日關係現狀，「於對華外交，大膽邁步，走向沉著，光明，和平，互讓
的一條坦道。」這樣可望取得中國人的幾分信任，由幾分信任而走向瞭解，
從而解決兩國間的糾紛障礙。同時，中國人也需自我檢討，認清日本與西洋
之間孰親孰疏，孰遠孰近，誰是貢獻世界和平的長途旅行中的伴侶。〔註57〕
從幾篇文章略可見出他的親日夢想，甚至為了這個夢想，不惜鋌而走險。文
章中躊躇滿志之態可掬。這很可以解釋七七事變不久，他就積極投入與敵人
合作的思想原因。

　　1941 年 4 月 14 日，周作人以東亞文化協議會評議員的身份，參加在東京
召開的該會前會長湯爾和的追悼會。他在致詞中稱讚湯氏：「事變以後，立刻
堅決地主張非復興文教不可，不顧危險挺身而出的，只有湯先生一人而已。」
〔註58〕又在《〈湯爾和先生〉序》中說：「湯先生一生中治學與為政相半，其

〔註55〕《湯爾和先生》，171～176 頁。
〔註56〕湯爾和：《日本應率先拋棄在華領事裁判權》，1937 年 6 月 7 日《輿論週刊》1
　　　　卷 8 號。
〔註57〕湯爾和：《與近衛文麿公晤談之追憶及感想》，1937 年 6 月 28 日《輿論週刊》
　　　　1 卷 11 號。
〔註58〕姜德明：《周作人談湯爾和——關於周作人的兩篇佚文》，《魯迅研究月刊》1995
　　　　年 6 期。

參與政事的期間差不多也仍是醫師的態度，所謂視民如傷，力圖救護，若是辦學則三十餘年來與醫學不曾脫離，中國現在僅有的一點醫藥新學問的基礎，可以說全是由湯先生建築下來的。」〔註59〕周與湯一樣，都是文教界中人，他們在恢復和維護文教方面的努力也是一致的。

湯爾和不論在敵偽人員中，還是在淪陷區人士中，都有很高的聲望。〔註60〕與湯氏的頻繁交往，可讓周作人看到了一種可能性，既可自我保存，又能在安全的閾值內為本民族做一些有益的事情。即便說消極抵抗不是周氏的主要動機，那麼步武湯氏至少可以為他提供一個藉口，從而減輕道德心理上的壓力。

據曾在偽臨時政府從事地下工作的陳濤回憶，1938年春，偽教育部編輯中小學教科書的編審會成立，「中日雙方人員見面時，日方總編纂即提出教科書應加入並宣傳『新民主義』的問題。……最後由湯爾和表示教科書應以傳授知識為主，最好不要把有傾向性的政治色彩的東西裝進去，加入『新民主義』事可暫不考慮。……湯病故由周作人繼任教育總署督辦後，也沒有舊事重提。」〔註61〕可謂蕭規曹隨。于力《人鬼雜居的北平市》一書《安藤少將與周督辦》一節記述，有一次大概是預備慶賀日軍佔領宜昌，日偽方面動員民眾和學生們參加。「周氏以為學生總應離開政治，參加與否，無關弘旨。署中就根據這個交論，轉告市政府教育局，和直轄各大學知照。次日，各校照例放假一天，卻沒有一個學生預備到會。」任偽新民會顧問的安藤少將大怒，要帶衛兵親自去抓周作人，幸虧日本大使館的一等參贊在場勸阻，才把安藤攔住。〔註62〕這裡不讓學生參加政治活動的理由與他的前任湯爾和相同。

周作人下水事偽與湯爾和直接相關。據敵偽時期在偽北京高校任職的徐祖正等人的說法，湯爾和之所以堅邀周作人擔任偽北大圖書館長、文學院院長之職，是「深信周氏足以應付日寇故也」。「三十年偽教育總長湯爾和以病

---

〔註59〕幼松：《湯爾和先生》。

〔註60〕湯氏在教育方面做成很多大事，說明他得到了日方的信任和支持。他敢於當著日本人的面指責日方，參閱《湯爾和先生》73～74頁；他也得到淪陷區一些教育界人士的積極評價，參閱《徐祖正等為保周作人致首都高等法院呈》附件一《周作人服務偽職之經過》，南京檔案館編：《審訊汪偽漢奸筆錄》（下）。

〔註61〕陳濤：《陳濤同志致魯迅研究室的信》，《魯迅研究動態》1987年第1期。

〔註62〕于力：《人鬼雜居的北平市》，群眾出版社1984年3月，16頁。

逝世，繼任乏人，湯氏在臨終前即屬意於周，各方亦盼周氏出任較為妥善。」
〔註63〕周作人自己說：「及湯爾和病死，教育總署一職擬議及我，我考慮之後，
終於接受了。因為當時華北高等教育的管理權全在總署的手裏，為抵制王揖
唐輩以維護學校起見，大家覺得有佔領之必要。」〔註64〕如果他沒有與湯爾
和交往，或者湯爾和沒有在督辦的位置上病死，那麼周作人很可能走上一條
不同的道路。

　　周在1964年7月18日致鮑耀明的信中說：「關於督辦事，既非脅迫，亦
非自動（後來確有費氣力去自己運動的人），當然是由日方發動，經過考慮就
答應了。因為自己相信比較可靠，對於教育可以比別個人出來，少一點反動
的行為也。」〔註65〕周作人所言大體上是可信的。1980年代中後期，發生一
場關於周作人出任偽教育督辦問題的風波，受到過廣泛的注意。1941年11月，
湯爾和病逝後，誰將繼任受到多方的關注。當時在北平從事地下工作的許寶
騤敘述了參與游說周作人出任教育總署督辦的經過。在日方一派力量的支持
下，「國民黨黨棍、現新民會混混兒」繆斌鑽營督辦之職甚力，偽政權中也有
人屬意於周作人。〔註66〕他與中共北平特委書記王定南、張東蓀在一次「三
人碰頭會」上，決定讓已是偽北大文學院院長的周作人出任偽督辦，「以抵制
為禍最烈的繆斌」。後由許去游說周氏，周作人應允。王定南發表《我對周作
人任偽職一事的聲明》，針對周任偽教育督辦一事，說他曾與北方救國會另兩
個負責人張東蓀、何其鞏在何家的一次談話：「何其鞏、張東蓀對我說：『偽
教育督辦湯爾和死了，周作人（偽北京大學校長或北京大學文學院院長）、繆
斌（偽新民會會長）二人活動要當教育督辦，周是念書人，繆斌這個人很壞，
周如活動成功危害性小些。』我說：『你們這一分析有道理。』我對周作人活
動要出任偽教育督辦只講了這一句話，我們沒有委託任何人去游說周作人出
任偽教育督辦，更不可能交待給委託人任偽職的兩句話：『積極中消極，消極

〔註63〕《徐祖正等為保周作人致首都高等法院呈》附件一《周作人服務偽職之經
　　　　過》，南京檔案館編：《審訊汪偽漢奸筆錄》（下），1394～1395頁。
〔註64〕周作人：《周作人的一封信》，《新文學史料》1987年2期。
〔註65〕周作人：《周作人晚年手札一百封》，香港：太平洋圖書公司1972年5月，10
　　　　頁。
〔註66〕許寶騤：《周作人出任華北教育督辦偽職的經過》，《魯迅研究動態》1987年1
　　　　期，此文首先發表於1986年11月29日《團結報》，另見於《新文學史料》
　　　　1987年2期。

中積極』。」〔註67〕兩人的說法不一，但都承認一個基本的事實：抗日的地下工作人員為了抵制繆斌，游說周作人出任教育總署督辦。周作人自己所說「覺得有佔領之必要」的「大家」，「確有費氣力去自己運動的人」，應屬實情。

地下工作人員的游說很有可能起到了推波助瀾的作用，但最後由誰來填補教育總署督辦之缺只能由日本人拍板。曾在興亞院華北聯絡部（對周作人的勸誘工作就是由這個部的文化局承擔的）工作過的志智嘉九郎這樣說周作人下水：「若是他堅決不接受也不能勉強為之的，因此我覺得勸誘工作做得很順利」〔註68〕。

迄今尚無證據表明周作人出任教育督辦是因為受到脅迫，這樣一來，明明知道日方不值得信任，但還要下水合作，這種動力到底來自何處？周作人自己說得很含混。木山英雄說：「對於出馬的理由的說明儘管未免乏味，而出馬與否只要不是涉及精神上的死活問題，則某種決定性的理由終歸不會存在吧。因此，或許還可能有另外一些說法，但總之一種政治上的考量使他行動起來，大概是事實吧。所謂『政治上的』，並非鬥爭性的意思，而是意味著即使可能存在屈辱的妥協，但面對已不可能與之善意合作的眼前『敵人』才做出的判斷。我認為，這個時期周作人的決斷中無論何種意義上的『親日』幻想都是不存在的。」〔註69〕在我看來，存在兩種可能性：一是出於某種抵抗政治的需要，二是個人可以在冒險中受益。1925年1月，他在《元旦試筆》中說過：「我不相信是國家所以當愛，如那些宗教的愛國家所提倡，但為個人的生存起見主張民族主義卻是正當，而且與更『高尚』的別的主義也不相衝突。不過這只是個人的傾向，並不想到青年中去宣傳。」〔註70〕這話說得很明白，在個人和國家的關係中，他是把個人擺在第一位的。所以，他對個人利益的考量不言而喻，本來他滯留北平就是出於自我的考慮的。在很大程度上，兩種可能性並存。也許正是兩方面因素纏繞在一起，才使他後來感到難

---

〔註67〕王定南：《我對周作人任偽職一事的聲明》，1987年2月20日《山西政協報》，另以《我對於國內外報刊發表周作人任偽職一事的聲明》為題，刊於《魯迅研究動態》1987年3期。

〔註68〕〔日〕木山英雄：《北京苦住庵記——日中戰爭時代的周作人》，趙京華譯，生活・讀書・新知三聯書店2008年8月，123頁。

〔註69〕〔日〕木山英雄著、趙京華譯：《北京苦住庵記——日中戰爭時代的周作人》，127頁。

〔註70〕周作人：《元旦試筆》，《雨天的書》，北京十月文藝出版社2011年1月，140～141頁。

以申說。

另外，汪偽政權的因素也不容忽視。汪偽國民政府「還都」南京，儘管是傀儡政權，還是可以為其出任偽教育總署督辦提供一個藉口的，在一定程度上緩解他在失節問題上的心理壓力。雖然周作人與汪精衛之間有著太多的不同，但兩人之間在失敗主義的和平思想等方面是有相通之處的。他們之間關係予人以惺惺相惜之感。1942 年 5 月，汪率隨員訪問「滿洲國」，在華北政務委員會中僅選周氏一人同行。隨後，周作人應汪之邀訪問南京，並在偽中央大學發表「中國的思想問題」等演講。4 月 26 日寫作《汪精衛先生庚戌蒙難實錄序》，其中有云：「唯三十餘年來讀其文章，觀其行跡，自信稍有認識」〔註 71〕，恐非只是應酬之語。至少在戰爭全面開始後，周氏出於對局勢和自我前途的關注，會特別留意汪作為主和派代表人物的一言一動的。他們對抗日前途的黑暗預測，對「議和」的主張，以及在言論中對「中國」利益的一再強調都是一致的。這樣，就會在政治上彼此靠攏。

周作人在國民政府的法庭上稱自己附敵的動機：「被告參加偽組織之動機完全在於維持教育，抵抗奴化。」〔註 72〕而在《知堂回想錄》中又有意迴避。他在《讀〈東山談苑〉》（1938）、《辯解》（1940）以及《知堂回想錄》中一再稱引「倪雲鎮為張士信所窘辱，絕口不言」的故事，給他附逆的動機貼上了封條。黃裳曾往南京老虎橋監獄採訪周作人，質疑他一向佩服倪元璐絕口不言一說便俗，為何在法庭上又說了那麼多不免於「俗」的話。黃文寫道：「這很使他有些囁嚅了。最後他說，有許多事，在個人方面的確是不說的好，愈聲明而愈糟，不過這次是國家的大法，情形便又微有不同，作為一個國民，他不能不答辯云云。」〔註 73〕如果真像他在法庭上所申言的那樣，在敵偽時期無法正面言說，那麼在戰後是完全可以提供一些直接或間接的證據的。只是他明白徒說無益，關鍵是要拿出真憑實據。

## 3、儒家思想的重構

周作人走上了一條投降主義的「和平」道路。一方面不得已地與敵人合

---

〔註71〕周作人：《汪精衛先生庚戌蒙難實錄序》，1942 年 6 月《古今》4 期。

〔註72〕周作人：《周作人辯訴狀》（1946 年 7 月 15 日），南京檔案館編：《審訊汪偽漢奸筆錄》（下），1400 頁。

〔註73〕黃裳：《老虎橋邊看「知堂」》，《錦帆集外》，文化生活出版社 1948 年 4 月，237～238 頁。

作，一方面盡可能地保存民族的實力，以圖東山再起。實力不外乎人力物力的和思想意識的兩個方面。出任偽職特別是出任偽教育總署督辦以後，他一方面履行職責，有過許多政治表演；另一方面也進行一系列的消極抵抗，做過一些有利於保存本民族人力物力的具體事情。他在任偽職期間消極怠工，做過一些有利於民族的具體事情，如保護北京大學校產和國立北平圖書館，救助國共兩黨的地下工作人員，幫助李大釗幾個參加革命的子女等等；特別是出於抵制殖民思想的政治需要，提倡經其重構過的以禹稷為模範、以孔孟為代表的儒家思想，強調中國固有文化。〔註74〕這後一點，最為周氏自己所看重，他後來在國民政府的法庭上、在晚年所作的回憶錄裏都特別地強調。

周氏提倡中國思想的文章，以收入《藥堂雜文》的《漢文學的傳統》《中國的思想問題》《中國文學上的兩種思想》《漢文學的前途》為代表。其中三篇題目中的「文學」指的是雜文學意義上的「文章」，文中所引用的文本大都是傳統的子類，所以實際上等於說是中國的思想，或者更直接地說就是儒家的思想傳統，與另一篇《中國的思想問題》的主題一致。它們高標了「漢」「中國」這兩個核心的民族國家語言符號，特別是突出「漢」字，更加強調了中國文章的主體特徵。周作人在《知堂回想錄》中說《漢文學的傳統》《漢文學的前途》，「題目稱漢文學卻頗有點特別，因為我在那時很看重漢文的政治作用，所以將這來代表中國文學。」〔註75〕幾篇文章的寫作有著很強的當下問題指向。

偽中華民國臨時政府成立後，秉承日本華北方面軍的旨意，在社會上大力推行「尊孔祭孔」的儒教運動，在學校中提倡「尊孔讀經」。1938年2月，為了所謂「闡揚聖教」，偽臨時政府行政委員會委員長王克敏發布命令，仍以夏曆8月27日為至聖先師孔子的誕辰，恢復春秋上丁兩祭。次年，偽臨時政府頒令：祀孔典禮如有失儀延誤者，還要受到懲罰。〔註76〕

日方的宣傳人員發表文章，試圖把日方的戰爭意識形態注入「孔子的學說」中。中山久四郎在上海的一次演講中說，孔子學說在「尚武精神」、尊重君臣大義、重視「忠臣不事二主」上面，都與日本道德同出一軌，所以中日

---

〔註74〕參閱黃開發：《周作人精神肖像》，遼寧人民出版社2015年4月，50～54頁。
〔註75〕周作人：《知堂回想錄》，725頁。
〔註76〕中央教育科學研究所編：《中國現代教育大事記》，教育科學出版社1988年1月，384頁。

兩國很容易「在精神上提攜」。〔註77〕

　　神谷正男的文章《大陸思想戰與儒教運動》原在日本發表，更是赤裸裸地表明了日本方面借助儒教運動開展思想戰、服務於「大東亞戰爭」的企圖。文章從思想戰的重要性、大陸思想戰的經過、儒教復興運動的意義、存在的問題、具體的方策等方面，系統、清晰地論述了題旨。他闡明了思想戰的性質：「大東亞戰爭的展開，而於內外的思想戰，有決定的影響，將其性格予以明確的規定，這便是英美對於皇道的決戰，廣義言之，也就是西洋民主思想對於東洋思想的決戰。」「思想戰之終極目標，無非將本國之思想完全同化，因此，大陸思想戰的終極目標，把現代中國的思想，必須與皇道相融合同化。」他很清楚，倘若直接宣傳「皇道」，難以被中國人接受，容易產生相反的效果，這樣，就需要勃興儒教運動作為過渡的橋樑。儒教運動的重要意義有二，「第一，即向來墮入英美自由主義的大陸思想戰之方向，現在復興於中國固有的思想源流……第二，儒教復興在中國之思想的傳統復興上，為必要的條件，同時儒教復興即為皇道宣布之媒介，質言之，大陸思想戰之本質，便是皇道對英美思想的決戰，因為皇道和儒教的關係，密接不離，故復興儒教便是大陸思想戰的直接方法，在皇道宣布上負有重大的思想任務，這是儒教復興的第二意義。」〔註78〕

　　神谷正男指近代中國已經全盤西化，墮入英美的自由主義，儒教思想的勢力式微，所以要發動思想戰，復興儒學，傳播皇道，與英美思想決戰。這是日偽的主流意識形態。新民會中央全會機關刊物《新民報》半月刊的《發刊詞》中，把中日戰爭視為中日國民對「擾亂秩序之黨共惡魔」的膺懲之戰，又是東方文化對於西方文化的總決戰，換句話說，「即吾東洋人之王道主義」對於「西歐個人主義」的肉搏戰。〔註79〕在日偽意識形態的視域中，深受西方個人主義和自由主義思想影響的新文化自然是其思想戰的敵人，是「儒學」取而代之的對象。

　　周作人對日本人的意圖有著清醒的認識，他們旨在使中國淪為殖民地，

〔註77〕〔日〕中山久四郎：《日本之道與孔子之教》，1942 年 9 月《政治月刊》4 卷 3
　　　　期。該文另載 1942 年 9 月《民意》3 卷 8 期、1942 年 9 月《江蘇教育》4 卷
　　　　6 期。
〔註78〕〔日〕神谷正男：《大陸思想戰與儒教運動》，李雲譯，1943 年 6 月 15 日《新
　　　　民報半月刊》5 卷 12 期。
〔註79〕《發刊詞》，1939 年 6 月 1 日《新民報》半月刊 1 卷 1 期。

要完成這一任務就必須剷除中國的民族意識，從語言和思想兩方面入手來使中國人「皇民化」，就像他們在朝鮮和臺灣所做的那樣。早在留日時期，周作人就說過：「國民者，有二要素焉：一曰質體，一曰精神。質體云者，謂人、地、時三事。同胤之民，一言文，合禮俗，居有土地，廣世守之，素白既具，乃生文華。之數者，為形成國民所有事，亦凡有國者所同具也。若夫精神之存，斯猶眾生之有魂氣。」〔註 80〕國民精神是國家存在的根基，如果國土失陷，制度變更，人民再失去本民族的思想意識，那麼就徹底亡國了。所以，守住了本民族的思想意識，就是保住了「國魂」。周作人文化抵抗策略體現了他與早期民族主義思想之間的聯繫；所不同的是留日時期他要求「擯儒者於門外」〔註 81〕，此時則借取儒家思想的話語形式，以六經注我的方式融入現代的人本主義思想，抵制日偽方面發起的思想戰。

周作人晚年說：「那篇文章（指《中國的思想問題》——引者）我照例的鼓吹原始儒家的東西，但寫的時候卻別有一種動機，便是想阻止那時偽新民會的樹立中心思想，配合大東亞新秩序的叫囂」〔註 82〕。這「中心思想」是什麼呢？在一次官方性質的筆談中，周作人也以偽職的身份參與宣傳所謂的「中心思想」：「現在最要緊的是養成青年學生以及一般知識階級的中心思想以協力於大東亞戰爭。所謂中心思想，即是大東亞主義的思想。」〔註 83〕這時的周作人是雙面的。在個人的場合，他又把鋒芒直指日偽方面宣傳的「中心思想」，引用章太炎的話諷刺日本方面把自己的私貨強加於人〔註 84〕。最重要的是提出警告，即中國人是現世主義的，當他們的生存意志遭到阻遏時會鋌而走險。這種保存實力的觀念是在認定失敗的前提下形成的。他發表關於中國思想問題的系列文章以當下的問題意識為指向，關注的焦點是淪陷區的民生問題，這在很大的程度上決定了他以何作為中國固有文化的根本。他獨闢蹊徑，從禹稷的身上尋找原始儒家的源頭。他說中國固有思想是先於孔孟的，而不是到了孔子才設道傳教。《中國的思想問題》等文章顯示了高度的文化政治鬥爭的策略，運用話語修辭，隱含鬥爭的鋒芒。既關注現實民生，又

〔註 80〕周作人：《論文章之意義暨其使命因及中國近時論文之失》，1908 年 5、6 月《河南》4、5 期。
〔註 81〕周作人：《論文章之意義暨其使命因及中國近時論文之失》。
〔註 82〕周作人：《知堂回想錄》，729 頁。
〔註 83〕周作人先生等：《華北教育家筆上座談》，1942 年 6 月《中國文藝》6 卷 4 期。
〔註 84〕知堂：《漢文學的傳統》，1940 年 5 月 1 日《中國文藝》2 卷 3 期。

守衛中國固有思想，意在一箭雙雕。

周作人在《漢文學的傳統》一文中宣稱：「漢文學裏所有的中國思想是一種常識的，實際的，稱之曰人生主義，這實即是古來的儒家思想。」並把它命名為「儒家的人文主義（Humanism）」。〔註85〕概念後面附注英文單詞，這在周作人的文章中是極為少見的，有意在於暗示與西方近代思想的關係。他在引證《孟子》《易余籥錄》等典籍後說：「中國人能保有此精神，自己固然也站得住，一面也就與世界共通文化血脈相通，有生存於世界上的堅強的根據，對於這事我倒是還有點樂觀的，儒家思想既為我們所自有，有如樹根深存於地下，即便暫時衰萎，也還可以生長起來，只要沒有外面的妨害，或是迫壓，或是助長。你說起儒家，中國是不會有什麼迫壓出現的，但是助長則難免，而其害處尤為重大，不可不知。」〔註86〕這段話的現實針對性很強，當時日偽方面以儒家話語來對其意識形態喬裝打扮，對儒家思想構成了妨害。

周氏一再強調中國固有思想沒有問題，是很健全的，前途光明，他對此感到樂觀等。他把自己所謂的「儒家思想」定義為「以孔孟為代表，禹稷為模範的那儒家思想。」〔註87〕他寫道——

> 中國人民生活的要求是很簡單的，但也就很切迫，他希求生存，他的生存的道德不願損人以利己，卻不能入聖人的損己以利人，別的宗教的國民會得夢想天國近了，為求永生而蹈湯火，中國人沒有這樣的信心，他不肯為了神或為了道而犧牲，但是他有時也會蹈湯火而不辭，假如他感覺生存無望的時候，所謂鋌而走險，急將安擇也。……我嘗查考中國的史書，體察中國的思想，於是歸納地感到中國最可怕的是亂，而這亂都是人民求生意志的反動，並不由於什麼主義或理論之所導引，乃是因為人民欲望之被阻礙或不能滿足而然。我們只就近世而論，明末之張李，清季之洪楊，雖然讀史者的批評各異，但因為一種動亂，其殘毀的經過至今猶令談者色變，論其原因也都由於民不聊生，此實足為殷鑒。中國人民平常愛好和平，有時似乎過於忍受，但是到了橫絕的時候，卻又變了模樣，將原來的思想態度完全拋在九霄雲外，反對的發揮出野性來……現在

---

〔註85〕知堂：《漢文學的傳統》，1940年5月1日《中國文藝》2卷3期。

〔註86〕知堂：《漢文學的傳統》。

〔註87〕知堂：《中國的思想問題》，1943年1月《中和月刊》4卷1期。

我們重複的說，中國思想別無問題，重要的只是在防亂，而防亂則
首在防造亂，此其責在政治而不在教化。〔註88〕

此段文字強調了中國人現世主義的生存哲學，並與願意為神道犧牲的日本國民進行了對比，對日偽方面提出警告，近乎公然的指責。

周作人還提醒當心異己的外國思想成分的入侵。《漢文學的前途》說：「吾人吸收外國思想固極應慎重，以免統系迥殊的異分子之侵入，破壞固有的組織，但如本來已是世界共有的文化與知識，唯以自己的怠惰而落伍，未克取得此公產之一部分，則正應努力趕上獲得，始不忝為文明國民，通今與復古正有互相維繫之處。」〔註89〕其中是有具體的暗示的，明眼人不難看出，這是要阻擊；他談到漢文學的前途時又強調思想文化要開放：「將來新文學之偉大發展，其根基於中國固有的健全的思想者半，其有待於世界的新興學問之培養者亦半」〔註90〕「世界的新興學問」無疑包括西方文化，這又與日偽勢力把西方文化視為思想戰的敵人迥異。

《漢文學的前途》說：「中國文學要有前途，首先要有中國人。中國人的前途——這是又一個問題。」〔註91〕其實四篇文章關注的焦點就是「中國人」——中國人的思想意識的問題。正是由於這個原因，他才要找出這種精神聯繫的核心成分，這自然非儒家思想莫屬。儒家思想既有現實的「合法性」，又面臨著被歪曲的危險，所以他才在「合法性」的話語形式下，通過話語修辭，確定符合中國人立場的內涵，因而具有高度的民族主義的文化政治性。

周作人強調作為一個民族知識分子對於本民族思想文化傳承和建設的責任。他在《自己所能做的》一文中說：「凡是中國人不管先天後天上有何差別，反正在這民族的大範圍內沒法跳得出，固然不必怨艾，也並無可驕誇，還須得清醒切實的做下去。國家有許多事我們固然不會也實在是管不著，那麼至少關於我們的思想文章的傳統可以稍加注意，說不上研究，就是辨別批評一下也好，這不但是對於後人的義務也是自己所有的權力」〔註92〕。

1928 年以後，周作人退回書齋，甚至予人以隱士之感，這與他在淪陷時

---

〔註88〕知堂：《中國的思想問題》。
〔註89〕藥堂（周作人）：《漢文學的前途》。
〔註90〕藥堂（周作人）：《漢文學的前途》。
〔註91〕藥堂（周作人）：《漢文學的前途》。
〔註92〕周作人：《自己所能做的》，《秉燭後談》，北京十月文藝出版社 1912 年 2 月，6 頁。

期要給人塑造的忍辱負重、以天下為己任的形象反差甚大。他自己也意識到了這一點。他在《中國文學上的兩種思想》引用《孟子・離婁下》：「禹稷當平世，三過其門而不入，孔子賢之。顏子當亂世，居於陋巷，一簞食，一瓢飲，人不堪其憂，顏子不改其樂，孔子賢之。孟子曰，禹稷顏回同道。禹思天下有溺者，由己溺之也，稷思天下有亂者，由己饑之也，是以如是其急也。禹稷顏子異地則皆然。」〔註93〕「禹稷顏回同道」「易地則皆然」似乎正是他對自己矛盾的形象進行闡釋和辯護。由「己溺」「己饑」而推及於人，做出有利於生民的事業，這是體現出仁人之用心的仁政，與其五四時期所提「個人主義的人間本位主義」的人道主義有著一致性。

《漢文學的前途》還高度肯定了「思想文字語言禮俗」對「中國民族」作為一個民族共同體的「維繫之力」，特別是漢字在連絡民族思想感情上的重大作用。他有意撇去了「舊派」所熱衷的古文，指出語體文「更重要的乃是政治上的成功，助成國民思想感情的連絡與一致，我們固不必要褒揚新文學運動之發起人，唯其成績在民國政治上實較文學上為尤大，不可不加以承認。」〔註94〕早在1936年6月，在中國面臨著被征服和分裂的情勢下，他就在給胡適的信中特意強調國語、漢字和國語文對於維持民族國家共同體的特殊作用。他寫道：「我說要利用國語與漢字……用時髦的一句話說，現在有強化中國民族意識之必要，如簡單的說，也就只是希望中國民族在思想感情上保持一致聯絡。」〔註95〕

周作人所提倡的儒家文化的思想性質到底是怎樣的，它與五四新文化又是怎樣的關係呢？實際上，他所重構的儒家文化與五四新文化之間一脈相承。敵偽主流意識形態把五四新文化視為英美個人主義和自由主義思想影響的惡果，是中國文化走向墮落的表現，並妄圖剷除，而周作人則利用傳統話語形式的掩護，讓新文化的精神實質潛伏下來。其文化政治鬥爭的策略可謂明修棧道，暗度陳倉。周作人在四篇談論中國思想的文章裏，提出從語言和思想兩個方面建設「漢文學」，這種文化思路來自五四文學革命。他把人本主義思想置換為儒家思想，其實經他重構過的「儒家人文主義」（Humanism）與

---

〔註93〕知堂（周作人）：《中國文學上的兩種思想》，1943年7月《藝文雜誌》1卷1期。

〔註94〕藥堂（周作人）：《漢文學的前途》。

〔註95〕作人：《國語與漢字——至胡適之》，1936年6月28日《獨立評論》207號。

西方近代意義上的人本主義是一致的。〔註96〕連五四時期「為人生」的主張也是可以直接拿來用的。言辭的變化是要在表面上合乎敵偽意識形態的要求，同時也是為了強化民族固有的語言和思想。其間的聯繫可以從《中國文學上的兩種思想》的文本形成過程中看得清楚。這篇文章是周作人在演講詞的基礎上改做而成的。1943年4月13日，他在南京的偽中央大學講演，題為《人的文學之根源》。其中說：「我平常時以為中國政治道德和文學上有兩大思想，互為消長，在廿年前的《新青年》雜誌上，曾發表一篇《人的文學》，這當然是少年氣盛，胡說八道，但在現在看來，裏面所說的話，加了廿餘年歷史事實的證明，覺得還有適應的地方」〔註97〕。這段話在改作中被刪去了。從中很容易看出它與周氏「人學」思想的內在關聯，背後的基本思想是「人道主義」──「個人主義的人間本位主義」〔註98〕的。

周作人在1949年致周恩來的信中講得更清楚：「他（指李贄──引者）說不能以孔子之是非為是非，可是文章中多是『據經引傳』，在《焚書》中有一篇信札，說明自己不相信古人，而偏多引他們的話，這便因為世人都相信典據，借了古人的話過來，好替自己作屏風罷了。我也並不相信孔孟會得有民主思想的，更不喜歡漢宋以來的儒教徒，可是寫文章時也常引用孔孟的話，說孔孟以前的儒家原是有可取的，他們不信奉文武周公而以禹稷為祖師，或者上去更是本於神農之言也說不定，他們的目的是要人民得生活，雖然不是民治，也總講得到民享，這裡也是用的同一方法，即所謂托古改制，自己知道說的不是真實，但在那環境中也至少是不得已的。民國三十二年中所寫，論中國的思想問題，中國文學上的兩種思想這些篇，都是這一例。」〔註99〕這段話道破了天機。值得注意的是，周作人還特別強調了當時環境的制約。

## 4、影響與評價

周作人出任偽職時期的思想和行為是需要在其「必敗論」的思想語境中認識的。在他的心目中，抗戰的結果是必敗的，即便不是失敗，其進程也肯定是漫長且荊棘載途的。他考慮的焦點問題是如何在國土淪陷、大難臨頭的

〔註96〕參閱黃開發：《周作人的精神肖像》，30～37頁。
〔註97〕芮琴和、張月娥、黃圭彬、陳繼生記：《人的文學之根源──四月十二日周作人先生講演》，1943年5月3日《中大週刊》97期。
〔註98〕周作人：《人的文學》，1918年12月《新青年》5卷6號。
〔註99〕周作人：《周作人的一封信》，《新文學史料》1987年2期。

情勢下，盡力保存民族國家的實力，並有利於自我生存。他所做最大的兩件事情是出任偽教育官員和提倡儒家思想，二者是互相聯繫的。下面再來談談這兩件事所發生的影響及其對這它們的評價問題。

關於寫作《中國的思想問題》的用意，有過各種不同的解讀。《中國的思想問題》觸怒了日本軍部的御用文人片岡鐵兵，周作人說：「我當初的用意只是反對新民會的主張，卻沒有料到這樣大的收穫，至於敵人封我『反動老作家』或『殘餘敵人』，則更是十二分的光榮了。」〔註100〕片岡鐵兵給周作人覆信道：「不應阻害中國人民的欲望之主張實即是對於大東亞解放而鬥爭著的戰爭之消極的拒否……假如中國人雖贊成大東亞解放，而不願生存上之欲望被阻害，即中國人不分擔任何苦痛，以為即協力於大東亞戰爭，使此種思想成為一般的意思，則在此戰爭上中國之立場將何如乎。」〔註101〕周氏把敵人的反對當作為自己的附逆辯護證據，其理由是不充分的。錢謙益曾遭到乾隆皇帝的詆毀，但這並不足以為錢氏失節開脫。《最高法院特種刑事判決》認定，「此種論文雖難證明為貢獻敵人統治我國之意見，要亦係代表在敵人壓迫下偽政府所發之呼聲，自不能因日本文學報國會代表片岡鐵兵之反對，而解免其通敵判（應為「叛」——引者）國之罪責。」〔註102〕在研究者中，有的說是講給「日本軍政府中那些有遠慮的『明智派』聽的」的「治安策」〔註103〕，有的說是「預備給後世子孫看」，預備替自己洗白的〔註104〕。我以為，雖說此文因為受到特定情勢下歷史語境的壓力，寫得世故圓通，照顧了多方面預期讀者的觀感，但主要是出於參加當下意識形態鬥爭的需要，寫給日偽方面的人員看的。所以，他在《中國的思想問題》發表後，撥草尋蛇式地把文章寄給松枝茂夫〔註105〕，由他翻譯後在日本著名的《改造》雜誌1943年4月號上發表，從而引起了日方人員的關注。攻擊作者為「反動老作家」的片岡鐵兵

〔註100〕周作人：《知堂回想錄》，731頁。

〔註101〕周作人：《知堂回想錄》，734頁。

〔註102〕《最高法院特種刑事判決》（1947年12月19日），南京檔案館編：《審訊汪偽漢奸筆錄》（下），1439、1440頁。

〔註103〕錢理群：《周作人傳》，北京十月文藝出版社1990年9月，465頁。

〔註104〕袁一丹：《製造「敵人之敵」——周作人〈中國的思想問題〉的反面文章及預設讀者》，《文藝爭鳴》2015年3期。

〔註105〕1943年3月2日松枝茂夫致周作人信，見趙京華譯《松枝茂夫致周作人函（1936～1965）》，《中國現代文學研究叢刊》2014年11期。

最早即由譯作嗅出了抵抗的氣味〔註106〕。

《中國的思想問題》等文章在當時的淪陷區廣泛傳播，受到了較為普遍的關注。周作人在教育總署主辦的講習班上發表演講，利用自己職務之便宣傳他的思想。演講詞題為《中國的國民思想——在第三屆中等學校教員暑期講習班精神講話》，可以說是其《中國的思想問題》等文章的普及版。〔註107〕這篇演講詞還被1941年11月《國民雜誌》第十一期轉載，《更生》1942年1月第十三卷第七期、第八期連續轉載。《中國的思想問題》是在另一篇演講詞的基礎上改作而成的。1942年5月13日，周作人在南京偽中央大學演講，演講詞《中國的思想問題——周作人先生講》載1942年5月25日《中大週刊》第六十五期，1942年6月《江蘇教育》第四卷第三期轉載。改作而成的《中國的思想問題》一文載於1943年1月《中和月刊》第四卷第一期，1943年2月《國立華北編譯館館刊》（二之二）轉載，1943年3月《中國學生》第一卷第五期轉載，1943年3月《中國留日同學會季刊》第三號摘錄。1943年4月13日，周作人在南京偽中央大學發表題為《人的文學之根源》的演講，記錄稿刊於1943年《中大週刊》第九十七期和同年6月《真知學報》第三卷第二期。《漢文學的前途》同時於1943年9月1日刊登於《藝文雜誌》第一卷第三期和《中華月報》第六卷第三期。

在華北淪陷區，有人在周作人文章的影響下，同樣提出中國的中心思想就是儒家思想。關於儒家思想，作者引用周作人的觀點，說中國人的思想本來很健全的儒家思想，具體的就是「已饑已溺」、講實際和中庸，換言之就是利人，這是「仁」的體現，可以用「仁」來代表儒家思想。若再具體一點說就是「忠恕」。然後，他把這個「中心思想」與汪偽政權的意識形態加以關聯，說這種思想的發揚就是孫中山所說的「大亞洲主義」，「大亞洲主義主張東亞各民族的團結與聯合，實在就是『仁』字的表現。」又進一步指認：「現階段的文化運動簡單說來仍是繼續民國初年新文化運動的精神加以發揚的，它的主要意義，也就是和前期的新文化運動稍稍不同的地方，一個是對於中國舊文化傳統的再認識，一個是對於西洋文化的再吸取。」〔註108〕前面大談中國

---

〔註106〕《知堂回想錄》，733頁。

〔註107〕周作人：《中國的國民思想——在第三屆中等學校教員暑期講習班精神講話》
（速記記錄），1941年9月《教育時報》2期。

〔註108〕金希民：《文化運動與中心思想》，1943年11月15日《新民報半月刊》5卷
22期。

固有的儒家思想，後文又指出現階段文化運動仍是對新文化運動精神的發揚，這一矛盾構成對前文觀點的消解。作者基本上是重述周作人《中國的思想問題》《漢文學的前途》的觀點，大概正是由於周氏政治和文化身份客觀上形成的保護，作者才敢於發出不合乎日偽主流意識形態的聲音吧。此文可視為周作人文章在敵偽內部產生影響的例證。

那麼，周作人在特殊的歷史語境中發表這些文章的考量是什麼呢？《漢文學的前途》引錄顧炎武《日知錄》針對錢謙益而發的議論：「黍離之大夫，始而搖搖，中而如噎，繼而如醉，無可奈何而付之蒼天者，真也。汨羅之宗臣，言之重，辭之復，心煩意亂而其詞不能以次者，真也。栗里之徵士，淡然若忘於世，而感憤之懷，有時不能自止而微見其情者，真也。其汲汲於自表暴而為言者，偽也。」〔註109〕以寫《詩經》中《黍離》的亡國大夫、屈原、陶淵明為例，辨文情的真偽，發誅心之論。如果以「鏡情偽」的態度來看周氏四篇論中國思想的文章，結果會是怎樣的呢？可能不宜做黑白分明的判斷。周作人在敵偽時期中的有關對秦檜的評價、辯解與不辯解、對儒家文化的重構、道義之事功化、國語與漢字的政治功用等等問題的思想在戰前已經出現，並且是前後連貫的、一致的。這幾篇文章反映出周氏一向對日本將中國殖民化的野心的警惕，對民族前途的深切憂患，而他所做的是力所能及的針對性很強的文化抵抗。幾篇文章的標題醒目地冠之於「漢文學」「中國」等具有核心意義的民族主義的詞語，把它們置於《藥堂雜文》的前面，與《道德漫談》《釋子與儒生》等文一樣反覆引用「禹稷當平世」等儒家經典話語，力圖將漢字、儒家思想牢牢地鎖定為中國文化的核心之所在。這裡面可能不乏「自表暴而為言者」的「言偽」的表白成分，然而其用心大體上是可以肯定的。他在《漢文學的傳統》中自稱「只是以中國人立場說話」，「大抵以國家民族之安危為中心」，而後來一再以「道義之事功化」來打扮自己，拔高自己，恐怕就難脫「汲汲於自表暴而為言」的嫌疑了。周作人在《文壇之分化》一文中說盧溝橋事變發生後的北京，「只有幾個流落在這裡走不動的文人湊寫稿件，聊以消遣，有如魚相濡以沫耳。說是消極，固亦難免，卻亦並不是只是十分頹唐，他們不以文學為職業，或是想於其中求得功業或是利權，但如或對於國家民族有什麼好處，在文

---

〔註109〕周作人：《漢文學的前途》。

學範圍內盡其國民之力，也是願意的。」〔註110〕這在不經意間流露出的態度，倒反而讓人感覺更符合實際。

周作人的上述文章體現了儒家的思想方式，這至少可以追溯到清初的幾個遺民思想家。他們在現實無望的情況下，進行文化上的抵抗。由於日偽統治尚存很大的不穩定性，周也希望能夠發揮一定的現實作用。清初王夫之、黃宗羲、顧炎武、顏元等人處非常之變，志存匡復，所以張揚儒家的經世精神，從不同的角度批評宋明理學，以堅韌不拔的毅力重建學術，以圖恢復漢官威儀。黃宗羲的學生萬斯同以布衣身份入明史館，參與清廷主持的明史編纂工作。在與人的書信中，他曾這樣表明自己的學術志願：「吾竊不自揆，常欲講求經世之學」，「吾非敢自謂能此者，特以吾子之才志可與語此，故不憚冒天下之譏而為是言，願暫輟古文之學，而專意從事於此，使古今之典章法制，燦然於胸中，而經緯條貫，實可建萬世之長策，他日用則為帝王師，不用則著書名山為後世法，始為儒者之實學，而吾亦俯仰於天地之間而無愧矣。」〔註111〕他以經世之心治史，寄希望於來者。當然，清初諸子與周作人不同。他們是在亡國的條件下，不與滿清政府合作，始終保持了高風亮節，以超拔的毅力從事著述。

《中國的思想問題》等文章關注的焦點是民生。他一再引用《孟子·離婁下》中「禹稷當平世」一段，由禹稷的「己饑己溺」而推己及人引出仁政問題。民生又與周作人所出任的偽教育官員的職責密切相關，因為教育屬於民生的基礎工程，關乎淪陷區民眾特別是千百萬青年學子的切身利益，關乎民族國家的未來。正因為如此，當在任偽教育總署督辦的湯爾和去世後，很多人屬意於周作人。如何全面而公正地評價周作人在偽教育官員任上的所作所為，這是一件非常棘手的問題。通常是一筆抹殺的，然而不免過於簡單化。

從「五四」到淪陷時期，周作人的內心深處一直隱藏著對社會動亂的憂懼，這也是他關注淪陷區民生的一層心理動因。《苦茶庵打油詩》有一首作於1942 年 10 月的詩，云：「野老生涯是種園，閒銜煙管立黃昏，豆花未落瓜生蔓，悵望山南大水雲。」詩後自注：「夏中南方赤雲彌漫，主有水患，稱曰大

〔註110〕周作人：《文壇之分化》，《周作人集外文》（下），海南國際新聞出版中心 1995
年 9 月，601 頁。
〔註111〕萬斯同：《與從子貞一書》，《萬斯同全集》（8），寧波出版社 2013 年 11 月，
265～266 頁。

水雲。」《苦茶庵打油詩》篇末的附記涉及到發表於 1919 年的新詩《小河》，說明他要表達的意思是「優生憫亂」的「憂與懼」，並說他的憂慮是一種「將來的憂慮」。〔註 112〕周作人在《關於老作家》一文中說：「我不會創作，不是文士，但時常寫文章，也頗想寫為文章而寫的文章，而其結果還多是為意義而寫的，不討人歡喜的優生憫亂的文字。」〔註 113〕

　　長期以來，對淪陷區民眾生存狀況的研究很不夠，極少能在淪陷區研究中聽到他們的聲音。在淪陷區生活過的人，在抗戰勝利後是處於道德低地上的。

　　1945 年 11 月 17 日，《華北日報》報導教育部部長朱家驊到北平視察，在北平市中小學校校長教職員歡迎會上發表演講，其中說：「今日證明華北奴化教育整個失敗，其功當歸諸於各位教職員先生的身上。」〔註 114〕1946 年 6 月 3 日，《大公報》又報導蔣介石在北平發表訓話，報導稱：「對於政治上之垃圾，謂凡屬附逆有據者國家定予嚴懲。蔣主席認為無偽學生，亦無偽教員，有作惡行為者同樣懲治。」。〔註 115〕

　　抗戰勝利後，傅斯年代理北京大學校長，負責教育復員工作。他堅持把所有在偽北大時期教員驅逐出北大，認為那些生活在淪陷區的師生應該接受再教育。王汎森指出：「民族主義與政治現實之間存在著嚴重的衝突。……如果高等學校的教師都被停職，很難找到足夠的教師來填補這些空缺。按照傅斯年的標準，應該被再教育的學生數量也太多。在國民黨和共產黨相互鬥爭之時，得到學生的支持是重要的；反對國民黨政府的學生運動已經太多，繼續堅持推行忠誠或全民廉正活動顯得不切實際。因此，支持傅斯年的人越來越少，他變得相當孤立。」〔註 116〕

　　非忠即奸的道德理想主義並不有利於撫平戰爭的創傷和社會發展。正因如此，才有了「教員不偽」「學生不偽」的政策認定。然而這個認定存在著邏輯上的問題：「華北奴化教育整個失敗」「教員不偽」「學生不偽」等是如何做

〔註 112〕周作人：《苦茶庵打油詩》，1944 年 10 月《雜誌》14 卷 1 期。

〔註 113〕周作人：《關於老作家》，《周作人散文全集》（9），廣西師範大學出版社 2009 年 4 月，156 頁。

〔註 114〕《朱教長勖勉各教職員　努力發展國民教育》，1945 年 11 月 17 日《華北日報》2 版。

〔註 115〕《蔣主席昨在平訓示　統一事權積極求功》，1946 年 6 月 3 日《大公報》（天津）2 版。

〔註 116〕王汎森：《傅斯年——中國近代歷史與政治中的個體生命》，北京：生活‧讀書‧新知三聯書店 2017 年 6 月，205 頁。

到的？單靠普通的教員和學生是很難奏效的，這是否意味著有重要的偽教育官員發揮了作用？幾個在北平淪陷時期與北平高校有過直接關係的人士提供過材料，或許能解開一些個中的奧秘。

興亞院華北聯絡部的志智嘉九郎回憶道：「中國的偽政府雖然是傀儡的，但大學並非傀儡。」〔註117〕這雖然可能與日方對於大學某種程度上的不干涉有關，但也離不開周作人這樣的主管官員有意識地抵制。時任偽北大文學院日文系教師的洪炎秋說，「他們（周作人、錢稻孫等——引者）當了偽要人，除曾拉我去教書以外，從不誘引我去做偽官，更不叫我去替日本人做任何事情」〔註118〕。

在周作人受審時，北平臨時大學補習班教授徐祖正、楊丙辰等五十四人集體向法院具呈，從教育和反思想統制兩方面證明周作人在偽政府任職期間進行「消極抵抗」。在教育方面，「周氏在偽華北教育總署任內，為防止敵人驅使學生作政治上之工具、奴化訓練之目標，首先命令凡在學學生均應以學業為重，不得參加政治活動。」周氏在任內時，「對各系課程之編制，悉按舊北大課程為標準，有偽《文學院一覽》為證。不獨各系基本科目均本舊章，即普通必修科目如英文一科，在他院校不敢排者，文院非但照排，且與日文同等重視。」太平洋戰爭爆發後，日方為加強侵略政策，請求增加日文授課時，但在周作人和其他中國教授的反對下沒有得逞。在反思想統制方面，「日寇於太平洋戰爭爆發後，對中國思想之統制更形積極，因此四出捕人，摧殘士類，無所不用其極，幾至人人自危。周氏乃於三十一年十一月十八日發表《中國之思想問題》一文……此文為他人所不敢言，當時並遍登平津報章雜誌，國人共睹，此為周氏以文字抗日最顯著之事實。」徐祖正等評論道：「八年以來，華北教育幸得湯、周諸氏出而主持，未亡國本，事事與日寇虛與委蛇，苦心應付，所以八年之中，無數大學青年未致失學，否則，此萬千學生，終必為偽新民學院等敵偽侵略性、政治性學校所吸取，其危害華北人民，更不堪設想矣。尤以周氏本一文人，未嘗登錄仕版，此次出任委〔偽〕職，非出本願，故即以消極態度，作有效之抵抗。」〔註119〕這五十四人棲身於周作

〔註117〕《北京苦住庵記——日中戰爭時代的周作人》，117頁。

〔註118〕洪炎秋：《未讀其書先知其人》，1966年9月《傳記文學》9卷3期。

〔註119〕《徐祖正等為保周作人致首都高等法院呈》，南京檔案館編：《審訊汪偽漢奸筆錄》（下），1389、1393～1094、1396頁。

人所任偽職的教育界，他們的證言是近距離從周氏的言行中觀察所得。他們的說法也許不乏過甚其辭之處，但應該是有根據的。

還有幾篇材料顯得很另類，也是為周作人附逆辯解的，分別出自敵偽時期居留北平的周氏的朋友和學生俞平伯、鄧雲鄉之手。

俞平伯於 1945 年 12 月 28 日致胡適信，為周作人陳情，希望胡適能利用自己的聲望為周氏說話，使其受到公平的待遇。先是為周氏未能南下深感遺憾，並自責沒有盡到切直諫言的責任，寫道：「當蘆溝啟釁未久，先生曾有一新詩致之，囑其遠引，語重心長，對症發藥，如其惠納嘉諍，見機而作，茗盞未寒，翻然南去，則無今日之患也。此詩平曾在伊寓中見及，欽遲無極，又自愧疚也。以其初被偽命，平同在一城，不能出切直之諫言，尼其沾裳濡足之厄於萬一，深愧友直，心疚如何，人之不相及亦遠矣。」他為周作人辯解：「若今所言大學實情，乃其最顯然者也。當日知堂不出，覬覦文教班首者，以平所聞，即有二三人，皆姦偽也。設令此等小人遂其企圖，則北平大學之情形當必有異於今，惜史事不能重演耳。」進而抱不平：「在昔日為北平教育界擋箭之牌，而今日翻成清議集矢之的，竊私心痛之。」〔註120〕

鄧雲鄉《水流雲在書話》收入關於周作人的文章兩篇《知堂老人舊事》《知堂老人座上》。作者是周作人在偽北京大學後期的學生，1949 年以後與周有過較多的交往。《知堂老人舊事》從一個曾經在偽校讀書的學生的角度，談了自己對周作人附逆問題的看法。他說，周作人在敵偽時期所作，「雖不利於自己，卻對淪陷後文化古城中不能遠赴後方求學的窮學生們則稍有裨益……老人自然自己也知道出任偽職，甚至在偽北京大學中辦學、教書，是什麼性質，其時其際，既非為任何權勢利益，也非考慮明哲保身、潔身自好等等了。」〔註121〕1946 年 10 月 12 日，傅斯年在致胡適信中說：「我一到南京，記者紛紛來，多數問我北大覆文首都高等法院為周作人事。我即照我意思答他們，一是法院來問，不是北大去信；二、北大只說事實；三、此事與周作人無利與不利之說，因北大並未托他下水後再照顧北大產業……報載北大公事上說校產有增無減，此與事實不盡合。若以戰前北大範圍論，雖建一灰樓，而放棄三院（三院是我們收復的），雖加入李木齋書，而理學院儀器百分之七十不可用（華

〔註120〕《俞平伯致胡適》，中國社會科學院近代史研究所中華民國史研究室編：《胡適來往書信選》（下），社會科學文獻出版社 2013 年 7 月，868 頁。
〔註121〕鄧雲鄉：《水流雲在書話》，上海書店出版社 1996 年 12 月，147 頁。

熾兄言），藝風堂片又損失也。」〔註122〕對此，鄧雲鄉在《知堂老人座上》中反駁道：「信中話似乎嚴正，卻殊欠實事求是，因『照料北大產業』，不是照料私人房地產或商號古玩，這是舉世聞名的政治運動中心策源地北京大學，在日寇統治之下，要照料其產業，而又不與日偽周旋，不擔漢奸惡名，可能嗎？更不用說還有一大群苦哈哈的窮學生了。但歷史是無情的，文壇盛名和漢奸連在一起，這是永恆的悲哀了。」文章後面評論道：「一個學者，在為人上，在學問上，在大節上，三者有時並不一致，在大動盪的時代裏，更是難以周全。以上在第三點上，我以一個淪陷區的偽學生，雖然痛恨日寇漢奸，但對於老人，不能說這說那。在第二點學問上，更是沒有說長道短的水平。在第一點為人上，則深感老人是那樣純樸淡泊，又和藹誠懇，對家人、對學生、對朋友、對不熟識的人，無一不以和善態度平易近人地對待。」〔註123〕作者為了替周作人陳情，自稱「偽學生」。教育部部長朱家驊和蔣介石都曾明認華北教育未曾奴化，既然如此，就沒有什麼「偽學生」之說。而鄧自稱「偽學生」，等於是自願陪老師一起在道德的審判臺前跪下了，令人動容。這下跪不是認罪，而是一種悲情式的抗議。可謂用心良苦。此文是在為陳子善編《閒話周作人》（1996）一書而寫的《憶知堂老人》的基礎上經過較大修改而成，作者經歷了一個欲言又止到把話說出來的思想過程。雖然俞平伯、鄧雲鄉的立場和觀點可能並不為多數人所同意，但代表了一部分親歷過北平淪陷後生活的知識分子和學生長期以來被壓抑的聲音，可以豐富對周作人附逆問題的理解，值得重視。

周作人對抗戰形勢和前途的認識使他誤入歧途，陷入人生的困境，給本民族造成很大的危害。法律的懲罰和道德的審判在所難免。在國民政府的法庭上，周作人也並未替自己做無罪辯護。關於周作人附逆的危害已有大量的研究，不必贅述。有一則來自抗日戰爭初期對立方的材料，或可印證周作人附逆行為的危害，不妨一說。1938 年 7 月，日本五相會議通過決定：「起用中國第一流人物，削弱中國現中央政府和中國民眾的抗戰意識，同時，醞釀建立鞏固的新興政權的趨勢。」〔註124〕日軍佔領華北以後，一直在物色各個領

---

〔註122〕《傅斯年致胡適》，《胡適來往書信選》（下），912 頁。

〔註123〕鄧雲鄉：《水流雲在書話》，147～148 頁，153 頁。

〔註124〕《適應時局的對中國的謀略》（1938 年 7 月 12 日五相會議決定），黃美真、張雲編：《汪精衛集團投敵》，上海人民出版社 1984 年 2 月，89 頁。

域中的頭面人物，組成傀儡政權。毫無疑問，在文化教育領域，周作人是完全符合這個標準的。即使有些消極怠工，對方也是願意把他供起來，因為可以打擊中方的抗戰意識。不過，周作人並沒有完全喪失對民族國家的忠誠。

周作人於 1937 年 7 月說：「昔讀威斯忒瑪克著《道德觀念的起源與發達》，得知道德隨時地而變，曾大喜悅」〔註 125〕。可是，在一個現代民族國家裏，民族大義仍然是具有穩定性的。也許只有中國真正被日本征服，他的附逆行為才可能被寬恕，甚至得到某種正面評價。同時也應看到，黑白分明、非此即彼的道德潔癖同樣有害，因為那樣容易忽視周作人的複雜性，抹殺他在多方面的所做出的傑出貢獻，也不利於總結其附逆的歷史教訓。他的和平觀念帶有歷史的污點，然而在淪陷時期發揮了一定的積極作用，也不乏思想史的價值。

---

〔註125〕知堂：《關於自己》，1937 年 12 月 31 日《宇宙風》55 期。

# 十一、周作人致周建人的一封未刊書信

　　1994 年，我編《知堂書信》一書，前往魯迅博物館查閱資料。承蒙楊燕麗女士指點，得讀周作人 1937 年 2 月 9 日致周建人的信。這封信不是原件，而是許廣平抄件。後來寫《論知堂書信》一文，我引用了其中的一段文字：「王女士在你看得甚高，但別人自只能作妾看，你所說的自由戀愛只能運用於女子能獨立生活之社會裏，在中國倒還是上海男女工人搭姘頭勉強可以拉來相比，若在女子靠男人蓄養的社會則仍是蓄妾，無論有什麼理論作根據，而前此陳百年所說的多妻之護符到現在亦實實證明並不虛假也。」〔註1〕這是首次披露此信的內容。從那時到現在，只有極少數研究文獻引用這段文字〔註2〕，都沒有涉及信的其餘內容。陳子善、張鐵榮編《周作人集外文》（1995）、鍾叔河編《周作人散文全集》（2009）等均未收錄此信，《周作人年譜》初版本和再版本也無記錄。

　　這封信是用鋼筆抄錄在一張白報紙（20.8cm×27.5cm）上，與同一時期許廣平書信的筆跡相同。現收藏於魯迅博物館的周作人文物中，係許廣平 1956 年所捐贈。她顯然是為自己抄存的，至於具體的目的何在，不得而知。全信只有一千來字，內容卻很豐富，是研究周氏三兄弟關係的重要文獻，從中可以找到索解三個家庭之間矛盾的關鍵線索。

---

〔註 1〕黃開發：《論知堂書信》，《魯迅研究月刊》1995 年 2 期。
〔註 2〕參閱南江秀一：《魯迅與羽太芳子》，《書城》1995 年 3 期；黃喬生：《八道灣11 號》，生活書店出版有限公司 2015 年 6 月，304 頁。

## 1、一封回信

1937 月元月 1 日為農曆丙子年十一月十九，是周氏三兄弟母親魯瑞八十誕辰，也是魯迅去世後魯老太太的第一個生日。魯迅去世後不久，許廣平即有意攜子北上省親。1936 年 12 月 9 日，周建人、許廣平卻致信祝賀魯瑞八十大壽，說「以路遠未能趨前叩賀」〔註3〕。最後他們又改變主意，準備共同前往。臨行前，因海嬰出水痘，許廣平母子沒有成行。這樣，周建人與新夫人王蘊如兩人北上。王蘊如又名賢楨，浙江上虞人，是周建人在紹興明道女中任教時的學生。二人 1924 年在上海同居。到北平祝壽時，他們已有三個女兒。之所以一起在北平的親屬面前出現，是為了正式宣布他們的婚姻，用舊話來說，是為了給女方名分。周海嬰說：「嬸嬸之所以同去，是要趁機公開宣布他們倆的事實婚姻成立，叔叔與羽太芳子婚姻的結束。」〔註4〕周作人信中寫「我見你帶王同來」，可見兩人是一起到八道灣的。而周海嬰的說法不同：「母親告訴我，叔叔、嬸嬸到了北平，住在西三條祖母那裡，壽席卻設在八道灣。這樣嬸嬸未去赴席。」〔註5〕俞芳記述說：「當時三先生與蘊如師母全家回北京給太師母拜壽……據說在祝壽席上，信子、芳子和三先生、蘊如師母大吵」〔註6〕。周建人與羽太芳子的長子豐二於 1987 年敘述當年的情形是：「那天我母親正在院內擦窗，見到父親他們，便大哭著回屋，我出來後，就與父親衝突起來。」〔註7〕1951 年周芳子起訴周建人，北京人民法院的事實認定說：「一九三七年一月，被告為母慶壽，攜王蘊如自滬來京，先去周樹人家（宮門口西三條二十一號），後到八道灣十一號看視其母，原告得悉，找與被告口角，事後次子豐二聞知即向被告理論爭吵，並以短刀威脅，經人攔阻，亦相恨甚深」〔註8〕。有當事人豐二的指認，又有法院的事實認定，可以確定王蘊如是在衝突現場的。

周建人與王蘊如在壽席風波的第二天匆匆趕回上海。2 月 6 日周建人給周

〔註3〕《周建人、許廣平等致魯瑞》（1936 年 12 月 9 日），北京魯迅博物館魯迅研究室編：《魯迅研究資料》（16），天津人民出版社 1987 年 1 月，4 頁。

〔註4〕周海嬰：《魯迅與我七十年》，南海出版公司 2001 年 9 月，88 頁。

〔註5〕周海嬰：《魯迅與我七十年》，89 頁。

〔註6〕俞芳：《周建人是怎樣離開八道灣的？》，《魯迅研究動態》1987 年 8 期。

〔註7〕姚錫佩：《瑣談魯迅家族風波——八道灣房產「議約」引出的話題》，《魯迅研究月刊》1997 年 12 期。

〔註8〕周海嬰：《魯迅和周建人重婚了嗎？》，2009 年 6 月 25 日《新民週刊》24 期。

作人寫信，幸好我從一個私人藏家那裡找到了周建人的原信。信件的正文部分如下：

> 來信已早收到，商務之書已收到否？如尚未收到，來信後即當往查，關於年譜，已與許先生說過，他的意見以為仍由你編為佳，再由他補充，最近幾年則由我及景宋女士補充之。如日子來不及，稍緩亦可。不知你的意思如何？
>
> 瑪利將（「將」為日語中表示親密的稱呼語「ちゃん」的音譯，用於嬰兒和女孩——引者）預備今日夜車返平，許此信到時已早回家了。你患傷風以後身體想已復元了。
>
> 倏忽已到陰曆年邊，想起陽曆回平時，土步對我拔刀相向，殊覺大不應該，此種性質發展上去，如何得了，實可擔心。近因疊連用款，我又看醫生吃藥，以致此次家款只寄了五十元，心頗不安。
>
> 又一紙匯票，是還你的買書餘款。

瑪利是周建人與羽太芳子的長女周鞠子（1917～1976），又稱馬理等。土步為周建人與芳子的長子周豐二（1919～1992）的諢名。周建人以較為平靜的語氣指責豐二，並表達了對未來的擔心。周作人似乎沒有在衝突發生時表達對二弟的不滿，但後者的來信只是指責豐二，未做自我檢討，甚至可能在瑪利面前把二哥的沉默說成是對他的理解，這激起了周作人隱忍著的憤怒。

周作人 2 月 9 日信是對三弟 2 月 6 日信的回覆，中心是表明自己的態度，責難周建人再娶，以貶損的態度指其與王蘊如的結合是「蓄妾」「置妾」，甚至用「上海男女工人搭姘頭」來比況。

信中涉及幾個重要的事情和問題，關係著對文本的理解，下面大致按照其在信中出現的順序略加考述。

周作人信中有云：「王女士在你看得甚高，但別人自只能作妾看，你所說的自由戀愛只能運用於女子能獨立生活之社會裏」，周建人的信中並無關於「自由戀愛」之類的話。周作人這麼說，是因為周建人曾在《婦女雜誌》等報刊上發表過大量提倡戀愛、婚姻自由等關於新的性道德的文章，周作人把周建人的思想觀點和婚姻選擇聯繫起來理解，於是有了上述言論。

1921 年，周作人寫信給胡適，托他向商務印書館編譯所引薦周建人。9 月，周建人前往上海，到章錫琛主編的《婦女雜誌》編輯部擔任助理編輯。1922 年，周建人與胡愈之、周作人、章錫琛等十七人一起發起成立婦女問題

研究會，分別在 8 月 1 日《婦女雜誌》第八卷第八號和 8 月 1 日《晨報副刊》上發表宣言。

　　周建人在《戀愛的意義和價值》一文中，高度肯定理想的戀愛，寫道：「真誠的戀愛，本是人生的花，是精神的高尚產品」。按照現代的婚姻觀念，只有戀愛才可為結婚的根據，換言之，沒有戀愛的婚姻是不道德的。如果戀愛破滅了，只有離婚之一法。「戀愛破裂而離婚，既是合於道德的行為，換一句話，也可以說如果戀愛破裂而還保存這結婚的形式，是不道德的行為。」〔註 9〕這裡由自由、理想的戀愛自然推出了離婚自由的問題。他還在多篇文章裏直接討論離婚，涉及到在當時社會條件下離婚所面臨的實際問題。他強調離婚觀念是現代思想觀念變革的一部分：「中國近年來就離婚觀念的改變而言，是一種極大的變遷，是家族主義漸次破裂而趨向個人主義的一個運動。這是隨思想的潮流而來的一定的趨勢，勢所必至，阻遏無效的。」要使這種潮流不產生流弊，就不應該阻遏它，或是用舊道德來對抗它，而只能在個人方面養成對於離婚的正確的倫理觀念。〔註 10〕

　　他把戀愛視為性道德的基礎，這樣以來，因戀愛破裂而離婚，是可以另尋戀人的。不過，他意識到了觀念是抽象的，又往往是理想化的。他提出一個「無意的蹈入三角關係」的具體情況來討論：

　　　　照一夫一婦主義的倫理說，如有關係或感情未絕的妻的男子是不該和第三者發生戀愛的；但事實告訴我們說，戀愛是一種熱情，不能用冷靜的頭腦的判斷去推進他或抑止他的，因此會得有人明知和第三者發生戀愛會招到不幸，然而仍不能用理智的判斷去制止的。所以這種三角關係是常有的而又是不得已的事情，是性的困難問題中之一個。有許多一夫一婦主張者是這樣說，如果發生這種關係時，只有和前妻離婚的一法最為正當。殊不知這樣辦，一夫一婦的教條是不違背了，但在婦女經濟不能獨立的時代，只為了男子另有了戀人而必須使前妻離開他家也不是妥當的辦法。〔註 11〕

此文發表於 1925 年 3 月，當時作者已經與王蘊如同居。據周建人的傳記作者說：1924 年 5 月，周建人與王蘊如在上海結合，在景雲裏 10 號租了房子。

〔註 9〕周建人：《戀愛的意義和價值》，1920 年 2 月《婦女雜誌》8 卷 2 號。
〔註 10〕周建人：《離婚問題釋疑》，1922 年 8 月《婦女雜誌》8 卷 4 號。
〔註 11〕開時（周建人）：《離婚和戀愛》，1925 年 3 月《婦女雜誌》11 卷 3 號。

〔註 12〕這裡的討論篇幅較大，站在負責任的婚外戀者的角度說話，具體而周到，似乎是以實際的經驗做依託。他得出結論：「離婚自由在解放婦女固然極重要，但如要謀他的實現，仍非女子有地位改善和養成能夠自立的實質不可。」〔註13〕兩年以後，他仍然說：「我是很固執的，離婚畢竟應當自由，今日也仍然這樣主張；不過在女子沒有經濟地位如今日的中國那樣，離婚後男子應當負擔一點撫養的責任，即多拿出一點撫養費罷了。」〔註14〕

周作人信中所言「陳百年所說的多妻之護符」，緣於 1925 年上半年的一場關於「新性道德」的論爭。1925 年 1 月，《婦女雜誌》推出一期「性道德專號」（第 11 卷第 1 號）。雜誌主編章錫琛發表《新性道德是什麼》，把愛倫凱所稱沒有戀愛的結婚是不道德的觀點作為理論基礎，強調性道德應該是「利己主義」與「愛他主義」的結合，認為離婚自由是新道德的條件之一。他所主張的性道德觀是：「性的道德，完全該以有益於社會和個人為絕對的標準；從消極方面說，凡是對於社會及個人並無損害的，我們決不能稱之為不道德」〔註15〕。周建人《性道德之科學的標準》從人道主義的角度，把自然欲求視為「科學性道德」的根據，要求尊重女性的欲望。他提出：「把兩性關係看作極私的事，和生育子女作為極公的事，這是性道德的中心思想。」〔註16〕章錫琛和周建人的性道德觀是很一致的，不過前者表現得更為激進。他們性道德觀的理論主要來源於瑞典作家、教育家和女性主義理論家愛倫凱（Ellen Key，1849～1926）。沈澤民對愛倫凱性道德理論進行過簡要的概括：愛倫凱對於兩性的關係提出了幾項改革，「這些改革的項目其實也是很簡單而且很平常的，不過是（一）戀愛自由，（二）自由離婚罷了。她對於這兩項改革的意見是：戀愛必須絕對自由，就是說，必須完全依從當事人的選擇。旁人，無論是社會，無論是家庭，無論是父母，無論是法律，都不當加以一點限制或干涉的。」〔註17〕稍加比較，即可見出章、周二人的性道德觀與愛倫凱理論的密切關係。

章、周二人的言論在當時顯得十分激進，引起了很大的關注。北京大學

〔註12〕謝德銑：《周建人評傳》，重慶出版社 1991 年 1 月，108 頁。

〔註13〕高山（周建人）：《離婚自由與中國女子》，1924 年 9 月《婦女雜誌》10 卷 3 號。

〔註14〕建人：《離婚問題的兩方面》，1927 年 12 月《新女性》2 卷 12 號。

〔註15〕章錫琛：《新性道德是什麼》，1925 年 1 月《婦女雜誌》11 卷 1 號。

〔註16〕建人：《性道德之科學的標準》，1925 年 1 月《婦女雜誌》11 卷 1 號。

〔註17〕沈澤民：《愛倫凱的〈戀愛與道德〉》，1925 年 1 月《婦女雜誌》11 卷 1 號。

教授陳百年在《現代評論》上發表《一夫多妻的新護符》一文，對二人文章中的觀點提出抗議：

> 不料以指導新婦女自任的《婦女雜誌》的《新性道德號》中竟含著一種議論，足以為一夫多妻的生活的人所藉口，足以為一夫多妻的新護符。周建人在《性道德之科學的標準》說及各種性道德觀念，末了一段說道：「至於說同時不妨戀愛二人以上的見解，以為只要是本人自己的意志如此而不損害他人時，決不發生道德問題的（女子戀愛多人也是如此）。」此處周先生似乎只說到現在中國社會上有這樣一種見解，似乎並不是自己的主張。但章錫琛在《新性道德是什麼》裏卻明白說道：「甚至如果經過兩配偶的許可，有了一種帶著一夫二妻或二夫一妻性質的不貞操形式，只要不損害於社會及其他個人，也不能認為不道德的。」如此說來，章先生對於一夫多妻的生活，雖不至認為道德的，至少也認其為『道德中性』，雖不至於加以提倡，至少也認其為可以許可而不在應當革命之列了。……這些新的見解雖然以男女平等為原則，雖然主張，一妻多夫和一夫多妻同樣不背道德，但現在中國社會上只有一夫多妻的事實，沒有一妻多夫的事實，所以這些新見解只能作一夫多妻的新護符而不能做一妻多夫的護符。〔註18〕

陳百年名大齊，字百年，時為北大教授，專攻心理學，著有《迷信與心理》等。

章、周頗受輿論的壓力。他們把反批評文章寄至《現代評論》編輯部，卻遲遲未見刊出，後來才在 1925 年 5 月 9 日第 1 卷第 22 期的「通信」欄中發表。篇幅不大，可能經過編輯部刪節。魯迅則在 1925 年 5 月 15 日《莽原》第 4 期上，發表周建人《答「一夫多妻的新護符」》和章錫琛《駁陳百年教授「一夫多妻的新護符」》。魯迅在本期《莽原》編後記中說：「我總以為章周兩先生在中國將這些議論發得太早，——雖然外國已經說舊了，但外國是外國。可是我總覺得陳先生滿口『流弊流弊』，是論利害，不論是非，莫名其妙。」〔註19〕周作人則在 1925 年 5 月 11 日《語絲》第 26 期上發表隨筆《與友人論性道德書》，假借給《婦人雜誌》編者寫信的方式，進行反諷。周文的受信人

---

〔註18〕百年：《一夫多妻的新護符》，1925 年 3 月 14 日《現代評論》1 卷 14 期。
〔註19〕魯迅：《編完寫起》，1925 年 5 月 15 日《莽原》4 期。

為「雨村」，影射章錫琛，後者字雪村。《婦人雜誌》借指《婦女雜誌》。文中說：「我勸你少發在中國是尚早的性道德論」，「不要太熱心，以致被道學家們所烤」〔註20〕。周作人與魯迅一樣，批評章錫琛、周建人脫離實際，但更多的是聲援。

然而，在壽席風波發生三個多月後，周作人卻借卓文君的事諷刺說：「中國多妻主義勢力之大正是當然的，他們永久是大多數也。中國喊改革已有多年，結果是鴉片改為西北貨，八股化裝成宣傳文，而姨太太也著洋裝號稱『愛人』，一切貼上新護符，一切都成為神聖矣。」〔註21〕其中的意思與2月9日信中的責難是一致的。

又過了十幾年，周作人發表短文《關於陳百年》，寫道：「論理陳百年是不會反對新道德的，他所反對的是多妻的新護符，在容易誤認並利用自由的中國社會上固然不免有這流弊，而且陳本人就身受其害的，他的老太太在家庭受盡侮辱與損害，不能安身，一直由他獨立奉養，他對於這種事情之痛心疾首正是當然。不過當時很少有人知道這內幕，所以大家難免覺得太偏於保守一點。事實上他的憂憤不是多餘的，在男子中心思想占勢力的社會裏，不管護符是舊是新，女人總歸還是吃虧。就我個人所知道的說，像陳百年母親這種的人眼前就有好些，不過她們自己不說話，我們旁觀的人也只能慨歎而已。」〔註22〕時隔多年，在家族經歷「多妻」而引起的風波以後，周作人舊事重提，借題發揮。

周作人在信中為豐二辯護，說在他看來「歸根結底為了一個妾弄得其母親如此受苦」，所以才「拔刀相向」，並把老三的再娶與他們祖父納妾相提並論。1937年元旦前後，周作人患流行感冒，但還是去逛了一趟廠甸，買了幾本書。其中有一本是清人汪輝祖的《雙節堂庸訓》。沒過幾天就作了一篇《女人的命運》。他有感於書中所記汪父死後，其生母、繼母所歷的苦境，想到了他自己的繼祖母蔣氏。雖然她與前二者的境遇不同，「但是在有妾的專制家庭中，自有其別的苦境」。汪氏說其母寡於言笑，周作人說：「至於祖母生平不

〔註20〕開明（周作人）：《與友人論性道德書》，1925年5月11日《語絲》26期，收入《雨天的書》。

〔註21〕周作人：《談卓文君》，原載1937年5月25日《北平晨報·風雨談》31期，收入《秉燭後談》，北京十月文藝出版社2012年2月，119頁。

〔註22〕周作人：《關於陳百年》，原載1949年12月28日《亦報》，收入鍾叔河編訂《周作人散文全集》（9），廣西師範大學出版社2009年4月，845～846頁。

見笑容，更是不佞所親知灼見者也。」〔註 23〕文字簡勁，力透紙背，傳達出刻骨的痛感。周氏兄弟的祖父周介孚在原配孫氏去世後，再娶繼室蔣氏。蔣氏的生活很不幸，周作人回憶這個繼祖母說：「她的生活是很有光榮的……後來遺棄在家，介孚公做著京官，前後蓄妾好些人，末後帶了回去，終年的咒罵欺凌她，真是不可忍受的。」〔註 24〕這個從北京帶回去的小妾就是潘姨太，名叫潘大鳳，北京人，1893 年到了紹興。周作人在談到她時說：「一夫多妻的家庭照例有許多風波，這責任當然該由男子去負，做妾的女子在境遇上本是不幸，有些事情由於機緣造成，怪不得她們。」〔註 25〕

導致兄弟關係破滅的直接原因是元旦的壽席風波。周建人已娶新婦多年，他們且有三個女兒，周作人不可能不知情，但他顯然有幻想，就是維持關係現狀，讓芳子和三個子女的生活得以維持，不至於受到更大的傷害。而周建人、王蘊如同往八道灣，使得形勢急轉直下，徹底打破了依舊生活於八道灣的人們的幻想。不過，元旦那天周作人並未發作，迄今沒有材料說及當時周作人的態度。他在信中說，因為看到木已成舟，說也於事無補，於是「默然而止」。或許他在面對複雜局面時，還沒有想好或找到合適的機會做出反應。之所以要說話，周作人自己說因為兩人是兄弟，自己間接地受到連累，論理應該說話；此外，周建人的後續態度進一步引發了他的怒火。周建人至少跟瑪利子威脅說要登報斷絕父子關係〔註 26〕，指責豐二，說他「拔刀相向」，自己顯得「意甚不平」，在周作人看來他「實為不知自己反省」。

引起周作人憤怒的還有一件小事——周建人給兒子寄了一本很特別的書，而後者並不知其意。這就是周作人信中所提「寄 Lombroso 之犯罪論給豐二」。那麼，這是一本什麼樣的書呢？Lombroso 譯為朗伯羅梭（Cesare Lombroso，1835～1909），又譯為龍勃羅梭、倫勃羅梭，意大利犯罪學家、精神病學家，被稱為「現代犯罪學之父」〔註 27〕。20 世紀二三十年代關於朗伯羅梭的中文書有兩種，一是日本水野鍊太郎著、徐天一譯《倫勃羅梭犯罪人

〔註 23〕知堂：《女人的命運》，1937 年 2 月 16 日《宇宙風》35 期，收入《秉燭談》，改題《雙節堂庸訓》。

〔註 24〕周作人：《祖母》，《魯迅小說裏的人物》，北京十月文藝出版社 2013 年 11 月，236 頁。

〔註 25〕周作人：《伯升》，《魯迅的故家》，北京十月文藝出版社 2013 年 8 月，127 頁。

〔註 26〕《宋琳致許廣平》（1937 年 2 月 25 日），《魯迅研究資料》（16），10 頁。

〔註 27〕參閱吳宗憲：《再論龍勃羅梭及其犯罪學研究（代序）》，〔意〕切薩雷·龍勃羅梭著、黃風譯：《犯罪學論》，北京大學出版社 2011 年 11 月。

論》，國民政府立法院編譯處 1929 年 8 月初版，上海民智書局發行。封面署
「琴娜女士著　徐天一重譯」。本書是龍勃羅梭之女吉娜・龍勃羅梭・費雷羅
梭所著《犯罪人：根據切薩雷・龍勃羅梭的分類》一書改寫的。周作人明確
說「Lombroso 之犯罪論」，周建人寄給兒子的不會是這本。另一種是 Cesare
Lombroso 著、劉麟生譯《朗伯羅梭氏犯罪學》，商務印書館 1922 年 10 月初版，
編入「社會經濟叢書」；1928 年 4 月再版，列入「社會從書」；1933 年 2 月，
印行國難後第一版。因為時間距離最近，所以周建人寄這本書的可能性較大。
本書是根據亨利・霍頓（Henry P・　Horton）翻譯美國英文版《犯罪及其原因
和矯治》一書重譯的。全書有三編，共分三十章。三編的標題分別為：「犯罪
原因論」，「犯罪之預防法及治療法」，「綜合論與應用法」。周建人曾在《廢娼
的根本問題》一文中，介紹「龍勃羅淑（Lombroso）一派的學者」關於娼妓
存在的個體原因的觀點。〔註 28〕很難確切指認周建人想讓豐二看什麼內容，
但基本用意不外乎就是用犯罪來警告豐二。

## 2、隱忍的敵意

　　現存周作人 1937 年 2 月 9 日致周建人信為許廣平抄件，未發現表明抄件
產生時間的相關材料，不知許廣平是在什麼樣的情況下抄寫的，但不管怎樣，
都不難想見她的委屈、憤怒和怨恨，因為從中清楚可見周作人對魯迅再娶的
否定態度，而且可以從周作人的一些影射文章中得到佐證。俗語云，一竿子
打翻滿船人，此之謂也。

　　許廣平很早就看到了周作人的信。她寫信向北平方面代魯瑞寫信的連絡
人宋琳問詢，宋回答她對周作人態度的關切道：「二先生擬於夫人一方面無甚
異言，即有其他主張，有太師母及大師母在，亦無所用其計。觀其對於三先
生亦主張此後雙方不再提及，謂其有甚毒計或過慮也。」「有甚毒計」顯係許
廣平信中的用語，流露出她對周作人的怨恨情緒和提防心理。宋又寬解云：「豐
二函三先生有所要挾，或以瑪琍回平責豐二過分，謂三先生將登報不認他為
子，以致母子一時氣憤，亦謂可知。二先生之信大約根據三先生來信責備豐
二而發，此無嚴重性，時過境遷，當可釋然。」〔註 29〕這「二先生之信」無
疑是指周作人 2 月 9 日信，許廣平在看到周作人 2 月 9 日信後，寫信向宋琳

〔註 28〕喬峰（周建人）：《廢娼的根本問題》，1923 年 3 月《婦女雜誌》9 卷 3 號。
〔註 29〕《宋琳致許廣平》（1937 年 2 月 25 日），《魯迅研究資料》（16），10 頁。

詢問詳情及周作人「有何毒計」。她最有可能在致信宋琳前抄錄周作人信。宋答信中寥寥數語，大致交代了魯瑞生日當天衝突的經過，儘量輕描淡寫來做和事佬。

1937 年 4 月 11 日，許壽裳、宋琳拜訪魯瑞，告知許廣平將北上省親，魯瑞感到為難。她在信中對許廣平說：「這事實在難，我雖然很想見你和海嬰的，但我真怕使你也受到賢楨他們一樣的委屈，大太太當然是不成問題的，不過八道灣令我難預料。」〔註 30〕許廣平很快回覆道：「大先生如此恩愛，什麼苦都值得了。暑間極願北上候安。如果有人不拿媳當人看待時，媳就拿出『害馬』的皮氣來，絕不會象賢楨的好脾氣的，所以什麼都不怕的。」〔註 31〕

1938 年初秋，許廣平手頭拮据，於 10 月 1 日致信周作人，請求按月支付魯瑞生活費用。〔註 32〕周作人沒有回覆，事情卻照辦了。魯瑞在 10 月 17 日給許廣平的信中說：「現在時勢如此，百物奇貴，滬寓自不易維持，八道灣老二亦深悉此中困難情形，已說明嗣後平寓在予一部分日常用費由伊自願負擔管理。惟老大名下平滬共計三人休戚相關終須一體。」〔註 33〕到了下月上旬，魯瑞報告：「老二自一月起管我一部分用費，擔任若干尚未說明。」〔註 34〕半年後，她又說：「這半年來，老二月費按月送來五十元。余給大媳家用三十元，余二十元作予自己零用，亦尚敷用。」〔註 35〕1944 年 8 月 31 日，因保護魯迅在北平藏書問題，許廣平再次致信周作人。〔註 36〕周作人依然沒有回覆，他始終對許廣平採取的是不理會、不承認的態度。

周作人在建國後給香港朋友的信中有幾次談到許廣平。1958 年 5 月 20 日致曹聚仁信云：「我曾經說明『熱風』裏有我文混雜，後聞許廣平大為不悅，其實毫無權利問題，但求實在而已。她對於我似有偏見，這我也知道，向來她對我以師生之理（通信），也並無什麼衝突過，但是內人以同性關係偏袒朱夫人，對她常有不敬的話，而婦人恒情當然最忌諱這種名稱，不免遷怒，但

〔註 30〕《魯瑞致許廣平》（1937 年 4 月 12 日），《魯迅研究資料》（16），15 頁。
〔註 31〕《許廣平致魯瑞》（1937 年 4 月 14 日），《魯迅研究資料》（16），16 頁。
〔註 32〕許廣平：《致周作人》，《許廣平文集》（3 卷），江蘇文藝出版社 1998 年 1 月，326～327 頁。
〔註 33〕《魯瑞致許廣平》（1938 年 10 月 17 日），《魯迅研究資料》（16），46 頁。
〔註 34〕《魯瑞致許廣平》（1938 年 11 月 8 日），《魯迅研究資料》（16），46～47 頁。
〔註 35〕《魯瑞致許廣平》（1939 年 7 月 4 日），《魯迅研究資料》（16），46 頁。
〔註 36〕許廣平：《致周作人》，《許廣平文集》（3 卷），327～328 頁。

是我只取『不辯解』態度，隨她去便了。」〔註37〕1961 年 5 月，許廣平《魯迅回憶錄》出版，其中「所謂兄弟」一節對周作人多有非議。周氏於 1961 年 11 月 28 日寫給鮑耀明的信中說：「她係女師大學生，一直以師弟名義通信，不曾有過意見，其所以對我有不滿者殆因遷怒之故。內人因同情於朱夫人（朱安），對於某女士常有不敬之詞，出自舊家庭之故，其如此看法亦屬難怪，但傳聞到了對方，則為大侮辱矣，其生氣也可以說是難怪也……內人之女弟為我之弟婦，亦見遺棄，（以係帝國主義分子之故），現依其子在京，其子以抗議故亦為其父所不承認」〔註38〕。他還在 1962 年 5 月 4 日致鮑耀明的信中說：「那篇批評許××的文章，不知見於什麼報，所說大抵是公平的。實在我沒有什麼得罪她的事情，只因內人好直言，而且幫助朱夫人，有些話是做第二夫人的人所不愛聽的。女人們的記仇恨也特別長久，所以得機會來發洩是無怪的。」〔註39〕這裡稱朱安為「朱夫人」，稱許廣平為「某女士」「第二夫人」，他對許廣平的態度是一貫的，說「婦人恒情」「女人們的記仇恨也特別長久」之類的話則表現出他不寬容的決絕態度。

在談到與許廣平的矛盾上，周作人其實在扮無辜。2 月 9 日信與許廣平密切相關姑且不論，早在此前，周作人就反對魯迅再娶，甚至稱之為「納妾」。1930 年 3 月，他作《中年》一文，影射魯迅：「少年時代是浪漫的，中年是理智的時代，到了老年差不多可以說是待死堂的生活罷。然而凡事是顛倒錯亂的，往往少年老成，擺出道學家超人志士的模樣，中年以來重新來秋冬行春令，大講其戀愛等，這樣地跟著青年跑，或者可以免於落伍之譏，實在猶如將晝作夜，『拽直照原』，只落得不見日光見月亮，未始沒有好些危險。」又說：「普通男女私情我們可以不管，但如見一個社會棟樑高談女權或社會改革，卻照例納妾等等，那有如無產首領在高貴的溫泉裏命令大眾衝鋒，未免可笑，覺得這動物有點變質了。我想文明社會上道德的管束應該很寬，但應該要求誠實，言行不一致是一種大欺詐，大家應該留心不要上當。」〔註40〕周作人把魯迅的個人生活與政治活動結合起來，指責他不誠實，言行不一。1933 年 4 月，他在《周作人書信》的序中，暗諷魯迅出版《兩地書》：「這原

---

〔註37〕周作人、曹聚仁：《周曹通信集》（第一輯），香港：南天書業公司 1973 年 8 月，52 頁。

〔註38〕《周曹通信集》（第一輯），53 頁。

〔註39〕《周曹通信集》（第一輯），54 頁。

〔註40〕周作人：《中年》，《看雲集》，北京十月文藝出版社 2011 年 3 月，58、60 頁。

不是情書，不會有什麼好看的。……別無好處，總寫得比較誠實點，希望少點醜態。兼好法師嘗說人們活過了四十歲，便將忘記自己的老醜，想在人群中胡混，私欲益深，人情物理都不復瞭解。」〔註41〕在給朋友的信中，他把上面的意思表達得更直接：「觀蔡公近數年『言行』，深感到所謂晚節之不易保守，即如『魯』公之高升為普羅首領，近又聞將刊行情書集，則幾乎喪失理性矣。」〔註42〕周作人一直把魯迅再娶視為納妾，把女方視為姨太太，並以之為攻擊魯迅的口實。魯迅、許廣平是留意周作人文章的，很有可能讀到後者文章中的影射之語。

## 3、再次兄弟失和

與對待許廣平一樣，周作人對周建人同樣採取的是不理會、不承認的態度，寫2月9日信以後再也沒有與他聯繫。雖然如此，此信並不像1923年7月18日致魯迅的絕交信那樣決絕，而是留有些許餘地，這或可理解為他對三弟仍抱一絲希望。他給大哥的信態度平等，而給三弟的信則是輕視的、教訓的，受信人很容易產生屈辱感。也許是因為周建人並沒有表現出任何「自省」和退卻，周作人才關死了兄弟關係的門。周建人在1983年所發表的《魯迅和周作人》中回憶說，抗戰爆發後，他寫過一封懇切的信勸周作人南下，但沒有得到片言隻語的回覆，於是就斷絕了往來。〔註43〕這是周建人從自己的方面來說的。

在壽席風波前，兩兄弟之間的關係是怎麼樣的呢？我從上文所提藏家那裡，還找到另一封周建人致周作人的信。正文如下：

> 來信及明片已收到。伯上（周作人之子周豐一的筆名——引者）
> 想已早平安到平。開明版稅五十六元另已取到，摺子已還給他了（新
> 章說須交還）。伯上用費，五次分交的，共一百六十元，我本月家用
> 沒有寄，開明版稅亦不寄回了，尚差一點，我用你的錢之處甚多，
> 可以不必算還給我了。
>
> 人間世稿費已送來，計十五元，中國書店已去過，笑林等四種

〔註41〕周作人：《周作人書信・序信》，北京十月文藝出版社2011年3月，3頁。

〔註42〕張挺、江小蕙：《周作人早年佚簡箋注》，四川文藝出版社1992年9月，273頁。

〔註43〕周建人：《魯迅和周作人》，《新文學史料》1983年4期。

無有，埤雅廣要是有的，但天頭有破損，文字間亦略破，正在修裝，
說須一星期方好。今已口頭約定，會其修好後送至商務。（如看得不
好，仍可不買）巍科姓名錄發信後知道中國書店弄錯，故不曾寄去。
該信寫於1936年（？）2月17日，可見當時兄弟倆雖然居住京滬兩地，但互
幫互助，關係甚密。然而，由於壽席風波，繼周作人與魯迅絕交之後，兩兄
弟再次成為參商，並對家族關係產生深刻的影響。

周海嬰說，衝突之後，周建人不再給芳子母子提供撫養費，因為鞠子沒
有參與衝突，周建人還每月寄給零用錢二十元，直到1941年4月她隨周作人
去日本旅行。〔註44〕而周建人2月6日信顯示，衝突發生後他還是寄過五十
元家款的。到底是什麼時候停止寄款，停止支付與周作人2月9日信有無關
係，尚不清楚。

周建人當時的經濟狀況如何呢？從1934年8月12日魯迅在致母親的信
中，可以略見一斑：

> 老三是好的，但他公司裏的辦公時間太長，所以頗吃力。所得
> 的薪水，好像每月也被八道灣逼去一大半，而上海物價，每月只是
> 貴起來，因此生活也頗窘的。不過這些事他決不肯對別人說，只有
> 他自己知道。男現只每星期六請他吃飯並代付兩個孩子的學費，此
> 外什麼都不幫，因為橫豎他去獻給八道灣，何苦來呢？八道灣是永
> 遠填不滿的。〔註45〕

周建人的經濟狀況窘迫，這有可能是他攜新婦到八道灣的考量之一，也會或
多或少地影響其對事態的進一步反應。

與三弟絕交後，周作人並沒有就此罷手，以後還採取或介入了兩次進一
步的行動，擴大了家族關係的裂痕，致使兄弟三方之間的積怨雪上加霜。

第一次是周作人主持修訂八道灣11號房產議約。八道灣11號是周氏兄弟
於1919年共同購置的房產，長兄魯迅已經去世，修訂議約是有必要的；然而，
周作人有著自己的用心。1937年4月修訂議約，他把許廣平、周建人撇在了
一邊，立議約人被改為周朱氏（朱安）、周作人和周建人（周芳子代）。他採
取這種修訂議約的方式，意圖維護朱安、周芳子母子等幾個弱者的地位和財

---

〔註44〕參閱周海嬰：《魯迅和我七十年》，90頁。
〔註45〕魯迅：《340812　致母親》，《魯迅全集》13卷，人民文學出版社2005年，196
頁。

產，同時也可以在一定程度上緩解其面對芳子母子和信子的壓力。周作人因漢奸罪被捕後，朱安擔心八道灣 11 號被全部作為逆產沒收，於 1946 年 1 月 13 日給周海嬰的信中告知議約一事，並附議約的抄件。〔註 46〕後來，朱安又把議約拍成照片寄往上海。有魯迅研究者認為，周作人的行為是在法律允許的範圍內，合情合理的。〔註 47〕許廣平之子則指「周作人蓄意侵吞八道灣房產」〔註 48〕，於實情不合。

第二次是參與周芳子起訴與周建人離婚。1950 年 4 月，中央人民政府頒布《中華人民共和國婚姻法》，周作人一向關注男女平等、婦女解放問題，自然是十分擁護的，他寫了多篇頌揚的文章。周氏在 7 月 11 日《亦報》上，以「十山」的筆名發表短文《重婚與離婚》，寫道：

> 近來見到北京市人民法院院長的一篇報告，對於重婚等問題有所說明，十分合理，在被壓迫的女性真是一個引路的明燈，在婚姻法公布以前的重婚，只要由任何一個關係女性提出離婚，區政府或法院應立即批准或判離，財產上亦給予照顧，但如男方提出與前妻離異，則一般的不批准亦不判離。有人會這樣問，這不是違反了自由的原則嗎？我們的答覆是，給他以損人利己的自由，便違反了保護婦女利益的立法精神。這一節話真是說得好極了，從前在國民黨治下，那些官商和知識界的特權階級停妻再娶極為平常，被害的婦女告訴無門，只好忍受，到了今天才有了自己的政府，有人給她說話了。法律不究既往，即是說不判重婚罪，不是不究其罪行，如對方的虐待、遺棄等罪，照樣要依法判處。若在婚姻法公布以後的重婚，這樣對前妻的一個實際上是有利的。〔註 49〕

1951 年，周芳子由豐二代理，向北京市人民法院起訴周建人，提出與被告離婚，要求被告幫助醫療費，得到周建人已捐獻給政府的部分八道灣房產。4 月 20 日法院判決，結果是：確認原告與被告的婚姻關係自 1937 年 1 月起消滅，原告請求被告讓與房屋等主訴一律駁回，被告與周豐二終止父子間的權力義

〔註 46〕《朱安致周海嬰》（1946 年 1 月 13 日），《魯迅研究資料》（16），76 頁。

〔註 47〕參閱姚錫佩：《瑣談魯迅家族風波——八道灣房產「議約」引出的話題》；黃喬生：《八道灣 11 號》，314 頁。

〔註 48〕周海嬰：《魯迅與我七十年》，74 頁。

〔註 49〕周作人：《重婚與離婚》，《知堂集外文·〈亦報〉隨筆》（陳子善編），嶽麓書社 1988 年 1 月，370 頁。

務關係。芳子不服判決，向最高人民法院提起上訴，7 月 6 日最高人民法院做出終審判決，維持原判。判決理由中有言：「故原審判決確認雙方的婚姻關係自一九三七年一月起消滅，而駁回周芳子的離婚之訴，是完全正確的，合理的。婚姻關係既早已消滅，以往一貫敵視中國人民利益的周芳子，自不得適用一九五一年五月一日所頒布的中華人民共和國婚姻法來向被上訴人要求因婚姻關係而產生的任何權利。周芳子上訴把她以往一貫敵視中國人民的行為，曲解為被上訴人遺棄的結果，這是完全不符合事實的，應予駁回。」〔註50〕判決明顯是政治性的。鑒於周作人與芳子的關係，他一貫的思想態度，有理由相信訴訟少不了他的參與，甚至可能由他建議甚至主導。

訴訟的失敗又給了芳子一次沉重的打擊。據周作人 1951 年 7 月 22 日日記，訴訟失敗後，芳子服毒（硝酸銀）自殺未遂。俞芳在《我所知道的芳子》中寫道：「據說芳子晚年患失眠症，每晚靠服安眠藥睡眠，自她的幼子豐三去世，病情加劇。」〔註51〕離婚訴訟失敗後，自會每況愈下。

許多年後，周建人打破沉默，在《新文學史料》1983 年第 4 期上發表《魯迅和周作人》一文，以周氏三兄弟之一的身份來談魯迅和周作人的關係。此文與周作人 1937 年 2 月 9 日信有著潛在的對話關係，也就是說只有聯繫這個文本，才可能對周建人的文章有全面、深入的理解。他借寫魯迅與周作人夫婦的矛盾、周作人在家庭中的狀態，間接地談論和總結自己和八道灣的關係，從而證明他自己人生選擇的正確性。作者的態度似乎是平靜的、超然的，然而在精神深處依然顯示著歲月難以拂去的怨恨。

文中說羽太信子，「她並非出身富家，可是氣派極闊，架子很大，揮金如土」，是「佔領」八道灣的「奴隸主」；而周作人「受到百般的欺凌虐待」，是「沉睡中的奴隸」，他「意志薄弱」，「助紂為虐」，是八道灣「唯一臣民」。1930年代，周作人寫了系列的「日本研究」文章，用具體的事例揭露日本對中國的醜行，而日本文化又盡有其好處，他表示很困惑。周建人說：「這是什麼緣故呢？周作人似乎不明白，然而，他更不明白的是，所謂兄弟『失和』，全套罵詈毆打，說穢語，不正是上述事件的翻版嗎？有軍國主義思想的人，要侵略、征服別國或別人，可以製造各式各樣、大大小小的事件。我親眼看到過

---

〔註50〕判決書可見周海嬰：《魯迅和周建人重婚了嗎？》，2009 年 6 月 25 日《新民週刊》24 期。
〔註51〕俞芳：《我所知道的芳子》，《魯迅研究動態》1987 年 7 期。

他們對周作人施用過強盜行徑，他完全屈服了，又附和著去欺侮自己的親兄，那曾經從政治上、思想上、經濟上、生活上赤膽忠心幫助過他的人。中國經過八年抗戰沒有亡，而從魯迅周作人兄弟來說，卻先拆家了。」這裡顯示了一種家國一體的敘事，與後文所要談到的「意外相遇」的訣別場面相呼應。在周建人的敘述中，在八道灣 11 號居住或者居住過的人明顯可分為三類：一是以羽太信子為代表的奴役者，二是周作人這個屈從者或者說被奴役者，三是魯迅、周建人這兩個反抗者和出走者（隨魯迅出走的還有魯瑞和朱安）。羽太芳子只是作為信子幫腔的周作人「小姨」出現過一次，她無疑是屬於其姐姐陣營的。〔註52〕

在對羽太信子的指責中，「奴隸主」「欺凌虐待」等措辭最為嚴厲，然而有一些不同的材料。立場靠近周建人一邊的俞芳回憶說：「太師母還說，信子平時，對老二和孩子們的生活等各方面，都照顧得很周到的。」她還說「信子深得周作人的信任」。〔註53〕俞芳於 1980 年代後期寫過多篇關於周作人、周建人、羽太信子姐妹的文章，應該是讀過周建人文章的。有人建國初失業後，到北京找工作，在周家寄寓過一段時間，和羽太信子有過近距離接觸。他印象中的信子是這樣的：「她完全是日本型的賢妻良母，鞠躬如也，低聲碎步，溫良恭儉讓，又極像紹興的老式婦女，使我一點也看不出從前知堂當教授，作偽官領高薪時她會變成闊太太，如今過窮日子才變成這樣勤儉樸素。」〔註54〕周作人確實對羽太信子有過抱怨。他曾有過一個夢中情人，這就是他在《知堂回想錄·六六》所記東京旅館館主人的妹子兼做下女工作的乾榮子。步入中年以後，周作人日記中還多次記錄夢見過她。信子晚年病臥，精神狀態不佳，懷疑周作人 1937 年 7 月日本之行有外遇，指的可能是與乾榮子有過會面。一段時間裏，周作人深受困擾，日記中多有怨言。〔註55〕在信子去世後，他在 1963 年 4 月 8 日日記中表達了對亡人的懷念：「今日為信子週年忌辰，憶戊申（一九〇八）年初次見到信子，亦是四月八日也。」〔註56〕由於意識到日記所記可能會引起別人的誤解，他在 1963 年 2 月 19

---

〔註52〕周建人：《魯迅和周作人》。

〔註53〕俞芳：《談談周作人》，《魯迅研究動態》1988 年 6 期。

〔註54〕徐淦：《忘年交瑣記》，《閒話周作人》，136 頁。

〔註55〕參閱鮑耀明《周作人晚年書信》（香港：真文化出版公司 1997 年 10 月）所摘抄周氏 1960～1962 年日記。

〔註56〕鮑耀明編：《周作人晚年書信》，296 頁。

日日記中特地寫道：「余與信子結婚五十餘年，素無反目情事。晚年臥病，心情不佳。以余弟兄皆多妻，遂多猜疑，以為甲戌東遊時有外遇，冷嘲熱罵，幾如狂易，日記中所記即指此也。」〔註57〕文潔若回憶說，信子死後，「錢稻孫到周家去弔唁後對我說，羽太信子病篤說胡話時，講的居然是紹興話，而不是日語，使周作人大為感動。」〔註58〕周作人曾從日本人著作裏，讀到清初學者朱舜水在日本臨終前的記述：「『舜水歸化歷年所，能和語，然及其病革也，遂復鄉語，則侍人不能瞭解。』……不佞讀之愴然有感。舜水所語蓋是餘姚話也」〔註59〕。而今從彌留之際的妻子口中聽到紹興話，亦當是「愴然有感」吧。周作人在2月9日信中說他「間接受累也不少」，除了要幫補魯瑞、朱安、芳子母子而外，「受累」最重的恐怕要算他的夫妻關係受到影響。

周建人還在《魯迅與周作人》結尾部分中重點敘述了他與周作人之間最後的訣別——

> 我想起這與魯迅生前講過周作人不如來南方安全的話，正是不謀而合，於是，就寫了一封信，懇切地勸他來上海。
>
> 然而，沒有得到他片言隻字的回音。
>
> 於是，我們就斷絕了往來。
>
> 在中國共產黨的領導下，八年抗戰，艱苦卓絕，人民譜寫了歷史上可歌可泣的一頁；接著，三年內戰，像摧枯拉朽一樣，推翻了黑暗腐敗的反動統治，取得了政權。
>
> 全國解放後不久，有一次，我在教科書編審委員會突然面對面地碰到周作人。我們都不由自主地停了腳步。
>
> 他蒼老了，當然，我也如此。只見他頗為淒涼地說：「你曾寫信勸我到上海。」
>
> 「是的，我曾經這樣希望過。」我回答。
>
> 「我豢養了他們，他們卻這樣對待我。」

〔註57〕鮑耀明編：《周作人晚年書信》，282頁。
〔註58〕文潔若：《晚年的周作人》，陳子善編《閑話周作人》，浙江文藝出版社1996年7月，226頁。
〔註59〕周作人：《賣糖》，《藥味集》，北京十月文藝出版社2012年2月，73頁。

　　我聽這話，知道他還不明白，還以為自己是八道灣的主人，而不明白其實他早已只是一名奴隸。

　　這一切都太晚了，往事無法追回了。

　　……

　　只是，我覺得事過境遷，沒有什麼話要說了。這次意外相遇，也就成了永訣。〔註60〕

這次成為「永訣」的「意外相遇」是頗富戲劇性的。在新生政權的機構裏，一個是政府高官，一個是政治賤民；一個是後悔者，一個是後悔訴說的對象。這「意外相遇」具有某種象徵性，作者賦予了他逃離八道灣政治大義。有人提出過疑問：「按周作人的性格，只會把這一切默默忍受。迄今沒有發現他在解放後向弟弟求助的資料。正相反，他對建人滿懷怨恨和蔑視。」〔註61〕就是在建國初給國家主要領導人的書信中，他的態度也是平等的。在像與魯迅失和、附逆這樣的大事中，周作人從來都沒有認過錯。據樓適夷說，周氏於1950年代初被安排做人民文學出版社特約翻譯，「他要求用周作人的名義出版書，中宣部要他寫一篇公開的檢討，承認參加敵偽政權的錯誤。他寫了一個書面材料，但不承認錯誤，認為自己參加敵偽，是為了保護民族文化。領導上以為這樣的自白是無法向群眾交代的，沒有公開發表，並規定以後出書，只能用周啟明的名字。」〔註62〕

　　周建人文中只提到1949年以後與周作人的一次會面，其實在此之前還有一次。1950年1月23日，周建人到過八道灣，不過這次是因為公務。《知堂回想錄‧一八六》有記，那天出版總署副署長葉聖陶、秘書長金燦然過訪，約他譯希臘文的書。而這次葉、金二人來，是在另一位副署長周建人陪同下的，周作人有意不提。葉聖陶還有一個身份，《葉聖陶年譜長編》1950年1月13日項下記：「教育部與出版總署聯合成立教科書編審委員會，聖陶為主任。」〔註63〕葉聖陶有當天的日記：「飯後兩時，偕喬峰燦然訪啟明於八道灣。啟明於日本投降後，以漢奸罪繫於南京，後不知以何因緣由國民黨政府釋出，居於上海，去年冬初返回北京。聞已得當局諒解。渠與喬峰以家庭事故不睦，

---

〔註60〕周建人：《魯迅和周作人》。
〔註61〕黃喬生：《八道灣11號》，273頁。
〔註62〕樓適夷：《我所知道的周作人》，《魯迅研究動態》1987年1期。
〔註63〕商金林：《葉聖陶年譜長編》3卷，人民教育出版社2005年12月，3頁。

來京後喬峰迄未往訪，今以燦然之提議，勉一往。」〔註64〕這次回到八道灣周建人是不情願的，只因同事的請求，才勉強到往。如果確有周建人所言那次會面的話，可能正是因為這次訪問，葉聖陶才會進一步邀請周作人參加教科書編審委員會的活動，於是有了二周在那裡相見的機會。具體時間有可能在八道灣見面後不久。我想知道周作人未刊日記中有無參加這個委員會活動的記錄，於是與周作人之孫周吉宜先生聯繫。得到的回答是：「50年日記中沒有參加『教科書編審委員會』活動的記錄，別的年份的日記也查了，都沒有。這個說法以前我們就注意過，查過。」

　　周作人1939年2月9日信的主要意圖是表明對壽席風波的態度，指責周建人「一夫多妻」。是否屬於「一夫多妻」，可以從當時男方的主觀意圖、法律、道德、當事人關係現狀等方面來看。從主觀意圖上來說，周建人無疑是沒有的，他的新婚姻既不是出於縱慾的目的，亦非意圖獲得權力和財產，而是以愛情為基礎的；從法律上看，是肯定的，因為沒有與原配正式離婚，民國時期一夫多妻合法；從道德上看，新舊道德觀念不一，結論也迥異。按新道德觀念，周建人的新婚姻建立在愛情的基礎上，理論上是合乎道德的。然而，由於女方沒有獨立的生存能力，意見分歧甚大。按舊道德標準，是有問題的，因為影響了原配在家庭中的地位；從當事人關係的角度看，男方實際上過的是嚴格的一夫一妻生活。當事人面臨的是在一個新舊交替時代的尷尬處境，無論是男方還是女方，均為某種程度的受害者；相對而言，作為無過錯方的女性缺少獨立的經濟地位，受害的程度更為深重。正因為如此，周建人選擇了承擔對女方及其子女的撫養責任。不過，如果沒有對新舊雜陳的婚姻實際情況的足夠尊重，過於張揚新的姿態，或者執意把新的現象作為舊例來對待，都容易造成或加重婚姻當事人人生的傾斜，並且對相關的人造成傷害。面對周氏兩兄弟進退失據的處境，我常常不禁唏噓。我試圖弄清楚事情的來龍去脈，從而加深對周氏三兄弟關係的理解，而無力做出全面而深入的道德或者政治的評價。這個工作只好俟諸方家了。

　　最後還是感到有些遺憾，雖經多方查找，仍未能發現周作人書信的原件。好在從許廣平抄件本身來看，意思完整，且基本上能在周氏的文字和相關材料中找到印證，可信度很高。許廣平當初看到這封信，難免產生某些負面情緒，然而她願意把這封信抄存，並且捐獻出來，反映了一個新女性對自己婚

---

〔註64〕葉聖陶：《葉聖陶日記》，商務印書館2018年6月，1154頁。

姻選擇的坦然和自信。我給周建人和王蘊如的三女婿顧明遠先生打過電話，他說：「周老沒有保存信件的習慣，那時候有些信的內容很敏感，容易招來麻煩。連魯迅給他的很多信也沒有保存，周老說，沒想到他後來的名氣變得那麼大。」

## 附錄：1937 年 2 月 9 日周作人致周建人（許廣平抄件）

三弟鑒：瑪利子於昨日下午回家，（開明款取來後，望並十五日左右宇宙風社之款匯來為要。瑪利子已回來，旅費我想不必再送了。又及。）六日函並款亦收到了。函中提及豐二意甚不平，實為不知自己反省，可謂大謬。豐二在家中是最有感情之一人，平常對於母弟生病時最肯盡心力幫助，（其忽而會轉剛狠者，其大半原因或當在於深受軍事訓練，前得有證書，如入伍即可得什長以上資格也。）此次見其母為妾所苦，其發憤亦是情理所有，往往有人見其父母被窘困而鬥毆殺傷者，雖屬不幸亦可哀矜也。王女士在你看得甚高，但別人自只能作妾看，你所說的自由戀愛只能應用於女子能獨立生活之社會裏，在中國倒還是上海男女工人搿姘頭勉強可以拉來相比，若在女子靠男人蓄養的社會則仍是蓄妾，無論有什麼理論作根據，而前此陳百年所說的多妻之護符到現在亦實實證明並不虛假也。總之在小孩們看來歸根結底為了一個妾弄得其母親如此受苦，「拔刀相向」，情形豈不與你從前為了母親祖母而趕出潘姨相似，豐二眼中當然不能認王為庶母，至於惡意並不「向」你，不過他不能承認你蓄妾為是則亦當然，你如責豐二不遜，則自己亦應反省，古人所云父父子子，反過來便是父不父子不子，兩者是相互關係者也。前見你寄 Lombroso 之犯罪論給豐二，豐二未能知悉其中用意，我則深知你意，甚為不愉快，此舉謬舉大可不必。前回你們父子相見，我所覺得可惜可哀者，即在你將如此好機會錯過，如你獨自來一趟，家中大家原是「既往不咎」，相見一次略可疏通，即小孩們平素感覺你不管他們，「不像父親」，此次亦可消除此種意見，保有普通父子和善關係，及我見你帶王同來，便知一切都失敗，更無話可說，只能默然，據瑪利子說似你反以我為理解你，豈不大冤。我所希望於你者，原只是與芳子不要再多出裂痕，對小孩們給予他們一個良好的印象，而今乃大失敗，且不知小孩心中留下你一個怎麼印象，念之可憐。我們的父親雖早死，我卻保留一個嚴正而慈的父親之印象，祖父則只能引以為戒（即不敢說引為笑柄，）平常覺得對不起祖父，事實卻無可如何，惜此理

你未能早知耳。我有一個缺點，即不大有熱情，看見已無希望的事便默然而止，不再多說多做，因為終是徒勞，前回對於你的事不說實在是不應該的，因為你是我的兄弟，置妾事雖與我無直接關係，卻間接地受累也不小，論理應當說話，但是我以為說了也無用故不再說，而此意你又不明瞭，故並說明之，──但此次寫了許多，雖然你看了未必喜歡，我卻是努力蓋前愆，覺得比以前更對得你也。 二月九日，作人

# 參考書目

**作品**

1. 〔日〕廚川白村:《苦悶的象徵》,魯迅譯,新潮社 1924 年 12 月代印。
2. 〔日〕廚川白村:《出了象牙之塔》,魯迅譯,未名社 1925 年 12 月。
3. 林語堂:《翦拂集》,北新書局 1928 年 12 月。
4. 〔日〕鶴見祐輔:《思想·山水·人物》,魯迅譯,上海北新書局 1929 年。
5. 沈啟無編:《近代散文抄》(上下),北平人文書店 1932 年 9 月、12 月。
6. 林語堂:《大荒集》,上海生活書店 1934 年 6 月。
7. 施蟄存編:《晚明二十家小品》,光明書局 1935 年 4 月。
8. 《袁中郎全集》(共 4 卷),時代圖書公司 1934 年 9～12 月。
9. 阿英編校:《現代十六家小品》,光明書局 1935 年 3 月。
10. 陳望道編:《小品文和漫畫》,生活書店 1935 年 3 月。
11. 周作人編選:《中國新文學大系·散文一集》,上海良友圖書印刷公司 1935 年 8 月。
12. 郁達夫編選:《中國新文學大系·散文二集》,上海良友圖書印刷公司 1935 年 8 月。
13. 幼松:《湯爾和先生》,金華印書局 1942 年 10 月。
14. 周作人:《周作人晚年手札一百封》,香港:太平洋圖書公司 1972 年 5 月。
15. 周作人、曹聚仁:《周曹通信集》,香港:南天書業公司 1973 年 8 月。
16. 唐弢:《晦庵書話》,生活·讀書·新知三聯書店 1980 年 9 月。
17. 于力:《人鬼雜居的北平市》,群眾出版社 1984 年 3 月。
18. 朱光潛:《朱光潛全集》(第 3、8、9 卷),安徽教育出版社 1987 年 8 月、1993 年 2 月、1996 年 11 月 1 版 2 次印刷。

19. 茅盾：《茅盾全集》（第 20 卷），人民文學出版社 1990 年。

20. 張愛玲：《張愛玲文集》（第 4 卷），金宏達、於青編，安徽文藝出版社 1992 年 7 月。

21. 張挺、江小蕙：《周作人早年佚簡箋注》，四川文藝出版社 1992 年 9 月。

22. 吳福輝編：《梁遇春散文全編》，浙江文藝出版社 1992 年 10 月。

23. 郁達夫：《郁達夫全集》（第 6 卷），浙江文藝出版社 1992 年 12 月。

24. 林語堂：《我的話‧上冊──行素集》，河北教育出版社 1994 年 5 月。

25. 林語堂：《我的話‧下冊──披荊集》，河北教育出版社 1994 年 5 月。

26. 靜思編：《張愛玲與蘇青》，安徽文藝出版社 1994 年 6 月。

27. 林語堂：《林語堂名著全集》（第 7、10、14、16、18、20、29 卷），東北師範大學出版社 1994 年 11 月。

28. 蘇青：《蘇青散文全編》，浙江文藝出版社 1995 年 1 月。

29. 周作人：《周作人集外文》（上下），海南國際新聞出版中心 1995 年 9 月。

30. 陳子善編：《作別張愛玲》，文匯出版社 1996 年 2 月。

31. 馬逢洋編：《上海：記憶與想像》，文匯出版社 1996 年 2 月。

32. 豐子愷：《豐子愷隨筆精編》，浙江文藝出版社 1996 年 3 月。

33. 施蟄存：《施蟄存七十年文選》，上海文藝出版社 1996 年 4 月。

34. 陳子善編：《閒話周作人》，浙江文藝出版社 1996 年 7 月。

35. 朱自清：《朱自清全集》6 卷，江蘇教育出版社 1996 年 8 月 2 版。

36. 阿英：《阿英書話》，北京出版社 1996 年 10 月。

37. 章克標：《文壇草木》，上海書店出版社 1996 年 12 月。

38. 劉如溪編：《周作人印象》，學林出版社 1997 年 1 月。

39. 鮑耀明：《周作人晚年書信》，香港：真文化出版公司 1997 年 10 月。

40. 許廣平：《許廣平文集》（第三卷），江蘇文藝出版社 1998 年 1 月。

41. 梁實秋：《文學與革命》，《梁實秋批評文集》（徐靜波編），珠海出版社 1998 年 10 月。

42. 周劭：《午夜高樓──〈宇宙風〉萃編》，上海古籍出版社 1999 年 9 月。

43. 止菴編：《廢名文集》，東方出版社 2000 年 2 月。

44. 周海嬰：《魯迅與我七十年》，南海出版公司 2001 年 9 月。

45. 〔法〕蒙田：《蒙田隨筆全集》，潘麗珍等譯，譯林出版社 2001 年 9 月 1 版第 3 次印刷。

46. 沈從文：《沈從文全集》（第 17 卷），北嶽文藝出版社 2002 年 12 月。

47. 廢名：《莫須有先生傳》，廣西師範大學出版社 2003 年 1 月。

48. 子通主編：《林語堂評說七十年》，中國華僑出版社 2003 年 1 月。

49. 阿英：《阿英全集》（第 4 卷），安徽教育出版社 2003 年 7 月。

50. 胡適：《胡適全集》2 卷，安徽教育出版社 2003 年 9 月。

51. 胡蘭成：《今生今世》，中國社會科學出版社 2003 年 9 月。

52. 鮑耀明編：《周作人與鮑耀明通信集》，河南大學出版社 2004 年 4 月。

53. 陳子善編：《張愛玲的風氣》，山東畫報出版社 2004 年 5 月。

54. 魯迅：《魯迅全集》（共 18 卷），人民文學出版社 2005 年。

55. 陶希聖：《潮流與點滴》，中國大百科全書出版社 2009 年 1 月。

56. 周作人：《周作人散文全集》（第 6、7、9 卷），鍾叔河編，廣西師範大學出版社 2009 年 4 月。

57. 周作人：《周作人自編集》（37 種，止菴編），北京十月文藝出版社 2011 年 3 月。

58. 中國社會科學院近代史研究所中華民國史研究室編：《胡適來往書信選》（下），北京：社會科學文獻出版社 2013 年 7 月。

59. 孫玉蓉編注：《周作人俞平伯往來書信集》（修訂本），上海譯文出版社 2014 年 5 月。

60. 樂黛雲：《師道師說·樂黛雲卷》，東方出版社 2016 年 1 月。

61. 葉聖陶：《葉聖陶日記》，商務印書館 2018 年 6 月。

## 論著

1. 〔日〕廚川白村：《出了象牙之塔》，魯迅譯，未名社 1925 年 12 月。

2. 林語堂譯：《新的文評》，上海北新書局 1930 年 1 月。

3. 梁實秋：《偏見集》，正中書局 1934 年 7 月。

4. 陳望道編：《小品文和漫畫》，生活書店 1935 年 3 月。

5. 胡適：《中國新文學大系·建設理論集》，上海良友圖書印刷公司 1935 年 10 月。

6. 〔俄〕托爾斯泰：《藝術論》，豐陳寶譯，人民文學出版社 1958 年 5 月。

7. 上海圖書館編：《中國近代現代叢書目錄》，1980 年 9 月第 2 次印刷。

8. 黃美真、張雲編：《汪精衛集團投敵》，上海人民出版社 1984 年 2 月。

9. 〔蘇〕波斯彼洛夫：《文學原理》，王忠琪、徐京安、張秉真譯，生活·讀書·新知三聯書店 1985 年 8 月。

10. 趙毅衡：《新批評——一種獨特的形式主義文論》，中國社會科學出版社 1986 年 8 月。

11. 北京魯迅博物館魯迅研究室編：《魯迅研究資料》（16），天津人民出版社

1987 年 1 月。

12. 〔美〕林毓生：《中國意識的危機——五四時期激烈的反傳統主義》，穆善培譯，貴州人民出版社 1988 年 1 月增訂再版。

13. 〔匈〕阿格妮絲·赫勒：《日常生活》，衣俊卿譯，重慶出版社 1990 年 7 月。

14. 錢理群：《周作人傳》，北京十月文藝出版社 1990 年 9 月。

15. 朱自清：《朱自清全集》（第 3、4 卷），江蘇教育出版社 1990 年。

16. 謝德銑：《周建人評傳》，重慶出版社 1991 年 1 月。

17. 〔美〕費正清主編：《劍橋中華民國史》（第 2 部），章建剛等譯，上海人民出版社 1992 年 9 月。

18. 北京大學黨史校史研究室，王效挺、黃文一主編：《戰鬥的歷程（1925～1949·2 燕京大學地下黨概況）》，北京大學出版社 1993 年 2 月。

19. 錢鍾書：《七綴集》，上海古籍出版社 1994 年 8 月 2 版。

20. 陳平原：《中國現代學術之建立》，北京大學出版社 1998 年 2 月。

21. 黃開發：《人在旅途——周作人的思想和文體》，人民文學出版社 1999 年 7 月。

22. 〔美〕弗雷德里克·詹姆遜：《政治無意識》，王逢振、陳永國譯，中國社會科學出版社 1999 年 8 月。

23. 張菊香、張鐵榮：《周作人年譜》，天津人民出版社 2000 年 4 月。

24. 子通、亦清編：《張愛玲評說六十年》，中國華僑出版社 2001 年 8 月。

25. 余彬：《張愛玲傳》，廣西師範大學出版社 2001 年 10 月。

26. 吳承學、李光摩編：《晚明文學思潮研究》，湖北教育出版社 2002 年 10 月。

27. 南京市檔案館編：《審訊汪偽漢奸筆錄》（上下），南京：鳳凰出版社 2004 年 4 月。

28. 〔美〕M.H.艾布拉姆斯、傑弗里·高爾特·哈珀姆：《文學術語詞典》（10 版），吳松江、路雁等編譯，北京大學出版社出版社 2004 年 11 月。

29. 李健吾：《咀華集·咀華二集》，復旦大學出版社 2005 年 5 月。

30. 商金林：《葉聖陶年譜長編》（第 3 卷），人民教育出版社 2005 年 12 月。

31. 張中行：《禪外說禪》，中華書局 2006 年 4 月。

32. 曹聚仁：《文壇五十年》，東方出版中心 2006 年 1 月 2 版。

33. 郭宏安：《從閱讀到批評——「日內瓦學派」的批評方法論初探》，商務印書館 2007 年 9 月。

34. 〔英〕伊格爾頓：《二十世紀文學理論》，伍曉明譯，北京大學出版社 2007

年 12 月。

35. 李強：《廚川白村文藝思想研究》，東方出版社 2008 年 3 月。

36. 〔日〕木山英雄：《北京苦住庵記——日中戰爭時代的周作人》，趙京華譯，生活・讀書・新知三聯書店 2008 年 8 月。

37. 李永圻、張耕華：《呂思勉先生年譜長編》，上海古籍出版社 2012 年 12 月。

38. 汪成法：《在言志與載道之間——論周作人的文學選擇》，南京大學出版社 2013 年 2 月。

39. 〔英〕特里・伊格爾頓：《美學意識形態》，王杰等譯，中央編譯出版社 2013 年 12 月。

40. 高恒文：《周作人與周門弟子》，大象出版社 2014 年 7 月。

41. 黃開發：《周作人精神肖像》，遼寧人民出版社 2015 年 4 月。

42. 盧鐵澎：《文學思潮論》，人民出版社 2015 年 5 月。

43. 黃喬生：《八道灣 11 號》，生活書店出版有限公司 2015 年 6 月。

44. 〔英〕以賽亞・伯林：《自由論》，胡傳勝譯，譯林出版社 2015 年 8 月 1 版 4 次印刷。

45. 〔加〕卜正民：《秩序的淪陷——抗戰初期的江南五城》，潘敏譯，商務印書館 2015 年 10 月。

46. 〔英〕伊格爾頓：《二十世紀文學理論》，伍曉明譯，北京大學出版社 2015 年 12 月。

# 後　記

　　本書提出並論證了 1930 年代的言志文學思潮。引起我對這個問題關注的是沈啟無所編晚明小品選本《近代散文抄》，1932 年，此書與周作人《中國新文學的源流》同時由北平人文書店印行，一理論一作品選，互相配合，引發了一場晚明小品熱，推動了言志文學思潮的產生。

　　受《近代散文抄》的影響，1930 年代中期出版了幾本晚明小品選集：《明人小品集》（劉大杰編）、《晚明二十家小品》（施蟄存編）、《晚明小品文庫》（阿英編）等。新時期以降，這三本書都有了新版本，而最重要的《近代散文抄》卻受到冷落。我與東方出版社聯繫好，準備重印《近代散文抄》，可是一時聯繫不到版權繼承人。研究者對 1949 年後的沈啟無瞭解甚少，只知道他在北京師範學院中文系教古代文學。多方聯繫，終於聯繫上了沈氏長女沈蘭女士。

　　2004 年 12 月一個飄著雪花的上午，我前往北京良鄉拜訪了沈女士。我提出要重印《近代散文抄》，希望得到授權，沈女士顯得很慎重，說要和家人商量商量。過了一陣子，她打來電話，約我過去談談。再去她家，主人很熱情，告知已向我所供職學校的一位退休黨委書記瞭解過，說我可靠。很多有歷史問題的家庭經歷過屢次的政治運動，到了新時期以後，依然心有餘悸。這次她為我提供了一些重要材料，最重要的是一本五十開牛皮紙封面的工作日記，內容為沈啟無自己謄抄的寫於 1968 年的多份個人檢查，含有不少關於淪陷區文壇的重要史料。2005 年 2 月，我去和平西街沈啟無之子沈平子先生家取授權書，受委託全權代理《近代散文抄》的版權事宜。

　　關於沈啟無，我寫過幾篇文章。其中有一篇論文《一個晚明小品選本與一次文學思潮》（見本書第二章「周作人與晚明小品熱」），發表於《文學評論》

2006 年第 2 期，首先提出了「言志文學思潮」的概念。該期雜誌的《編後記》把這篇文章作為本期現當代方面的重要文章予以介紹，有云：「現代片黃開發的文章敏銳而大膽地論述了『一個晚明小品選本』如何引發了一個現代『言志派』的文學思潮。史料撐起結論，有文有質，不尚空言。」我是由《近代散文抄》走向言志文學思潮研究的，這是我系列論文的第一篇。

自 2006 年以來，圍繞著「言志文學思潮」，我斷斷續續發表了十幾篇文章。現在把它們整理成了這本「言志文學思潮論稿」，更大規模地論證了這個思潮的存在。我所做的還只是初步的工作，仍有很多重要的問題需要研究。如言志文學思潮與左、右翼及京派等文學思潮的關係，以周作人為代表的苦雨齋派，苦雨齋派與論語派的異同，古今言志派的繼承與創新，言志派的流向等等。我認為，1930 年代言志文學思潮與左翼文學思潮代表著新文學的兩個主要傳統。如果言志文學思潮的面貌不清晰，那麼 1930 年代文學的整體面貌就不會十分清晰。這是一大片長期受到遮蔽或忽視的重要風景。

我發表過的相關文章如下——

1、《一個晚明小品選本與一次文學思潮》，《文學評論》2006 年第 2 期。該文英文版 An Anthology of Essays of Late Ming Dynasty and The Self-Expressinists Literary Trend，載 LITERATURE & MODERN CHINA（《文學與現代中國》，四川大學），VOL.1, NO.1, 2019.

2、《關於〈沈啟無自述〉》，《新文學史料》2006 年第 1 期。

3、《沈啟無自述》（史料整理），《新文學史料》2006 年第 1 期。

4、《沈啟文——人和事》，《魯迅研究月刊》2006 年第 3 期。

5、《張愛玲、蘇青小品文的創作特色及其意義》，《江蘇行政學院學報》2009 年第 4 期。

6、《論廢名散文的文體》，《江淮論壇》2007 年第 2 期。

7、《重印沈啟無編〈大學國文〉序》，《魯迅研究月刊》2010 年第 7 期。

8、《張愛玲、蘇青、梁遇春》，《書屋》2012 年 10 期。

9、《現代小品文的日常書寫》，《東嶽論叢》2017 年第 1 期。

10、《論語派作家的政治身份》，《東嶽論叢》2018 年第 3 期。

　　11、《論語派作家小品文話語的政治意味》,《文藝研究》2019
年第 2 期。

　　12、《林語堂與論語派雜誌的政治性》,《博覽群書》2019 年第
7 期。

　　13、《言志派文論的核心概念溯源》,《魯迅研究月刊》2020 年
第 4 期。

書末附錄了兩篇近作:《周作人的和平觀念與附逆》(《文化論集》第 55 號《周
作人國際學術研討會特輯》,早稻田商學同攻會 2019 年 9 月),《周作人致周
建人的一封未刊書信》(《新文學資料》2019 年第 2 期)

　　謹向以上諸刊的編者表示謝忱!

　　　　　　　　　　　　　　　　　　　2019 年 12 月 5 日於北京海鷗樓